夏是夏知许的夏，许是许县琛的许。
这就是我的名字，也是我的命运。
叫作夏知许的我，总有那么一天，
会遇见你。

Soul Recognition

魅丽文化 花火工作室

旧雨
重落
稚楚
Zhi Chu
著
长江出版社
CHANGJIANG PRESS

“小太阳。”

“干吗这样叫我？”

“我不在你身边的时候，你还发光吗？”

“那你不发光的时候做什么呢？”

“积蓄能量。等到你出现之后，再次发光。”

目 录

CONTENTS

识别你的灵魂

颜值与演技的巅峰较量（上）

二××〇年三月二十二日早上四点。

上一秒许其琛还坐在电脑前为新作品赶稿，这一秒就一头栽到键盘上，陷入一片黑暗之中。

他的意识仿佛浸入到某种混沌的虚空之中，感觉不到任何真实的事物。他眼前的黑暗逐渐分解为数字化的白色像素碎片，转化为充满光亮的纯白空间，但视野内依旧看不到任何东西，甚至都看不到自己。

此时，不知何处传来一个略带金属质感的声音。

“您好，欢迎进入 BE（悲剧）狂魔求生系统，我是系统 AI（人工智能），编号 0901。”

许其琛：“什么系统？”

那声音不疾不徐：“本系统又名‘无良作者还债系统’‘读者再爱我一次系统’，以及‘不接受悲剧请重写系统’。”

如果现在许其琛能够看到自己的脸，看到的应该是一脸莫名其妙。不过这些别名对他来说再熟悉不过了，都是在他微博评论里出现得最频繁的字眼。

作为一个小说作家，许其琛凭借情节跌宕起伏，文风独树一帜，同时勤奋更新的优点，顺理成章地红了。

只是他写的小说有两个通病：一是感情线淡薄，二是一不小心就悲剧结尾。

这两个问题从他写作之初就被诟病，但架不住剧情出色和自带流量。他依旧是人气作家，前提是还活着。

系统："许先生，您在游戏中将会去到各个世界，扮演不同的角色，完成指定任务。同时在您完成任务的过程中……"

"我拒绝。"许其琛直截了当。

被打断的 AI 依旧没什么情绪："好的，玩家选择拒绝进入游戏……

"拒绝进入系统，现实中的宿主猝死，结局不变。"

"哎，等等！"许其琛立刻反应过来，"我要死了吗？"

"是的。"这语气毋庸置疑。

许其琛试探道："所以，我如果进入游戏，现实之中的我还有救？"

"是的，如果您完成所有任务，现实中您的死亡结局将会改写。"

这太玄了，得亏他是写文的，如果换了一般人，还真没法轻易接受这些诡异的设定。

许其琛父母早亡，一个人无牵无挂。但是一直收养他到高中毕业的小姨对他很好，他还想多挣点钱让她过上好日子；新文刚写了十章，读者小天使们还嗷嗷待哺；更何况他还有很多关于……那个朋友的遗憾和问题没有解开……

不行，他还不能死！

许其琛整理了情绪，重新回复道："我选择进入游戏。"

"好的，下面进入第一个世界。"

这工作效率未免太高了一些……

许其琛的头脑中闪现出许多支离破碎的画面，周遭的黑暗空间开始扭曲，无数闪着光亮的碎片向自己聚拢，慢慢组成了自己的躯体。许其琛低头，看见自己的双手逐渐成形。他试着握了握，皮肤的触感真实得可怕。

他睁开眼睛，除了天花板，就是几张陌生又熟悉的面孔。

"梦泽醒了！"

许其琛皱着眉从沙发上坐起，眼前是四个气质迥异且相貌端正的青年，化着略微夸张的舞台妆。

刚刚那个说话的小个子，叫他"梦泽"。

"游戏读档完毕。许先生，你在这个世界的身份是国民天团 SOULMATE（灵魂伴侣）的门面担当季梦泽。”

许其琛不顾其他人的关切问候，起身走到化妆镜前。镜子里出现了一张精致至极的脸，一样夸张的妆容，甚至比女生还漂亮。

许其琛不由得伸手触碰自己现在这张脸，问自己心中的那个声音：“为什么会是我自己的小说？”

系统 AI 回答：“本游戏中的所有世界都来自许先生您所创作的小说，游戏为许先生所设定的角色也都是小说中的主角。”

许其琛仔细地看着镜子里的自己，又看了看周围的几个人。

这的确是自己的小说。

这部小说是他六年前开始连载的娱乐圈文，名字叫《颜值与演技的巅峰较量》。实际上当时他的创作目的不太单纯，因为娱乐圈文在那几年非常火爆，他为了迎合市场，索性也写了一篇。

他现在的这个身份，也就是小说中的男主之一，超人气男团中的超人气偶像。许其琛深谙这个男色当道的时代特征，于是非常俗气地创造出季梦泽这个完美的“花瓶”。别的都不提，光是美貌度就堪称盛世美颜。只可惜他的演技不怎么样，凭着人气演了一部又一部电影，可部部都是烂片。

文中另一个主角是有史以来最年轻的影帝，天生吃演戏这碗饭的林然。两个人因合作一部电影而结识，林然十分厌恶靠脸吃饭的季梦泽，两个人相当不对盘。可架不住电影播出后票房大爆。

不过……许其琛想起来，这部小说好像悲剧结尾了。

没办法，写到后期，许其琛就对这篇文失去了热爱，只想赶快完结，好开新坑。于是他就把季梦泽给写死了，因长期的网络暴力和恶意诽谤而选择自杀。现在想想，自己确实是有点不负责任啊。

许其琛把所有剧情回忆了一遍，开始迷之自信起来。

“0901，我要提问。”系统这个词当成称呼有点怪怪的，许其琛干脆用刚才 AI 提到的编号来称呼它，“我是作者，一切故事情节都是我编的，开天眼的玩家玩游戏有什么意义吗？”

0901 解释道：“许先生，第一，本系统脱胎于您的小说原作，但并不完全一样。第二，您现在已经不是上帝视角的作者身份了，而是参与故事的主角，您所做的每个选择都将对故事的展开造成不可预知的改变。”

许其琛有些头疼，明明是在自己的小说里，好不容易做一回拿剧本的人生赢家，结果之前的剧本都不一定算数，自己的每一步都有可能造成完全不同的结果。

“许先生，现在为您发布主线任务。”

许其琛的眼前出现一个只有他能够看见的光幕，上面显示着一行蓝色的大字：改写季梦泽自杀的结局。

许其琛盯着那行字，问道：“如果任务失败了呢？”

“无论哪个世界，一旦任务失败，现实生活中的您将会面临脑死亡的危机。”

比起许其琛之前看过同僚们写的小说，他现在经历的更像是某种死亡游戏，没有任何退路。

老实说，许其琛从来不追星，对网上那些明星也没有过多的感觉。但是如果自己变成了一个路人缘极差、常年遭受网络暴力的明星，又该怎么翻盘呢？

“对了，我需要模仿不同世界的角色设定吗？”这是许其琛特别关心的一个问题，这意味着他是否需要出动自己拙劣的演技。

0901：“如果您被系统世界中的人怀疑身份，任务将会出现危机，有很大可能造成失败。”

也就是得保证不能崩人设。

“梦泽，你没事吧？”几个人里气质最温柔的一个走上前，问他。

许其琛仔细回忆了一下设定，微笑着回应：“没事的，明祈。”

看见对方也微微一笑，许其琛心下暗自舒了口气，猜对了。

他醒来第一个大叫的小个子应该是主唱白翊，当时写文的时候想到男团主唱好像都不高，所以就这么设定了。旁边那个肌肉线条发达的应该是说唱蒋凌。许其琛的眼神瞟到最角落里清瘦却带着点痞气的那个，想了想，应该是原作里的主舞沈焕。

许其琛大致整理了一下原作角色，朝大家露出一个虚弱的微笑：“抱歉，让你们担心了。”

白翊：“你下台的时候突然倒了下去，可把我给吓坏了。”

蒋凌环抱着双臂：“没晕倒在舞台上真是万幸，否则台下那些粉丝会疯的。”

许其琛点点头，被明祈推到沙发跟前坐下。眼前出现一杯水，他抬头一看，是沈焕递过来的。

他轻声说了句“谢谢”，接过水小口小口地喝着，脑子里飞速回忆剧情。

突然，门口传来“噔噔噔”的高跟鞋的声音。白翊小声地说：“芸妈妈来了。”

话音刚落，一个三十多岁的气质干练的女人走了进来。许其琛看向她，这个女人的气场实在强大。

这就是 SOULMATE 的经纪人李芸。

许其琛弱弱地开口：“芸姐……”

李芸冲着其他队员道：“快去准备准备，等会儿去演唱会的庆功宴。”然后她的视线落到了许其琛的脸上：“你怎么样？”

许其琛：“好多了。”

“那就好，艾米帮梦泽重新收拾一下，越快越好！弄完了出来找我。”最后一句是对许其琛说的。

许其琛点点头，跟着工作人员进了休息室。他洗了个澡，发型师想给他重新做造型，他只说吹干就好。

不过化妆师艾米又给他化了个妆，果然是特殊职业啊。其他几个成员很快收拾完跟着助理上了车，许其琛则被李芸拉到另一辆车上。上车后，李芸扔给他一沓纸：“你看看。”

这是电影剧本。

许其琛很快反应过来，在小说里，上海场巡演结束后，季梦泽被拉去临时参加了一场试镜。正是因为这场试镜，才有了后面季梦泽和林然的交集，这是剧情的一个关键节点。

直接进入主线剧情，这进度……

“对了，许先生，”系统的声音再一次响起，“您除了主线任务，还需完成一个贯穿所有系统世界的副线任务。如果顺利完成副线任务，您将会收获系统额外赠送的点数和道具，这些都有助于您完成主线任务。如果副线任务失败，您回到现实世界后即便是复活，大脑神经也会受到损害，可能会影响您的正常生活。”

玩这么大？

“所以呢，副线任务是什么？”

0901：“副线任务就是，您必须完善每一个世界中主角的故事线，互动值越高，所得的奖励点数和道具就会越多。”

许其琛现在有点怀疑，这个系统是某个大神读者因为长期的积怨和不满制作出来的报复产品。都怪自己太傻太天真，以为写个悲剧结尾最多收收刀片，没想到现在已经关乎性命了。

许其琛翻开剧本，当初连载的时候，原文里只出现了部分剧中剧的片段，如今看到碎片化的构想变成完整的一沓剧本，还觉得挺有意思。

“这可是陈安平导演的新戏，要不是杜蒙出了事，我们也没机会去试镜。”

杜蒙是他设定的一个很厉害的炮灰，出道就是大导演的戏，一夜成名，后续的几部作品口碑也都不错，正处在上升期，就需要一部热度极高又能冲奖项的电影。这不，机会来了，能跟美籍华裔大导演陈安平以及新锐影帝林然合作，不火是不可能的。

可偏偏在这个时候，杜蒙私生活不检点，好几年积累下来的口碑说没就没了。

李芸双臂环抱，看着低头不语的季梦泽道：“等会儿的庆功宴你不参加，我们现在直接去试镜，我都安排好了。”她低头看了看表，继续道，“陈安平这次很明显是想用这部戏冲奖的。”

可不是嘛。现在冲国际大奖的电影，要兼具人文深度和话题度，还要能迅速吸引粉丝，那就只有各种各样的小众题材。就算最后拿不到奖，热议程度也绝对能回本。

许其琛当初写的时候真是这样想的。他怎么能料到，自己有一天会变成笔下的主角。

“我看了剧本，里面郁宁这个角色，从外形上来看没人比你更符合。”

外形……许其琛苦笑道：“可是我没演技啊。”

李芸狠狠地瞪了他一眼：“先去了再说。像你这样的人气，送上门的都是不够好的，好的资源不争取是到不了手的。”

“快到了。”李芸看向车窗外，试镜的酒店就在不远处，“你准备准备。”

依照原本的故事情节，接下来就是进入酒店，开始试镜，试镜失败，又因为其他原因而进组。

“0901，”许其琛再一次向系统发问，“我可以主动改变故事剧情吗？”

“您是原作者，也是系统宿主，当然可以。只要您能够承担改变后的结果。”

许其琛看着车窗上自己的脸，沉思片刻后开口：“先等等。”

“怎么了？”

许其琛扭头看向李芸，指了指她身边的助理小王：“我要穿他这件白T恤。”

李芸愣了一会儿。

“还有，”许其琛开始脱衣服，“帮我把妆都卸了。”

小王：“可是……我比你胖好多，而且这件衣服是地摊货……”

许其琛已经开始解扣子了："没关系，快脱吧，就借我穿一晚上。"

小王看了看李芸，李芸勾起嘴角，点了点头："他让你脱你就脱吧。小张，帮梦泽卸妆。"

许其琛接过小王递过来的白 T 恤，快速套在身上，一旁的小张扯出卸妆巾就开始工作。

许其琛抓了抓自己额前乖乖垂着的碎发，小声嘟囔："幸好刚刚没做发型。"

面前这个乖到不行的男孩，换下华丽的舞台服和妆容，还是一副十七八岁最干净的模样。李芸饶有兴味地说："你还是有点想法的嘛。"

许其琛觉得这个李芸比他写的还要刻薄。他冲女人一笑，没说话，看见座位旁边有顶黑色棒球帽，顺手扣在头上。

一切准备就绪，李芸带着许其琛走进酒店，试镜的地方在一个很大的套间，刚上电梯就看见几个身穿黑色西服的工作人员。李芸似乎和其中一个人熟识，立刻换上一副很热络的笑容："哎呀，洪哥，好久不见，你今天负责试镜接待？"

被唤洪哥的人也笑了笑，一把揽过李芸的肩膀："是啊，最累的活啊。你也带人来试试？"

"梦泽，来。"

这个名字对许其琛而言不算陌生，但他总是很难对到自己身上。许其琛轻轻应了一声，然后跟上李芸。

洪哥的眼睛一亮："哟，这不是你们公司的大明星嘛。你好，你好，我妹妹特喜欢你。"

许其琛笑着和他握手，说了几句"谢谢"。

不过洪哥显然是没想到李芸会带季梦泽来，他又小声说了句："我们都是老熟人了，我先跟你打个预防针，今天这试镜可不比其他的，那几位可挑了，你们可得做好一日游的心理准备。"

"怎么说？"

"里面坐着的除了陈导和瞿编，还有一位呢。"

李芸一下子反应过来："林然？"

洪哥一拍巴掌："对咯。我就直接跟你说了吧，瞿编这剧本啊，男主角就是用林然当的原型。"

原型，听到这个词，许其琛有点无奈，又有点想笑。

"他是早就钦点好的。林然嘛，想亲自挑人也很正常。"

李芸有点犯嘀咕，虽说她没怎么接触林然，但身边的熟人对他的评价都不错，说没什么架子，只有一点，讨厌没有实力的明星。这就有点麻烦了。

许其琛却是一脸的无所谓，弄得李芸直叹气。

“不唠了，我带你们去填一下资料。完了以后梦泽你先在休息室等一下吧，今天人实在是太多了，挤破头。”

许其琛点点头，任由他们带着。李芸忙活了一圈，跑出去上下打点，留他在休息室看剧本。

这部电影叫《南柯》，许其琛最初在写文的时候还很苦恼，要文艺，又不能让人觉得油腻，真的很难。他拟定了好几个名字，最终还是选择了最初的版本。

南柯是林然在剧中的角色名。剧本的故事内核实际上很简单，以两个年轻人的再次相见作为开端，穿插五年前的故事。

整部电影充斥着大段内心独白，很考验台词功底。

许其琛正低头看着，肩膀被人轻轻拍了一下，抬头就看到一个露出一对酒窝的年轻人，看着二十几岁的样子，声音里透着惊喜。

“真的是你呀，我刚刚在那边看还以为看错了！”

许其琛快速回忆小说中的人设，“酒窝”这个设定挺特别的，他也回了一个笑容：“孙澄，你也来了。”

孙澄用力地点头，元气满满。

许其琛看着他，和设定重合的真人让他有些新奇。

这人是小说中的一个配角，有不错的演技天赋，科班出身，性格开朗，也是这个角色的有力竞争者。之前 SOULMATE 团体上综艺时他也是嘉宾之一，算是说得上话的关系。

“你是来试郁宁的吗？”孙澄看了一眼许其琛正在看的台词。

许其琛也不掩饰，点了点头。

“我也是，不过这里面的人设是个忧郁美少年，跟我完全不符合啊。”

许其琛：“没关系，有反差才有挑战。”

孙澄脸上的笑容凝固了。

许其琛有些奇怪，是自己说错什么了吗？

孙澄一把揽住许其琛的肩膀，笑道：“你人好好，讲话好温柔。我想跟你做朋友，可以加微信吗？上次都没有加微信。我超级喜欢你们团的歌，本来想去看你们的巡演的……”

许其琛被他热络的情绪震撼了，一时不知道怎么回答。

“啊！”孙澄不敢置信地看着许其琛的脸，惊呼，“你不会是素颜来的吧？脸上一点粉都没有。”

许其琛点点头：“你化妆了吗？看不出来啊。”

“你真是……啊，有颜任性啊。”

不知道是不是因为有人在旁边说话，还是每个演员试镜的时间实在是太短，感觉没一会儿就到孙澄了。

许其琛象征性地拍了拍他的肩膀，说了句“加油”。对方一脸赴死的模样，离开了休息室。

许其琛低头继续看剧本，感觉没看几页孙澄就回来了，脸上的表情苦兮兮的，看见许其琛就开始哀号：“梦泽。”

许其琛：“怎么了？”

“好难啊，我一进去就吓了一跳，林然在里面，我差点连台词都忘了。然后陈导让我表演郁宁喝醉酒的那一段，我也不知道自己演得是好还是不好，反正没到十分钟就被喊停了。”孙澄沮丧气地抓着头发。

“陈导没有说别的吗？”

孙澄摇摇头：“陈导太酷了，板着一张脸一句话都没说，倒是林然最后问了我一句。”

“什么？”

“‘你觉得你可以驾驭郁宁吗？’”孙澄模仿完林然的表情，像个泄了气的皮球，叹了口气。

“然后呢？”

“然后我就说我想挑战一下呗。”孙澄唉声叹气，“虽然他的表情挺温柔的，可我一听就发怵。”

许其琛拍拍他的背，没说什么安慰的话。他一向不太会安慰别人，也没怎么被人安慰过，这个时候还是少说为妙。

醉酒那一段？许其琛听他这么一说，也有点紧张。自己除了上大学时演过话剧打过酱油，就没有演过戏，季梦泽的设定也是个演技白痴，这可怎么办？

“0901，点数可以购买额外的角色设定吗？比如演技……”

那个冷冰冰的声音很快给出回应：“这是违反规定的。而且，许先生您的初始点数只有五百。”

“哦。五百可以买什么？”

“看您的需要。一支钢笔、两个打火机或是五小罐水果硬糖等。”

许其琛想了想："那就要一罐糖。"

"好的，许先生。"许其琛听到"叮"的一声，自己牛仔裤的左边口袋鼓起来，伸手一摸，果然多出了一个鸡蛋大小的罐子。

"0901，你们这买卖有点坑啊。"

"抱歉，我之前提醒过您是小罐。"

买都买了，许其琛拿出糖罐，对着孙澄晃了晃糖罐子："吃吗？"

孙澄摇摇头，还是一脸丧气。

许其琛把糖罐收回去，就看见李芸走了进来，估计快到他了。许其琛问孙澄："你知道洗手间在哪儿吗？"

"嗯……出门左拐一直走到头。"

许其琛起身，和李芸打了声招呼。李芸反倒问他："你什么时候跟孙澄这么熟了？"

"没有，刚好碰上，聊了两句。"

李芸一副欲言又止的模样，最后只嘱咐道："快去吧，没几个就到你了。"

许其琛压了压帽檐，低着头，费力地挤出塞得满满当当的门口，径直走去洗手间。

洗手的时候，许其琛忽然有一点眩晕。他晃了晃头，关掉了水龙头，金属的反光有些刺眼。他的视线一下子暗下来，双腿开始发软。他立刻按住洗手台的大理石台面，撑住自己的身体。

他听见冲水的声音，有一个人走出隔间，站在他旁边洗手。

真应该先吃了饭再过来的。低血糖发作的许其琛连头都有些抬不起来，他稍微侧了侧，慢慢挪动步子，将整个身子都倚靠着墙面。

幸好刚刚买了系统的"黑心"糖，真是来得早不如来得巧。他伸手把口袋里的小糖罐拿出来，左手握着罐身，右手用力地旋着盖子。

打不开。

他能听见身旁的水流声不断地响着，咬着牙试图再拧，可手上根本没力，依旧打不开。

黑心系统，黑心糖，他现在连吐槽系统的力气都没有了。

水流声终于停下，抽纸的声音一下又一下，然后是干燥的纸巾和手指摩擦的声音，在许其琛晕眩的大脑中反复回响，让人耳鸣。揉成一团的纸巾被扔进纸篓，这个人要走了。

许其琛的双腿已经快要支撑不了身体，但意识清醒。没办法，他问："不好意思，可以麻烦你帮我拧开这个吗？"

对方的脚步停住，许其琛帽檐下的视野只能看到对方腰部以下，一双笔直的长腿，穿着西服裤子。

对方没有接他的糖罐。

许其琛眼前发黑，将自己的糖罐放到对方手里，声音微弱地说："帮帮我。"

短暂的沉默过后，对方似乎终于同意了，将许其琛放到自己手里的小糖罐"咔"的一声打开，又递回到许其琛的眼前。

许其琛接过罐子，低声说了句谢谢，下一刻便瘫软在地，仰头将里面五颜六色的糖粒往嘴里倒。他那样子不像是在吃糖，更像是吃药。

糖分的补充让许其琛有种血液回流的感觉。不过一会儿，他麻痹的四肢开始慢慢恢复力气，坐了一会儿才打算起身。

那个人似乎还不打算离开。

要是晕倒在这里就完了，这个人也算是帮了他一个大忙，等会儿一定要好好谢谢人家。

许其琛一边想一边扶着墙站起来，却发现视野一下子变得开阔了。原来是头顶的棒球帽被"开罐先生"给拿走了。

许其琛抬起头，眼神相对的一瞬间，可能是出于创作者对自己心血的直觉，许其琛立刻确定，面前这个人就是林然。

尴尬的初次会面，尴尬的求救。最尴尬的是，他的嘴里还塞着满满的水果硬糖，什锦口味，又酸又甜。

就在许其琛措手不及的时候，李芸的声音从外面传来："梦泽？梦泽？你在里面吗？"

"嗯！"许其琛像是抓住了救命稻草，含着糖应了一声，继而飞快地起来，看了看面前的男人，鞠了一躬，说了句"谢谢"便往外走。

"你在干吗啊？可急死我了。"李芸拽着许其琛往前走，高跟鞋踩得飞起。

周围有女工作人员满脸惊喜，小声地喊着季梦泽的名字。许其琛这才意识到，自己的帽子还在那个人手里。

许其琛下意识地回头，林然正巧从洗手间出来，他扬了扬手中的黑色棒球帽，嘴角微勾。

许其琛转过头问道："等会儿林然真的会在试镜的房间吗？"

"嗯，之前试镜的演员都看到他了。"李芸怕许其琛紧张，又安抚道，"没事，林然虽然年少成名，但脾气挺好，没什么架子。”

许其琛一点也没有被安慰到。这是他创造出来的角色，他比谁都清楚这个表面和善的年轻影帝骨子里究竟是个什么样的人。当初他为什么想不开，非得弄出个笑面虎的人设啊。

不过林然的人设具象化出来的样子，他怎么觉得怪熟悉的……

李芸见他在发呆，连忙叫他：“赶紧准备准备，下一个就是你了。你要不要拿剧本进去？”

许其琛摇摇头：“不用了。”

李芸将信将疑地看着他，看他一脸淡定，反而更不放心：“你可别不当回事啊。”

许其琛点点头：“知道了。”

没过多久，前面试镜的人就出来了，许其琛深吸一口气，刚刚一下子吃了太多的糖，牙根都有点发软。

许其琛进去以后，才发现里面只坐了两个人，一个四十岁左右的男人，还有一个三十岁左右戴眼镜的女人，应该就是陈安平和瞿清了。第三把椅子空着，不知道为什么，许其琛有种松了口气的感觉。

他微微鞠了个躬，走到录像的机位前方，简单地进行了没什么必要的自我介绍。

自打他一进来，陈导和瞿编就一直在打量他，眼神不算太友好。许其琛看得出来，毕竟季梦泽是出了名的空有一身皮囊的“明星花瓶”，他们的反应也可以理解。

陈导冷着一张脸不说话，气氛有些紧张。

许其琛是个没有胜负心的家伙，所以也很少会有竞争带来的紧张感。陈安平盯着他，他也就一动不动地看着对方。

瞿清率先开口，语气不冷不热：“看过剧本了吗？”

“嗯。”

“你先试试第三页郁宁的念白，那儿有剧本，可以念。”

许其琛心里想着他们可能是担心自己的表现太差，不敢太为难他。但他并没有去拿剧本，只是低头清了清嗓子，眼睛看着摄像机，直接开始了。

“六月，柏油马路上溽热的空气让视野中的万物微微扭曲，像海藻一样在眼睛里摆动。自行车轮的声音在耳边疯狂地打转，汗水、暖风、蓝天，像是盘子上的油画颜料，粗暴地混合着。

“今天那个咖啡馆里会有人吗？”

许其琛缓缓地说着。他的声线十分特别，是一种略微有些冷淡，却又软糯的少年音。

“如果没有人呢？真热啊，太阳烤在后背的脊梁骨上，有一点疼。这马路好像都要化掉了，看起来热乎乎、黏糊糊的，就像紧紧贴在我身上的衣服。混杂的空气里出现了一丝稀薄的咖啡香气，我的鼻子真的很灵。

“要进去买杯咖啡吗？

“我讨厌夏天，夏天让我狼狈。”

许其琛看着镜头，表情开始变得局促。

“你好，一杯……冰摩卡。

“还是进来了。都是因为夏天，高温和闷热挟持着我的身体。”

许其琛说完最后一句，一时间还没有走出情绪，有些恍惚。突然听到几声鼓掌的声音，懵懵懂懂地侧过头，就看见倚靠着门框的林然。

对方走进房间坐到陈导身边。

陈导看着面前这个清秀至极的男孩，眼神依旧冷冷的，但好像不像最初那样嫌弃自己了。过了半晌他才开口：“你是什么时候背的台词？”

“候场的时候。”许其琛老老实实说。

一个熟悉的声音响起：“许先生，您的记忆力真好。”

这还是0901头一次主动发起对话，许其琛回答道：“我高中念的文科，背东西什么的都是家常便饭，而且这一段独白是我写的，多少有些印象。”

瞿编可不像陈安平，她脸上的表情有着掩饰不住的惊喜，刚才差一点就想站起来，抱住眼前这个素颜干干净净的少年，大喊一声“就是你了”。不过她也只是编剧，就是再符合人设，也得看导演。

“你的声音和外貌都很符合郁宁这个角色。”瞿清推了推鼻梁上的眼镜，“刚才的试镜演员独白这里都差点什么，你的独白让我有了画面感。”

说实话，现在季梦泽这样牛仔裤配白T恤，素面朝天的样子，就已经像是从剧本里走出来的郁宁了。不过演技也是一个大问题，毕竟是拍电影，不是拍杂志。

许其琛不擅长接受别人的夸赞，只好微微收着下巴，道：“谢谢，只是演技这一块，我确实还赶不上其他人。”

陈导微微点了点头，似乎不讨厌这个回答。这说明季梦泽至少有自我认知，也不找那些非科班出身的借口，不过他在演技上的口碑实在是让人不放心。陈安平盯着许其琛看了很久，也不说话，看得他心里发慌。

许其琛就在那儿站着，视线却停留在林然的身上，在心里发问：“0901，这个林然的外貌建模有原型吗？”

0901：“许先生，没有真人原型，是根据您的小说设定建立的。”

这个答案很敷衍，林然好像发现了许其琛的视线似的，偏过头看向他道：“陈导，要不我和季梦泽搭戏试试看？”

许其琛的内心是拒绝的，但陈导好像挺喜欢这个提议：“好啊。正好你带带他的情绪，我们看一下。”

林然走到许其琛旁边。他的个头很高，当初许其琛设定的是一米八七，看着两人的差距，他现在有点后悔了。

“你刚刚的台词背得很熟，我们就接着那段独白演？”

许其琛点点头：“都可以。”

他不具备即兴发挥的能力，好在刚才的独白为他预先创设了一个情境，已经有了基础。如果林然现在挑后面爆发力强的片段，他一下子肯定进入不了状态。

林然的业务能力惊人的好，表情的变化就在转瞬之间，一转眼就成为剧中的南柯，笑容明朗，一口流利的法语说来就来。

“先生您好，您刚刚点了一杯冰摩卡，请问还需要别的吗？”

许其琛反应过来，回忆杀的设定是在法国。他的眼睛看着林然，不由自主地点头，然后又很快摇头。

季梦泽不会说法语，他本人虽然选修过，但现在说了有可能会和人设不符。

“好的，一共是 2.25 欧元。”林然的无实物表演相当优秀，他微笑的弧度也拿捏得刚刚好，完全就是一个熟练的咖啡馆收银员。

许其琛伸手在自己的口袋里摸索，他的脸上一直保持着一丝微妙的尴尬，这些都被坐在下面的导演和编剧看在眼里。

实际上这种情景，就需要这种恰到好处的尴尬。

许其琛向林然伸出手，林然也自然地将手掌摊开，一颗晶莹剔透的粉色糖果掉落在他的掌心。

职业操守满分的林然差一点笑出来:“好的,请稍等。”他走到一旁,手忙碌着,动作有模有样。

许其琛低头看着自己的脚尖，然后又看向林然的侧脸，用中文代替法语台词：“你是法国人吗？”

林然一边“制作”咖啡，一边回答：“不，我是中国人，来这里留学。”

“真的吗？”许其琛用有些惊喜的口吻说。

林然也转过头，拿起旁边小桌子上的一个一次性纸杯，走到许其琛面前，双手递给他：“您的咖啡。”

这一瞬间，他给人的感觉就像七月的阳光。

许其琛觉得有种似曾相识的感觉。

“谢谢。”许其琛转身，准备离开咖啡馆。他的脚步缓慢，仿佛鞋底真的沾上了马路上融化的沥青。

“你明天还会来吗？”

许其琛回头，林然抓了抓后脑的头发：“我的意思是，明天咖啡馆有活动。夏天嘛，冷饮买一送一。”

“夏天嘛”三个字被他说得很好听。

“你也可以带朋友一起来，很划算的。”

许其琛望着他，语气诚恳：“可我没有朋友。”

这句话刚说出来许其琛就后悔得想咬舌头，因为这不是剧本里的台词。果然还是没有经验，演着演着就开始分不清现实和戏剧了。

林然愣了一下，但只有一瞬间。他绕过不存在的柜台走出来，走到许其琛的面前：“现在你有了。”

许其琛抬头看着比自己高出半截的林然。他的身上兼具男人和男孩的气质，他脸上的笑容真诚无比，差一点就让许其琛忘记了这是演技。

“明天来吧，我请你喝冰摩卡。”

“可以了。”

陈安平喊停的一瞬间，许其琛立刻从戏中出来，又对着林然说了一句谢谢。林然也恢复成对戏前的模样，走回座位上。

瞿清的表情和许其琛一开始进来的时候不一样了，她对许其琛是发自内心的笑。但许其琛不清楚她对其他演员是不是也是这样。陈安平的脸色倒是没有太大的变化。

几个人简单地说了几句，许其琛就离开了房间。刚出去没多远，李芸就迎了上来："怎么样？你待的时间挺久的。"

许其琛想了想，实话实说道："一段独白、一段试戏，不过他们什么都没说。"

李芸的表情有一丝失望，不过这也在她的意料之中。来试镜的都是些叫得上名字的主。季梦泽最大的优势就是长得好看而且红，名气优势明显。不过对于这样的文艺片，他的缺点也足以让导演一票否决。

李芸象征性地拍了拍许其琛的肩膀："不管怎么样，试一试都是好的，这样的机会以后还会有。"

许其琛根本没听见李芸的话，他正在和 0901 交谈："0901，这些人物都是系统中的角色，那你应该可以读出他们的想法吧？"

0901 不慌不忙地回答："理论上可以，但这需要您支付五千的点数作为交换。"

五千？他现在只有四百。许其琛放弃了想通过系统 AI 打探虚实的念头。

0901："不过许先生，我觉得您的演技挺不错的。"

许其琛苦笑，估计也仅限于这种桥段了……

等他回过神来，已经被李芸拽出了酒店。

团体偶像和别的艺人不同，他们一天的时间得掰成两天半来过，现在已经是晚上十点四十分，许其琛还得回公司和队友一起彩排。

顺完了一半的舞蹈队形，五个人围成一圈坐在排练室的地上休息。

白翊手里拿着一板润喉糖，掰开一颗扔进嘴里："感觉这两天嗓子要冒烟。"

坐在对面的许其琛朝白翊伸出手："我也要。"

白翊又掰下来一个扔给他："你那边怎么样？"

润喉糖的味道怪怪的，又甜又辣，但他还挺喜欢的："应该去不了。"

明祈拍了拍许其琛弓着的背："哎呀，哪有这么快的，演技这种东西太玄妙了，实在不行我们就一部一部慢慢积累嘛。"

蒋凌倒是直接："没选上也好，免得到时候又被骂，看着难受。"

沈焕把湿漉漉的毛巾扔到蒋凌的脑门上，笑道："先顾好你自己的综艺吧。"

蒋凌因为运动天赋不错，身材好，被选为一个户外竞技真人秀新一季的嘉宾。不过因为是偶像组合出身，即便阳刚指数爆表，也很难不出现反对的声音。

"我皮糙肉厚，随便骂。"

沈焕蹬了蒋凌一脚，一下没坐稳，身体往后倒。

许其琛写文的时候，为了时不时弄点有趣的情节，特意加了团体之间队友的互动。

许其琛不动声色地挪了挪自己的腿，沈焕一下子倒在地上，被白翊疯狂嘲笑："谁让你欺负蒋凌，梦泽都不帮你吧。"

许其琛笑着摆手："不是，是我腿酸了。"

休息不久，五个人又被编舞老师揪起来继续彩排，直到后半夜才回到寝室。不过他们只能睡三个多小时，第二天上午还有一个杂志封面的拍摄。

前往摄影棚的路上，许其琛看着大家在车里打打闹闹，心里有些异样的情绪，但并不是负面的。

他从小就不善言辞，总是无法与人建立亲密关系，也没办法融入大环境中。曾经他和最好的朋友也因为一些矛盾和分歧，不再来往。

久而久之，他发现自己没什么朋友。突然以一个新的身份得到了队友这种特殊的人际关系，新奇之余，有点开心。

拍完团体的部分就是每个成员单独的部分，许其琛可以休息一会儿。他窝在一旁的沙发上，又困又饿，从茶几上拿了一块甜点塞进嘴里。一旁的女工作人员看到后捂着嘴笑："原来梦泽完全没有身材管理啊。"

许其琛含着一大口蛋糕没法说话，只得尴尬地笑笑。不过身后传来一个声音："他呀，吃不胖。"

话音刚落，身穿黑色套装的李芸就一屁股坐在了许其琛的旁边。许其琛慢条斯理地嚼着蛋糕，看向她。

李芸叹了口气："你就一点也不担心你试镜的事吗？"

许其琛终于咽下了最后一口蛋糕："我担心也没有用。"

"看微博没？"李芸拿出手机。

许其琛摇头，从回到公司以后，他就一直在彩排，连睡觉的时间都没有，怎么可能刷微博？

李芸把手机递给许其琛。

许其琛看着手机，微博上内容大同小异，什么"陈安平新作，聚焦青春题材！""陈安平、瞿清、林然金三角再度合作，剑指 ×× 奖"云云，大部分都将关注点放在了电影题材和配置上。

李芸："虽然表面上看起来这些微博号都是在宣传陈安平的新电影，但评论里'画饼'的人不少。我昨天只想打听一下他的试镜情况，但南柯剧组的人嘴都很严，透不出什么消息。”

李芸说完看着许其琛，表情有些欲言又止。许其琛知道剧情发展，自然也知道她心里在想什么，这种掌握剧本的感觉竟然让他感到不合时宜的开心。

“芸姐，你想说什么？”

“这样的电影资源，说白了就是过了这村没这店。”她见许其琛没说话，又继续说道，“鼎铭世纪的江铭江总，我约了顿饭，等会儿收工了一起去吃。”

“我不去。”这三个字被许其琛说得丝毫没有耍性子的语气，淡淡的。

李芸气不打一处来，但还是压低了声音：“你干吗啊？江总的女儿是你一出道就跟着的粉丝，这个饭局也是他们那边提出的，只想让他女儿见一眼偶像。”

许其琛仍摇了摇头：“芸姐，我不去不是我任性，是我有自己的考虑，你就信我一次。”

经纪人有很多种，有运筹帷幄唬得自家艺人一愣一愣的，有完全把艺人当摇钱树旨在榨干最后一滴血的，也有像老妈子一样操碎心的。在外人看来，李芸是第一种，可实际上只有自己人才知道，李芸是最后一类。

许其琛不愿意，李芸就是再唉声叹气，也没法下狠心赶鸭子上架。

许其琛又说道：“你有江总的电话吗？我给他打个电话说声抱歉。”

李芸满脸恨铁不成钢，拨通了电话后扔到许其琛怀里。

许其琛接过，表明身份，江总的态度也十分客气和友善。他郑重地道歉，并且特别感谢江总的女儿，说希望能够在下一场演唱会的后台和她见面，再当面致谢。

江总显然没有料到，愣了一会儿。尽管许其琛没有明说拒绝的理由，但在商场上打拼的都是人精，他会过意来，便哈哈笑了几声，最后说了句：“我女儿看人的眼光还挺随我啊。”

挂断电话，许其琛长舒一口气。他不是很擅长这种官方交流，不过结果好像还不赖。

李芸用手捂着自己的额头，感觉到手的鸭子就这么飞了：“你知不知道这次的机会有多重要，这可是陈安平的戏，合作的是林然啊。”

“我知道。但是芸姐，如果我真的是靠着鼎铭进了组，之后会发生什么呢？”

见李芸不回答，许其琛继续道：“像我这样的艺人，‘明星、偶像、粉丝众多、演技差’，这些标签已经很难撕掉了。”

许其琛一脸认真：“我不想让自己再多出一个不好的标签和让人攻击的把柄。”

最后这句话把李芸给说服了。她也没继续说下去，提着包起身，跟其他队员说了几句话，然后就离开了摄影棚。

0901的声音再一次响起："许先生，您真的想这么大刀阔斧地改剧情吗？"

许其琛："不可以吗？不就跟修文一样，我可是修文狂魔。"

0901："也不是不可以……不过后果就无法预知了。"

许其琛："没关系，光是掌握其中的人物关系和一些不被改变的剧情线就已经犯规了。"

0901想：你还真是容易满足啊。

不过刚才那番话，许其琛也是藏着说的，实际上他心里真正的目的还是自己的任务。

想要改变季梦泽的悲剧，必须从一开始就为他树立一个更加正面的形象。

再来，小说里，带资进组是林然对季梦泽态度不佳的最主要原因。为了顺利完成副线任务，许其琛必须改变这一条剧情线，即便最后没办法进入这个剧组，也比从一开始就被林然厌恶来得安全。

因为许其琛实在是保证不了，自己所扮演的季梦泽，真的能够完全扭转剧情。

0901："许先生，您在人类情感方面真的是极度缺乏信心啊。"

许其琛有些惊讶："你能听见我的心里话？"

0901："因为我是您的指定AI啊。"

许其琛"哦"了一声，0901的评价让他无法反驳。他的确极度缺乏信心，所以高中与那个朋友决裂后，直到现在也没什么朋友。

结束了摄影工作，成员们很快离开了摄影棚。门外聚着不少粉丝，一下子全涌了上来。身边的助理挡开他们，直到几个人顺利上了车。

"好累！"白翊将脑袋靠着车窗，"等会儿还要去录歌，感觉身体已经被掏空。沈焕，你也是今天录节目吧？"

沈焕点点头："不过我是导师，其实动得最多的是嘴，比选手轻松多了。"

听了这话，白翊又开始哀号。

"梦泽，你等会儿回去补个觉吧。"明祈看着发呆的许其琛，"我感觉你都精神恍惚了。"

"听说那个陈导很严格的，演员演不好会被骂死，一直喊卡，根本不在乎你的档期怎么样，必须演到他满意为止。"白翊安慰许其琛道，"去不了就算了，反正我们这种偶像艺人，真到了他的组里，基本等同于自杀。”

沈焕开口：“说起来，陈安平上一部电影也拿了奖吧。”

“嗯，他算是近几年获奖比较多的导演了。话说回来，林然当年获奖的那部电影也是他导的呢，演的是一个心理变态的人，哈哈哈。”

“很厉害好吗？那个时候他不是只有二十一岁？”

“反正这年头，演变态、病人什么的最容易拿奖了。”

大家热火朝天地讨论着，许其琛却好像被戳中了什么，拿出手机开始搜索林然获奖的那部电影。

《孩子》。这部电影和《南柯》一样，都是中外合资的。

主角是一个在美国底层长大的华裔小孩，父亲因过量吸食毒品而死，母亲也是一个瘾君子。剧本里涉及许多敏感话题，上映之时也引发了不小的争议。

其他成员都因自己的工作没回寝室，反而平时最忙的季梦泽因为一部悬而未决的电影空出了档期，许其琛趁着休息的空当把林然这部电影翻出来看。

0901忍不住开口：“许先生，这么宝贵的休息时间您不补个觉吗？”

许其琛放下手中的饼干：“0901，你这话说出来有种老父亲的既视感。”

0901于是不再出声。

自己寥寥几笔带过的剧本，最后变成一部真实存在的电影，许其琛内心感到小小的激动，不过他最好奇的还是林然在电影里的表现。整部电影的色调是很沉郁的现实主义，几乎完全实现了许其琛在构思时的设想，令人惊喜。

电影采用了倒叙的手法，开头便是主人公Chris Chen（克里斯·陈）接受警方的审问。林然是整部电影的第一主角，也是唯一一个亚裔演员，为了配合人物形象瘦得几乎脱了相。坐在椅子上接受审问的他仿佛只是一具躯壳，空洞的眼睛像是填不满的黑洞。

整部电影都是在审问和回忆之间不断地跳转，审问的台词是转场的衔接。一开始许其琛还能一边吃着饼干一边看，看到一半时，他就一口也吃不下了。

倒没有什么血腥画面，实际上电影本身是很写实的。但就是因为太现实，几乎像纪录片一样，尤其是Chris从小学到高中在学校里被人欺凌的画面，一幕幕真实到可怕的场景，看得人脊背生寒。

他真的很难想象，林然是如何演完这部戏的。

影片的最后，被狱警推着一步步走的中年Chris，脸上慢慢地露出了笑容。画面和那个背着破旧书包走进校园的小孩用蒙太奇的手法渐渐重合，两张笑脸映在一起，压抑而惊悚。

光是这一个笑，就足以让林然获奖了。

当初自己用来描写林然演技所堆砌出来的话语，在面对这个人真切的表演时显得极为浅薄。整部剧除了审问的部分几乎没有什么台词，但他泄愤时由衷的快感、被欺凌时面上的恐惧，完完全全展现了出来。

二十一岁的演技，是天分型选手没错了。

看完电影，许其琛感受到了电影艺术所带来的冲击力，一下子缓不过来。能和这样的人演一次戏，感觉一定很好吧。说真的，他一开始只是抱着完成任务的念头，想要凭借自己的能力拿到这个合作机会。可是现在，他真的有那么一点点想要和林然一起创作出一个有灵魂的作品。

许其琛这样想着，打开微博，意外地发现词条上出现了“南柯”两个字。

许其琛正看得出神，铃声忽然响起，他吓得差点把手机给扔出去：“喂？”

“梦泽？你的声音怎么这么虚？在寝室睡觉？”电话那头的人是李芸。

许其琛“嗯”了一声，李芸的语气里有着掩饰不住的激动。

“别睡了，赶紧起来！”

许其琛正寻思着，手机响了一下。他一看，是微信新好友的提示。

他点开，头像是一棵树。验证信息只有四个字：“我是林然。”

林然？！

许其琛盯着那行字，满脸的不敢置信。忽然，他眼前出现一个祝贺的字样，还不停地闪烁着蓝光。

“恭喜您，您获得了额外奖励的五百点数！”

额外点数？许其琛看着提示信息发呆，直到听见听筒那边李芸的喊声，才反应过来，慌慌张张地收好点数，再匆忙把手机举到耳边：“喂！喂！听着呢芸姐，刚刚信号不好……”

李芸那边的语气这才慢下来：“我说怎么半天不吭声呢。”

“现在你必须得跟我去吃个饭。先跟你说清楚，陈导和瞿编都在。赶紧换身衣服，我已经在路上了，还有十五分钟就到。”

许其琛从衣柜里找了套西装换上，看着镜子里的人，还是忍不住感叹了一番，这张脸可真是好看，难怪那么多女生被迷得五迷三道的。

李芸让化妆师小张在车上简单地替他做了造型。毕竟是饭局，还是要弄得大方利落点。

“这个局是只请了我们，还是中意的其他演员都有？”

“不清楚，打电话的是陈导的助理，他没说这些我也不好问。可能会有其他人，不管怎么样你都得表现好点。”话虽这么说，可自家艺人李芸心里是最清楚的，天生就是个沉默寡言的性子，唯独一张脸是老天爷赏饭吃。

“这个局的中心除了陈导，就是盛大光华的盛华峰盛总。

“文艺片大多是典型的赔本赚吆喝，导演是冲着拿奖，但投资方只想利益最大化。林然的票房号召力虽然已经是小生之中最好的了，但对他们、对文艺片来说还不够。

“像这种难火的戏，他们当然希望另一个主演也具有相当的票房号召力。”

李芸看着许其琛的眼睛：“这就是你会出现在这个饭局上的原因。”

许其琛笑了笑，不知道是该庆幸还是该感到悲伤。

“当然了，我也托人打听过，瞿清对你是很满意的，她觉得你的整体形象最符合她写的角色。”

许其琛有一件事想问李芸，忽然被她这句带着一丝安慰的补充给弄得忘记了，怎么想也想不起来。刚刚想问什么来着？

车子很快到了约定地点，这是一家远离市中心的私人会所，外面看起来就像是一栋私家别墅。四周围种满了树，只能远远地看见一个红色的屋顶，很符合陈导一贯的低调风格。

但如果季梦泽真的加入了，那可就是想低调也没办法了。

许其琛苦笑着走进会所，在工作人员的带领下进了一个包间。虽说是包间，里面的空间其实也就跟普通饭店的小半个大堂差不多。一推开房间门，李芸就切换了应酬模式，踩着一双昂贵高跟鞋的她笑意盈盈，连声音都放柔了几分，全然不是对着许其琛时的老母亲的样子。

许其琛一进门就看到了陈导和瞿编，两个人就像试镜时那样坐在一起。不过瞿编倒是第一时间冲他笑了笑，许其琛连忙跟他们打招呼。

陈导的右手边坐着一个穿戴不俗、五官端正的中年男人，他的脸上一直保持着微笑，有种运筹帷幄的领导风范，估摸着也就是盛华峰了。

“盛总，你好，久仰久仰。”李芸笑着上前。

盛华峰倒是十分绅士，见到女士主动站起来伸出一只手：“幸会。”

作为一个自由职业者，许其琛几乎没有遇到过这种商业应酬，只好硬着头皮走上前，向盛华峰鞠了个九十度的躬道：“盛总好，我是季梦泽。”

大概是被这个稍显隆重的打招呼方式惊了一下，许其琛起身的时候看见大家的表情都有些微妙。不过很快盛华峰便大笑了两声，指着季梦泽对李芸道："你家这个孩子可真是实诚啊。"

李芸也赶紧笑道："是啊，特别实在。"

"梦泽是吧？你就坐这儿吧。"盛总指了指挨着自己的第二个位子。

许其琛照盛总说的落了座，李芸也挨着他坐下。

"我们今天不聊工作，就当是我盛某人请大家吃顿饭。"

盛华峰攒的局？这一点让许其琛有些意外。而且他不明白，盛华峰为什么要空下一个位子，难道他不想跟自己挨着坐？

"这个会所我常来，里面的菜做得挺讲究。陈导，我知道你平时也爱喝两杯，我今天专程托人带了顶好的酒，白的，你等会儿可得卖我个面子啊。"

陈导那张冷冰冰的脸上终于露出一点笑容，奇怪的是，笑起来竟然有点憨厚感。

"小季能喝酒吗？"

李芸正想说话，就被许其琛无意识地抢了先："还行。"

0901 的声音很快出现："许先生，您可能忘了，季梦泽的设定是不会饮酒。"

"我没忘。"许其琛在心中回答，"他不会，我会。我的生理特征不是会影响到这个世界的本体吗？没关系的。"

0901："您已经做好拼酒的准备了吗？"

许其琛："那也比别的方法强。你那儿有醒酒药卖吗？"

0901："强效解酒药，三百一瓶，童叟无欺。"

"先给我来一瓶吧。"他刚说完，右边的西服口袋就变得沉了一些。许其琛伸手进去，摸到了一个跟三锌口服液差不多大小的小瓶子。果然童叟无欺。

许其琛忽然感觉自己的腿被踢了一下，转头看见李芸瞪了他一眼，他只好笑了笑。

"看不出来啊，梦泽长得斯斯文文，还能喝酒啊！好，我喜欢，不会喝酒的那都不是真男人！"

别人不知道，许其琛是清楚的。这个盛总虽然不是在原作的这个时间点出场的人物，却也是他设定的。当初写的时候就是一个看着挺像文化人，骨子里特别有侠客气息的生意人，所以喝酒这件事算是博好感的。既然遇上了，他躲不得。

他们正说着话，门被敲响了两下，盛总立刻笑了出来，对陈导说道："终于来了。”

随着开门的声音，许其琛回头。一瞬间，他想起了刚才在车上想问李芸的话——林然会不会来？

显然，他已经来了。

林然也穿着一身西装，不过是浅灰色的休闲款，衬得他身材更修长。他冲着大家笑了笑，顺手解开了袖口的扣子：“我迟到了，司机差点没找着地方。”

盛总大笑，招呼林然过去。林然也十分大方，干脆利落地坐在了盛华峰和许其琛之间空下的那个位子上。

不知道为什么，林然坐下的时候，感觉身旁的人瞬间奓毛了。他看了看许其琛，许其琛冲他笑笑。

0901：“许先生，您的笑容稍微有点假。”

许其琛：“你就非要拆穿我吗？”

林然也回了一个暖洋洋的笑容。

可是因为知道原剧情里林然对待季梦泽的态度，许其琛总觉得心里不安。不过看林然的样子倒是挺自然的，熟门熟路地跟盛华峰他们聊着天。

菜一道一道地上上来，盛总是个大方的性格，招呼着桌上的人。陈导虽然总是以冷峻的形象示人，却也挺卖盛总的面子。瞿清和李芸倒是挺能聊，大概因为都是女人，话题比较相近。

唯独许其琛，除了在盛华峰说干杯的时候跟着一起喝酒，好像确实找不到什么话题了。

忽然，许其琛感觉自己的左脚被轻轻踩了一下。他以为是不小心碰到了，赶紧把脚往回缩了缩。

这私人会所的菜是真的好吃，许其琛自从来了这个世界，连一顿正常的饭都没吃上。他夹了一块排骨正要往嘴里送，感觉自己的脚又被踩了一下，排骨“吧嗒”一下掉在碗里。

许其琛扭头看向身旁的林然，他手里握着玻璃酒杯，嘴角含笑。就在许其琛觉得莫名的时候，对方稍稍侧了侧身子。

林然的音色低沉：“怎么不加我微信？”

“微信？”许其琛这才想起来，“哦对，微信，我刚刚忘了……”

身旁的人一下子笑出声：“你该不会以为是假的吧？”

许其琛盯着手机屏幕：“没有，我是真的忘了，刚刚正好接了个电话。”

林然看着许其琛的侧脸，说话的语调缓慢：“开个玩笑嘛，你好认真啊。”

许其琛冲着林然晃了晃手机，示意加好了。林然点点头，佯装无事一样把自己杯子里的酒喝完。

“小季，别光吃菜啊，来来来，陪我们多喝几杯。不是我吹牛啊，这酒平时可是喝不到的。”

见盛总都站了起来，许其琛也赶忙起身，陪着盛总干了杯子里的酒。陈导见他的样子，忽然问了一句：“小季最近工作多吗？”

突然被导演这样问，许其琛差点呛住。他还没来得及回答，话就被李芸接了过去：“他最近除了巡演，其他的工作都没接。当然，巡演也可以暂时缺席的。”

盛总又给自己倒了一杯：“哎呀，你看看你多护着小季，让他自己说。这里又没外人，想说什么说就得了！”

这盛总，喝了酒性子越发明显了。李芸一下子就听出了盛华峰的意思，脸上闪过一丝尴尬，但很快又笑道：“早知道盛总您是个这么豪气的人，我也就不这么拘着他了。怪我，怪我，盛总，我自罚一杯。”

“好！我就喜欢这种爽快的性格！”

一来二去，饭桌上的人越发熟络起来，灌起酒来也是越发无所顾忌。虽说许其琛算是能喝酒的，但也有好几年没喝得这么猛了。胃里又空又烧，他只能钻着空子多吃点菜，免得一会儿会头晕。

陈导：“林然，你不是说今天有个什么工作来不了吗？”

林然笑道：“是有个活动，让我给推了。本来也就是站站台，不去也没事。”

瞿清接过话茬：“是你们公司的那个庆典吧，你好歹也是你们公司的顶梁柱，说不去就不去了？”

盛华峰：“哟，真给我面子，这都推了？”

林然拿起酒杯碰了一下盛总的杯子，发出“叮”的一声脆响：“那必须的。”

“来来来，小季也再添上一杯，我们碰一下。”

许其琛嘴里塞得满满的，听了这话，心里“咯噔”一下，只得慌忙咽下菜，举起杯子跟盛总碰了碰，然后一口气喝完。

“好！小季好，一点也不扫兴！”盛总的脸涨得通红，最初的绅士风度荡然无存，现在活像电视剧里大口喝酒、大口吃肉的土匪头子，北方大汉的口音也藏不住了，“之前跟一个剧组吃饭，也是我投的，里边那小演员跟小季差不多大吧，那叫一个磨叽！喝口酒跟要了命似的，嘴唇都还没沾上就开始喊醉了，头摇得跟拨浪鼓似的。那不情愿的样子啊，看了就烦人。你说说，都是大老爷们儿怕啥？人小姑娘家的我就不跟人喝，小姑娘喝酒不好，大老爷们儿吃饭不喝点酒还像话嘛！”

一说起这个，盛总就跟机关枪扫射似的，越说越气愤，说到最后干脆又闷头干了一大杯。

许其琛被盛总这番话弄得想笑，结果一笑就感觉酒劲直往外翻，难受得直咳嗽。慌乱之中，他拿起杯子胡乱灌了一口。

“这是我的杯子。”

许其琛瞪大了眼睛看着手里的杯子，咳得越发厉害了，他尴尬地站起来，一不小心杯子里的酒全洒在了身上。

李芸见了赶紧打圆场：“这孩子就是夸不得，脸皮太薄。”

盛总中气十足地笑了几声：“小季，快去洗手间弄一下吧。”

许其琛点点头，捂着嘴一边咳嗽一边走出去。

白酒的后劲实在是太足了，许其琛站起来刚走到门口，就感觉两条腿有点打战。他只能用手扶着墙，踉踉跄跄地走到洗手间，然后拿出口袋里的醒酒药，拧开了瓶盖灌进嘴里。

许其琛靠着洗手间的墙壁等了几分钟，那种醉酒后的失重和眩晕明显好了很多。

私人会馆的洗手间也相当豪华，洗手台上还放着毛巾、棉签、香薰和蜡烛。许其琛对着镜子看了看，西服上的酒也不是很多，还是不擦了，于是低头洗了把脸。

冰凉的水一接触皮肤，许其琛一下子清醒了很多。他抬起头看镜子，又被吓了一跳。

“你……你怎么在这里？”

林然笑着递给许其琛一条毛巾：“这里只有你能来吗？”

林然见许其琛呆呆的，也不接毛巾，便轻轻一扔，把毛巾盖在了他的脸上，然后洗了把手。

毛巾都到自己脸上了，许其琛干脆擦了把脸。

“就这么想演这部戏？”

许其琛：“啊？”

林然甩了甩手上的水，笑着歪头看向他：“不然干吗这么卖力地喝酒？”

许其琛撇撇嘴。

林然擦完手上的水，却没有离开。

许其琛：“怎么了？”

林然摇摇头："你今天不吃糖吗？"

许其琛："嗯？"

林然一脸无公害的笑容："我可以帮你拧盖子啊。"

许其琛心虚地笑着摆手："不用了，今天不吃。我们快回去吧。"

说完，两人就回包间了。

一进门，许其琛就对上瞿清的视线，对方的笑容让他有点疑惑。他一向搞不懂女生的想法，只好求助0901。

许其琛："瞿清为什么要对着我笑？"

0901："这大概是出于一个粉丝发自内心的喜悦。"

许其琛："……"

许其琛落座的时候，盛总和陈导聊得正欢。两个中年男人喝得面红耳赤，但还保留着最后一丝清醒。

"陈导有两年没上新电影了吧？哎哟，可等苦了我哦。你去问问我公司的人，我天天念叨着，只要是陈导，不管什么电影我都要投！"盛华峰激动地举着杯子。

许其琛不动声色地听着，酒过三巡了才提到电影这一茬。

陈导镇定得多，虽然脸上也满是酒气："盛总这是信任我，我本来也想多拍几部的，趁着现在还没老啊。"

李芸笑道："陈导这才多大就开始喊老了啊。"

瞿清也跟着笑："陈导就是这样，还天天跟我说让我养生呢。"

陈导摆摆手："真不是开玩笑，身子骨就是不如以前能耗了。想趁着精力还跟得上的时候挑战一下新的风格，这不，一眼就相中了小瞿的新剧本，想拍来试试看。"

陈安平字字句句都轻描淡写，可光是选角就花了一两个月的时间，换了一个又一个，对新片的重视程度可想而知。

瞿清也笑道："好不容易又跟陈导合作，这都有三四年了吧。"

李芸看了一眼瞿清，递了个话："听说瞿编这次是替林然量身定做的剧本啊。"

林然笑出声来："越传越玄，大家也太高看我了吧。"

瞿清："林然还不好意思了。我当时是看了林然考电影学院时的一段录影，那个时候他才十八岁吧。我一下子就有了灵感，想写个带有青春题材的剧本。不过现在的青春片都特俗，是为了迷茫而迷茫。我想关注点不一样的东西，写了一年多，就把这个剧本写出来了。正好碰上陈导想转型，也是走运哪。"

盛华峰又给自己倒了一杯："好啊，青春题材现在正红火呢。林然我是放心的，这另一个角色是找了又找，拖了又拖，定好的三月份开机，到现在都过去两个多月了，还没定下来。时间就是金钱啊。"

你来我往这么半天，终于说到重点了。盛华峰又道："我看啊，陈导也甭纠结了，郁宁这个角色就赶紧定下来吧，再这么拖下去电影可就赶不上明年的 ×× 电影节咯。"

许其琛琢磨着盛总话里的意思。

陈导却没接话茬，两个人你一杯我一杯地喝个没完。

许其琛一顿饭吃得心里没着没落的，谁也没把话说透，最后以盛总喝断片草率收场。

回宿舍楼的路上，许其琛没继续想那些事，既来之则安之。倒是李芸看着挺不冷静，没办法，好不容易吃了一顿饭，却没能把角色的事情给落实了，很难不让人觉得心慌。

微信提示音响起，是林然发过来的："你得对我说声谢谢。"

许其琛有点没搞明白什么意思，直白地回了句："为什么？"

回完后他仔细回想，是因为上次帮忙开糖罐子的事？他已经说过谢谢了啊。

林然："我今天帮了你。"

许其琛："帮我？你不是过来应酬的吗？"

许其琛发完消息，越发觉得这个林然有些莫名其妙，他都开始怀疑这个人还是不是自己创造的角色了。

过了好一会儿，林然才回复他："过几天你就知道了，我等着你来谢我。"

莫名其妙。许其琛退出微信界面，询问 0901："是不是涉及主角林然的剧情就会有点数掉落？"

0901："是的，许先生。"

许其琛："数量是随机的吗？"

0901："不，点数的多少和剧情的完成度有关。"

许其琛："……"

回到公司，许其琛又过上了偶像组合成员的生活，练舞、唱歌、彩排、巡演，忙得晕头转向，连闲下来刷刷微博的时间都没有，有时间都用来补觉了。好几天过去，什么消息都没有，许其琛也就慢慢忘了电影这茬，想来想去希望也不算大，还是随缘吧。

直到演唱会结束的第二天，李芸风风火火地出现在练习室，一把拎起正压腿压到睡着的许其琛飞奔出去。

白翊："咦？刚刚发生了什么？"

沈焕笑着打了个哈欠："老鹰捉小鸡。"

李芸看了一眼许其琛的黑眼圈，一脸无奈："麻烦你有点身为偶像的自觉好不好？"

许其琛："睡一觉就好了。"

李芸刻意绷着一张脸，看到许其琛的表情后又有点破功。她拿出一份文件，拍在许其琛的胸口："恭喜你啊，郁宁。"

许其琛还没反应过来，接过李芸手中的文件打开一看，竟然是签约合同。

"郁宁？真的定下来了吗？为什么之前一点风声都没有？"

李芸："其实我前几天有被人透过话，不过那个时候还不确定，我怕到时候黄了你会失望。不过现在合同都到手了，也就不怕跟你说了。"

许其琛"哦"了一声，又问道："透了什么话？"

李芸："其实那顿饭后我加了瞿编的微信，她在跟我聊天的时候说，盛总攒那个局的原因就是想看看你。虽然你人气很高，但他并不是非得要人气高的，毕竟找个幺蛾子少点、演技好点的，把这部戏拍成口碑一流的文艺片也不错。商业价值是少了点，但稳扎稳打绝对不会出错。"

许其琛很赞同盛总的想法，如果不是为了完成任务，许其琛更想把这个演出机会给和林然一样有演技的年轻演员。

"但是，他见到你之后觉得你跟他想象中流量偶像的形象不太一样，很安静又很真实，挺合眼缘的。不过盛总不是那种喜欢完全掌握选角的投资商，他挺尊重导演、编剧这些主创人员，所以这个饭局只是让盛总决定不否掉你。"

许其琛已经猜到了："那是谁决定选我的？"

李芸笑了笑："瞿清说，一开始他们听到你要来试镜都吓了一跳，觉得你太不自量力了。但见到你本人之后又吓了一跳，你是唯一一个素面朝天过来的。好笑的是，瞿清看见你的第一眼就觉得你简直是郁宁本宁，长相、气质都好，都特别贴，就是怕演技不过关。可没想到你的台词背得那么快，语气节奏都很得当，当时她心里就挺满意你了。"

"可编剧不能完全决定选角吧？"

"没错。"李芸拍了拍许其琛的肩膀，"真正帮到你的是林然。你的念白虽然不错，但这不是重点。瞿清说，陈导是在你和林然即兴对戏的时候看到了你的闪光点，具体是什么她也不清楚。”

对戏的时候……许其琛回想了一下，只觉得自己当时真的很紧张。

“先不说这些了，先把合同给签了吧。”

真拿到这个角色了，反而感觉有些不真实。

许其琛有点开心，有了值得开心的事应该要和别人分享才是。可是，他应该和谁第一时间分享这个消息呢？

0901：“许先生，我觉得你应该第一时间告诉林然。”

许其琛微微皱眉，思索了一下，打开微信，将这个消息发到了他们组合的群里。

许其琛：“我签约啦，可以进组了。”

0901：“当我没说……”

消息刚一发出，群里就炸开了锅。

白翊：“啊啊啊——太棒了！我到时候可以去探班吗？”

明祈：“我就知道我们梦泽可以的！加油！”

蒋凌：“可以演陈安平的戏了，厉害厉害。”

沈焕：“恭喜呀小梦泽。”

虽然这些人并不是他真正的队友，但这种一群人一起为某件事激动的感觉还是让许其琛有了不小的愉悦感，也让他在这个世界找到了一点归属感。

签约之后，许其琛一有空就抽出时间看剧本。看的时候有一种自己偷偷开外挂的刺激感，毕竟连这个看剧本的角色都是自己创造的，更不用提手里的剧本了。虽说如此，但他还是挺好奇的，像陈安平那样的大导演究竟为什么会看上他呢？

没等他琢磨透这个问题，就迎来了开机仪式。《南柯》剧组为了选角的问题耽搁了太久，所以一旦确定下来就必须得抓紧时间赶进度。

开机的时候许其琛再次见到了陈安平，心情和试镜的时候不太一样，感觉陈导的态度也和善了许多。

《南柯》的时间线有两条，年少时期的故事发生在法国尼斯，七年后在上海再次相见。导演决定先拍回忆杀部分，所以剧组开机地点就安排在了尼斯。

正值六月中旬，尼斯的气候非常闷热，就算是生在中国火炉城市的许其琛，对这种海滨城市独有的闷热潮湿也有些忍受不了。

原以为地点选在国外会很低调，可开机当天大小媒体纷纷出动，光是无人机都被打下来好几架。

许其琛身边正好站着剧组的场务姐姐，他就随口问道：“姐，陈导的每一部戏都是这样吗？”

场务姐姐看了一眼许其琛真诚的表情，觉得他又好笑又可爱：“你是真的不知道吗？这些人都是来拍你的啊？”

看着许其琛一脸疑惑的表情，场务姐姐又说：“因为到现在为止剧组都对外保密郁宁的选角啊，这得多吊人胃口啊。”

许其琛立刻“哦”了一声，又认真地问道：“那我现在要躲一躲吗？”

场务姐姐被他逗笑：“你怎么这么可爱啊！我算是知道为什么你们团里属你人气最高了。不用躲啦，迟早都是要被人知道的。”

许其琛点点头，本来想多问几句的，却被陈导的助理叫住：“郁宁，陈导说让你去酒店一楼的咖啡馆找他。”

自从进入了这个世界，许其琛已经习惯这些不属于自己的名字称呼了。剧组为了能够尽快地进入状态，规定演员进组后都必须称呼角色名。

陈导的助理带着许其琛到达指定地点，陈导已经坐在里面等他了。许其琛有些紧张，但陈导已经看见了他，还挥了挥手。

许其琛坐到陈安平对面，对方毫无任何寒暄之意，直接开门见山：“我先跟你讲讲戏。”

许其琛点点头，陈安平盯着他看，然后问道：“怎么样，剧本看熟了吗？对郁宁这个角色有什么看法？”

许其琛：“郁宁这个角色……”

许其琛心中有他的想法，但他并不清楚这些想法和陈安平心中的见解是否吻合。

他犹豫了一会儿，还是照着自己写作时的初衷说了出来：“虽然这部电影的名字叫《南柯》，南柯也是当之无愧的第一主角，但郁宁这个角色更像是整部电影的脉络。他是整个故事中变化最大的角色，从一开始少年时期的敏感单纯，到七年后的忧郁神经质，他的情绪决定着电影色彩和基调的改变。”

陈安平依旧盯着他，眼神中甚至有一种企图看透他灵魂的尖锐感：“继续。”

许其琛：“他很纯粹，这种纯粹感来自一个涉世未深的少年对于成人世界的好奇心和渴望。而南柯和他不同，对什么都抱着一种游戏的态度，两个人在任何时期都是不一样的。”

陈安平微微点头："你刚刚提到郁宁前后两个时期的性格反差，那么对你来说，你认为哪一个时期的郁宁更难驾驭？"

这个问题并不算刁难，所以才更让许其琛有些出乎意料。但是他没怎么思索，直接脱口而出："前者。"

"哦？说说看为什么？"

"因为年少时期细腻单纯的心思是最微妙的，没有大起大落的情绪起伏，也没有歇斯底里的神态，这种情绪很难捕捉，也很难用演技表现出来，一不小心就会过了那个看不见的界限。"

陈安平愣了一会儿，严肃而刚毅的脸上露出笑容："所以你知道我为什么会选你吗？"

为什么会选他？许其琛看着陈安平的眼睛，没有说话。

"在演艺圈浸泡很久的人，可以驾驭得了各式各样稀奇古怪的角色，这些是他们的能力。但年少时的青涩、局促、敏感，他们几乎演不出来。因为骨子里越有阅历的人，就越难返璞归真。即便是演，也总是会不受控制地矫揉造作。这就是为什么，相对成功的青春片，选角往往都是新人。"陈安平放松地靠向沙发，继续道："我回去之后看了每个试镜演员的录像，比你演技好的有很多，但只有你一个人表现出了郁宁那个年纪该有的感觉。"

说着说着，他突然笑起来："特别是在和林然对戏的时候，那种紧张的真实感让我觉得很有趣。"

许其琛尴尬地笑笑："那是我们第一次见面。"

"玩笑话。"陈安平收敛起笑容，"我看到你们对戏的时候，心里基本就已经确定了。何况林然那小子后来还跟我说……"

许其琛有些疑惑："什么？"

陈安平像是想起什么，摇了摇头："没什么特别的，总之试完镜就觉得差不多是你了。不过有一点我很奇怪，我后来找了很多你之前拍的电视剧和电影看，说实话，演得真的非常烂。

"和你试镜时的那种感觉完全不一样，我就想问问你，到底经历了什么才让你突然开了窍？"

许其琛在心底吐槽，因为根本就不是同一个人啊："其实……我也不知道……"

陈安平用一贯尖锐的眼神来回扫射了许其琛很久，最终还是认可了对方含糊其词的解释："无所谓，我今天跟你谈话的目的主要就是让你放宽心。你能够出演郁宁并不是因为什么附加条件，而是你这个人的确是最适合的人选，所以保持你现在这种感觉，就把郁宁当成你自己，好好演，听见了吗？”

原来如此。什么都随缘的许其琛第一次感受到被肯定的快乐，重重地点了点头。

季梦泽的形象很符合郁宁，但发型还是稍微有点不适合。进组后导演特意让人把他的头发剪短了一些，看起来年纪更小了。他的五官原本就带着一种天然的幼态，加上皮肤白皙，虽然已经是二十三岁的年纪，演起十七八岁的小男生来也毫无压力。

许其琛忙活了一整天，到了晚上才回到酒店歇下。虽说进了组，可他根本没什么机会跟林然说话。他有点担心，照这样的进度，什么时候才能完成任务呢？

许其琛洗完澡躺在床上发呆，想起这天好像会发布白翊的新歌，自己作为队友应该帮忙宣传一下。于是他打开了微博，快速地转发了白翊的新微博，还在评论里留下了一个爱心表情包。

很快，自己那条评论就被眼尖的粉丝给捞了起来。

许其琛很喜欢看评论，刚点开，突然愣住。

这是怎么回事？许其琛发现评论的走向不太对劲。

电影官宣了吗？许其琛点开页面，看到的并不是《南柯》剧组的官方微博，而是几个微博号发布的开机现场照。每一张都不太清晰，只能勉强看到几个主演的身影。

许其琛往下翻了翻，看到有网友在夸他颜值高，也有网友说他演技差。

许其琛不再继续翻下去，他心里清楚，从他选择争取这个角色的那一天起就已经做好准备要面对这样的局面。

0901：“许先生，如果你会不开心，我建议您暂时不要使用微博。”

许其琛：“不会啊，我没有不开心，他们骂的又不是我。”

0901：“您说得也有道理……”

微博上的这些东西，站在季梦泽的角度来看是很沮丧，但是他不能这样。他必须从这些表象之中挖掘更深层次的信息，以保证主线任务的顺利进行。

许其琛感觉有点饿，正在考虑要不要去吃饭的时候，房间的门铃响了。他放下手机打开门，看到张小小提着两个大包站在门口。

“梦泽哥，我给你送外卖来！”

许其琛赶紧接过张小小手里的东西，心里乐开了花：“我正好饿了，快进来一起吃吧。”

张小小摇了摇头：“我吃过了，梦泽哥，你吃吧，我还有事没做完呢。我先走啦。”

这个小助理脚底下像是踩了风火轮似的，来得快，去得也快。许其琛打开外卖的袋子，热气扑了满脸。嗯，是个踩着风火轮的小天使。

外卖盒里有很多炸鸡、薯条，还有汉堡之类的，都是许其琛爱吃的垃圾食品。当初他写季梦泽在吃方面的喜好都是按照自己的套，现在看来还是很明智的。

许其琛左手一个鸡翅，右手一杯快乐肥宅水，把刚才微博上的不快都忘得一干二净。他正吃得开心，门铃再次响起。

张小小又来了？许其琛放下手里的吃的，找了半天的拖鞋，却只看见一只，索性不穿了，光着脚下去开了门。

门被打开的一瞬间，林然看到的是头发湿漉漉、光着脚、嘴里塞得满满当当、瞪大了眼睛的季梦泽。

许其琛一看见林然，下意识地想关上门，却被对方先一步挤了进来：“喂喂，好歹我们也是合作的关系了，没有你这样的待客之道吧。”

许其琛发现将人拒之门外的确不应该，但脑子有点乱，一下子不知道该说什么。这副样子落在林然眼里，只觉得好笑。

“吃着饭呢。”

许其琛点点头，费劲地咽下嘴里的东西：“要一起吃吗？”

他本来是说客气话，没想到对方竟然连半秒钟都没犹豫：“好呀。”

林然在一旁吃着薯条，看着电视，见他这么自然，许其琛也放松地坐了下来。他在外卖桶里挑了半天，拿起一个鸡腿刚要放进嘴里，就听到林然说：“刚刚官宣了哦。”

对方说得这么轻描淡写，许其琛却差点咬了舌头：“这……这么快？”

林然笑着偏过头看向他：“怎么，你还嫌网上说得不够吗？”

官宣虽然并不是什么大事，但对季梦泽的粉丝来说是一颗定心丸。而且官方选择在这个时候进行官宣，也有点保护演员的意思。

不过许其琛倒没什么所谓，咬下一块鸡腿肉：“反正官宣之后还是会被说，习惯就好。”

林然有些惊讶：“总在网上看到你的粉丝说你是个‘佛系’明星，还以为是故意凹的人设。”

许其琛苦笑了一下：“这种情况急也没用，网友们看几天热闹而已，一旦有了新的热点事件出现，这件事很快就会被盖过去。”

“没这么容易的。”林然往后退了退，端详了一下他，“你的头发剪短后，看起来像个小孩，明明只比我小两岁。”说完，他起身去洗手间洗了个手。

许其琛抽出一张纸巾仔细地擦着手，心里问着0901：“这个林然，我觉得他比我更崩人设啊。”

0901：“这大概是您不跟着原文剧情走的原因。”

许其琛无力地在心里叹了一口气，看向坐回身边的林然。

忽然，许其琛眼前出现了熟悉的蓝光，破碎的光斑逐渐化为祝贺的字样，这次奖励的点数有八百。

许其琛开心地收好点数，心情一下子好起来，主动问坐下来玩手机的林然：“你为什么来我的房间？”

林然听见许其琛这样问，头也没抬：“就是提前熟悉一下啊，我们明天不就要正式拍戏了吗？”

这个理由虽然不充分，但许其琛也勉强可以接受。

看见林然低着头好像在打游戏，许其琛也拿出手机，发现微博的通知都快炸了，他忍不住叹了一口气，抬头看见林然站在自己身边，拍了拍自己的肩：“不是说不在乎别人说你吗？”

“嗯。只是觉得有点……不知道怎么说。”他的头又不自觉地垂了下去。

许其琛忽然听见“咔嚓”一声，再次抬起头，看见林然还保持着手持手机对着自己拍照的动作。

“我回去了。”林然把手机放回到兜里，自顾自地走到门口，又回过头，笑容里透着一丝戏谑，“谢谢你的款待。”

0901：“许先生，你不拦住林然吗？”

许其琛毫无感情地回答：“终于走了，我很开心。”

0901：“……”

房间里又只剩他一个人，感觉更加沉闷。许其琛倒在床上，酒店的窗子开着，尼斯的夜风中夹带着海水的气温，咸咸的、凉凉的，吹在脸上不怎么舒服。许其琛不知道发了多久的呆，微信提示音响了几声。

本来他不想动的，却又担心是李芸，只好点开看。许其琛的第六感总是很准，果然是李芸。

李芸：“你现在在哪里？”

李芸：“林然在你旁边？你们已经这么熟了？”

李芸：“你为什么不回关人家的微博？”

许其琛看着这几条消息，心里乱七八糟。他打开微博，一时间愣在原地。

五分钟前，林然发了一条微博。

林然：“郁宁今天剪了头发。”

配图是林然刚刚偷拍自己的那张照片，穿着白T恤和休闲短裤，头发蓬得乱乱的。因为是俯拍的角度，只露出小半张脸。地上是两个人吃得乱七八糟的外卖盒、可乐杯，看起来……有种熟识已久的感觉。

许其琛点开评论，热评第一竟然是林然自己——我的拍照技术还不错吧？

后面提到了季梦泽的微博账号。

许其琛心里的感觉一时之间很难用文字描述出来。他盯着这行字看了很久，想起林然对着自己时似笑非笑的表情。

林然的微博一向都是转发一万、评论一两万的样子，他的粉丝比较顺其自然。不像很多明星的微博，转发动辄就是几十万，包括季梦泽也是。

林然的那条热评下面纷纷在夸季梦泽有少年感，适合郁宁这个角色。

虽然还是有些不和谐的声音，但基本都被掩盖过去。

许其琛突然想到刚才李芸发的微信消息，赶紧先关注了林然。

“0901，我是不是应该回复他一下？”

“许先生，林然都提到你了，我认为是有必要回复一下的。”

许其琛想了想，也是，决定回复一个笑哭的表情好了，反正这个表情是万能的。他刚点下发送，手机就响了，吓得他差点不小心挂断电话。

李芸的声音一如既往的中气十足：“喂！季梦泽！你怎么不回我消息？”

许其琛弱弱地回答：“啊……我看到之后去刷微博了，忘了回复你……”

“林然现在在你的房间里吗？”

许其琛：“没有，他早就回去了。”

李芸的音量突然拔高：“所以你们刚刚真的见面了？！那张照片真的是他拍的？”

许其琛：“嗯，刚刚一起吃东西来着。”

李芸有点搞不明白，怎么自家艺人可以这么轻易地跟别人熟起来？明明是个腼腆不爱说话的个性：“好吧，网上那些不和谐的声音，你千万不要回应，知道了吗？”

“嗯，我明白的。”

“这件事你就别管了，安心拍戏就好。林然在这个节骨眼发微博也是帮你，这件事差不多也就过去了。”

许其琛“嗯”了一声，对方又交代了几句，然后快速挂断电话。

她总是这么火急火燎的。许其琛想着，手机屏幕再次回到刚刚的微博界面。他刷新了一下评论，发现自己的评论被赞到林然那条的第一了。

不过……他发的明明是笑哭的表情啊，为什么变成了爱心！

许其琛点开表情栏，爱心和笑哭的表情挨在一起，大概是因为不久前用过爱心表情，它就理所当然地出现在常用栏的第一位。而自己就这么一不小心手滑……都怪李芸的电话来得太及时，错过了删除评论的最佳时机。

现在删会被骂吧……

许其琛现在不敢点开自己那条评论下面的回复，他已经隐约感受到一阵汹涌的气息，铺天盖地，淹没了自己那个小小的表情包。

许其琛假装什么都没发生，默默地钻进被子里。

眼前出现了点数奖励的界面，许其琛又默默地钻出来，看到数字八百，点了收取，然后开心地睡着了。

陈导是个很注重效率的人，拍戏虽然非常苛刻，但指导起来也是尽心尽责。为了贴合人物设定，陈安平专程请了当地的法语老师教许其琛法语，力求每一句都做到口音纯正地道。

陈安平非常厌恶当下流行的浓重色调和磨皮滤镜，那些粗糙的装饰和电影真正该有的质感相差甚远。

为了营造出真实感，陈安平要求林然和季梦泽全部素颜出镜。一点妆都不能带也就罢了，甚至还让化妆师给季梦泽的鼻梁上点了几颗小雀斑。

理由是，这孩子皮肤太白太细，男孩要稍微糙一点才真实。

不过几颗小雀斑一点，倒真有点十八岁小男生的模样了。

陈导坐在监视器后面看着镜头里扶着自行车的许其琛：“可以开始了。”

“《南柯》第六场第二次！开始！”

许其琛一秒进入到郁宁的角色之中。

炽热的阳光下，郁宁穿着短裤和白 T 恤，扶着自己的自行车，站在距离咖啡馆门口五米处等着。

咖啡馆的大门忽然打开，南柯从里面走了出来，手里拿着两杯冰摩卡，笑着望向郁宁的方向。

“怎么不在树荫下面等？”

郁宁踢了踢脚下的一块小石头：“啊……忘了……”

忽然，手背一冰，郁宁吓得打了个哆嗦，才发现是南柯手握着咖啡恶作剧。

“快喝吧，不然等会儿就不冰了。忙了一上午，终于可以歇会儿了。”

郁宁接过南柯手中的咖啡，南柯走去旁边的一棵梧桐树下坐。郁宁把车停好，跟在他的后面，在距离十五厘米的位置和他并排坐了下来。

南柯咬着吸管，背靠着大树，仰起头，树叶的间隙中忽明忽暗的光线洒落在他的侧脸上：“夏天真好啊。”

郁宁喝了一口咖啡，苦涩之中带着一丝丝微薄的甜意，冰冰凉凉，缓缓地流淌进肺腑。

“能看到这么蓝的天空，这么充沛的阳光，就感觉什么烦恼都微不足道了。”

郁宁轻轻地“嗯”了一声，脸上浮现出不容易察觉的微笑。

“郁宁。”

听见对方喊自己的名字，郁宁抬起头：“嗯？”

“阿嚏！”许其琛扭头打了个喷嚏。

陈安平立刻喊道：“咔！”

“对不起对不起！”许其琛站起来朝工作人员们道歉，“不好意思，实在是没忍住。”

陈导摆了摆手：“赶快调整一下。”

林然背靠着大树：“喂，你也该对我说对不起吧？”

许其琛转过头，认真地向他道歉：“对不起，刚刚好像是梧桐树上的毛毛钻到鼻子里了，很痒，我忍了很久。”

林然看到对方一脸认真的样子，努力地憋笑。

“好了导演，可以开始了。”

陈导点点头：“你们恢复到刚刚的样子。”

许其琛照做了，等待着打板。

“《南柯》第六场第三次，开始！啪！”

“你怎么闭上眼睛了？困了吗？”

郁宁睁开眼，看见南柯修长的手指间捏着一只不大不小的天牛。

郁宁盯着虫子，尴尬地笑了笑："有一点。"

南柯："也是，天气热就很容易困。我租的公寓就在这个街区，你要是想找个地方休息一下，可以去那边歇一歇。"

郁宁看向远处："不用了，我等会儿还要去游泳。"

南柯："我也想游泳，不过等会儿还得上班。"他撞了撞郁宁的肩膀，"过几天我休假，我们一起去天使湾？"

郁宁抓了抓后脑勺，含糊地"嗯"了一声，然后飞快地站起来跑到自己的自行车旁边。

"要走了吗？明天见！"

"嗯……"郁宁骑着车走了。

"咔！"陈安平从监视器后站起来，"这一场可以了，郁宁去换身衣服。"

绕着场子骑了半圈的许其琛停下车："好的。"

在场的工作人员不算多，但都挺吃惊的。

一开始知道陈导定下季梦泽的时候，大家都在背地里叫苦不迭，觉得像季梦泽这样又娇贵演技又差的偶像肯定是很磨人的，到时候不知道一场戏要卡多少遍。谁知道这小伙子居然这么敬业，尼斯平均三十七摄氏度的高温，季梦泽每天在大太阳底下晒着，胳膊都晒脱皮了，连一句抱怨的话都没有，而且失误的次数也不多，演得还挺自然。

"你没觉得季梦泽私底下的性格也很像郁宁吗？感觉就是本色出演啊。"

"难怪陈导会选他，感觉演的成分很少，就像是他自己一样。"

"对啊对啊，性格超好，休息的时候给他倒了杯水，一直说谢谢，超级乖的。啊，被圈粉了。"

许其琛换衣服的时候听到这些，有点小小的开心，感觉季梦泽的形象在自己的努力下一点一点变得光辉起来。

进度的确比他想象中还要快，当然这跟高效率的剧组有很大关系。不过真正让他觉得安心的是和林然的对手戏，这个家伙虽然有时会莫名其妙，但拍戏的时候认真得要命，一秒就切换状态，而且尽最大的努力带他，休息的时候也会帮他讲剧情找感觉。

一天拍下来，许其琛有点精力不济，晒了太久，又热又累，晚饭又是不合胃口的西餐，他只能逼着自己吃了一点点，然后继续拍夜戏。

"《南柯》第十二场第四次！啪！"

郁宁骑着自行车在街上飞奔，愤怒和不安充斥着他的大脑。

夜色沉下来，他不知道该去哪里，漫无目的地在这座城市游荡着，不知不觉来到南柯的公寓楼下。

郁宁其实早就知道南柯住在这里，但这是他第一次来。

郁宁刚和养父母吵完架，想离家出走却发现没有人可以收留自己。他把车扔在一旁，坐在公寓的台阶上。

不知道坐了多久，外面忽然传来说话的声音："南柯？"

郁宁来不及躲闪，高大的身影已经走进了公寓楼下的大门。郁宁猛地站起来，却忽然感到一阵头晕，视线骤然暗了下来。

许其琛原以为自己会倒在台阶上。没磕着还好，如果磕破相了戏可就接不上了。

但他却并没有如想象中那样倒下。

"你还好吗？"他的声音像是六月的海风，"郁宁？你怎么会在这里？生病了吗？"

这是南柯，不是林然。许其琛想要抬头却没有力气，连开口说话都是轻飘飘的："有点没力气。"

戏错了这么久了，为什么陈导还不喊卡……

黑暗中，许其琛的视线模糊。

片刻后，有什么东西被塞进嘴里，浓郁的甜意慢慢地扩散。

是糖。

南柯将郁宁扶起："你看起来很不好，我先扶你上去休息一下。"

郁宁的脚使不上力气，每一步都像是踩在棉花上。明明只有三层楼的台阶，他却觉得很漫长。

打开公寓大门的那一瞬间，陈导终于喊了卡。

"可以了，这一场过了。公寓刚刚我检查了一下，明天还要重新布置才能再拍，今天就先收工吧。"陈导拍了几下手，"大家都辛苦了。"

许其琛嘴里的糖已经完全化了，也恢复了体力，导演喊卡的瞬间他就靠在了墙上喘着气。

"还好吧？"

许其琛点点头。

“我扶你下去。”

许其琛：“不用了，我自己可以的。”

许其琛扶着墙下楼的时候突然想，为什么林然有糖？

陈导也从监视器走到了公寓这边，许其琛见到他立刻道歉：“不好意思陈导，我刚刚有点不舒服。”

“我看出来了，正好这一段自由发挥比之前演的那几段都要好，回头把剧本改改就行了。”陈安平拍了拍许其琛的肩膀，“你也拍了一天了，赶紧回去好好休息吧。你身子骨太弱了，得好好锻炼啊。”

许其琛点点头，助理张小小也赶紧上来想要扶他，但是被他拒绝了：“我已经好多了，小小，你等会儿帮我买点吃的去酒店就可以了。”

许其琛回到酒店房间，回想起刚才的画面，想再看一眼当时林然发的那张照片。

可惜人总是手欠，许其琛点开微博，发现大家都在疯转几张照片。一张是自己走进私人会所的照片，另一张是盛华峰进入会所的照片，标题都是“当红明星季梦泽与投资商会所密谈”的字眼。

很多不明真相的路人在各种猜测。

怎么办？许其琛把手指插进头发里，这些照片的确是自己参加饭局的时候被拍的，但是当时的饭局并不只有他和盛华峰，如果陈安平和瞿清能够出面说明……

不，没有合照作为证据，空口说只会让网友觉得剧组的人是为了袒护他才站出来的。

会所一定是有监控的吧……

正在这时，他的手机忽然响了起来，不用想也知道是李芸。他接起来：“喂，芸姐。”

李芸：“你看了微博对吗？”

许其琛：“嗯。”

李芸：“我就知道。你不用担心，刚刚盛总那边来过电话了，他们已经在准备处理了……”

许其琛：“我们应该从那天的饭局下手，只要能证明他的照片是断章取义就好了。”

李芸：“私人会所应该是有监控的，我去沟通一下。”

许其琛“嗯”了一声，但是他刚才忽然想到，如果那个会所的监控有这么好拿到，盛总肯定早就放出来了。然而到现在都没有声响，八成是碰了钉子了。

算了，事情已经到了现在这种地步，多想也是无益。

许其琛走进浴室洗了个澡，出来的时候已经是十一点半的样子。明天一早还要拍戏，他吹干了头发就准备上床睡觉。

不知道为什么，他忽然想起拍戏时吃到的那颗糖的味道。

他翻了翻放在床边的零食盒子，从里面找出一颗大白兔奶糖，剥开包装塞进嘴里。糖很好吃，但不是那个味道。

人在睡觉前总是会不由自主地滑开手机锁屏，告诉自己只玩五分钟，然后就顺理成章打开了微博。

微博页面上又有“林然”的词条。

难道是林然又发了微博？许其琛按捺不住好奇心，点开一看，很多娱乐号发了一张照片，里面依旧是那个绿树环绕的私人会所，不过进去的那个人是林然。这一张照片的拍摄角度不同，更清楚地拍到了林然的脸。

内容则突出了这样一句话——“季梦泽林然先后共赴《南柯》剧方饭局。”

评论开始出现质疑的网友。

然而还是有不少网友表示怀疑，不过是一张林然进入那家会所的照片，如果林然并不是那天去的，而是被人拿来当挡箭牌利用呢？

就在整起事件变得扑朔迷离的时候，一个微博号放出的视频，成了这场闹剧力挽狂澜的一个转折。

视频拍摄的时间是晚上，但依旧能够很清晰地看到，林然、季梦泽以及编剧瞿清从会所出来，后面是被人搀扶着走出来的两名喝醉了的男子。视频截图被网友放大，能够看清就是盛华峰和导演陈安平。

这个视频一出，基本就证明当天私人会所的饭局的的确确是南柯剧组和资方的应酬，而陈安平也在凌晨两点的时候发了一条鸡汤微博。

导演陈安平：“人生是一场修行，最难做到的就是保持一颗缄默而理智的心，透过虚浮的假象探究真正的本质。”

很明显是在讽刺这场闹剧，网友们也纷纷在陈导的微博下面打卡。不久后，林然和瞿清都点赞了陈导的这条微博，而瞿清更是直接转发了那个视频，一句废话也没有多说。

同时，也有另外的博主扒出视频当天林然的确缺席了他们公司的周年盛典，被拍到从公司出发穿的衣服也和视频中的一模一样。

事情到了这一步，真相也就昭然若揭了。

局势开始扭转的时候，网络上出现了一些自称是剧组工作人员的爆料。

奔走的小现充："我是《南柯》剧组的，这几天看到网上闹得沸沸扬扬，实在忍不住了。有些话说出来本来挺不合适的，但我还是忍不住替季梦泽说几句。我以前也对他有偏见，可这次进组后我完全改变看法了。我的小姐妹挺喜欢他的，让我偷拍几张，我当时就隔了差不多五六米的样子拍他，被发现了，他就冲我的镜头挥手，笑得特别甜。

"而且我发现他挺爱吃甜食的。有一次被我发现休息时吃冰激凌，我逗他，他一脸认真地问我：'姐姐你要吃吗？我还有，在保温箱里。'

"天气很热，他会给每个工作人员买冷饮和水果。其实季梦泽本人真的是很温和安静的性格，拍戏也很认真，晒到脱皮都不在乎。说真的，有时候摘下有色眼镜才能看到真相。

"免得有人说我编料，这几张本来准备私藏的图还是放出来吧。"

这条微博配了四张图片，第一张是博主偷拍的，许其琛那个时候正站在大太阳下面，手扶着自行车听导演说戏；第二张是被发现的瞬间，他的表情蒙蒙的；第三张转头对上偷拍的镜头，比了一个剪刀手，笑得眉眼弯弯；第四张是她拍的一个保温箱，上面贴了张字条，写着"季梦泽的冰柜"。

许其琛觉得熟悉，很快想起了片场的一个工作人员，心里觉得有点暖。

这条微博发出的时间是法国的半夜四点半，中国那边正好是上午十点半左右，引起了众多网友和段子手博主的转发。

评论里一派网友纷纷表示注意到了季梦泽巨能打的颜，另一拨则专注于在这段爆料中挖掘各种小萌点。而季梦泽本人的粉丝都把注意力放在了他晒到脱皮的手臂上，一边感激小姐姐为季梦泽说话，一边纷纷留言心疼。

留言越来越多，甚至到后来，一些画手还在微博画了他藏冰激凌的条漫和小剧场。

许其琛不懂，拿保温箱装冰激凌真的有那么好笑吗？他以前上学的时候也喜欢拿保温杯装冰沙，这样放很久也不会化掉……

不过最让许其琛百思不得其解的是，林然前往饭局的照片和饭局散场的视频为什么会刚刚好在最合适的时间流出来？

他以为是李芸发的，打电话询问李芸，她却一口否认了。

“我也没想到会有人拿饭局做文章，不过这件事我也觉得很蹊跷。后来我让人查了一下这几个发澄清视频的微博号，”李芸顿了顿，“你猜我发现了什么？”

“怎么了？”

李芸继续道：“这几个微博号倒没什么特别的，但第一个放视频的那个微博号是一个狗仔团队的小号。我向一个记者朋友打听了，他说这个狗仔团队跟鸿宇时代有合作关系。”

“鸿宇时代？”许其琛觉得很熟悉。

李芸的语气笃定无比：“林然的工作室也在鸿宇时代旗下。”

许其琛忽然惊醒，打开自己的微信翻看和林然的聊天记录。当时在饭局上，他给自己发了这样两句话——

“你得对我说声谢谢。”

“过几天你就知道了，我等着你来谢我。”

许其琛盯着这两行字看了很久，手心开始冒汗，开始回忆在饭局上林然和盛总、陈导的对话。原本应该出现在鸿宇时代盛典的他，却跑来参加一个对他而言意义不大的饭局，这是未雨绸缪吗？

这个林然，究竟是一个什么样的人啊？

这让许其琛感到没有安全感。尽管他出于完成任务的目的，从一踏入这个世界就期望能够顺利地和这个人相处，但对方的强大和缜密出乎他的意料，明明是自己创造的角色，却比他更像拿了剧本的外挂。

许其琛是天生的怀疑主义者，满怀着重重疑虑和一点点被帮助到的温暖，他缓缓打出两个字“谢谢”，然后他点击了发送。

几乎不到五秒，提示音响起。

林然：“不客气。”

许其琛捏着手机，仰倒在床上。

提示音又一次响起：“对了，我并不是非常愿意对着一张黑眼圈浓重的熬夜脸拍戏，别仗着自己状态好就胡作非为啊。”

0901：“林然说晚安的方式可真特别。”

许其琛：“现在的人工智能这么高级的吗？”

不出所料，许其琛第二天果然顶着两个超有存在感的黑眼圈醒来，除此之外，还有五百的奖励点数。

陈导心想这孩子一定是因为昨晚网上的风波影响了心情，略带怜爱地拍了拍许其琛的肩膀，安慰道："别管别人说什么，踏踏实实拍戏，知道吗？"

许其琛缓慢地点了点头。他昨晚几乎没有睡，脑子里乱七八糟，面对林然总是会觉得很慌张。

张小小拿了一杯冰美式："梦泽哥，喝点这个提提神。"

许其琛接过咖啡喝了一大口，苦得直皱眉，却还是强行喝完了一整杯，要是因为犯困影响剧组进度就不好了。

"小小，你帮我叫一下造型师姐姐，问她可不可以帮我遮一下黑眼圈？"

过了一会儿，张小小带着造型师过来。造型师看着许其琛："其实也还好啊，我就给你稍微遮一遮眼下吧。"

许其琛点点头，乖乖坐在椅子上让造型师帮忙遮瑕。造型师也是秉承陈导素颜出镜的原则，除了遮掉黑眼圈，什么都没做。

林然拿着一个小风扇晃悠到许其琛身边，看了一眼闭眼的他，然后不动声色地走到他配的拖车旁，张小小正坐在车里。

"林然哥？你……你有事吗？"

林然冲她微笑："季梦泽让我帮他拿一个冰激凌，他说咖啡好苦。"

"哦哦，我给你拿。"

林然拦住了张小小："我自己就可以的，你忙吧。"说完，他上了车，看到了那个保温箱，蹲下打开，里面果然装着满满当当各个品牌的冰激凌。

"他最爱吃哪个？"

"最上面的巧克力榛子那个，只有一个了，昨天梦泽哥让我帮他再买些，我跑了好多家店都没买到。"

林然拿起那盒冰激凌下了车，只留下还在犯花痴的张小小。

"可以了，你看看。"造型师拿出小镜子给许其琛，"不明显了吧？"

许其琛点点头，笑道："嗯，谢谢姐。"

许其琛站起来目送造型师离开，一转身就看见林然站在自己身后，手里拿着一个冰激凌在吃。

许其琛有点尴尬，干笑着开口："一大早就吃冰激凌啊，小心肚子痛。"

林然乐不可支，却还佯装镇定地点头："这个很难买，你要不要尝尝？"

许其琛想也没想就拒绝了，可下一秒又觉得他手里的冰激凌实在是眼熟，假装不经意地瞥了两眼。看到对方已经憋不住笑了起来。

许其琛有点没底气，但还是忍不住问道："那个，你吃的是我的冰激凌吗？"

林然还死不承认："谁说是你的了？整个组只有你可以吃冰激凌吗？"

许其琛有点生气。他很相信自己的直觉，转身径直走到自己的拖车里。张小小见他气压很低的样子，小心翼翼地开口："梦泽哥，你怎么了？"

"刚刚林然是不是来过？"

"是啊……他说你要吃冰激凌，让他帮你拿……"

许其琛听了这话，气呼呼地折返回去，想开口骂林然。但是他没骂过人，完全不熟悉这种操作，一开口气势就不自觉地弱了下来。

"你！你为什么偷我的冰激凌……"

林然心里有个小人笑得满地打滚，但脸上还强撑着不承认，继续一口一口吃着冰激凌。

"我想吃啊，你不是还主动给组里的工作人员吃吗？"林然嘴里叼着小勺，"我吃一个就气成这样，你很讨厌我吗？"

许其琛被他呛得没话说，半晌憋出一句："可这是我最喜欢的味道，并且只剩最后一个了。"

林然挑了挑眉："我就是要吃。"

幼稚。许其琛心想。

0901："许先生，您的做法也不怎么成熟啊。"

许其琛："闭嘴！"

许其琛平时总是一副没有太多情绪的表情，对人对事都是最温和的态度，看到他这副样子，林然产生了一种巨大的成就感。

眼看着一盒冰激凌就这么见了底，林然拿着勺子在盒子里转了转，走到许其琛面前，把一大勺冰激凌塞到许其琛手里。

"只有小孩子才会这么护食。"

许其琛愣怔地看着终于绷不住大笑的林然。

毫无顾忌地笑着的林然有一颗不太明显的虎牙，尖尖的。

"南柯！郁宁！开工啦！"

"嗯！"

要拍戏了，许其琛回过神来，眼前忽然出现祝贺的字样，是五百的奖励点数。他飞快地收取，然后全身心投入到拍摄中。

拍摄了不到半个小时，制片主任忽然告诉他们，待会儿会有外媒来采访。

外媒来的时候正好拍完了一场，陈导就让林然和季梦泽在片场接受采访。来的是一位年轻的女记者，采访时说的英文，不过有着很重的法国口音。

许其琛听起来有些费力，好在林然在旁边会提醒他，问的也都是一些关于电影的问题。这些林然都信手拈来，许其琛就在一旁保持微笑。

采访环节快要结束的时候，女记者笑着说道："我对中文非常感兴趣，想学习一下，你们可以教教我吗？"

"当然可以。"林然微笑，"你想学什么呢？"

"比如……你们的名字？"

这一句许其琛听得很清楚，他也就主动开口："季梦泽。这是我名字的发音。"

女记者也就有样学样，一个字一个字地跟着念，效果还不错，只是音调上有些奇怪。

许其琛笑道："你很有天分，说得很好。"

"谢谢！"被表扬的记者非常开心，目光转向林然。

林然立刻开口："我的名字更简单了，只有两个字，林然。"

记者小姐跟着开口："林栾。"

这发音让林然哭笑不得，他连说了三个no（不），然后再次重复了一遍："林然。"

"林栾。"

"林然。"

"林栾。"

"林然……"

"林栾……"

一旁的许其琛笑得蹲到了地上，差点没背过气去。

记者小姐姐虽然理解不到许其琛的笑点，却也猜到自己说得不对，表情有些尴尬："看来并不像我们想象中那么简单啊。"

林然也无奈地耸耸肩："是我的名字取得不好。"然后把蹲在地上笑得眼泪都出来了的许其琛拎起来，说了些官方套话就结束了采访，重新投入到拍摄中。

晚上的拍摄间隙，隔得远远的，林然就看到许其琛抱着手机笑得"咯咯"的。眼见对方笑了足足十分钟，林然终于忍不了了，走上前去一把抢过他的手机，假笑着问仰靠在躺椅上的许其琛："什么事这么好笑，说出来让我也乐一乐啊。"

许其琛的手机被抢了也不恼，脸上的笑收敛了一点："你不会觉得好笑的，给我吧。"

林然看了看手机，显示的是微博界面。他怎么会料到法国人的效率这么高，这段采访下午就播出了，还被搬运到了微博上。

网友们都在疯狂转发这个采访视频。

评论区则更多的是截图和表情包，以及视频中林然和季梦泽的小萌点。

许其琛看着林然的表情，皱起的眉头居然慢慢展开了，还带着一丝诡异的笑容，站起来拿过手机："你看到什么了？"

"没什么，有这个工夫刷微博，不如多背背台词。"

"我背完了。"许其琛反驳回去。

尽管许其琛一天的心情都很好，拍戏进度也不错，不过由于严重缺觉，天才刚暗下来眼皮就开始打架，只好拜托张小小买了好多咖啡解困。最后导致的结果就是……胃不舒服。

这段戏实际上是接在昨晚郁宁跑到林然的公寓那一场后面的，导演把林然和许其琛叫来讲戏。

"南柯、郁宁，你们两个等会儿进来以后，"陈导扶住许其琛，对着林然摆动作，"你扶着郁宁从这边过去，打开门。"

进房间之后，陈导指着飘窗："你们到那里摆一下姿势，我看看光线和构图。因为我们这一场先不额外打光，就利用月光来拍。如果光线不够，我们再让灯光师在外面吊一个冷光。"

"对，很好看，这个光很好看。"陈导在监视器后面观察，"郁宁后仰一些，侧一点，露四分之三的脸，要有眼睛特写的。"

两个人听着指挥，许其琛一开始没有进入状态，但陈导的工作态度让他很快找到了感觉。林然也非常认真，会反复和导演讨论细节。

"差不多了，开始吧。"

"第十三场第一次，开始！啪！"

南柯将郁宁扶进公寓，用脚把门关上，伸手去摸灯的开关。按下去没反应，他又接连按了几下，灯依旧没有亮："好像停电了，我先扶你去休息吧。"

郁宁小声地哼了一声，南柯费了不少劲才将他扶到床边。

许其琛觉得自己也是够倒霉的，昨天拍戏的时候因为没吃饭有点虚，正好演出了陈导想要的效果。这天他晚饭吃了很多，原本还担心会不会发挥不好，接不上戏。没想到咖啡喝太多，胃又开始疼了。

0901："许先生，您的身体真的太差了。"

许其琛："我以后会好好锻炼的。"

0901："听起来并不可靠的样子。"

南柯看到郁宁的额头上有一层薄薄的虚汗，这是演不出来的。

“你发烧了。”林然继续说着台词。

郁宁将头撇开，看向窗外。

“我记得还有退烧药，我去找一下。”南柯离开了房间。

郁宁伸出手，轻轻地碰了碰自己的额头，月光照在他的脸上，明亮与晦暗交织着。

南柯端着一杯牛奶进来，手心里还有一颗白色药片。

倚靠着墙的郁宁忽然开口：“我很喜欢读加缪。”

许其琛的气息不太稳，说台词的语气变得好像在叹息：“他在《快乐的死》这本书里写过一句话：一如往常，他人生中最美好的部分，终究与最糟糕的部分结合而密不可分。”

郁宁看向南柯：“从前的我总是不明白，现在我懂了。某一天，你发现你遇见了极度渴望的美好，那么与此同时，你就不得不接受无法拥有它的残酷事实。”

南柯将牛奶放在床边的矮柜上，微笑道：“真巧，我也读加缪。不过比起你说的，我更喜欢另一句。”

月光毫不吝啬地倾洒在他的瞳孔之中。

“去爱永远不会看到第二次的东西，在火焰与狂喊中去爱，随即毁灭自己，人们就在这一瞬间活着。”

许其琛听着他说的台词，出了神。

陈导喊停的声音像一个巴掌，将他打醒。

“对不起对不起，刚刚有点走神了……”

陈导轻声叹了口气：“你不要有心理包袱知道吗？把自己彻底放空，你现在不是季梦泽，是郁宁。你要去理解郁宁的所有想法，在听到对方说出这种话时，情绪要像洪水一样突然放开，明白吗？

“你有过义无反顾的付出吗？想象一下那种感觉。”

陈导的最后一句话让许其琛想到了一些尘封多年的画面，一种痛感隐约外涌，分不清是来自胃还是胸口。

“酝酿一下，南柯等会儿再说一遍刚才的台词，最好的效果就是你们自由发挥，实在不行我们等会儿再讨论。”

“好。”

过了两分钟，场记大喊："第十三场第二次，开始！啪！"

南柯就在他的面前，脸上是从容不迫的温柔笑容。

许其琛的手在颤抖。这一瞬间，那个为了追求光和热不惜粉身碎骨的郁宁终于与他这个胆小鬼重合了。

时间仿佛凝固一般，直到陈安平喊了停止："很好，这场过了。"

这场戏之后，陈安平给了足够的休息时间，他正和几个摄影师开着会。工作人员都在忙碌着，片场恢复了之前的嘈杂。

许其琛的胃痛没有停止，想起来不知在哪里看到的喝牛奶可以缓解，于是走到床头柜前拿起那杯牛奶，喝了一口。

"别喝，那是冰的。"林然的声音突然响起，许其琛吓了一跳。

林然瞥到他嘴上沾了一圈滑稽的"小胡子"，忍不住低声笑起来，从床头柜上的纸巾盒里抽出一张递给许其琛。

许其琛不明白他的意思，抬头看着他，林然只好走近一步，伸手示意了许其琛嘴边。

"谢谢……"许其琛接过纸巾擦了擦嘴边，刚说完，林然就把一盒药扔进他的怀里。

许其琛接过一看，是胃药，他有些吃惊地看向林然："你怎么……"

"疼出了一身虚汗也不吭声。"林然哼了一声，"天天吃冰激凌，又喝那么多黑咖啡，不疼才怪。"说完这句话，林然就转身离开了房间。

许其琛站在原地，手里握着那盒胃药。

0901："许先生，您为什么站着不动，在等什么呢？"

许其琛低头笑着："奖励啊。"

0901："……"

果不其然，没过多久，许其琛的眼前就出现了奖励界面："这次居然有两千五的点数？这么多呀。"

0901："嗯……因为有接触啊，虽然是演戏。"

许其琛轻快地说了一句"好吧"，然后美滋滋地收好点数，再出去找了杯水吃药。

夜戏拍完了，大家都收工回酒店。许其琛刚洗完澡，就听见张小小在门外叫他：“怎么了，这么晚了还不回去睡觉吗？”

张小小抱着一个大盒子挤进门：“啊啊——重死了。梦泽哥，这是粉丝拿来的，我看了，都是你爱吃的，我给你放这儿了啊。”

这小姑娘就像一阵风似的，呼呼地来了又呼呼地跑了，但每次都会给他拿好吃的，这一点让他很满意。还是冰鲜盒呢。许其琛兴致勃勃地拆开，高兴极了，里面都是自己好久没吃到的辣味零食，什么辣鸭脖、辣鱿鱼，满满一小箱子。许其琛盘腿坐在地上，打开电视调到一档深夜脱口秀，然后专心致志地吃东西。

他咖啡喝太多，到了凌晨都没有睡意，吃光了一盒鸭脖后辣得直吸气。手机的微博消息不断地提示，他只好洗了手，灌了一大口矿泉水，然后拿起手机。是几个队友发微博之后的@，他一一回复了，又看了看粉丝的评论和私信，然后习惯性地刷新了一下首页。

林然：“最近喜欢上了甜食，糖果就是力量。”

林然喜欢上吃糖了？许其琛又喝了一口水，没错，林然现在身上都有带糖，上次还给了他一颗呢，而且他还偷冰激凌来着。

许其琛细数了林然的种种细节和罪状，认可了林然这条微博的真实性。

那条微博的评论里自然都是粉丝的回复。

林然今天娶我了没：“买买买！然然想吃多少糖都可以！”

林家少奶奶：“所有林然的粉丝注意，刚才还在讨论剧组应援物呢！哥哥想吃糖。”

…………

有点羡慕。不过许其琛想到自己刚刚还吃了粉丝送的零食，心里平衡了，在床上翻了几个滚就睡着了。

后来的两天，接连在海边拍了几场戏。

许其琛生活在内陆城市，虽然沿江，却也挺难得去一次海边的，何况尼斯的海湾实在美得不像话。拍戏的间隙，他不自觉地跑到海边，也不干什么，就是把脚泡在海水里，蹲着看浅滩里的小贝壳和寄居蟹。

“梦泽哥，打把伞吧，你看你的脖子都晒红了。”张小小特意跑过来给他送了把伞。

许其琛接过伞笑着说了谢谢，然后撑着小伞再次蹲下。

真是一点身为偶像的自觉都没有啊。张小小看着许其琛的背影感慨，突然又觉得有点奇怪。怎么这天他冰激凌没吃，零食也没吃，话还比平时少了好多？

虽然他平时话也不多。

张小小叹了口气，想起自己要说的正事："对了梦泽哥，你玩好了就过去，粉丝们组织了剧组应援，法国后援会的粉丝特意从巴黎赶来的。"

许其琛刚把手伸到海水里抓了一个漂亮的贝壳，听到张小小说起应援，一下子站起来："剧组应援？是我的粉丝来了吗？"

张小小"扑哧"一声笑出来，连忙点头："对啊对啊。"

许其琛的脸上露出笑容："那我们走吧。"

他撑着伞，但是都偏向了张小小。张小小把他的伞柄推过去："梦泽哥，你打吧，我没事的。"

"我晒不黑。"许其琛把伞挪过去。

走到了片场，许其琛把伞给了张小小。

他远远地看到粉丝给自己搭好的应援区，上面有很多粉丝准备好的食物和礼物。他从这一头走到那一头，挨个看了那些吃的，都是他喜欢的，可是他现在却吃不了。他脸上的表情从开心变成了委屈。

许其琛抿着嘴唇叹了口气，让张小小招呼工作人员们一起吃，自己则和来到片场的几个粉丝代表合影签名，反正是有求必应。粉丝离开后，他就一个人坐在应援区旁边的小板凳上拆礼物。

他默默拆开第一个盒子，是部新款游戏机。他的眼睛一亮，看起来挺开心。第二个礼物盒不大，拆开来是一副眼镜。许其琛有点惊喜，他已经很久没有戴眼镜了，于是拿出来高兴地朝着张小小晃了晃，然后戴好。

张小小在一旁看着，觉得奇怪得很："梦泽哥，你不吃吗？"

许其琛又瞥了一眼应援餐台，眼神里透着留恋："你帮我留一些，放到我酒店的冰箱里，我过几天再吃。"

张小小一头雾水，但还是照他的话做了。

许其琛戴着眼镜照了张相，然后编辑微博。

SOULMATE 季梦泽："谢谢你们的礼物，我很喜欢。"他在句子最后加了一个爱心表情。

发出去之前，许其琛觉得这样似乎太平淡了，于是又加了一句："天气很热，大家注意防暑哦。"

点击发送以后，每刷新一秒都会出现成百上千条评论，许其琛看都看不过来。

"今天是什么好日子？林然和梦泽的粉丝都来应援了，剧组跟过年似的，哈哈哈。"

“对啊，好多好吃的啊。”

许其琛听见工作人员议论，才知道林然的粉丝也来了。

他心里是好奇的，因为他还记得前几天林然发的那条微博，他这次的粉丝应援应该有很多甜点和糖。都是生活必需品啊，可是……自己又吃不了，还是别惦记甜点了。

许其琛叹了口气，低头拿起礼物盒里的一封信，坐在小凳子上眯着眼睛读起来。这个粉丝的字写得有点潦草啊。许其琛弓着腰，头都快凑到信纸上。

突然，他的脑袋被一个小小硬硬的东西砸中了。许其琛痛得小声叫了一声，抬起头，就看见林然站在面前，似笑非笑地看着他，怀里还抱着几袋糖，各式各样的糖。

许其琛低头在地上瞄了瞄，果然看到了刚才砸中自己脑袋的糖。他捡起来，抬头望着林然，也不说话。

林然开口：“粉丝也真是的，差点没把整个糖果工厂给搬过来，工作人员都分了还剩这么多。”他挑了挑眉，“给你拿了点。”

“谢谢。”阳光有点刺眼，许其琛抬起右手挡住太阳，“你放这儿吧。”

林然明显不满意这个回答：“你现在不想吃吗？”

许其琛眯着眼睛，一脸乖巧地点点头。

“为什么？”林然瞟了一眼他这边满满当当的应援区，“哦，自己的粉丝送了，就看不上我的糖了是吗？”

许其琛摇头，不说话。

林然也跟着蹲下来，从许其琛手里抢过那颗奶糖，撕开了糖纸硬塞到许其琛手里。许其琛被硬塞了一颗糖，表情并不如林然想象中那样开心，反而快要哭出来。

“喂，你今天是怎么回事？”

“我可以不吃吗？”许其琛皱眉询问道。

看见他皱着一张脸，林然再怎么恼火也发作不出来，就是觉得他有些怪怪的：“可以。”

许其琛拿过林然手里的糖纸，然后把糖包好。

林然盯着他做完这一系列动作，忽然说：“你到底怎么了？”

“就是有点……口腔溃疡，一吃甜的就特别疼。”许其琛小声地回答。

林然眉头一皱：“哪儿？我看看。”

许其琛的舌尖上有一处明显的伤口，溃疡面积还不小，都发白了。

“你是嫌剧组的伙食不够好，想吃肉是吗？”林然开始无情地嘲笑他。

许其琛小声地反驳道：“是拍戏导致的。”

林然下意识地想抬杠，但看着对方目不斜视的正直眼神，林然之前蔑视的表情渐渐消失。

见林然不说话，许其琛认真地道：“当时胃疼，回去又吃了好多辣的东西，然后就发炎溃疡了。”许其琛抿起嘴，“疼了两天了……”

林然叹了口气，起身就走了。

啊？就这么走了？

又变成了他一个人。许其琛把林然放在地上的几袋糖拿起来，收到粉丝装信的礼物袋里，然后拿出笔和剧本坐在小凳子上批注默背。

尼斯的戏快结束了，再过两天就该回国拍重逢的戏份了。这两部分的戏无论是感情上还是风格上都有很大的差异，许其琛一有时间就忙着消化剧情，体会人物的心理。

许其琛仔细揣摩完一页，感觉脖子有些酸痛，仰起头想歇一歇，正好看见迎面走来的林然。

扶着脖子的许其琛盯着突然回来的林然，疑惑地眨了眨眼睛。对方靠近之后蹲下，一点也不拖泥带水：“给。”

许其琛看了一眼他手里的东西，伸出手。

林然不知从哪儿拿了瓶喷雾，他把喷雾放在许其琛手中。

许其琛拿过喷雾摇了摇，对着嘴里“扑哧”一声。他只觉得又苦又疼，不由得皱了皱脸：“好苦啊。”

林然：“这是药，当然苦了，每天都要喷，这样很快就会好。”

“哦。”许其琛把喷雾放进凳子旁边的小袋子里，“你去哪儿找的这个？”

“我的拖车上有医疗箱。”

许其琛有些疑惑：“为什么医疗箱里会有治疗口腔溃疡的药？”

林然的表情表示他并不想说，许其琛眼睛都不带眨地看着他，他只好叹了口气：“因为我的虎牙很尖，经常会咬到自己，所以身边常年备着。”

“哦。”他有点想笑，可笑得太开，舌头碰到溃疡会很痛，只好抿着嘴笑，“那你以后可要小心点哦。”

林然的嘴角勾起，一字一字地说：“好啊，后面我一定会小心的。”

拍完一下午的戏，终于到了晚饭时间，因为溃疡的缘故，许其琛一天都没怎么吃东西，肚子早就饿了。

他们的剧组很有良心，一开始是在尼斯当地订的餐，但大部分演员和工作人员都吃不惯，所以后来找了中餐厨师跟组。这天的饭菜里有他喜欢吃的辣子鸡，还有油焖虾。

本来是要在车里吃饭的，但许其琛觉得车里闷得慌，想在外面吃。他靠着一棵大树，躲在树荫下，正要拆开筷子开吃……

“给我点位子，好晒。”林然就这么坐到了他旁边。

拍了这么多天的戏，许其琛一直是一个人吃饭。他有些困惑地看了看林然，也没多问，低头拆开自己的筷子。

没想到这家伙根本就不是想跟他一起吃饭这么简单。林然把许其琛面前放着的装着油焖大虾和辣子鸡丁的打包盒都挪到了自己身边，然后把他自己装着素菜、水果的餐盒放到许其琛跟前。

“给。”他看了一眼许其琛，“快吃。”

许其琛盯着眼前的肇事者，很想骂人。他吃两份肉菜，自己却全是青菜和水果。

“这些都必须吃完。”

许其琛像是泄愤一样夹着西蓝花往嘴里塞，不小心碰到了伤口，下意识“嘶嘶”地抽气。

“都这样了还想吃辣。”

许其琛也不说话，小口小口地嚼着没什么味道的青菜，偷瞟了林然一眼，他面前摆着两份辣子鸡丁，却一口也没吃，只吃了几只虾和白饭。

“那个鸡肉你要是不吃就还给我。”

听见许其琛的话，林然反驳道：“谁说我不吃了。”说完就夹起一块鸡肉放进嘴里。

许其琛撇撇嘴，却听见身旁的人也在“嘶嘶”地抽气，很小声。许其琛转头看向林然，他的额头上冒出薄薄的一层汗。

许其琛忽然想起林然的设定，他是吃不了辣的。许其琛偷笑，于心不忍地把自己身后的一瓶苏打水递给他。

林然接过水灌了一大口，然后瞪了许其琛一眼：“别看了，就算我吃不了你也别惦记，你这几天只能吃清淡的。”

“哦。”

“别吃零食和甜点，要多喝水。”

“哦。”

许其琛感觉这些天的林然和刚刚认识的林然有点不一样。

有种熟悉的感觉。

刚开始来到尼斯的时候，许其琛觉得不太习惯。

这里的阳光灿烂到夸张，气候闷热，海风的味道无处不在。可不知是因为拍摄过于紧张，还是自己心理上的错觉，在尼斯的日子过得飞快。

明天就要回国拍戏了，这也意味着，这部戏最轻松的部分结束了。想到之后的戏份，许其琛有点伤感，大概因为他还不是专业的演员，很难把自己的情绪从角色中剥离开来。

许其琛拍完夜戏回到酒店已经是晚上十点，第二天还要坐飞机回国，于是洗完澡就睡了。

昏昏沉沉间，他做了个梦。梦里的一切都很模糊，耳边隐约听得到早自习的读书声，夹杂着男生女生插科打诨的嬉闹。身后的那个声音尤其明显，是所有模糊混杂之中最为清亮的。

许其琛感觉自己的后背被戳了一下，想回头看看坐在自己后面的那个人是谁时，铃声却乍然响起。

许其琛猛地睁开眼，四周一片黑暗，只有身旁的手机发出光，铃声不断地响着。他迷迷糊糊拿过手机，眯起眼睛看了看。是林然打来的电话。

“喂……”

听到那边因意识不清而含混不清的声音，林然笑出声来。

被吵醒的许其琛自然不明白这个笑的意味所在，不过他的脾气好，也没有恼怒，拿开手机看了一下时间，半夜三点十分。然后他把手机又贴近耳朵，问道：“有什么事吗……还是你打错了……”

“我在酒店楼下的游泳池边。”

许其琛“哦”了一声：“然后呢？”

“下来找我。”

“为什么……”空调温度开得很低，许其琛往被子里缩了缩，又补了一句，“我很困，想睡觉。”

林然：“下来吧。”

这一句话比之前那句多了一丝请求的意味。

许其琛沉默了一会儿，把手机拿开一些，叹了口气，然后翻身艰难地从床上爬起来："那你……等我一会儿。"

许其琛强打起精神洗漱收拾，然后穿着睡觉时的短袖和裤子就下了楼。这么晚的时间，加上又在法国，基本不用担心会被人认出来。毕竟不是在夜生活丰富的国内，这个时间在路上碰到人的概率比碰到鬼还要小。

许其琛走到泳池的时候，忽然想到，林然该不会是恶作剧吧？

拜托，不要这样。许其琛心道。

不过当他走近游泳池时，发现旁边的确站着一个人，一身黑，几乎快要淹没在黑暗之中。

"林然？"

听到许其琛的声音，林然转身，他头上还戴着许其琛试镜时戴的那顶棒球帽。

他看见许其琛的眼睛半眯着，风吹得一头呆毛凌乱，宽大的T恤下隐约显出瘦削的肩膀。

"你不困吗？"许其琛的声音中带着一点点鼻音。

林然笑了笑："这可是在尼斯的最后一个晚上。"

许其琛吸了吸鼻子："所以呢？"

"不溜出来好好玩一次，多可惜。"他走过来，"借一下你的自行车。"

许其琛才发现阴影处停着他拍戏用的自行车，林然熟练地跨上去，然后回头冲他扬了扬下巴："你坐后座。"

许其琛现在脑子也有点蒙，"哦"了一声就乖乖跨上了后座。没想到林然还没等他坐稳就铆足了劲向前，惯性让他的身体猛地后仰。

"别骑太快。"

"好。"

说完，许其琛用两只手抓着林然的座椅边，双腿抬起。

这样的坐姿不怎么舒服，但夜风触及皮肤的感觉太过惬意，这还是许其琛在这个游戏里，第一次这样放松地感受身边的一切。

林然在前面骑着，两个人都没有说话，沿海公路的夜晚宁静而美好。

经过一家二十四小时便利店，林然停下自行车走了进去，很快便拿着两盒冰激凌出来。

"拿着。"林然将装着冰激凌的袋子放到许其琛手中，然后再次骑上车，载着他到了一个安静的海湾，岸边有很多奇怪的礁石。

林然把车子停在沙滩边，许其琛则跟在他的后面。

许其琛也说不清为什么要跟着林然，就像他说不清自己为什么会同意对方半夜三点的邀约一样。

看见林然坐在沙滩上，许其琛也跟着坐下，两个人隔了一段距离。林然转身看向他，将头上的帽子取下然后反着戴上：“干吗离那么远，你很怕我吗？”

许其琛只好挪了挪，缩小了一半的距离。

“给我一个。”

许其琛低下头看手上两盒冰激凌的口味，还没看清，林然就挪到他的身边，顺手拿走了一个。

许其琛低头打开冰激凌盒的盖子，取出小勺，但这个塑料包装怎么也撕不开。林然接过去，将塑料包装的一角放到嘴边，轻轻一拽就开了，取出小勺插在了许其琛的冰激凌上。

他的尖牙果然很锋利，许其琛心想。

就在许其琛正舀了一勺想放到嘴里时，林然问道：“溃疡好了吧？”

许其琛点头，然后才把冰激凌送到嘴里。

林然也吃了一口，酸酸甜甜的，很好吃。他低头看了一眼，海盐柠檬味，于是问道：“你的是什么口味？”

许其琛：“嗯……玫瑰生姜味……”

林然笑出来：“好吃吗？”

许其琛望向他，脸上的表情很微妙：“有一点怪，但是不难吃。”他瞄了一眼林然手上的，上面印有柠檬的图案，“你的好吃吗？”

林然勾起嘴角：“当然。”

许其琛看着他。

十年来，这样熟悉的感觉再次出现。

林然原本计划好等待日出的，可是没想到忽然下起雨来。沿海城市的雨破坏力巨大，两个人只能骑着车落荒而逃。

回到酒店，许其琛洗了个热水澡，擦干镜子上的水汽，看见那张并不属于自己的面孔，心里忽然变得空落落的。

“0901，你睡了吗？”

0901：“许先生，我是 AI，不需要睡眠的。”

许其琛“哦”了一声，又问道：“你觉得林然……”

0901：“许先生，通过 AI 询问任务对象的信息是犯规的。”

许其琛："我只是想找个人聊一聊。"

0901："您可以去问林然。"

许其琛心里的第一反应是不要。他翻了个身："他是个很难弄明白的人，我总是分不清他说的是真话还是假话。"

0901："您以前没有遇到过这样的人吗？"

许其琛不回答了。

系统再次出现奖励页面，这一次有两千的点数。许其琛收好点数，脑子里还是很混乱。他觉得一切都太顺利了。明明自己的任务是要改变林然对季梦泽的印象，提高互动值，可是为什么自己反而变得被动了呢？

思考让他越来越不确定，躺在床上无论如何也睡不着，只能这样睁着眼睛到天亮。结果就是从上了飞机他就开始睡觉，睡得天昏地暗。

头等舱的空姐犹豫了半天，走到林然旁边："林然老师，我……我是你的影迷，可以跟我合影一张吗？"

林然欣然同意，站起来和两位空姐合了一张影。可他却注意到，另一名空姐的眼睛一直往他旁边的座位上睡得不省人事的许其琛身上瞄。

"他昨天没休息好。"空调温度开得很低，林然想起昨天晚上还淋了一场大雨，朝那名空姐微笑，"麻烦再帮我拿条毯子吧。"

空姐连连点头："好的，您稍等。"很快便又拿了条毯子递给林然。林然将毯子轻轻盖到许其琛身上，对方又往里缩了缩，头上的帽子掉下来，露出一头凌乱的呆毛。

飞机飞了十几个小时，许其琛也睡了十几个小时，下飞机之前才被张小小给叫醒，头发睡得乱七八糟，只能往后捋了捋，然后把帽子反扣在脑袋上。

之前李芸强调了很多遍的机场时尚，也被睡到半蒙的许其琛忘得一干二净，墨镜没戴，还素着一张脸。不像走在前面的林然，造型凹得恰到好处，脸上始终保持微笑。

接机的粉丝远比他想象中要多，把季梦泽、林然和几个工作人员围得里三层外三层。许其琛感觉每个人都在喊他，见缝插针地往他怀里塞东西，他有点应接不暇，脑子比接机现场还乱。

一个粉丝喊道："梦泽哥哥，你是不是在飞机上睡觉了？"

许其琛回头，那个小姑娘正拿着手机拍他，他不好意思地偏了偏头："你怎么知道？"

"你右边脸上有睡觉的印子啊。"

周围爆发出一阵笑声，许其琛“哦”了一声，揉了揉脸颊，然后也跟着笑起来。往前看去，已经找不到林然的身影，他在人群里探着头四处张望。

“哥哥你在找什么？”

许其琛：“嗯……林然呢？”

“那边那边！哥哥，林然在那边！”

“哦，谢谢，看到了。”许其琛连忙从人群中挤过去，往林然那个方向走去。

抵达上海片场安排的酒店时，许其琛累得骨头都快散架了，明明都是些小姑娘，怎么力气那么大。

上海的气温并不比尼斯低多少，似乎更闷热一些。不过即使换了个地方，剧组的高效率依旧没变，所有人都以最快的速度进入状态。

“《南柯》第五十八场第一次，开始！啪！”

办公室里忙碌而拥挤。南柯专注地写完采访稿的最后一段，然后仰躺在转椅上。

“南柯！”

半分钟的休息时间都没到，就听见主任在叫他的名字。南柯坐正了身子，应了一声：“怎么了？”

主任急得满头大汗，绕过一大堆正在讨论稿件的同事走到南柯的工位跟前：“吉娜阑尾炎去医院急诊了，她手上的那个采访你赶紧替她顶一下！”

南柯面露难色：“可是我等一下也有预约，快到时间了……”

主任摆摆手：“那都没关系，我可以让小陈替你。”他把一沓资料放到南柯的桌子上，“这个采访我们约了快两个多月对方才同意，是他在中国的第一个采访！”

南柯看了一眼资料，采访的对象是一个作家：“南森？法国人？”

“没错，这几年的文坛新秀。你看组里就你和吉娜用法语交流没有问题，她现在一倒下就只有你能上了。你放心，你的活我都会给你安排好，你现在直接去就行！”

赶鸭子上架这种事，身为杂志社顶梁柱的南柯已经不是第一次经历了。

“不用带摄像吗？”

“别带，对方说了不愿意曝光，只做文字采访。”

南柯开车到达预约地点，是一家五星级酒店，向前台说明来意才被同意进入。

总统套房，这个作家倒是一点也不朴素。南柯自从进入媒体行业，时间都被压榨得所剩无几，连看书这种爱好都变成一种奢侈。因此对于这个南森，他并不熟悉。不过看这架势，估计也是法国典型的浪漫主义小说家吧。

南柯站在门口整理了一下自己的仪表，然后按下了门铃。没有回应。

隔了一会儿，他再次按下。依然没有回应。南柯反复按了大概六次，门那边才传来些许声音，好像打翻了什么似的。

门打开了。

"您好，我是 ×× 杂志社的记者南……" 熟悉到不能再熟悉的自我介绍，在看到对方的一瞬间堵在喉咙里。

眼前的人并不是想象中某个金发碧眼、身形高大的法国青年，而是一个瘦弱苍白的黑发男子。他上身的白衬衫半敞着，估计是刚套上，浑身散发着烈酒和男士香水混杂的气息。他倚靠着门，被碎发掩盖住的眉头紧锁，整个人慢慢滑落至地面。

他抬头，对上南柯的视线，宿醉让他的反应比正常人要慢上许多。他的眼睛慢慢地眯起，在记者的面容轮廓终于明晰的瞬间，瞳孔猛地收缩。很快，他又恢复成迷离的目光笑了起来，用法语向南柯问候。

"你好啊，我是南森。"

他费力地从地上爬起，摇晃的身子终于站定，将略长的头发往后捋了捋，朝着还没从震惊中回过神的南柯微微一笑，用中文说道："当然了，叫我郁宁也没关系，随你喜欢。"

南柯没有反应过来，反而是郁宁率先打破了尴尬的沉默。他转身，踉踉跄跄地跨过地上东倒西歪的家具，拉开窗帘，阳光刺得他下意识地用手遮了遮眼睛。

然后他搬正两把椅子，指了指其中一把："请坐。"

郁宁不知从哪儿翻出一张字条，上面写着预约信息："我如果没记错的话，贵社指派的记者是个女生才对。"

南柯关上门，走到那把椅子前坐下："是的，我是临时顶替她的。"

"真是抱歉，我记错了日子，昨晚出去……" 他耸了耸肩，"无所谓了，我现在酒已经醒了，不会影响你的工作。"

南柯紧紧捏着手里的录音笔，完全听不见郁宁说了什么，只能看到他颓废的样子，还有这个房间满地的狼藉。

郁宁倚靠着椅子，看着他："你不开始吗？"

"咔！" 坐在监视器后面的陈导忽然喊了停，随即走上前："郁宁，你要把情绪伪装起来，拿捏好分寸。”

许其琛点点头，深吸一口气，七年前和七年后郁宁的状态变化实在是相差太大了，这对任何演员来说都是一种挑战，更何况他还只是个新人。

许其琛抬头看林然，林然玩着手里的录音笔，感觉许其琛在看他，也抬起了头。

“为什么你可以这么快进入状态？”许其琛十分真诚地向他求教。

“什么状态？”

“就是南柯的状态啊。”许其琛解释道，“你一下子就可以从前几天的戏里跳出来，立刻进入到重逢之后的南柯的情绪里。”

林然笑了笑，没说话。

“你还沉浸在七年前的梦里吗？”林然忽然开口。

他的表情有一丝轻蔑，而且是非常认真的轻蔑，像是忽然变了一个人一样开始说话：“那些都是假的，温暖和帮助都是假的。离开的时候姿态那么难看，现在倒是知道收敛，知道再见面的时候要体面一点了吗？”

看见许其琛的眉头微微皱起，林然又继续着那种状态说：“你真的以为会有人真心实意地帮助你吗？凭什么？凭你年少无知的天真？别做梦了。”

许其琛的眼神暗了下来，思绪好像已经不在这里，而是飘到了很远的地方。

林然立刻转变语气，从戏中脱离出来：“记住现在的状态，这就是你面对南柯的情绪。”

许其琛抬头看向林然，对方回了他一个温暖的笑：“刚刚说的话，一句都不是真的。”

一方面想让他领悟到被人伤害的心情，另一方面又会因为他的难过而宽慰他。

“我们再来一条！”

“《南柯》第六十八场第二次，开始！啪！”

随着打板声落下，许其琛的脸上露出微笑，面前林然的脸渐渐虚化，和记忆之中的某张面孔融合在一起：“不开始吗？记者先生？”

南柯握住录音笔的手指骨节发白，低头翻开同事事先准备好的提问稿：“您的新书《厌之城》的叙事基调十分晦暗，很多读者反映读过会有一种强烈的孤独感，可您在简介中却只写了‘这是一个让人痛苦的故事’这句话，所以这是不是从某个方面反映了您的……感情观呢……”

他没想到吉娜准备的第一个问题就这么犀利。

“我写的每一本书都反映了我的感情观。”郁宁支起手肘，偏着头看向南柯，笑了笑，“每个人对感情都会有不同的见解。对我而言啊……大概就是中国的一个成语吧。”

郁宁笑了笑，继续道：“惊弓之鸟。”

“我的感情观非常之消极，可以说，我就是那只鸟。”

南柯低下头，提问稿上的字好像在旋转。他费了很大精力才将注意力集中在上面：“您在小说中对于抑郁症的状态描写得非常具有真实感，请问您在创作过程中是如何获取素材的呢？”

“没人说过抑郁症这种病症格外眷顾作家群体吗？”郁宁说完这句话，看见南柯的脸色一变。他又笑出来，阳光下的笑脸和过去的那个少年几乎没有分别。

“开玩笑的。我只是竭尽所能去挖掘内心的焦虑和沮丧而已，这样就足够了。”

就这样，南柯按照提问稿一个一个提问，郁宁出人意料地配合，时间安静地流淌。

南柯合上提问稿，问出最后一个问题：“读者们都非常好奇，您有哪些灵感来源？”

“灵感来源……”郁宁的眼神有些飘忽，“酒精？大量的酒精。还有……我不太确定你们是不是可以写进去……”

郁宁的目光停在南柯的身上，对上他的双眼，无声地做了个口型。那是一个英文单词，唇形很像是在微笑。

南柯一下按了录音笔的关闭键。

直到南柯上前，双手颤抖着抓住郁宁的衣领，他依旧保持着疑惑的神色：“记者先生，你为什么生气呢?

“被遗弃的我，都还在保持微笑呢。”

颜值与演技的巅峰较量（下）

“咔！这一条很好。大家吃饭去吧，晚上还有一场在酒店的戏。”

许其琛的表现有点出乎陈安平的想象，虽然他的表演和之前预想的那种效果有一定的出入，但这种镇定和冷漠似乎也格外能触动人。

林然朝许其琛比了个大拇指的手势，对方站起来的同时看见了，朝他鞠了一躬。

林然看着许其琛：“你很有天赋嘛。”

许其琛摇摇头，情绪还是有些低落。为了能够尽快进入角色，他挖掘了太多藏得很深的负面情绪，就像是打开了潘多拉的盒子，一时之间不知怎样才能关上。

林然想要说些什么，被一个突然冒出的声音打断了。

“梦泽！”

许其琛循声望去，看见了几个熟悉的身影，是他的队友们。

白翊不住地朝他挥手，然后指了指外面。

“还真来探班了。”许其琛笑了笑，“我先出去一下。”

林然忽然抓住他的胳膊：“等等……”然后指了指他拍摄时被造型师设计

成半敞开的衬衣。

“哦，对，”许其琛一阵慌乱，“我都忘了。”

许其琛匆忙扣好衣服才走出去，出来后只看到白翊和沈焕，便问道：“队长和蒋凌呢？”

白翊道：“队长今天去蒋凌的真人秀做嘉宾了。”

沈焕靠着墙壁：“怎么，只有我们两个你还觉得不够吗？”

许其琛摇摇头：“怎么会呢，你们能过来我很开心的。”

白翊拉着他的胳膊：“先别说他们了，你猜我们今天给你买了什么？”

还没等许其琛开始猜，沈焕就直接公布了答案：“小龙虾。”

“沈焕，你真的很烦，刚刚都说了是惊喜，你干吗这么快说出来！”

许其琛对着白翊笑道：“我可以假装没听到……”

白翊瞪了沈焕一眼，跑去把藏在剧组道具后面的小龙虾拎出来：“惊不惊喜，意不意外？”

许其琛忍不住笑出来，发现沈焕的眼神一直盯着自己的衣领处。他低头查看了一下。

“这个……”

许其琛：“哦，这个不是真的，是化妆师姐姐画的。”

“好逼真啊。”沈焕走近了些，好奇地看着许其琛的脖子，“所以说，是可以擦掉的咯？”

许其琛还来不及回答，就感觉一只手臂搭在了自己的肩膀上。

他侧过头，就看见林然的笑脸：“你们好啊。”

“林然？”白翊激动地蹭到前面，“林老师林老师，我可喜欢你的电影了！哇，真人也太帅了吧？不愧是电影脸啊！”

林然笑着伸出一只手：“白翊，你好。我们都差不多大吧，叫我林然就可以了。新单曲我循环好几天了，很好听哦。”

白翊已经沉浸在被喜欢的演员夸奖的绝佳氛围之中无法自拔，许其琛抬手在他眼前挥了挥，他才回过神：“啊，我们买了小龙虾，一起吃一起吃。”

许其琛看见那红彤彤的两大桶虾，道：“啊……林然他吃不了……”

“我最喜欢吃小龙虾了，那我就不客气了。”林然卷起袖口。

许其琛一脸“你确定”的表情看着他，他挑了挑眉。

几个人就在片场外面围坐着，白翊热情地分发手套：“你们拍戏很辛苦，多吃点多吃点。”

许其琛剥开一个放进嘴里，估计白翊完全是按照他的口味点的。

他看向身边的人，不愧是影帝，居然一点反应也没有，这忍耐力也太强了。

许其琛开了一罐饮料，不动声色地推到林然跟前，然后继续和白翊聊天。

林然拿起饮料，就听见沈焕开口：“你们这部戏还要拍多久？”

许其琛很认真地剥着虾：“大概……还有不到一个月？导演说上海这边的戏份剧情比较连贯，场地也不多，比较好拍。”

“你们拍得比我想象中快呢。”白翊往嘴里塞着虾，“我以为你会一直失误一直咔，最后被导演轰出去，哈哈哈。”

许其琛反倒一脸认真：“我也以为会是这样。”

林然忽然开口：“他很有天赋的。虽然说郁宁这个角色前期和他很像，都是很安静温和的性格，但后期的反差很大，很有挑战性。他很努力，台词背得比我还熟，几乎没在现场忘过词，是个很敬业的搭档。”

突然被林然表扬，许其琛不知该说什么才好，反而是白翊开了腔：“唉，想不到啊，肯定是林然你带得好。这家伙以前拍戏都跟梦游似的，怎么都开不了窍，特别是需要爆发的戏。”

“是吗？”林然勾起嘴角，“我反而觉得我们拍起来很顺。”

许其琛没去看林然，拿起饮料喝起来。

沈焕看着许其琛，把话题扯了回来：“再拍一个月，梦泽就可以归队了吧？昨天公司的企划还在讨论新专辑的事呢。”

“对对，昨天开会的时候聊到的。”白翊也跟着说道，“新专辑估计得筹备一段时间吧。芸姐说秋天回归，大概会走秋日治愈系少年之类的概念。等梦泽你拍完戏肯定得换新发色，我本来都跟造型师姐姐说过了我想要红色系，但造型师姐姐说你的发色要跟沈焕的搭，死活让我染金发，我恨。”

说完，白翊泄愤似的咬下一整条虾尾。

许其琛不解：“为什么我的发色要和沈焕搭配着来？”

沈焕笑眯眯地回答：“因为我们是对照组啊。”

许其琛正聊着，一碗剥好的虾尾被推到了自己跟前。许其琛抬头看向林然，他仍然看着白翊他们：“要染发吗？我觉得还是黑发最好。”

“是吗？哎呀，反正梦泽长得好，什么颜色都好看。”

林然取下手套，用湿纸巾仔细地擦拭着手：“团队里的限定组合很有趣啊。”

“对啊，这都很正常，我们公司一贯就有营销啊，”白翊笑起来，撞了撞沈焕的肩膀，“其实阿焕私底下女生缘好到爆炸，出道前交往过的女友不少呢。只是因为公司觉得梦泽和他设定比较搭所以组了组合，叫梦幻组合，队长和蒋凌叫麒麟组合，也很好听，就我一个没有，哈哈哈。”

许其琛叹了口气：“快吃吧，一会儿都冷了。”

沈焕摘下手套：“没人告诉你吃饭的时候少说话吗？”

“你管我，我就要说。”白翊瞪了他一眼，恶狠狠地把虾头拧下来扔到沈焕手边，好像想起什么似的，“对了梦泽，你晚上的戏还是在酒店吗？”

“这个酒店租了一天，有两场戏得一块儿拍了，刚刚那场差不多拍完了，晚上还有一场……”许其琛点点头，说着说着，突然停住，然后转头看向林然。

“还有一场什么？”白翊不解。

林然笑了笑，反问道：“你猜呢？”

这个人，是有多喜欢戏弄别人啊。许其琛心里不平，于是重重地踩了一下林然的脚。

“啊！”白翊这一叫，吓得许其琛一抖，还以为自己踩错了人。

“我想起给你买的蛋糕落在公司了……”白翊一脸哭唧唧的表情，“肯定会被芸姐拿走。”

被踩了一脚还镇定自若的林然笑着问道：“为什么？”

“身为偶像，身材管理是天职。”白翊模仿李芸的腔调回答，说完又叹了口气，“我们队里只有梦泽可以随便吃，怎么吃都不胖。”

许其琛心里暗自回答，那都是因为他的人设啊。他实在忍不了这个活宝了：“赶紧吃完回去吧，我还得工作呢。”

白翊一脸委屈：“梦泽，你怎么可以这么对我？我也是关心你。”

沈焕也忍不了了，一把将白翊拎起来：“走走走，你真的很烦，等会儿还要去试造型，就别在这磨叽了。”

白翊那边也收到了微信，没办法只能哭丧着脸结束这一次探班之旅。

送走了队友，许其琛长舒一口气，这顿小龙虾吃得太辛苦了。

林然故作可怜地说：“脚好疼啊。”

许其琛：“你自找的。”

林然露出无辜的表情：“没有啊。”

许其琛知道他不会承认，自顾自地往前走，他就跟在后头：“你的小冰柜呢？回国后都不见它了，我还想吃冰激凌呢。”

许其琛：“在法国就处理掉了，没必要运回来。干吗突然要吃冰激凌？”

“舌头很痛啊，”林然抱怨道，“我刚刚可是陪你吃了那么辣的小龙虾啊。”

许其琛转过身，看了林然一眼：“你干吗用这种语气跟我说话？你是被白翊带跑偏了吗？”

林然听了这话，无奈至极地叹了口气：“你还真是……”

许其琛不解：“什么？”

林然摆了摆手：“算了，没什么。”

说完这句话，林然就离开了。他也没去找，只叫了张小小过来帮忙一起收拾残局。

虽然张小小不愿意让他动手，但他始终没有把自己当成真正的明星，这也只是一份职业而已。

比起刚才林然的话，闲下来的许其琛更加担心的是晚上的戏。

剧本写得很简单，这部戏几乎有一半都是靠演员自我发挥。他怕自己到时候发挥不好。于是只好拿出自己写的人物小传找感觉。

不知道看了多长时间，身后突然响起陈安平的声音：“你在看什么？”

“啊？”许其琛站起来。

“你写了人物小传？”陈导的眼神中流露出些许赞许之意，“现在都没几个演员会这么认真了。”

许其琛不太好意思，写人物小传是他写文以来一直保持的习惯。

“你很紧张吧？”陈安平笑了笑，“其实没什么，无非就是拍一场戏罢了。”

许其琛解释道：“实际上我是因为经验不足有点担心，怕自己演不好耽误剧组进度。”

“演不好太正常了，如果第一次演戏就浑然天成，那才奇怪呢。”陈安平笑了，拍了拍许其琛的肩膀，“我对你唯一的要求就是完全投入到角色里去。”

许其琛点点头。陈安平说得没错，这个时期的郁宁跟他本人的性格差距大得多，更像是他内心所有负面甚至阴暗面的集合与放大。

“而且我们也不需要很多极有冲击力的镜头，否则国内审片也很麻烦。不论想通过这部电影去传达什么，都必须保证能够在国内顺利上映，否则就没有意义了。”

陈安平这番话说得很诚恳。许其琛所设定的这个世界偏见仍然存在，他不喜欢把世界设定得太过美好，脱离现实的假想，世界就会失去很多真实感和共鸣。

“嗯。”

“等会儿林然过来了，我们再一起讨论一下具体的流程还有位置之类的，美术也会在这边候着，一起帮着指导片场的布置和分镜。”

许其琛点点头，跟陈安平聊过之后他心里的畏惧减少了很多。

许其琛想起些什么，在心里问道：“0901，我想买东西。”

0901：“许先生需要什么？”

许其琛：“有冰激凌吗？”

0910：“有的，许先生想要什么口味？”

许其琛：“……柠檬味吧。”

0901：“好的。”

许其琛：“等一下我去个没人的地方你再给我。”

0901：“好……”

许其琛走到一个道具板背后：“可以了。”

0901：“伸手，许先生。”

许其琛乖乖地伸出手，手上一下子就出现了一盒柠檬口味的冰激凌。许其琛很满意，看到自己账户上的点数被扣了五百点也没觉得特别心疼。

许其琛四处望了望，看见林然坐在一个角落里看剧本，很认真的样子。犹豫了一会儿，他还是悄悄地走过去，把冰激凌放在他旁边，然后又假装什么事都没发生一样走开。

“站住！”果不其然，林然还是叫住了他，“你是觉得我瞎吗？”

许其琛转过身：“不是，我是不想打扰你。”

林然看了一眼冰激凌，脸上露出孩子气的笑容：“居然真的给我买了冰激凌啊。”他开心地撕开包装，“什么时候去的？”

“啊……”许其琛心虚不已，“让小小帮忙去买的。”

看见林然开心起来，许其琛也松了口气：“那我先……”

“等一下，”林然站起来，“我要解释。”

“解释什么？”

“刚才你问我为什么要做那些事。”

许其琛“嗯”了一声。

林然的表情忽然认真起来。

“我刚刚不是被白翊带跑了，也并不是在戏弄你。”

林然跨了一大步，走到许其琛面前小声说道：“我就是有点羡慕你们。”

“郁宁！化妆了！”

“好。”许其琛匆忙离开。

“陈导说趁天没完全黑下来，先拍一场清晨起床的戏。这是服装。”造型师递给他一件宽大的T恤，“你先套上，我们弄一下头发。”

晚上要拍的戏在时间线上是很靠后的戏份，目前这一段只有他一个人，所以先拍他的镜头，之后还要重新做酒吧的造型。

许其琛耐心地等待化妆师完成整个造型，独自一人前往已经布置好的酒店。这几个镜头很简单，说白了就是郁宁醒过来，下床之后走到窗边坐下。

“要表现出怅然若失的感觉，小张，你从这个角度进，用手持镜头。”在陈导的指导下，这一条失败了三次之后也就过了。连摄影师都不禁感慨，这张脸真的不要太适合这种慵懒的场景。

这一条补完，许其琛又火速准备酒吧造型的妆发。

“腮红这样够了吗？”化妆师姐姐看着镜子问他。

许其琛也不知道够不够，他不清楚自己喝醉之后究竟是什么样子。林然在旁边说道：“够了，等会儿入镜了会更红。”

化妆师捂着嘴笑，许其琛只好说：“那就这样吧，辛苦了。”

酒店已经重新布置好。一切准备就绪，许其琛营造出醉酒后的无力感，只等开拍。

“《南柯》第七十场第一次，开始！”

随着场记“啪”的一声打板，南柯架着郁宁从酒店电梯里出来，跌跌撞撞地走到他所在的套房门口。

“门卡在哪儿？”

郁宁迷迷糊糊地说：“门卡……钱包里……”

“咔！”陈安平喊了停，“郁宁，你醉酒的感觉有点生硬，很明显是营造出来的，不够真实，再琢磨一下。”

许其琛赧然道：“好的，不好意思。”

醉酒的感觉真的有点难演，毕竟他真正喝醉的时候是毫无意识的，又怎么会记得当时是怎样的状态。

“导演，我可以喝一点点酒吗？”这样的做法是很冒险的，如果真的喝醉了就没法演了。

陈安平和他一起吃过饭，清楚他的酒量，想了想同意了：“喝一点找找感觉就可以，别喝太多。”

说完就让道具组的工作人员把之前准备布景的红酒拿过来，倒了半杯。

许其琛双手接过："谢谢。"为了节省时间，许其琛一大口全部灌下。

"你喝得太急了，容易晕。"林然皱起眉头。

"没事的。"许其琛深吸几口气，"导演，我可以了。"

"嗯，那就从头再来一遍。"

"《南柯》第七十场第二次，开始！"

走廊里，郁宁踉踉跄跄地走在地毯上。

"门卡在哪儿？"

酒精的作用来得没那么快，但给了许其琛心理上的慰藉，让他更加信服自己所处的情节和氛围。

郁宁迷迷糊糊道："门卡……钱包里……"

南柯空出一只手翻出他身上的钱包，极其不方便地在钱包的缝隙中寻找门卡的踪迹。南柯抽出门卡的同时，一张照片掉了出来。

南柯扶住摇晃的郁宁，伸手翻开照片一看，愣住了。

南柯紧紧地攥着手里的照片，将地上的那个人拽起，忽然感觉到对方不自然的躲闪。

"咔！"

这是许其琛预料到的喊停："抱歉抱歉，刚刚有点痒。"

陈安平在后面指导："状态比刚才好了一点，还要再放开些。我已经说过了，你需要做的是把自己完全放到角色中，忘记你现在的身份，想一想郁宁的性格，他会是怎样的反应。"

陈安平在想或许是工作人员太多会让他分心，于是把无关的工作人员清了出去，只留下必要的摄影。

人少了许多，许其琛心里的包袱也没那么重了，只是刚刚那一下子感觉脑袋晕乎乎的，脸上也开始感受到不正常的温度。果然，酒精的作用只会迟来，不会缺席。刚刚他喝得确实有点猛，感觉这么半杯的劲比喝一小杯白酒还大。

许其琛正想着，忽然感觉被戳了一下，许其琛猛地转头。

"你害怕吗？"林然站在他的旁边开口。

许其琛犹豫了一会儿："我不知道……有点紧张，我怕我表现得不够好，会一直咔。"

"你的耳朵红了。"林然指了指。

许其琛下意识地去摸耳朵："啊……那个红酒挺厉害的。"

林然笑了笑：“刚才都让你慢点喝了，等会儿可别演着演着耍起酒疯啊。”

许其琛认真地摇头：“不会的。”

陈安平拍手打断了两个人的对话：“来，我们再来一条试试看。”

“郁宁，回答我。”南柯的声音萦绕在耳边。

许其琛不想回答。

他在逼问下甚至有着潜意识的反感，好像在一瞬间披上坚硬的外壳，把所有答案裹在里面。回避和隐藏，是他与人交往时使用最为频繁的社交手段，只有这样他才能够感觉到无以复加的安全感。

可现在的他不是许其琛，不是季梦泽，而是郁宁。

如果是郁宁，此时此刻会怎么做呢？

许其琛睁开眼睛，脸上带着一丝属于郁宁的忧郁和神经质，回答了他方才提出的问题。

“是的。”

“咔！”

陈安平对于林然的表现并不惊讶，毕竟这个孩子什么高难度的角色都演过，凭他的专业程度，也不会有太大的困难。

季梦泽确实让他有些意外，这一段在剧本里原本还是以南柯为主，他却在后半段反客为主，这样的表现力完全不像是一个偶像艺人可以做到的，甚至都让林然被他的表演带着走了。

大概是气质使然，陈安平有种因祸得福的感觉。

回到现实的许其琛只觉得很难过，他努力支撑着自己起身朝监视器那边走去。

林然没想到这家伙居然一瞬间就可以变回自己原本的样子，简直比他这个演员还要专业，专业到了残忍的地步。许其琛永远一副疏离安静的样子，对任何人都是，不会拒绝，不会抵抗，也不会接近。

林然套上自己的衣服，离开了拍摄间。

酒店的戏份全部结束，大家也就顺利收工。回去的路上，张小小看见许其琛一直看着窗外，一言不发，于是问道：“梦泽哥，是不是很累啊？”

许其琛回头：“没有，刚刚喝了点酒，有点头晕。”

“刚刚我在外面听到工作人员夸你哦，说你演得很好呢。”张小小笑得很开心，“梦泽哥，你这部戏真的进步很大，我看得出来你很认真。”

许其琛头靠着车窗："我以前不认真吗？"

"不是的，以前也很好，只是这部戏感觉你特别投入，好像那个角色就是你本人一样，我都分不出来你还是不是在演了。"

许其琛没有回话，这正是他心虚的地方。

他清楚这部戏是季梦泽翻身的最好机会，必须要演好。只要可以演好，改变季梦泽在大家心目中的形象，完成主线任务，他什么都愿意。

但现在他发现，自己把这个初衷想得太简单了。他写这本小说的时候，有意无意地将自己的一些情绪倾注在了郁宁这个角色身上。比起真正的主角季梦泽，郁宁这个角色更贴近他自己。

可当他演绎郁宁时，才发现他和自己有多不同。他越演越沮丧。

许其琛的思绪纠结在一起，让他陷入深深的自我否定之中。

忽然，他的眼前出现了系统奖励的界面，这一次是两千五，他点击收取，同时也结束了思考。

尽管如此，许其琛是一个能够及时消化负面情绪的人，不会一直消沉下去。第二天开工时，他又回到了认真工作的状态。

总体而言，在这部电影中，南柯的戏份比郁宁多，所以很多时候，许其琛都是坐在片场看着林然演戏，一边看，一边学习。

只是和平常不同的是，林然休息的时候没有再来找他。就连拍两个人的对手戏，导演一喊停，林然就转身走开，到一旁休息了。

气氛明显到连张小小都发觉了不对劲，她给许其琛递了两杯奶茶："梦泽哥，你是不是和林然哥吵架啦？"

许其琛接过奶茶："可能吧……我也不清楚是怎么了。"

他不是没有感觉到林然的反常，可回想之前发生的事，又理不出头绪来。

"你去给林然哥一杯吧。"

奶茶杯壁上细密的水珠渗进掌纹，许其琛妥协了："好吧。"

许其琛拿着奶茶寻找林然的踪迹，看到他的背影，正靠着墙壁。许其琛有些犹豫，但还是走了过去。大概还有三四米的距离，看见他正和同组饰演配角的女演员谈笑风生。

女生的眼睛亮亮的，像小鹿一样。林然从她手中接过一瓶水，喝了一口之后，不知对方说了什么话，突然大笑起来。

许其琛不想打扰他们，转身离开了这个地方。

许其琛害怕小小会觉得自己没有把奶茶送出去而失望，找了个角落自己喝光了两杯奶茶。

一贯喜欢甜食的他喝得有点反胃。

这份工作真是艰难，明明两个人嫌隙已生，却还要在镜头下一起表演。

演完自己的部分，许其琛先回了酒店，蜷在被子里。

后来的几天一直这样，谁也没有在微信上和对方说过话，就这么十分默契地继续工作。许其琛最初还会思考原因，后来索性就把原因归结在自己身上——一定是自己哪里做错了。

0901："如果是这样，您应该去道个歉，否则您的副线任务有可能失败。"

许其琛："这个任务已经脱离我的控制了。"

许其琛沮丧极了。

某天的夜戏拍完，许其琛给林然发了一条微信。

许其琛："要去吃夜宵吗？"

隔了几分钟，林然回复："不用了，准备睡觉了。"

这是明显的拒绝吧，许其琛没有为自己赢得道歉的机会，可是如果在微信上道歉，又显得太不诚恳。所以第二天，他鼓起勇气趁林然一个人看剧本的时候走上前去："对不起。"

林然抬头："为什么？"

许其琛沉默了，说实话他并不清楚，只是觉得一定是自己的错。

等了很久的林然低下头："是我该道歉才对，抱歉。"

没等许其琛说话，林然就站起来走开了。

没错，许其琛早就看出了林然的反常。但是他更害怕，说清楚之后才发现，这才是林然的常态。

反正这样的事也不是第一次了。

就这样一直僵持到许其琛杀青的那天，原本酒吧的戏份安排在前面，但因为场地租赁出了问题，这场戏就变成了许其琛的杀青戏。

这一场戏中，郁宁在酒吧喝酒，和酒吧里搭讪的女生一起跳舞，正巧被和同事聚会的南柯看到了，于是就有了后来酒店的戏份。

"《南柯》第九十七场第一次，开始！"

郁宁坐在吧台："一杯 dry Martini（干马提尼），谢谢。"

他刚抿了一口，身旁便出现一位身材姣好的美女："喝酒的品位这么保守吗？"

郁宁的手托着下巴，打量了一下面前的女人。对方微笑着对酒保说道："B52轰炸机。"

郁宁笑起来，女人反问："一起吗？"

"我的荣幸。"

女人继续道："两组B52。"

两排B52轰炸机摆好，调酒师一一将它们点燃，层次分明的酒上蓝色的火焰在不断跳跃。郁宁侧头看向身旁："女士优先。"

对方拿起手边的短吸管插入杯中，正要低头，吸管烧了起来。

"咔！"

女演员立刻将吸管丢到地上，踩了几脚，连连抱歉。

"没事的，我也觉得这个好难。"许其琛安慰道。

饰演调酒师的本尊就是一名专业调酒师，他再一次强调："你喝的时候一定要快，别害怕。或者你别用吸管，用柠檬片把火盖灭然后擦一下杯缘，一口喝下去。"

这个酒还是有一定的度数，所以他们只拍喝下去的镜头，其他的就靠剪辑。

"再来一条！"

"《南柯》第九十七场第二次！开始！"

"啪"的一声，郁宁的脸上露出笑容："女士优先。"

女人将吸管插入杯底，快速地一饮而尽："该你了。"

郁宁拿起一片柠檬片，盖灭火苗的瞬间仰头饮尽，然后将杯子放回原处。

"好，这一次的可以了。"

继续拍了几个吧台的镜头，两位演员就要转移到舞池那边。

"等会儿的吻戏可以借位吧？"许其琛问陈导。

考虑到季梦泽的职业和狂热的粉丝，陈安平同意了："行吧，你等会儿用拇指压在她的嘴上，借位拍。"

"南柯！南柯和吉娜可以坐过去了。"

一切准备就绪，许其琛伸手搂住女演员的腰，对方穿着露背的长裙，他的手指触碰到她的皮肤，有种难以摆脱的不适感。

"《南柯》第九十八场第一次！"

舞池中，令人眩晕的灯光下，郁宁和一个女人亲密无间地拥抱在一起，随着音乐放肆地摆动着身体。

“南柯。”

南柯收回视线，坐在旁边的吉娜笑着问道：“看什么呢？有熟人吗？”

南柯摇摇头：“看错了。”

服务生：“您好，二位的酒。”

“谢谢。”吉娜将酒挪到南柯面前，却不小心打翻了。蓝色的鸡尾酒顺着桌子淌到南柯的裤子上，吉娜慌乱地说着抱歉，从包里翻出纸巾替他擦拭。

“没事没事，不要紧的。”南柯低下头，伸手想去阻止。

这样的动作，在光线和角度的扭曲之下，变成了一种暧昧无比的姿势。

郁宁尽收眼底，他伸手温柔地抚摸着对方的脸颊，然后低下头吻上，眼神诱惑而极具攻击性，就好像他所扮演的角色，既是捕猎者，又是猎物本身。

“咔！这一条过了！”摄像师对着陈安平感叹道，“刚才郁宁的眼神，绝了。”

陈安平点点头，“嗯”了一声。

许其琛松开女演员的手，对方的脸上露出羞涩，他礼貌地退开一些距离，被造型师叫去补醉酒的妆。

酒吧里太吵，音乐的重低音震得心脏都在颤动，许其琛刚才喝下去的一杯酒此刻也有了些许反应。他有些自嘲，像他这种非专业人士，酒精成了演技的催化剂。或者说，是情绪的催化剂。

“《南柯》第九十九场第一次！开始！”

郁宁和女伴继续喝酒聊天，暧昧的距离越来越近，直到醉倒在对方怀里。

倒在女演员怀里，是许其琛自己临时加的。

南柯开口对吉娜说：“不好意思，我还有事，我们今天就散了吧。你早点回家，我去埋单。”

南柯无视吉娜显而易见的失望，起身径直走向吧台，他劝走了那位女伴，想要将那个喝得烂醉的郁宁拽起来。

郁宁像个孩子一样把头埋在胳膊里，闷声用法语说着醉话。

林然在那儿站了一会儿，还是上前将他扶起来。他似乎已经失去了抵抗的意识，软软地瘫着。林然扶着他，一步一步走出喧闹的酒吧。

长镜头在此结束。

“咔！非常好！”

许其琛站直身子。林然朝他看了一眼，又很快地转过头。

“恭喜梦泽杀青！”工作人员都涌了上来，许其琛看见了李芸的身影，她手里还捧着一束花。

就这么杀青了吗？他没有丝毫实感。

李芸上前把花递给他：“很累了吧？”

许其琛接过花束，小声地说了句谢谢，然后对着工作人员一一鞠躬：“辛苦了，大家辛苦了，谢谢大家这么多天的照顾。”

许其琛走到陈安平面前时，对方先张开双臂，许其琛愣了一下，然后和他拥抱：“谢谢陈导，您真的帮了我很多，教会了我很多。”

陈安平拍了拍他的背：“这个角色没有错过你，是它的幸运。”

许其琛被一群工作人员围绕着拥抱祝福，以为林然早就离开了，没想到他还在，站在几米开外。

许其琛想了一会儿，走过去。

“谢谢你，这两个月我拖累了你不少，你还是很努力地带我，不然我恐怕没这么快杀青……”

他的声音越来越低，忽然被林然抱了一下：“不客气。”

林然随即松开，留他捧着一束花站在原地。

许其琛不记得自己当时是怎么参加的杀青宴，说了些什么，又做了些什么。

他说错了什么吗？还是做错了什么呢？

0901：“许先生，作为一个AI，我并不理解人类的思维模式，无法站在感同身受的角度去宽慰您。但从本质上说，任何事物的发展都是螺旋式上升的过程，中间必然会有曲折。”

许其琛低头苦笑：“没想到人工智能还会研究哲学。”

0901无视他的调侃：“所以许先生，我认为您现在正站在关键点之前。”

杀青之后的他离开了剧组，却没有完全离开郁宁和南柯的生活。接下来的一个星期，他还需要进棚完成电影里郁宁念白的录制。

结束之后，就算是真正重新步入季梦泽的事业正轨。偶像的生活比剧组的辛苦程度而言有过之而无不及，日夜不分地练习新专辑的舞蹈和歌曲，飞到世界各地拍摄MV（音乐影片），拍杂志、录节目，忙到每天只能睡三四个小时。

亲身实践才发现，一直被众人诟病的偶像也不是那么好当的。即便如此，他的名字出现在微博时，负面声音依旧没有减少。

白翊撞了撞明祈的胳膊："队长，你不觉得梦泽演完戏回来之后，整个人都不一样了吗？"

队长点点头："完全是玩命工作的状态啊，整个人都快变成机器人了。"

每天机械地暴露在各种镜头和灯光之下，被无数粉丝包围着，许其琛的身心变得越来越麻木。

一眨眼，秋天就已经过去了一半。新专辑发布以后变得更忙，上各种综艺打歌，参加各地的签售会，天天飞来飞去。即便是为了主线任务，他也必须用最认真的态度对待自己的工作。

这样的生活反而让许其琛觉得安心，自己就像是一只鸵鸟，把头埋在无休止的疲倦之中，让自己无法闲下来去思考太多其他的事。

十一月初的时候，李芸告诉他，《南柯》要开始进入宣传期了。

"这么快吗？"许其琛都不知道这几个月是怎么过去的。

李芸把一份日程安排递给他："文艺片的后期制作一般都不会太久，本来这部电影因为选角的事就延后了开机，资方想在圣诞节定档，拖久了宣传也不好做。"

许其琛点点头。

"官方应该会先发布宣传的海报，那都是影方的宣传，我们不用过问太多。主要就是月末会和林然一起参加一些综艺节目，赶在电影上映前夕播出为电影造势。"

"林然那边同意了吗？"

"怎么会不同意？这部电影他才是第一主角，没理由不宣传自己的作品。"许其琛这样问，李芸觉得有点奇怪，不过她也像是察觉到什么，"你们之前拍戏的时候。不是关系还不错吗，怎么最近都不见你们在微博互动了？"

许其琛："因为一直很忙，我发微博都很少。"

也是，刚拍完戏就赶上发专辑，这么高强度的工作量连一直很扛造的蒋凌都破天荒地喊着吃不消。可是他却一句抱怨都没有，默默地认真完成每一个工作，也不知道是开了窍还是钻了牛角尖。

"总之，宣传期要加把劲，争取通过这部电影赚回口碑和国民度。"李芸拍了拍许其琛的肩膀，"我相信你行的。"

许其琛"嗯"了一声。

果然，十一月十二号，《南柯》的官方微博开始发布第一张电影海报。

电影《南柯》：“年少之梦。”

配图只有一张海报。海报的设计采用双重曝光的手法，主体是南柯的侧脸轮廓，在头部的位置映射出另一幅画面——尼斯蔚蓝的海岸线，还有两个少年一前一后的背影。

许其琛盯着海报看了一阵子，然后准备转发。他不知道发什么好，李芸给了他一个现成的文案，但他觉得矫情过了头，于是就点击了一个爱心的表情转发出去，虽然没什么诚意，但是也不会显得太过积极。

转发和评论很快多起来。

许其琛翻着评论，手指不小心点到转发那一栏，正巧看见了最新转发。是林然，他也发了一个爱心表情。

时隔一个星期，《南柯》官博发布了第二款海报，同样高冷地写了四个字——经年之梦。

海报的设计与第一张类似，依旧是南柯的侧脸，映射着上海光怪陆离的夜景，以及南柯和郁宁深夜走在街头的背影。

两款宣传海报的释出引发了网友对于电影剧情的热烈讨论，一时之间，“南柯”两个字频繁出现在微博上。

虽然公司上下对于电影的宣传效果都非常满意，但许其琛心里总是隐隐感到不安。

事实证明，许其琛的预感总是很准。快接近月底的时候，微博上突然有几个博主开始发一些季梦泽以前的烂片尴尬桥段的集合。

娱乐八卦师：“季梦泽的新电影马上就要上映了，不知道演技会不会有进步呢。回顾一下季梦泽过去几年的影视作品吧，看看你能坚持几分钟。”

转发评论几乎全是表示尴尬症犯了之类的话。

看不下去了。原本还很冷静的许其琛看到最后几条就不由自主地觉得烦闷，他努力调节自己的心情，直到再次冷静下来。

他打了个电话给陈安平，对方好像已经预料到会接到他的电话。

“你已经看到网上的言论了对吧？”陈安平的语气很平静，“有什么想法吗？”

许其琛犹豫了一下，说道：“导演，先不要做出任何回应，我这边也不会发声。”

“哦？”陈安平有些惊讶。他原本以为这个电话的目的是想让他帮忙转变舆论风气，释出一部分的花絮或者试镜片段来回击这些抹黑。

“现在立刻回应和公关，是可以逆转舆论没错。”许其琛顿了顿，“但是导演，我想要绝地反击的效果。”

“我已经听芸姐说过了，电影可能会定档在圣诞节，那么还有将近一个月的时间。如果可以，我想让陈导您和制片沟通一下，将预告片延后在十二月中旬的时候再释出，这两个星期我们按兵不动。”

“你是想制造出反差？”

“嗯。”许其琛继续道，“被压得越低，到时候就会回弹得越高。”

要么就不翻身，翻身就一定要彻底。

这个处理的办法说实话不保险，但陈安平对自己的电影质量有信心。何况他早就不止一次对身边的人说过，这个孩子在电影上映之后一定会被众人看到，因为他真的很令人惊喜。既然如此，不妨按照他说的做。

就这样，许其琛被吐槽了整整两个星期，到后来他几乎不再打开微博了。

十二月九号下午，几个成员一起从公司楼上下来，准备去广告拍摄现场。晚上就是《南柯》的定档发布会，时间安排得很紧张。

“广告商那边已经说好了，尽量缩短拍摄时间，造型师也跟着过去。等会儿结束之后直接去到定档发布会，然后明天早上要参加《疾速对抗》的录制，十二月十一号是商演……”张小小跟在许其琛身边报告着行程安排，谁知一出公司大门就硬生生地被人挤开了。

粉丝们一窝蜂地涌来，手里拿着各种礼物。成员们虽然被挤得走不动道，但脸上还是保持着身为偶像必备的笑容。

“梦泽梦泽，你要加油哦！别管网上那些人说的话！”

许其琛笑着点头：“好。”

“蒋凌蒋凌！啊，我看到蒋凌了！”

“沈焕！沈焕，我爱你！”

“队长今天的造型太好看了！”

“白翊！阿姨永远支持你！”

人群中爆发出笑声。

一个个头不高戴着帽子口罩的瘦弱女生被挤到许其琛跟前，一个趔趄差点摔倒。许其琛扶住了她的胳膊：“没事吧？”

女生摇摇头，就在许其琛对她微笑的时候，她举起了手。许其琛还来不及看清她手中握着的究竟是什么，强烈的烧灼感已经瞬间侵蚀了他的左眼。

人群还是熙熙攘攘，直到许其琛捂住眼睛蹲到地上，才有人发现不对劲，眼球中持续扩散的剧痛和高热让他的意识开始涣散，泪水生理性地涌出来。

“梦泽怎么了？梦泽！”

“快让开！”几个队友反应过来，拨开惊慌失措的粉丝，将许其琛扶起来。

一场飞来横祸打乱了所有计划，被送往医院进行紧急治疗的许其琛只能缺席之后的广告，以及《南柯》的定档发布会。

“现在的人简直是无法无天，居然敢跑到公司门口做这种事！”许其琛闭着眼睛躺在病床上，听见李芸在门外怒不可遏的声音，“一定要给我把人抓到，这是犯罪！”

许其琛被送到医院之后才知道自己是被人喷了辣椒水，医生用洗剂洗了很久，烧灼感比起最初少了许多，但还是很痛。他伸手摸了摸左眼，只能摸到厚厚的一层纱布。

外面的声音小了些，许其琛听见推门的声音。

“好些了吗？”李芸的声音柔和下来，就好像刚才在外面发火的那个人不是她一样。

许其琛“嗯”了一声。

“我们已经报警了，”李芸叹了口气，“没想到在公司楼下会碰到这种事，早知道应该安排几个保镖送你们下楼。”

“还好，医生说辣椒水的浓度不是很高，应该不会对角膜造成太坏的影响。”

李芸：“明天的真人秀你别去了。”

“不行。”许其琛一口拒绝，“明天是要给电影宣传的，我必须得去。”

“你又不是不知道，那个真人秀又是跑又是跳，各种运动，有时候还得下水，你这个样子怎么能去。”

许其琛用手撑着坐起来：“没事的，节目组知道我的情况，肯定会照顾一些。今晚我缺席发布会已经造成很大的影响了，明天的节目我一定要参加。”

见许其琛这么坚持，李芸也没有再多说什么，只是拍了拍他的肩膀：“那我去跟节目组沟通一下，你这件事已经上新闻了，他们那边估计也挺着急的。”

许其琛“嗯”了一声，看着李芸离开。眼睛还在持续地疼，他刚才想也没想就说出照常上节目的决定，现在想想，好像抱有私心。

医院门口全是记者，许其琛只好从后门离开。

不出所料，“季梦泽被袭击”“季梦泽左眼受伤”“季梦泽缺席定档发布会”，以及“南柯”这些词条纷纷出现在微博上。

这让这部电影达到了前所未有的热度，大部分网友都站在正面的立场谴责恶意伤人的行为。

第二天下午，许其琛出现在了《疾速对抗》录制的现场，工作人员都挺佩服的。在他们看来，季梦泽这样的明星都很金贵，眼睛里被喷了辣椒水可不是小事，没想到第二天就能照常工作。

许其琛的头发因为宣传电影又染回了深棕色，造型师给吹了个造型，顺毛看着很乖，然后在贴了纱布的眼睛上加了一个黑色的单眼眼罩，绑在后脑上。

“这样既可以避避光，也比纱布好看些。”

“谢谢。”

节目的主持人有两个，一个是国民度很高的主持人杨成，另一个是喜剧演员赵棋。另外两名固定嘉宾都是男演员，算上林然和许其琛两个飞行嘉宾，一共有六个人。

这是一档收视率非常高的户外真人秀，导演组会根据每一期的主题安排挑战项目。飞行嘉宾和固定嘉宾一起分成两组，进行考验体力和脑力的比拼。

导演组安排他最后进场，许其琛就在一旁等着。等到导演组通知跟拍他的摄像之后才走了过去。

正和几个固定嘉宾聊天的林然，看到许其琛走了进来。

许其琛穿着一件灰色呢子大衣，里面套了件黑色高领毛衣，黑色眼罩遮住了左眼，衬得皮肤十分苍白。他一走近就连连弯腰，对着在场的各个嘉宾鞠躬微笑。

林然发现，许其琛也看向了自己。

许其琛眼看着林然的表情从皱眉变成职业性的微笑，不知道说什么好。这是他第一次录这种真人秀，多多少少会觉得紧张，于是就不自觉地站在了不起眼的角落里。

他刚站定，就被杨成老师给拉到了中间：“梦泽，站过来嘛。首先我们真的要感谢一下梦泽，大家可能已经在新闻上看到了，梦泽的左眼受伤了，挺严重的，但昨天节目组沟通的时候，梦泽表示绝对不会缺席，真的很让我们感动。”

大家都跟着鼓掌，许其琛反而有点不好意思，笑着摆手：“真的没什么大问题了，大家不要担心。”

另一边的赵棋把林然推到了中间，和许其琛挨在一块，还戏谑道："你们怎么来了我们这儿还装不熟呢？"

大家都跟着笑起来，林然已经不是第一次上这个节目了，见状，坦荡地伸手搭上许其琛的肩膀："我这不是怕跟他太熟，导演组等会儿分组的时候给我们分开嘛。这个节目的套路我还不知道？"

这话一说出来，几个嘉宾都跟着笑了，杨成直接吐槽："拍戏的搭档就是不一样啊，我们怎么就不招人待见呢？"

"瞧你这话说得……"名叫冉云的嘉宾开口，"别人毕竟合作过。"

这些话跟连环炮似的，许其琛根本不知该怎么接。

"好了，首先欢迎我们今天的两位嘉宾，林然和季梦泽。"导演在机位后念着台本，"今天我们节目的主题是虚拟货币，大家都知道，随着科技的飞速发展，虚拟货币越来越普遍，你们今天一天的所有支出，都将使用到节目组设置的虚拟货币。"

站在林然旁边的江子恒开口："会给我们发钱吗？"

"通过脑力和体力的比拼，获胜的一方将会获得我们的对抗币。你们可以用它进行食物、水以及各种资源的购买，也可以和别的队交换信息。"

认真听着规则的许其琛忽然开口问道："所以今天不止两个队？"

导演给予了肯定的回答："对，今天我们将会分成三个队，两两组队。"

赵棋："不要！两个人太困难了！"

杨成："反正我不要跟赵棋一队。"

冉云："可以自己选队友吗？"

江子恒："导演组肯定不会让我们想选谁就选谁的。"

导演再度开口："这次分组我们本着公平公正公开的原则……"他拿出手机摇了摇，"在微博上号召网友进行了投票……"

"不！"杨成开始抱头，"导演，你们太过分了！"

导演刚说完"网友投票"四个字，许其琛明显感觉林然的表情轻松了很多。

"根据投票结果，我们做出以下分组：第一组，杨成和赵棋，第二组冉云和江子恒，第三组，也就是我们今天的嘉宾组，林然和季梦泽。"

赵棋苦着一张脸："我就不能跟颜值巅峰搭一次吗导演！好不容易一下来两个这么帅的，还给分一块儿了。这等会儿去街上做任务什么的，路人不都给他们带跑了！"

"不录了！"杨成佯装出一副拆麦的样子，冉云上前拦住："哥，哥，我们别这样，丢不起这人。”

真有意思，这些人。许其琛虽然面上不知道该怎么配合他们，但心里被逗得很开心，难怪大家都爱看真人秀。

“对，为了等会儿方便做节目，大家先去换上各自的队服，等一下过来集合。”

被分到一组了，许其琛心里是有点开心的，却又不禁担心，他不知道应该怎么跟林然开口说话。毕竟是在录节目，摄像机一直跟拍着，不说话是不可能的，他至少得装出友善开朗的样子。想到这些，他有些苦恼。

节目组给他们分发的服装是短款的棉服，拿到手后他更尴尬了。居然是紫色的。两个男生穿紫色的队服，看起来真的很奇怪。

许其琛换好衣服出来，看见林然正站在外面等他，于是上前站到他旁边，也不说话。林然侧过头，看了他一眼，犹豫了半晌，才开口：“你的眼睛好点没有？”

这是杀青宴过后林然对他说的第一句话。许其琛看着林然，愣了一下，摇了摇头：“没事。”

看见许其琛还是老样子，一副不太愿意多说的表情，林然的嘴唇动了动，最终还是什么都没说。

节目开始之后的第一个任务是益智类的游戏，挑战者坐在旋转飞椅上高速旋转后，走过独木桥，完成魔方的复原。用时最短的一个将会得到两百对抗币，失败者将会受到坐过山车的惩罚。

导演组发布完任务以后，三组搭档就开始讨论由谁来复原魔方。

“你去复原魔方。”还没等许其琛开口，林然就擅自分好了组，“过独木桥的时候慢点走，别着急，输了就输了。”

许其琛没有说话。他知道林然是不想让他坐过山车，坐过山车可能会对眼睛造成伤害。

所有人都分好了组，许其琛也就跟着上了旋转飞车。游戏一开始，高速的旋转让许其琛一下子就感觉到了眩晕。

五分钟的旋转对他而言格外漫长，飞车停止的瞬间，他几乎没办法快速从椅子上站起来。

许其琛努力地撑着起来，眩晕感让他的脚好像踩着棉花，只有一只眼睛可以视物。这严重影响了他对平衡的判断，走了没两步就跑偏了。眼看着同样承担此项任务的杨成和冉云都已经走上了独木桥，他有点着急。

冉云年轻，身体好，抗眩晕能力很出众，几乎是跑着过了独木桥，很快敲了锣，但是在魔方环节卡住了。

杨成则是稳健地走过独木桥，低头认真地还原魔方。

许其琛摇摇晃晃地走到独木桥上，单眼视物的偏差很大，而他的方向感还没有完全恢复，花了很长时间才走到独木桥中间。眼看着杨成快要结束了，他差一点从独木桥上掉下来。

他摇摇晃晃的时候听见了林然的声音，他低头看向林然，林然仰着头喊了声："别走了，这一轮我们放弃！"

许其琛往前看了看，的确，这一局从时间上来看是没有胜算了。就算勉强过去了还是会输给杨成，掉到泡沫池中，所以现在回去坐下为第二轮节省精力更加实际。

只是林然和江子恒就必须接受过山车的惩罚，这个游乐场的过山车最高点有三十米高，看着都很吓人。江子恒上去的时候一直在开玩笑，林然却笑得很勉强。

过山车开动的时候，许其琛忽然想起来，林然的设定是恐高的。

惩罚很快结束，林然从过山车上下来，直接坐在了花坛的台阶上，低垂着头。江子恒走到他的旁边想拉他起来，脸色煞白的他一直笑着："这个节目太刺激了，一大早第一个项目就是过山车。"

几个人都在笑，只有许其琛笑不出来。

第二轮开始了，许其琛坐在椅子上。说实话，他这种性格的人，从小到大，无论是运动会、竞赛或是任何比赛，他都没有想要赢的欲望。但现在他真的很想在这一轮获胜。

在工作人员的启动下，飞车再次高速旋转，许其琛闭上了眼睛，试图减轻一些眩晕感。

事实证明，这样做并不只是心理安慰，旋转停止的时候，许其琛依然觉得有些反胃，但他已经能够顺利地站起来。

冉云依旧是第一个踏上独木桥的人，可他真正的问题在于魔方。这一次，许其琛并没有落后杨成太多，他也习惯了单眼判断，压低重心稳扎稳打地过去了，只晚杨成几秒到达。

许其琛拿起魔方，尽管眩晕感仍在持续，但他的头脑很清醒，他就是很想要赢。上学时，他性格安静，身体也不大好，转魔方这种独自完成的游戏一度陪伴他度过很多时光。

许其琛瞟了一眼旁边的两个人，基本都是硬转。许其琛观察完自己手中的魔方，脑子里开始出现公式。

很快，他也开始动手了。转到一半时冉云放弃了，魔方是很考验人耐心的游戏，杨成虽然仍在坚持，但这一次他拿到的难度明显高于上一个。

就在他手心已经冒汗的时候，听到了敲锣的声音。

许其琛完成了。

导演组吹了一声哨子："好，季梦泽完成本轮任务，用时十七分四十六秒，所以这一轮赵棋和江子恒接受惩罚。"

杨成隔着独木桥对他说："梦泽，你可以啊，以前玩魔方吧？"

许其琛点点头："会一点，碰巧这个比较简单。"

赵棋和江子恒唉声叹气地走到过山车的入口，许其琛从上面下来，大概是因为高速旋转的后遗症还没有完全消退，下台阶的时候踩空了一节。他以为自己快要摔倒，却被一只手牢牢抓住。

"你没事吧？"

许其琛摇头。

林然的脸色还是很苍白，恐高症患者对于高空的恐惧他以前见识过，不是随随便便就可以克服的："我没事，对不起，刚刚害你坐过山车了。"

"不要总是跟我说对不起，你没有做错什么。"林然的语气有些无奈，跟着他们的摄像大哥因为机器出现了一些故障离开了一阵。

许其琛冲他笑了笑，他却叹了口气："不想笑的时候可以不用笑，生气的时候可以发脾气，讨厌的时候可以说出来，只要……"说到这里，林然反而自己笑了出来，"只要你表示出来，大家就会明白的。"

许其琛心想：你的这个笑也好看不到哪里去。

"我其实……"他刚要开口，就看见摄像大哥扛着机器"哼哧哼哧"地跑了回来，剩下的半句话只好又吞回肚子里。

林然看向欲言又止低下头的许其琛，发现他眼罩的绑带好像有点散开了。林然伸手，他好像被吓了一跳，眼罩掉了下来，露出了碎发半掩着的左眼的白色纱布。

林然接住眼罩，解释道："你眼罩的带子散了。"

许其琛别过脸，轻声说了句谢谢。拿过眼罩绕过自己的脸，在后脑绑好。

林然点头，终于还是忍不住开口："疼吗？"

许其琛微笑："现在不疼了，昨天挺疼的。"

之前就听说过真人秀录制很辛苦，来了这里发现果然如此。现在已经下午一点半了。

导演组："你们现在手中持有的对抗币可以用来购买你们中午的午饭，但是请注意，你们最终能否获胜，要看你们的对抗币的数额。"

"导演组太抠了。"

"杨成，我们等会儿一个人买一个馒头就行。"赵棋笑嘻嘻地数着手里的虚拟货币。

"我们直接去管人家要吧，万一有我的粉丝呢。"

导演阻止道："必须购买，犯规的话会扣除全部金额。"

众人唉声叹气。

他们录制的场所是一条商业街，工作日的下午人不算非常多，但几个明星的出现还是吸引了大批群众的围观。

许其琛和林然手里的对抗币金额是六百，折合人民币也只有不到一百块而已。他们两个来到美食街，周围的人一眼就认出了他们，纷纷拿着手机涌了上来。没过多久，这里就被围得水泄不通。

一个小姑娘被挤到前面，撞在了许其琛的胳膊上。许其琛下意识地缩了一下手臂，一下子回想起昨天的袭击事件，生理性的恐惧如同潮水一般袭来。

忽然，一只手掌虚挡在他的前额。

"抱歉，他现在受伤了，大家保持些距离，别挤他好吗？"不知道是不是因为林然的气场，周围的小姑娘慢慢地开始附和着说别挤了，距离也拉开了一些。

林然看了看路边的店，问他："你饿了吧？吃什么？"

许其琛："我不饿。"

林然带着他来到一家茶餐厅。

"这个吧，比较清淡。"潜台词是他现在不能吃辣。

许其琛"嗯"了一声。实际上，他并不想花太多钱在吃饭上，除了第一个项目是他自己出的力，后面几乎全是林然努力的成果。

许其琛想着最多吃碗云吞面，可林然坐下后拿着菜单点了一大堆，肠粉、干炒牛河、云吞，还有菠萝包。

许其琛忍不住阻止道："别点这么多，这个钱要省着花的。"

"又不是真的钱。再说了，下午还有机会，"林然拿了个小碗，盛了几个云吞放在一旁晾着，又把菠萝包推到许其琛跟前，“快吃。”

他又小声补了句：“今天没带糖。”

许其琛愣了一下，忍不住笑了。

两个人没有再说话，许其琛拿起菠萝包咬了一口，脆皮香甜，面包松软，黄油慢慢在嘴里融化。他本来没感觉，吃了一口发现自己真的是饿了。

摄影师一路跟着拍，许其琛问道：“摄像大哥，你饿吗？你也吃点吧。”

扛着机器的摄影师无声地摇了摇头，许其琛只好作罢，低头发现眼前多了一小碗放凉的云吞。

许其琛看向林然，他正埋头跟怎么也夹不起来的肠粉奋斗着。

尽管有一个贴身跟着的摄像，尽管外面围了一堆粉丝和路人，许其琛心里还是止不住地觉得轻松。这是他和林然第一次坐在路边的小餐厅里面对面吃饭，感觉就像普通人一样。

看到许其琛吃得很香，林然有些想笑，但摄像机杵在跟前，他只能忍住。

两个人结了账后几乎没有剩钱，尽管老板娘一再说不收他们的钱，可许其琛一直很认真地解释：“不收钱我们就犯规了，您就拿着吧。”

离开这条街的时候人比之前多了好多，一大群小姑娘不知是从哪儿赶过来的，激动地凑到两个人跟前。

“梦泽！梦泽今天太好看了！”

“林然！林老师！”

“林老师穿紫色不要太好看哦！”

“梦泽眼睛怎么样了？好些了吗？”

一顿饭的工夫，此时的人是之前的好几倍，场面一下子很难控制，连路都走不动了。

林然把许其琛带到自己前面，手掌掩着他的眼睛，轻轻推着他慢慢地在人群中穿行，温柔地微笑着对那些粉丝说不好意思。

人群喧闹而拥挤，许其琛却听不见也看不见。

节目一直录到了晚上，节目后半段的任务几乎都是林然在做。他虽然是明星，可意外地很有运动天赋。许其琛已经不记得这是不是他当初写文的设定了。

尽管他们已经非常努力了，但最后还是主持人组获胜。许其琛一直小声地念着，都怪他把钱给吃光了。

林然对着摄像机也只能笑着说：“对啊，都怪你。”

许其琛忍不住在心里问道："0901，林然是不是不生我的气了呢？"

0901："许先生，首先我想回答您的第一个问题，我不认为林然在生气。其次，社交学的相关数据显示，当矛盾发生的时候，想要成功化解矛盾，首先应该做的事就是沟通。"

许其琛觉得它说得很对："可是我最不擅长的就是沟通，而且我和他的职业太特殊，几乎没有机会可以私下见面。"

0901 沉默了一会儿，问他："许先生，您为什么会害怕林然生气呢？"

许其琛沉默不语。

节目收工的时候已经很晚了，节目组的主持人和嘉宾一起吃了饭。散场的时候，许其琛和林然一起走出楼下，张小小在外面等他。

"梦泽哥，我们的车在那边。"许其琛点点头。

林然正在跟杨成说话，手机响了一声："今天谢谢你。"

过了几秒又出现第二条："我今天很开心，真的，不要怀疑。"

许其琛将手机放回口袋里，跟张小小说了一句"走吧"。刚走出门口，他就被林然叫住了："等等。"

许其琛和张小小回头，林然走上前："小小，刚刚我们约好了去唱歌，这么长时间了难得聚一次，麻烦你跟李姐说一声。"

"可是，梦泽哥还要换药……"

林然冲她笑了笑："你把药给我，回头我让助理给他换。他明天没有行程吧？"

张小小摇头："这几天的行程都取消了，除了这个综艺。"

"那正好。你要是担心的话，我就去跟李姐说，行吗？"

张小小这才松了口气："那我去给你拿药。"

就这样，许其琛莫名其妙地跟着林然上了车。他开车的时候很专注，许其琛注意到他总是看后视镜，于是也跟着看了看："有人跟车吗？"

"嗯，估计是狗仔。"林然拨打了一个电话，说了几句话之后报了一个地点："你开车过去，停在后门，小心点。"

很快两个人就到了指定地点，是一家很高档的 KTV。林然带着许其琛进去，径直上了二楼。

这里的构造很奇怪，二楼的楼梯间竟然有一扇隐蔽的门通向 KTV 会所的后门。后门在一个高档小区里，隐蔽在单元楼中，很难被发现。

林然带着许其琛走向早已停好的车旁，车边站着一个和他们年纪差不多的男生。

“这是我朋友。”

对方一脸阳光地冲着许其琛笑了笑，然后把手里的钥匙扔给了林然：“带着人呢，你慢点开啊。”

林然点点头，然后换了辆车，载着许其琛走了。许其琛惊讶于林然和狗仔之间周旋的手段，但更让他忐忑的是，林然要带他去哪儿？

他正想着，林然忽然开了口：“你如果不愿意去玩，现在就可以说出来。”

许其琛侧过头，看了他一眼，然后把头靠向车窗，闭上了眼睛：“我好累，眼睛也很酸。

“到了叫醒我。”

停好车，林然打开车门，想着要不要叫醒他。可看见他睡得那么沉，整个人都缩在座位上，又有点于心不忍。

手机铃声忽然响起，许其琛一下被惊醒。林然看着许其琛迷迷糊糊地找手机，然后接通电话。

“喂！你在哪儿！”

隔这么老远都能听见李芸的声音，真是个可怕的女人。

“我？”许其琛揉了揉右眼，迷茫地看了一眼林然，“我……”

林然立刻对口型暗示：KTV。

“嗯……我跟林然出来唱歌了。嗯……我今天应该不回去了吧……没事的，明天就回去了……”

看着许其琛撒谎，林然有种既心虚又开心的感觉。

好不容易应付过去了，被挂断电话的许其琛长舒了一口气，完完全全醒了过来。他伸了个懒腰，发现自己好像在一个别墅的院子里，于是望着林然问道：“这是哪儿？”

林然把他从车里拽出来，关上车门：“我家。”

“啊？”许其琛没想到他居然会把自己带到他家，“你为什么要带我来这里？”

林然带他进门，又把门关上：“因为足够安全。”

许其琛想说些什么，但一时之间想不到合适的开场白，动了动嘴唇，还是没能开口。

反倒是背对着他的林然先开了口。

“最近我非常非常讨厌这个职业，到处都是摄像机，到处都是闪光灯，每时每刻都被一双双眼睛盯着。就连说话，都常常找不到合适的契机。

“我昨天看到新闻，差点从发布会后台跑去医院。”

他低声笑了笑：“电影发布会的两个主演都不在场，制片人一定会发飙。所以我只能留在那里，任由那些记者一个一个问我关于你的问题。我完全不知道，完全不了解，还必须保持微笑说完那些场面话。这种信息不对等在我们身上好像从来没有消失过。”

他不停地说着，像是不想留给别人打断的余地。

“不喜欢吃，却总是去抢别人手里的，这一点你应该深有体会，我就是这么奇怪的人。就像我会任性地在半夜三点非要出来看海，还要拖着你一起受罪。

“你这么温和，从不对任何人生气，会不会也一直容忍着我，会不会很讨厌我只是不说出来呢？我根本不了解你，不知道你心里的想法，你有时候看起来好像很需要别人的帮助，有时候又只需要自己。

“是我把这一切弄得这么糟糕。这些都源于我性格里的劣根性，我真的是一个很差劲的朋友。

“与你合作以来，我总感觉自己像一个快要坏掉却没人修理的灯，大多数时间是亮着的，可是总会忽明忽暗地闪几下。我心里想着，总有一天会彻底坏掉吧。说实话我很害怕，我怕它再也不会亮起来。”

他转过身，脸上带着懊悔的表情：“我的表达能力实在是太差了，说了一堆废话，其实我只是想告诉你……”

他叹了口气，又深吸了一口气，望向许其琛：“你愿意……帮我修好这盏灯吗？”

听林然噼里啪啦说了这么一大堆，许其琛忽然很想哭。父母离开他的时候他没有哭过；在学校里他不善言辞，交不到朋友的时候也没有哭过。

这种被认可的感觉，他只在两个人身上体会过。

他往前走了一步，看向林然：“抱歉。”

林然眼神动了动，脸上却露出一副“我猜到会是这个结果”的神情。他轻轻吸了一口气，嘴角动了动，想要笑一笑来缓解这样的尴尬。

看他这样，许其琛倒是先抿着嘴笑了。

“我是文科生，不太会修东西。

“但这一次，我想努力试试看。”

林然发出一声叹息，不知是不是许其琛想得太多，竟然从这声叹息中感受到了一种夙愿终于达成的味道。

许其琛看向林然，对方笑得开心极了："没事，修不好就一直修，修好为止。"

这一刻，许其琛忽然觉得心里的那个声音终于冲了出来。

为什么自己持续了这么多天的难过和郁结？

说到底，他是不相信自己这种情感淡漠的人会再度拥有友谊，更没有想到会是和自己笔下的角色。

那么他无法释怀的，究竟是故事里林然这个角色，还是自己曾经熟悉的那个影子呢？

许其琛不想再继续深究下去了。

林然把他拉到客厅的沙发上坐下。

"我帮你上药吧。"林然说着，把刚才从车上拿下来的药拿出来看了一下，有眼药水，还有药膏，"滴这个眼药水吗？还是直接上药啊？"

"先滴药水，最后涂药膏。"许其琛的头靠在沙发上，又有点不好意思地坐起来，"不然我自己来吧？"

林然把他按回去："别动，你又看不到，自己怎么涂？"然后弯腰轻手轻脚地帮他把左眼的纱布和胶带撕下来。

许其琛纱布下的左眼还是有点肿，遮了一天突然见光很不习惯，眼睛都睁不开。林然拿了眼药水，用自己的身子挡住许其琛头顶的光："慢点睁开。"

许其琛"嗯"了一声，然后慢慢睁开左眼，眼球上布满了红血丝。他看见林然的眉头紧皱，笑道："吓人吗？很难看吧？"

"瞎说什么呢？"林然拧开眼药水盖子，"别眨眼啊。"

林然顺利地滴了几滴。许其琛快速地眨了眨眼睛，多余的药水顺着脸颊流了下来。林然又挤了点药膏在棉签上，轻轻抹在他闭着的左眼上。

"喷伤你的是什么人？"

许其琛明显听见林然的语气变了，只能轻描淡写地回答："一个小姑娘，芸姐说已经报警了，而且现场有粉丝拍到，迟早会找到的。"

"简直是走火入魔了，居然敢做出这种事！"

林然剪好了新的纱布，仔细地帮他贴好。

"别生气了，她以后估计不敢这样了。"许其琛睁开眼睛，笑道。

林然"嗯"了一声，手机响了，他打开看了看，继而对许其琛说："电影预告发了。"

许其琛并不十分意外。

“在你的意料之中？”

许其琛摇了摇头：“这个时候发再好不过了，这半个月以来网上对我的非议太多了，舆论已经到了谷底。昨天的袭击事件转移了风向，而且也让热度再次升高，再加上定档发布会和今天综艺的路透，这个时间点应该是这部戏热度最高的时候，发布预告是可以把利益最大化的。”

林然笑了笑：“聪明死咯。”但他这样细致的分析也让林然有些感慨，感觉许其琛置身事外的境界已经超过一般人了。

“要不要看看？”

“要。”许其琛把脑袋凑过去，心里多多少少还是有些忐忑，毕竟能否翻盘，这个预告是关键。

预告的时间并不长，只有四十几秒，一开始钢琴的伴奏下出现了尼斯的天空，郁宁在咖啡馆外看南柯的背影，以及他的一句念白——我讨厌夏天。

随着背景音乐的不断推进，镜头切换的速度逐渐加快。

忽然，音乐变了。

越来越快的鼓点搭配切换得越来越快的镜头，直到停留在郁宁和南柯在酒吧对视。最终，郁宁的眼神与少年时望向南柯的眼神重合，画面黑掉。

响起两个人的法语对白。

看完预告，两个人沉默了几秒，林然叹了口气。

“我到时候一定会被骂的，郁宁太招人疼了。”

“不会的。”许其琛认真地反驳，“艺术创作怎么能简单地根据剧情来判断好坏呢？南柯这个角色很复杂，你演得很好。”

林然感叹道：“你呀。”

这个预告剪得很吸引人，南柯的表演非常有层次，郁宁的前后反差也凸显了出来，最后两个镜头的重合很有冲击力。

这样的预告，已经足够引起舆论的逆反了。

“看看评论。”

林然点点头，打开了评论和转发。

果不其然，评论里大部分都是正向评价。

评论转发的人有一大部分都把焦点放在了许其琛的表现上。这几天经历了这么多事，所有不断下压的舆论终于找到了一个合理的反弹点。没过几分钟，这条预告就上了热门榜。

与此同时，许其琛受伤的视频和录节目的路透也在网络上传播，从最初跟风黑演技，到现在都变成了心疼和期待。

“风头都被你抢走了。”林然笑得身子往后仰，“陈导这预告也太偏心了。”

许其琛解释道：“是陈导为了帮我才这样做的。”

“我当然知道。”林然用手支着头，“你值得被所有人喜欢。”

许其琛定定地看着他：“好像绕口令。”

林然笑出来：“都说了我表达能力很差啦，文科高才生。”

许其琛忽然开口：“你是理科生吗？”

林然愣了一下：“我吗？我……应该算是艺术生吧……”

看着林然下意识地迟疑，许其琛有一瞬间的怀疑，但很快就在心里做出了否定的判定。

这里是游戏，他应该不会在这里遇到记忆中的那个人。

次日，许其琛醒来的时候迷迷糊糊，洗漱过后整个人才清醒了不少。下楼的时候闻到一阵香气，他的肚子一下子就饿了。

“你醒了？”林然端着小平底锅转身，“很快就好，你坐一下。”

许其琛看着林然手忙脚乱地把鸡蛋盛到碗里端过来，这场景过于搞笑。

林然把火关了，让许其琛坐下：“怕不是饿傻了？”

许其琛回过神，脸上露出笑容：“好香啊，我真的有点饿了。”

“我好久没回来住了，家里只有挂面和鸡蛋，你先凑合着吃吧，下次再给你做超级好吃的早餐。”林然递给他一双筷子，坐到了对面，“都怪我，昨天你就吃了一顿，我都给忘了。”

许其琛夹了一大筷子面，呼呼地吹了几下塞进嘴里。好几个小时没有进食，他是真的很饿了。

吃过早饭，林然给许其琛换药，许其琛闭着眼睛问道：“我是不是该回去了？”

“去哪儿？”

许其琛睁开眼：“回宿舍楼啊。”

林然为了避免出什么岔子，还是得送许其琛回去。

他穿上昨天的衣服，开车从那个高档小区的侧门进去，确认四周没有人才走进 KTV 后门。进去转了一圈，他跟老板打了个招呼，又从前门走出去，开了自己昨天的那辆车把许其琛送回他们宿舍楼下。

“开车小心，”许其琛四处望了望，“我走了。”

林然叹了口气，冲他挥了挥手，便钻回车里。看着许其琛上了楼，林然才发动了车子。

本来觉得有点累，可许其琛回到寝室后怎么也睡不着，于是决定还是去趟公司。

李芸一看见他就一脸的狐疑：“你昨天晚上唱了一晚上的歌？”

许其琛点点头。

“就你们？”

许其琛点点头，又摇了摇头：“还有林然的朋友。”

李芸一听，这家伙嗓子都唱哑了，还真是唱了一整晚啊。

“你这是仗着自己有假休，铆足了劲唱啊，是想把嗓子唱哑了再休几天吗？”

许其琛心虚地咳了几下，摇摇头。

看他这可怜劲，李芸也不再为难他：“他们几个都有日程，不在公司。本来我准备去宿舍楼找你的，正好你过来了，就去我办公室商量一下电影宣传的事。”

“嗯。”

原本的计划被一场公开袭击打乱了，很多事情都必须重新安排。

“路演你去吗？我现在跟那边商量着呢，想给你少弄几场，反正有林然压场子，你也可以不去。”

许其琛摇了摇头：“我去。”

“你什么时候变得这么有事业心了？我看你今年是撞大运了，不光演技开了窍，脑子也开窍了。”李芸调笑道。

许其琛解释道：“不是，我只是觉得我现在的身体状况还没有差到不能参与宣传活动。又不像演唱会商演需要跳舞，也不是拍广告、拍杂志，我觉得戴着眼罩去路演也不会影响太大。”

他顿了顿，观察了一下李芸的表情：“当然了，我如果不去，在这个关头也不会被太多人骂，但是我坚持每场都去一定会博好感的，对吧芸姐？”

许其琛不傻，他知道这些话都是李芸的心里话，只不过由她说出来就好像成了一个为了利益逼着自家受伤艺人继续工作的恶人了，所以他得替她说出来，给她一个台阶下。

听了许其琛的一番话，李芸的手指一下一下地敲着桌面，沉默了一会儿，最终如他所愿松了口：“那行吧，但是距离很远的路演我们就不参加了。对了，首映会定在了十二月二十四号晚上，你的眼睛那个时候应该也好得差不多了。”

“嗯，医生说了没有大问题的。”许其琛笑了笑。

“到时候小小会把具体的新日程表给你。还有，公司给你派了贴身保镖，等会儿让他们送你回去。”

“不用了，我自己没事的。”

“怎么不用！再出点事，我非得吓出病来。”李芸白他一眼，“你啊，就是心太大，对人太没有防备心。上次那个袭击者已经被抓住了，我们是要告她的，你就不用管了。”

许其琛点头。他也不想直接面对那个袭击自己的人，只要能起到警示作用就足够了。

忽然放松下来，许其琛有种莫名的空虚感，心里总觉得不舒服，没着没落的。明明之前很喜欢一个人待着，现在却一反常态地觉得一个人做什么都不对劲。

他整理了一遍自己的房间，翻出了许多之前拍戏留下的东西，人物小传、应援礼物，还有一些剧组纪念。

收拾完之后有些热，他打开冰箱，拿出一盒冰激凌，舀了一大勺放到嘴里。

不好吃。

他看了一眼牌子，明明就是之前自己爱吃的那个。

许其琛走到床边躺下，拿起床头放的一本自己很喜欢的书，翻了几页。可不知为什么，脑子里就跟装了个聒噪的小人似的，一直喊着，快翻页快翻页呀，这是什么破书啊真难看。

是啊，好难看。

他一头栽倒在床上，忽然想起床头柜里放着之前剧组应援时林然给自己的糖。

许其琛拉开抽屉，那些糖他回来之后一颗也没吃，一直安安静静地躺在抽屉里。他拿出一颗，剥开糖纸放进嘴里。

心里那种奇怪的空荡荡的感觉，被慢慢融化的甜味填补了一些。

“许先生，我现在要发布新的奖励了。”0901突然冒出来的声音把许其琛吓得差点被糖粒呛住。

“咳咳咳——你要说话的时候能不能提前告诉我一声啊。”

0901：“我告诉你不也是一样吗？我只要开口就会吓着您，您的胆子比老鼠还小。”

许其琛：“请停止你的吐槽。”

许其琛有点不解：“怎么这次的奖励这么慢？”

0901：“因为你干了一件大事，系统需要根据新的评审标准进行奖励金额的估算。”

正如0901所说，很快许其琛的眼前就出现了这一次的奖励。可是这个页面跟之前的都不太一样，之前惯例出现的祝贺变成了大红色，还有一大堆白白胖胖的长着一对小翅膀的小天使一下一下地撒着花瓣。

“砰”地一下，许其琛被吓了一大跳，居然还有礼炮！这都是什么跟什么啊？

等这些乱七八糟的奇怪仪式结束后，界面出现了一个数字。许其琛仔细地看了一遍，又看了一遍。

“两万？！”

0901的声音再次出现：“是的许先生，这是这几天总共的奖励，需要我为您报告一下点数收入明细吗？”

许其琛立刻摇头：“不需要。”

0901：“本系统功能强大，如果您需要，我们还可以为您调取奖励所对应的视频录像。”

许其琛强烈拒绝：“不必了！”

休息的时间总是过得飞快，许其琛还没完全缓过劲就进入了紧张的路演活动中。

再次和林然见面是在化妆室里。林然正吹着头发，许其琛就这么走了进来。林然连续工作三十几个小时，严重缺乏睡眠，低垂着头，一下一下地点着，似乎快要睡着了。

许其琛的脑子里突然冒出一个画面——

语文课上，枯燥乏味的文言文讲解，后座的人脑袋越垂越低，像钓鱼似的一下一下点着，在彻底陷入睡眠的边界挣扎。

奇怪，又产生了毫无关系的联想。许其琛不喜欢想起往事。

他从回忆里走出来，看见林然昏昏欲睡的脸，他悄无声息地走到林然的身边，用脚尖轻轻踩了一下他的皮鞋。

睡得迷迷糊糊的林然猛地抬起头，在嘈杂无比的吹风机声响中，他听到了许其琛几不可闻的轻笑。

“你来了啊。”林然揉了揉眼睛，发型师拿手摆正了他的头，然后继续做着造型。

“你是不是很久没睡觉了？”许其琛坐到旁边的椅子上。

林然摇摇头："刚刚在来的路上睡了一会儿，还是困。"

许其琛递给林然一杯热咖啡："我听说你最近工作排得很满，就猜到你肯定休息不好，喝一点吧。"

林然点点头，发型师上了一点发蜡，然后拍了拍林然的肩膀："搞定啦。"

"谢谢。"

林然站起来，送走了发型师，然后关上门，整个休息室里只剩下他们两个人。

第一场路演安排在北方一所著名高校，来的粉丝和观众比他们想象中还要多。休息了一段时间的许其琛一下子面对这么多人不太习惯，手里拿着话筒，和林然一起打完招呼后就不怎么说话了，只是安安静静地站着，时不时看着游刃有余的林然和导演。

"梦泽感觉今天状态不好啊，一直很沉默呢。"

突然被主持人问到，许其琛愣了一下。林然的声音立刻响起："他就是这种很安静的性格啦，在片场也是这样，喜欢一个人静静地发呆，和心情、状态都无关。"

陈安平也跟着说道："对，当时就觉得梦泽的气质和郁宁是很接近的，稍稍挖掘一下就很贴合人物形象。"

许其琛也不说话，就笑一笑。

主持人请了几个观众上来互动做游戏，许其琛的心情也放松了许多。

时间过得很快，到了最后的提问采访环节。前面的几个问题都比较模式化，无非就是提问导演关于电影内核的问题，提问编剧创作时的心路历程，或者是对演员在演绎方式上的一些提问。

直到有一个戴着黑框眼镜看起来挺斯文的男生站起来，拿到话筒后开口："我想提问一下林然林老师。"

林然朝着他的方向点头微笑了一下："嗯，你说。"

"就演员这个职业而言，您的履历在同辈中算是非常优秀的了，无论是想要继续打磨演技，还是想要挑战新的题材，应该都会有非常多的好角色供你选择。所以你选择出演这部电影是为了迎合当下的热潮吗？"

这个问题虽然问得还算礼貌得体，但事实上挺尖锐的。许其琛心里这样想着。

如果给出官方回答，好像是在逃避问题本质；可如果直接肯定了他的提问，又好像会被过度解读。真是一个很棘手的问题。

全场渐渐安静下来，等待着林然的声音。

“首先，非常感谢你的提问。”他的脸上保持着微笑。

“但我觉得没有什么回答的意义。”

全场哗然。许其琛也有些吃惊，这是他所没有预料到的。他侧目看向林然，对方依旧是一副波澜不惊的样子。

“因为我只是演了一部电影而已。”林然再一次重复道，“不论什么题材，它就是一部电影。”

那个男生皱了皱眉，似乎不肯放弃自己的观点：“可是这部电影与常规电影是不一样的。”

“凭剧情将电影划分为常规和非常规，这种标准会不会太过狭隘了呢？”

那个男生的表情变了变，紧紧地握着手中的话筒。

“你提的问题很好，代表了很大一部分人的心声。”林然的声音温柔而缓慢，“但随着时间的推移，十几年、几十年，总会有那么一天，那时候的人们在看到这段问答视频的时候，会发自内心地感到不解。为什么这个男生会提出这个问题呢？因为到了那个时候，生活也好，电影也罢，已经没有了常规或非常规的区别。”

“所以，我希望以后大家在提到《南柯》的时候，能够这样介绍。”林然顿了顿，声音有种莫名的力量感。他的笑容不再模式化，真诚而爽朗，充满了阳光的味道，“这是林然和季梦泽演的一部电影，很好看。”

林然真的是一个很有魅力的人。许其琛心里很清楚，他的魅力已经远远超出了自己当时创作时所写下的种种设定，鲜活而丰满。

许其琛甚至怀疑，自己在进入这个世界之初改动剧情所导致的蝴蝶效应，真的可以彻头彻尾地重新塑造一个角色吗？

许其琛连续参加了几场映前路演，宣传的效果都达到了预期。尤其是林然在第一场高校路演的问答环节，他做出回答的那段视频在网上被疯狂转发，微博上也出现了相关词条。原本林然的路人缘就已经非常高了，这段回答更是为整部电影提升了好感度。

映前路演为电影的上映做好了最后的铺垫，终于等到了首映发布会。由于《南柯》将会在海内外同步上映，首映会也会分别于十二月二十四日和二十五日在上海和尼斯两个拍摄地举行。

为了配合电影的宣传策划，许其琛和林然的造型都是根据电影时间线设计的。上海的首映会上，许其琛和林然都穿着《南柯》中七年后的服装，造型也非常贴近当时的扮相。

林然穿一袭利落干练的驼色风衣出席，成熟而不失南柯身为记者的职业感。许其琛则穿着一身黑色大衣，戴了小半个月的眼罩终于取下了，换上一副斯斯文文的银色细框眼镜，配合郁宁的作家身份。

两个人的出现引爆了现场的欢呼声。

发布会的流程与路演的区别并不大，许其琛已经开始习惯这种活动的流程，比起之前话也多了不少。但大部分的主持人都知道季梦泽少言寡语，所以为了活动效果，更倾向于采访和提问其他主创。

上海场的发布会接近尾声，有一个快问快答的环节，轮到了许其琛。

主持人拿着手卡提问道："最喜欢的食物是？"

许其琛："冰激凌。"

主持人："早上醒来之后的第一件事是什么？"

许其琛："翻个身，再趴一会儿。"

提问和回答的速度越来越快，许其琛开始不管季梦泽的设定了，反正跟他也没太大差别，只是按照自己的习惯进行回答。

主持人："消遣时会做的事？"

许其琛："发呆。"

主持人："喜欢什么动物？"

许其琛："狗。"

主持人："坚持最久的一件事？"

许其琛："暗恋。"

主持人有些蒙了："咦……"

许其琛立刻笑了笑，是练习过无数遍的属于季梦泽的微笑："开玩笑啦，我觉得应该是唱歌和跳舞吧。这是我坚持最久的事，以后也会继续下去。"

"啊，是这样啊。"主持人立刻接过话，笑了笑，"感觉最近梦泽好像多了很多综艺感呢，居然会开玩笑了。"

"是啊，其实我的理想是做一个搞笑艺人哦。"

在场的粉丝和嘉宾都笑起来。

国内首映会的成功可以预料，主创们在结束完内地的宣传后，立刻马不停蹄地飞往法国。为了配合剧情，两个人几乎都是素颜出席，整体造型充满了少年气。毕竟是冬天，不能像剧中一样穿短袖短裤，造型师就搭配了类似的滑雪服。

看起来就像是剧中少年时期的郁宁和南柯在冬天相约去滑雪的感觉，有种平行世界被延长了的感觉。

许其琛原本对法国的宣传没抱太大的期望，但现场的热烈程度远远超出了他的预期。问了一下才知道，原来预告片得到了非常多外国影迷的认可。而林然在映前路演的那番话，被翻译成很多国家的语言，被大家转载观看。

仅凭陈安平的影响力、林然的口碑以及季梦泽的人气，《南柯》的上映必然会引爆热点，更何况这部电影从创作之初就从未离开过大众关注的视野。

《南柯》的故事情节和风格导致它注定无法与同期的国外大片和国产喜剧片获得同样广阔的受众，但林然那段话也引发了许多年轻人的关注，国内首日票房已经达到一千九百八十万。对于一部文艺片而言，这已经是非常不错的开局成绩了。

许其琛在拍摄广告的间隙听到这个消息，心里很开心。虽然他很多时候都表现得不那么在乎结果，但这毕竟是他人生中第一部电影，关系着季梦泽的未来发展以及任务是否能够成功。所以他一有时间就会在微博上搜索这部电影，看看大家的反应，也会在电影评分网站认真地看评论。

尽管还是有很多人无法放下对季梦泽的偏见，但绝大部分的观众在观影后都对他的表演给予了肯定。当晚微博甚至出现了"季梦泽转粉"的词条。

"芸姐，这不是公司的公关手段吧？"

李芸白了他一眼："公司钱多烧得慌吗？"

许其琛点开词条，发现里面是真真切切的人在评论和安利这部电影，表扬季梦泽的表现。

等待拍摄的许其琛打开了微信，想给林然发个消息。他们自从首映会之后，连一个通电话的机会都没有。

刚拿到手机，忽然收到一条消息。

林然："今天半夜一点还有工作吗？我们一起去看电影好不好？"

许其琛点开打字框："好啊。"

刚点击了发送，还没等他把手机放下，电话就打来了。

"喂……"

那边的声音听起来很高兴，暖洋洋的："在忙吗？"

"嗯，拍广告，不过还在等。"

"这样啊，那你几点结束？"

"不清楚，这个完了以后还要去录一个音乐节目的预告，应该十二点以前可以结束工作。”

许其琛想了想，小声说道：“不然我们约在影院见面吧。”

“好，我找个离你那边近的，等会儿把地址发给你。”林然那边好像没什么人。

“嗯。”

接完电话，许其琛拍了拍自己的脸，虽然又是一晚上的连轴转，但好像也不觉得累。

在回公司的路上，队友们都在笑闹。

白翊：“梦泽，我们到时候跟芸姐请个假，包场去看你的新片吧！”

明祈：“这个主意不错！”

沈焕：“我可以换一天吗？不想跟白翊一起去，他太嘚瑟了会被拍到。”

蒋凌：“附议，我跟阿焕一起。”

许其琛连连摇头：“别了吧，好尴尬啊，不想让你们看。”

白翊摇着许其琛的肩膀：“梦泽，你不爱我们了吗？我要看我要看！”

沈焕在一旁嘲讽道：“你根本就是为了看林然去的吧？”

白翊：“就你有嘴，一天到晚叭叭叭的，烦人！”

车里闹哄哄的，许其琛静静地笑着，看大家你一嘴我一嘴吵个不停，心里觉得有趣又温暖。

工作结束得比他想象的早，十一点半的时候大家就已经回到了寝室。一整天的工作实在是辛苦，队员们默契十足，早早地洗漱了爬上床。第二天上午还有节目的录制，能抓紧时间多休息一会儿都是好的。

许其琛装模作样地洗澡，换上睡衣，走进自己的房间，关上门，盖好被子，听着时钟嘀嘀嗒嗒地转动。

手机亮了又熄，终于等到了十二点，许其琛才悄悄地爬起来，小心翼翼地打开衣柜，穿好毛衣，拿出一件普通得不能再普通的黑色长款羽绒服套上，最后戴上一顶灰白麻色的毛线帽。

他照了照镜子，又拿出一条深灰色围巾缠在脖子上，遮住大半张脸，只露出一双眼睛。

许其琛觉得满意了，蹑手蹑脚地打开房间门，摸黑离开客厅，坐在玄关边的小凳子上换好鞋，刚要开门，灯忽然亮了。

“你要去哪儿？”

许其琛吓了一跳，回头一看，竟然是穿着睡衣睡到头发翘起的白翊：“我……

我出去买点吃的。”

“买吃的穿成这样啊，你是要去当小偷吧？”白翊小声地调侃。

许其琛挤出一张心虚的笑脸，白翊打了个哈欠：“我知道你要去看电影。”

许其琛愣了一下，刚想问他怎么知道的，就听见白翊继续说道：“快去吧，我要回去睡觉了。”白翊走过来替他把门打开，然后把他推出去，“我不会跟别人说的，但是你要答应我一件事。”

许其琛站在门口：“什么事？”

“林老师的下一部电影我想唱主题曲，你就帮我提一嘴好吧？”白翊撒娇的时候口音就会不自觉地跑出来。

原来就是这个啊，许其琛点点头：“我会去跟他说的，但是不一定成功哦。”

白翊比了个“OK”的手势，把许其琛的围巾往上拽了拽：“小心一点，不要被拍到哦。”

“嗯。”

凌晨的大街上人少了很多，许其琛从宿舍楼出来，走到另一条街，拦了辆计程车前往跟林然约好的那个电影院。下车前，他看了一眼手机，一点十分。

不知道林然到了没有。许其琛走进影院，这个时间点除了零零散散几个刚看完一场电影的年轻人，几乎没有其他人。

许其琛站在一个不起眼的角落里四处张望，寻找着林然的身影。

手机忽然响了一下，林然：“我在 ××× 电影展板的后面。”

许其琛朝着他所说的方向望去，隔着展示台只看到一顶黑色棒球帽的帽檐。

是他吗？

对方就在这一瞬间抬起头，正对上许其琛的眼睛，挥了挥手。

林然戴着一副黑框眼镜，棒球帽的外面还套着深灰色棉服的帽子，拉链拉到领子那儿，遮住了下半张脸，看起来就像是一个大学生。

许其琛坐在林然的对面：“你很早就来了吗？”

“没有啊，我也是刚到。”林然看了看许其琛的打扮，“你戴这顶毛线帽挺好玩的。”

许其琛有点不好意思，想着应不应该回一句，却发现他的黑色棒球帽眼熟得：“这顶帽子你还留着呢。”

“对啊，”林然故意皱了皱眉，“你可别问我要回去啊，我是不会还给你的。”

幼稚。许其琛用吸管戳破奶茶包装，喝了一口。

很快电影就开场了，半夜一点半的场次，原以为除了他们没有人会来，没想到进场的时候竟然有几对情侣。

检票的工作人员已经很累了，头都没抬一下。许其琛跟在林然后面顺利地入了场。他买的位子很靠后，林然便带着他一排一排找着位子。

“是上面一排。”

许其琛稍稍愣了一会儿。

“哦。”

电影开场后，放映厅总共也不过五六个观众，还是零零散散地分布着坐。许其琛看见自己的脸出现在大荧幕上，这还是人生中头一次。啊不，不能完全算是“自己”的脸吧，许其琛心想。

导演将南柯和郁宁七年后的见面安排到了电影之初，戏剧冲突很明显。

七年前和七年后的影像交接之间总是有一段过渡的念白。转回忆杀时，念白是郁宁在七年前的内心活动；转现实重逢时，念白是郁宁新书的片段节选。这样的设计，让电影产生了一种独特的话剧感。

尽管他是主演，这些画面都是自己亲身演绎的，但在导演深厚的功底之下，许其琛还是陷入了剧情之中。看到尼斯的天使海湾的时候，他不可避免地回忆起在尼斯的最后一晚。

“去爱永远不会看到第二次的东西，在火焰与狂喊中去爱，随即毁灭自己。人们就在这一瞬间活着。”

当屏幕中的南柯说出这句话时，许其琛看见，相隔三排的距离，一对年轻的情侣在昏暗的光线下交换了一个吻。

许其琛撇开视线，林然的下巴朝屏幕的方向扬了扬：“喏。”

在他的暗示下，许其琛也看向屏幕。

“故事还没结束呢。”

许其琛低下头，扯了围巾遮挡住自己的下半张脸，整个身子缩了下去。

林然忍笑道：“明明都是你自己演的，怎么还会不好意思啊。”

许其琛没有看他，心里憋着一股劲，忘了自己一贯的温和至上原则，小声地反击：“当然了，影帝是不会不好意思的，很抱歉我不是。”

听到许其琛这么说，林然止住笑。

“没有哦。”没有了孩子气的戏谑，他的语气认真而恳切。

“我也会不好意思。”

电影的结局是开放式的。

南柯拒绝了被安排相亲的女生，在咖啡馆被泼了一身咖啡，打电话到酒店，被告知郁宁已经退了房。想起来他喝醉酒的那天晚上，嘟囔了一句想去外滩看东方明珠。

南柯去了外滩，然而并没有看见他，于是靠着栏杆望着对面的东方明珠。

这一段长镜头，一句台词都没有，念白也没有，全部是内心戏，难度极大。但南柯的脸上每一个细微的表情都很精确，不愧是影帝。

“好巧啊。”

听见这个声音，南柯的脸上闪过一丝讶异，回头看到郁宁。

郁宁也看到了他，以及他满身的咖啡，走近一些问道：“搞成这样？”说完笑着走到他旁边，“浑身都是咖啡的味道啊……”

“不过，我现在已经不喝咖啡了。”

郁宁低头，用手掌挡住冷风，给自己点了一支烟。

“我讨厌咖啡。

“更讨厌你。”

南柯也笑了笑。

“是吗？那太好了。”

两个人沉默地倚着栏杆，画面不断拉远，直到变成黑色。

还剩几句对白。

郁宁：“我要写新书了。”

南柯：“什么名字？”

郁宁：“一梦。”

电影结束。

仅有的几个观众陆续离开，林然和许其琛最后走了出去。

“半夜三点半。”林然看了看表，“我们跟这个时间很有缘呢。”

许其琛把脸埋在围巾里，点点头。

林然：“我送你回去。”

许其琛摇头：“很近，我自己可以的，你回去吧。”

林然把手插进口袋里，重重地叹了口气：“唉。”

许其琛也有模有样地学他的样子：“唉……”

两个人相视一笑。

第二天上午的真人秀录制，许其琛困得眼皮直打架，跑也没劲跑，跳也跳不动，一到休息时间就猛灌咖啡。但他还是开心，不觉得累。

电影上映了几天，口碑越来越好，甚至在网上掀起了一片安利浪潮。

口碑升高的直接效益就是排片和票房的提高，原本不被各大影院看好的“小众”题材电影讨论度节节攀升，成了圣诞节档期的黑马，上映四天票房破亿，单日票房不断上涨。

许其琛看到一个影评，觉得很触动。

“我原以为《南柯》上映之后会引起大众的关注和争议，但事实打了我的脸。这部电影的内核并没有把争议的话题单独拎出来讨论，而是着墨于‘人’。谁在青春年少的时候没有憧憬过某些事呢？谁在被城市的钢筋水泥吞没的凌晨，没有把心里的幻梦挖出来，仔仔细细地回忆一遍呢？很多人和事往往是空欢喜，是都市人的南柯一梦。”

南柯一梦，许其琛自嘲地笑了笑。他当初就是抱着这样的想法，写下了这样一个并不完整的剧本。但最后，导演给了一个模糊的结局，告诉观众，总有些梦或许会成真——你得再试一次。

已经在娱乐圈待了这么久，许其琛还是不习惯这种生活节奏，每天就像打仗一样，对他这个慢性子来说实在是莫大的考验。

这个圈子的时间跑得飞快，抓也抓不住。

一转眼电影就下映了，国内总票房突破了六亿，也算是文艺片的新高度了。季梦泽这个名字不再和烂片捆绑在一起，而是焕然一新。也正因为这样，新的剧本一个接一个地向他抛来，连李芸都快招架不住了。

作为人气第一的偶像男团，过年的时候是无论如何也不可能休息的。就这样，许其琛只能放弃了林然提出的去他家过年吃火锅的邀约。

这个圈子的人，都是怎么平衡生活和事业的呢？

还没等许其琛想明白这个问题，备受瞩目的 ××× 电影节就到了。承载着陈安平的光环，《南柯》也不负众望地进入了电影节的主竞赛名单。

许其琛忽然很后悔，自己当初要是没有随随便便把这篇小说写烂尾就好了，现在就能知道获没获奖，又获了什么奖了。好气。

毕竟是欧洲电影节，亚洲电影并不是获奖主流。最后陈安平摘得了最佳导演奖，许其琛觉得也是理所应当，他真的是一个优秀且有艺术格调的导演。

剩下的就是国内的电影奖项了，最受瞩目的是林然曾经在二十一岁时摘得影帝的金鼎奖。《南柯》一共入围六项，而这一次林然再次入围最佳男主角，是所有媒体关注的焦点。在许其琛的努力下，季梦泽这个名字也终于和奖项挂上了钩，入围最佳男配角。

出席颁奖典礼那天，许其琛和林然穿着正装，一起走上红毯。林然还是一副得体的模样，在闪光灯下保持着好看又克制的微笑。

许其琛站在一旁看着，感觉随时随地他的背后会冷不丁忽然冒出一个长得一模一样的家伙，幼稚地大笑。

林然和许其琛的位子被安排在了一起，就因为这样，颁奖典礼的主持人在串场的时候也不忘调侃一下他们。

女主持把话筒递过来："我特想采访一下你们，两个亿万少女的梦中情人在一块儿演戏是什么感觉？"

许其琛看见话筒就犯晕，侧着脸冲林然使了个眼色。林然故意道："你来，每次都是我说。"

周围的明星都跟着笑起来，许其琛只好硬着头皮接过话筒。

"感觉……感觉挺好的。"他结结巴巴、懵懵懂懂的样子，又引发一阵大笑。

女主持人很会玩梗："很好啊，那你觉得哪里好？"

许其琛慢吞吞地回答："都挺好……"

女主持就跟逗孩子似的："梦泽，你是觉得跟林然拍戏哪里都好是吗？"

许其琛完全招架不住这种拷问。

林然见许其琛已经濒临崩溃，不再旁观憋笑。他拿过话筒，笑着说："姐，我还在这儿呢，你这问题问得我都受不了了。"

女主持人："好好好，话筒给你，你来说。"

林然笑嘻嘻地打着太极："我觉得也很好啊。"

陈导在许其琛旁边抬了抬手，林然灵机一动，道："你看，陈导都坐不住了。"说完就把话筒递给陈导。

陈安平接过话筒："听你们这么一问，我还真想起点什么。"

他严肃的脸上露出笑容，继续说道："当时选角试镜的时候，林然也一直在，梦泽试戏的时候林然就帮他搭戏，然后……"

林然一听到这个开头，立刻冲陈安平做了个"阻止"的手势，又做了个"拜托"的表情。但陈安平就像没看见似的："当天晚上我们看完了所有来试镜的演员表现，然后我问林然，你觉得哪个合适？”

许其琛云里雾里地听着，不知道为什么，林然的头都快埋到前一排的靠背下面去了。

“林然就跟我说，陈导，我不知道你觉得谁合适，但要是真考虑我的意愿的话，我觉得季梦泽合适。”

这话一说出口，全场都笑了起来。

在所有人的关注之下，林然只能解释道：“不是，搁谁都会这样选吧。梦泽的气质确实很适合演那个角色啊……”

这个答案太过敷衍，不过因为时间有限，主持人也只好点到为止继续后面的流程。

许其琛原以为是导演开玩笑随便捏的梗，又回想起在尼斯开机时导演找他讲戏时说过的话。

“我看到你们对戏的时候，心里基本就已经确定了。何况林然那个小子后来还跟我说……”

原来是这个吗？

“看什么啊？”林然故意假装狠狠地瞪了他一眼，“不要看我。”

许其琛笑着往后靠：“哦。”

奖项一个接着一个宣布。到颁发最佳男配角的时候，作为入围者之一的许其琛并不是很紧张。他有一个习惯，无论做什么事都先自我否定一下，对任何尚未发生的结果抱着最坏的预期，这样就不会失望。

说实话，季梦泽是从未进入过主流电影圈的流量，能够入围已经是很难得了。许其琛已经做好了陪跑的准备。

所以当颁奖人念出季梦泽这个名字时，许其琛根本没反应过来。直到林然提醒了他，他才站起来。站上那个颁奖台，许其琛的脑子里还是一片空白，都不知道自己是怎么走上台的。

颁奖嘉宾非常贴心地帮他调整了一下麦的角度。

“谢谢。”许其琛终于开口，“其实……我没想到自己会获奖，所以现在有点不知道说什么。”

台下的人都笑了起来，许其琛继续说道：“我以前总觉得获奖感言一定要谢谢谁谁谁，站在这里才发现，除了感谢，真的不知道该说什么。”

许其琛望向陈安平的方向。

"首先，陈安平导演，谢谢您。季梦泽这个名字，放在电影的演员表中是很赶客的，这一点我很清楚。但陈导给了我一个机会，教会我如何演戏，否则今天的我依然是票房毒药。

"其次，我想感谢我的粉丝，她们挺不容易的。扪心自问，一直以来我没有做到让她们骄傲，不是一个省心的偶像，但她们依旧支持我。我很感动也很惭愧，现在你们或许可以稍稍挺直腰板，对以前瞧不起我们的人说，你们的偶像并不是只有一张脸。

"最后……"

许其琛看了一眼林然："我要谢谢我的搭档。"

许其琛有很多话想说，但在组织语言的间隙，都卡在了喉咙里。

"谢谢你。"

许其琛手持奖杯，从颁奖台上下来走到前面，深深地鞠了一躬，然后才慢慢走下阶梯。

手里的奖杯沉甸甸的，但许其琛还是没什么实感。回到位子上被满脸笑容的陈安平拍了拍肩膀，他又鞠了一躬才坐下来。

林然拿过他手里的奖杯，微笑道："恭喜你呀。"

许其琛心里很满足。

等到颁发最佳男主角的奖项时，全场最佛系的许其琛却不受控制地紧张起来，看到大屏幕上候选人之中出现了林然的脸，他的手心都起了一层薄汗。

心里不自觉地开始默念林然的名字。

"那么……本届金鼎奖最佳男主角是……"颁奖嘉宾再次看了一眼手中的信封，眼神扫过在座的各位演员。

她激动无比地念出一个名字。并不是林然。

许其琛心里一块石头落了地，还是狠狠地砸了脚的那种落地方式。

许其琛的脸上是满满的失望，林然却笑着说："干吗这种表情？"

上台的是一位五十五岁的资深实力派演员，出演的角色是一名曾是片警，退休后患老年痴呆的老人。

许其琛看着林然，他的眼睛里闪着敬畏的光。

尽管林然与最佳男主角失之交臂，但《南柯》剧组一举夺得了最佳男配角、最佳导演奖以及最佳美术指导奖，入围六项获奖三项，已经是非常可喜的成绩了。

颁奖礼结束的时候，许多媒体记者争相采访，许其琛和林然被团团围住。以往都是林然帮许其琛应付记者，但这次是他自己获了奖，记者们也就自然而然地把话题都抛给了他，不接都说不过去。

“梦泽，看这边，今天获奖了有没有什么庆祝活动啊？”

许其琛看向那个记者：“嗯……应该会一起吃饭吧。”

“梦泽梦泽，你后续会接其他的电影或者电视剧吗？可以透露一下吗？”

许其琛摇摇头：“暂时没有定下来，还是会以团体活动为主。”

一个又一个问题接连冒出来，弄得许其琛有些应接不暇。

直到一个凑到他们前面的记者问道：“林然，这次差一点点就可以再次夺得金鼎影帝，会不会觉得失望呢？”

林然笑了笑：“说不失望是假的吧。但张老师这次的表演实在是太精彩了，看到他我觉得自己还有好长的路要走，所以这次的失之交臂更像是一种激励吧。”

满分回答。许其琛在心里佩服林然的临场发挥。

“那梦泽怎么看呢？”

突然被问到，许其琛看了一眼女记者，对方一脸期待地举着录音笔。

林然没获奖，问他怎么看……

许其琛想了想，语气郑重地回答：“在我看来，林然就是最佳男主角。”

《南柯》也算是口碑票房双丰收，陈安平带着《南柯》几个主创以及编剧趁着颁奖典礼结束，一起找了个酒店开庆功宴。

许其琛对于这个剧组有着很深厚的感情，尤其是对陈导和瞿编，回想起上一次一起吃饭还是在选角的时候，一转眼就过去了这么长时间。

为了保证私密性，陈安平把地点选在了酒店的顶楼，可以通往天台的泳池，大家喝酒聊天，玩得很开心。

许其琛被灌了些酒，有点晕，于是一个人走到天台，想吹吹风清醒一下。

夜风，云朵，水面的波纹，这个世界的一切都好真实。真实到只差一点点，许其琛就会忘记这只是一个虚拟世界，是他一手创造出来的虚拟世界。

他伸手拨了拨水面，泳池的水有些凉。在这段时间里，他把自己变成了季梦泽，获得了旁观者的认可，获得了季梦泽在原文中没有的快乐。

得到的越多，是不是代表离任务成功越近呢？是不是就越来越靠近这个故事的结局呢？

“0901，我还能在这里待多久？”

0901 的声音没有出现。冥冥之中的某种预感让许其琛清楚地知道，这个聪明过了头的 AI 并不是听不见，只是选择了保持沉默。

“一个人跑到这里来干吗？看星星吗？”

听到林然的声音，许其琛背对着他抹了把脸，双腿支起，下巴抵在膝盖上：“有点头晕，上来吹吹风。”

林然拿着两个酒瓶坐到了许其琛旁边，递给了他一瓶，又抬头看了看天空：“天气真差，一颗星星也看不到。”

许其琛心不在焉地“嗯”了一声。

“你说，我该怎么办啊？”

林然的提问让许其琛措手不及，许其琛疑惑地抬头看向他：“什么？”

林然灌了一大口酒，然后低下头笑了笑：“我以前就觉得自己患得患失，是治不了的老毛病了。小时候很想要一辆玩具汽车，每天路过的时候都惦记着，一点一点攒着零花钱，终于等到可以买下它的那一天……

“当我刚开始拥有它的时候，开心得睡不着觉，把它放在我的书桌上，放在我的枕头边，每天摸一百遍都嫌少。”

他的声音很轻很缓，里面的情绪好像被夜风稀释开，淡淡地飘着。

“某一天，我开始害怕。我怕它会被摔坏，会不见，会突然被谁抢走，一颗心七上八下，就是没法安定下来。后来，我就再也不去买自己最喜欢的玩具了。”

他转头看向许其琛，问道：“怎么办？我现在感觉那辆小汽车要开走了。”

听到最后一句，许其琛无法言语，声音好像被盗走了。

林然却笑出来：“反正啊，”林然握着酒瓶，瓶口碰了碰他手中的酒瓶，“无论如何，谢谢你。”

许其琛静静地凝视着微波荡漾的池面。他仰头喝了一口酒，辛辣的液体顺着喉咙流淌下去，渗入肺腑。

他一口又一口，直到眼前斑斓的夜景变得模糊不清，直到意识开始涣散。耳边一个低沉的声音轻柔地诉说着什么，像是老式的磁带播放着的音乐，听不真切。

“和你认识后，我的脑子里总是冒出‘永远’这个词，想永远做你最要好的朋友。

“可永远不是一个时间单位，找不到任何算法去度量和计算，这样含混不清的表达，我无法理解。

“后来，某一天，我忽然想到，既然每个人都选择取永远的极限值为无穷大，那么我可不可以把它取作无穷小呢。

“取作无穷小，永远就变成了瞬间，所以……”

许其琛最后一点意识消散在夜风之中，身体毫无知觉地倾斜，被林然一把扶住。

“在这一个瞬间，我们是朋友。”

“犬系少年”成长法则（上）

许其琛的身体仿佛坠入一个巨大的黑色空洞之中，找不到任何支点。

这是哪里?

寂静之中，开始出现一点点声响，就像老式收音机发出的“刺啦刺啦”的电流声。渐渐地，变成了说话的声音，越来越大，越来越近。

“喂，别睡了。”

许其琛的胳膊被人推搡着。

“快醒醒，‘地中海’过来了！”

什么……

“砰”的一声巨响，许其琛猛地抬起头，眼前是一张桌子，一只手按在上面。

“睡得很香啊，你看看整个阶梯教室，就你一个人正大光明地在睡觉！像什么话！”那只手的主人不断地用指节敲击着桌面，刚醒来的许其琛被“咚咚咚”的声音弄得更蒙了。

就像被一下下敲着脑袋的土拨鼠，他环顾了一下四周，还真是阶梯教室……

“你还真有脸看啊！”

许其琛抬头，仔细地盯着面前这个正在责难的……老师?

他的头顶完全秃了，周围一圈还留着稀稀拉拉的毛发，看起来五十多岁的样子，干瘦干瘦的，凹陷的眼眶里是两只锃亮的眼睛。

“还看！下课后来我办公室，我看你是不想毕业了？”

许其琛皱着眉头，一动不动地盯着他走向讲台的背影。

奇怪，他刚刚不是和林然在天台喝酒吗？他喝醉了，好像断片了，怎么突然跑到这里了……

许其琛仔细地看了看周围，混混沌沌的大脑突然清醒了。

这是新的世界吗？

“喂，叶涵，牛啊，居然敢在‘地中海’的课上睡觉，厉害厉害。”旁边一个戴着黑框眼镜的男生撞了撞他的胳膊，笑着调侃。

叶涵？

0901：“许先生，您大概还没完全睡醒，叶涵是您的小说《“犬系少年”成长法则》中的主角之一，也是您在第二个世界所要扮演的角色。”

0901的声音冷不丁从后脑勺冒出来，许其琛下意识地回头，吓着了后排正在拿着手机追剧的女生。

许其琛小声地说了句不好意思，慢慢地转过头，在心里问道：“第一个世界的任务结束了吗？”

0901：“结束了，您的主线任务和副线任务都非常成功。”

是吗？

许其琛犹豫了一下，还是问道：“那……那个世界的我，不对，我是说季梦泽，还有林然，他们会怎么样？”

0901：“许先生，您对上个世界还留有记忆吗？”

怎么会没有呢？

许其琛闭上眼，还能看得见天台上的泳池，好像林然就在旁边，隐隐约约听见他在说什么。可无论如何，他也想不起来具体的内容。

0901的声音再一次出现：“许先生，我之前并没有向您阐明本系统的运作方式，我觉得现在有必要说明一下。”

许其琛反问道：“难道不是什么主神之类的？小说都这样写的。”

0901：“并不是。许先生，本系统是科技产物，不是玄学。”

许其琛竟然从它一向没什么感情色彩的音调中听出了一丝傲娇感。

0901：“和我对话的您并不是真正现实生活中的您，这一点我想不需要我赘述了，现在的您是您的意识主体。”

意识主体？

0901：“您在第一个世界进行任务时，也是使用的这个意识主体，当您离开这个世界前往另一个世界时，交接的瞬间，您的意识主体会进行分裂，制造出一个别无二致的意识副本。他只能存在于原世界，其他都与意识主体一样，且拥有意识主体在这个世界的所有记忆。但这个时候，您的意识主体已经来到第二个世界了，后面的世界以此类推。”

许其琛是一个彻头彻尾的文科生，这么一大段的理论分析让他的脑容量一下子得不到缓冲，听得云里雾里。

“能不能说得通俗点？”

0901顿了顿，就这么一两秒的停顿，令许其琛感受到了满满的嫌弃。

0901：“不知道您有没有听说过平行宇宙的理论？”

许其琛：“听说过一点点。”

0901：“这个概念可以类比，多个平行宇宙中的您可能过着完全不同的生活，您可以把上一个世界想象成其中的一个平行世界，你在那个宇宙的名字叫季梦泽，在天台的那个节点对于身为意识主体的你来说结束了，但是对于被分裂出的副本来说并没有结束，他被留了下来，在那个世界继续着他的生活，他是平行世界的许其琛。”

许其琛明白了，就像是分裂。他的身上分裂出了另一个有自我意识的许其琛，留在了那个世界。

他忽然觉得有些寂寞。

“0901，那作为意识主体的我，经历这么多世界，没有任何一个我可以主动选择留下度过一生吗？”

0901郑重地回答：“许先生，您是意识主体，终究要回归现实，现实生活中的许其琛，才是你真正该过完的人生。”

许其琛沉默了。

0901继续说道：“当然，您如果觉得难以接受，可以对上个世界的记忆数据进行格式化处理，这样就不会影响您在新世界的任务进程了。”

许其琛很快拒绝了，作为一个中庸到骨子里的人，他第一次这么快地说出“不”这个字：“我要保留记忆，每个世界的记忆我都要留下。”

下课铃声打断了他的思绪，他低头把桌子上的书都收好，刚站起来，就被拿着话筒的“地中海”叫住了。

“叶涵！你给我过来！”

旁边的同学笑得人仰马翻："保重啊兄弟。"

许其琛叹了口气，背上包走到讲台前。

"愣着干吗？把这些作业都抱到办公室去。"

许其琛默默地照做，跟在"地中海"的后头，一步一步拖着脚步，时不时望着周围的景象。

这是他写的一部带有奇幻色彩的小说。当初他想写一篇大学校园文，但校园文一向热度平平，必须得加点什么新奇的设定才好。

想到设定，许其琛不由得打了个寒战，他又给自己挖坑了。

0901 的声音再次不合时宜地出现："就是您想的那样，许先生。"

许其琛再一次绝望了。

这篇小说中加入了异能者的设定，他们可以伪装成正常人类在人类世界生活。

另一个主角就是一个融合了德国牧羊犬能力的异能者，而他自己……也就是他接下来的日子所要扮演的叶涵，是一个极度怕狗的人类。

0901："许先生，这一个世界悲剧的原因您还记得吗？"

许其琛回想了一下，对了，因为在他的设定里，异能者是要被清理的异端人口，所以主角面临着危险。

"您要保证主角的安全哦，改写他的死亡结局，这就是您这次的主线任务。"

好难。怕狗怕到哭，还得保护它。

已经经历过一个世界的许其琛，很清楚这个游戏在还原设定方面的强大，想想自己已经被安插了怕狗的生理反应，还没看见真的狗就开始害怕了。

老实说，原本许其琛是不怕狗的，甚至还有那么一点点喜欢，虽然他很少表现出来。

他不由得想起某个人家里养的那只大型犬。

许其琛每天上学站在站牌下等公交车的时候，隔着一条街就能看到他家的那只大金毛跑下来送他。等着被揉一揉头顶，摸摸背，才舍得放他离开。

站在对面拿着一盒牛奶慢慢吸着的自己，总是有点羡慕。

"叶涵！你在发什么愣，进来啊！"

许其琛猛地回神。

"哦，好。"

叶涵，二十二岁，西明大学计算机学院大四学生，成绩一般，性格不错，算是开朗的个性。

回想起这些设定，许其琛开始犯愁了。之前的季梦泽，虽说是个明星，但性格好歹和自己很接近。可到了这个世界，他就必须伪装出叶涵的开朗性格了。

这是一个艰巨的考验。

许其琛走进办公室，脑子里还是一刻不停地在回忆原文剧情和自己的设定。

“作业放在这儿，站过来。”

这个干巴瘦的“地中海”是计算机学院的主任刘禹，一向都是不把学生当人看的。一到这个世界就被他给逮住，也算是倒霉到家了。

“你自己说说，都快毕业了，还一天到晚上课睡觉，论文选题选了吗？开题报告写没写？”

许其琛摇头。

“那你还好意思睡觉？你是不是想‘延毕’啊？”

许其琛再次摇头。

“你给我好好反省一下，你们这些学生一天天的脑子里不知道在想些什么。”刘禹拿着他的保温杯站起来，接了杯热水，吹了两下慢慢地喝起来。

许其琛也不反抗，低着头看着自己的脚尖，假装认真地深刻反省着。接下来的剧情是什么呢？刘主任好像被领导叫走开会了。

正在这时，刘主任办公桌上的电话响了起来。他放下保温杯，清了清自己的破锣嗓子，端着一张皱巴巴的脸拿起了话筒。

“喂？哦，好，现在是吗？”他抬头看了一眼钟。

“好的好的，我这就去了，好的好的，再见。”

刘主任挂断电话，从办公椅上站起来，拿了支钢笔别在西服口袋里，正要走，又看了看许其琛。

“我现在要去开会，”他咳了一声，“这里有很多重要文件，要锁门的，你出来。”

许其琛松了口气，却又隐隐觉得剧情好像没这么容易。

“地中海”把门锁上，装好钥匙，转身对许其琛说：“你给我在门外站着，好好反思一下，我一会儿就回来。”

刘主任刚迈开腿走了没几步，又回过头：“我回来要是看不到你，你给我小心点。”

许其琛叹了口气，一个人站在主任办公室的外面，无聊得好像一只长在木头上，哪儿也不能去的蘑菇。

他有点好奇自己现在长什么样子。于是他一小步一小步地挪着步子，从门口走到主任办公室的玻璃窗边，退后两步，仔细地看着玻璃窗上模糊的倒影。

看起来不算太高，但也不算矮。毕竟不是盛世美颜的设定，颜值上肯定是达不到季梦泽的高度了。但是……许其琛歪着脑袋凝视着玻璃上雾蒙蒙的轮廓，还挺好看的。

他穿着一件红色短袖，衬得皮肤很白，五官也挺秀气，长着一双很好相处的下垂眼。

许其琛转了个身，靠着墙壁。也对，叶涵虽然成绩一般，却也算是计算机学院里的小帅哥，人气一直不差的。

可是一副新的好皮囊也没能让他开心起来。一个人的时候，他还是会不由自主地想起上个世界的事，总有点不甘心。

“唉，我跟你们说了多叫点人多叫点人，怎么这么点事都办不好啊。”

许其琛抬头，看见一个胖胖的四十岁短发女人正拿着手机，站在某个科室门口打电话。

“这几个人怎么够啊！你们再找几个男生过来，快点啊！”

许其琛眯着眼睛看向那个科室的门牌——招生办。

“哎！那个学生，你过来一下！”

许其琛转头看了看，走廊上没有别人。

“看什么看呀，就是你啊！快过来一下。”

那个女人向他招手，把他领到了招生办的办公室，里面还有三个男生正站着。

“你们几个等会儿去南广场，这些展牌都是要搬过去的，那边有人会告诉你们怎么放，明白了吗？”

几个男生丧气地点点头。

许其琛也点点头，然后又弱弱地开口：“那个，老师……”

胖胖的女老师转过身：“怎么啦？”

“刚刚我们主任让我在办公室外面站着等他，他一会儿就回来了。”许其琛脸上露出为难的表情。

“没事，你不用管，我等会儿跟你们主任去说。”

“哦。”许其琛应付着，等到那个女老师又去接电话的时候，他从办公桌上拿了张纸，飞快地写了几行字。

“主任，我被招生办的老师叫走去搬东西了。”

好像不够，他又补了一句：“我已经好好反省过了，谢谢主任的教导。”

等到搬东西的时候，许其琛找了个空当，把字条从主任办公室的门缝塞了进去。希望“地中海”不会再找他的麻烦了。

为了快点完成任务，两个男生抬一块展板，刚走到走廊尽头的楼梯口，和他一起的那个麦色皮肤的小寸头就立刻开口：“叶涵学长，你也被抓壮丁了啊。”

许其琛已经在第一个世界被训练得非常淡定了：“啊……我是被主任给抓过来训话了，正好又被招生办老师看见了，就……”

“真倒霉啊。”那个男生笑嘻嘻的，“你们是不是很忙啊？上次见你还是校篮球赛呢。”

篮球赛。许其琛忽然想起些什么，看了看这个孩子，穿着湖人的队服，一双荧光色篮球鞋。

啊，是篮球社的三年级学弟，程钰。找到了对应的人设，许其琛说话都有底气多了：“对啊，最近有点忙，上课啊，实习啊，还有毕业论文，都堆在一起了。”

“好快啊。”程钰一边抬一边说，“之前我刚入学的时候还是学长接新呢，我还记得是学长你带我去的宿舍楼。”

许其琛笑了笑，心想是啊，现在都大四了还会被招生办的人抓壮丁，也是很惨了。

两个人有说有笑地搬着展板，其实也不是特别重，但一来一去走的路不少，连续四五块搬下来，也还是很辛苦的。

何况许其琛的身体本来就不好，他的生理条件会直接影响到这个世界的叶涵。

九月初的太阳，越是到了夏天的尾巴，越是想要表现出自己的存在感，既散漫又强烈。

许其琛的后背湿透了，衣服紧紧地贴在皮肤上，难以消除的黏腻感夹带了更多的疲倦。他实在是没有力气，只能坐在展板旁边。

好饿，胃里空荡荡的，像是破了个口子，涌入了太多气流，反而害得人恶心想吐。许其琛看了一眼手腕上的表，已经中午一点半了。

一旁的程钰看了看许其琛，走到负责安排展板的人旁边问道：“搬完就可以走了吧？”

“哦，差不多了。”

谁知道那个胖胖的女老师又跑了过来：“搬完了吗？哎呀，辛苦了辛苦了，刚刚来了一批新生，你们帮忙去接一下吧。”

看见程钰他们一脸不愿意，女老师脸上堆笑：“没几个人的，很快就接待完了。

这样，等会儿老师请你们吃饭啊。”

许其琛叹了口气，就这么被安排到了南门的新生接待处。许其琛百无聊赖地站在南门，看着来来去去的学生，想起了自己上大学的时候。

0901 的声音冒了出来，一如既往地神出鬼没：“许先生，您当初是出于什么意愿写这篇小说的呢？”

是啊，大学校园根本不是什么热门的设定。

阳光被锋利的叶子分割开来，大大小小的光斑落在了许其琛的脸上，热热的。他好像写这篇的时候正在念大学吧，是很早期的一个作品了。

不过他读的是中文系，念计算机的另有其人。

“叶学长！”

许其琛抬头，看见程钰走了过来。

“杨老师说我们负责带新生去宿舍楼，一个管男生一个管女生，你要选哪个？”虽然是这么问了，但程钰脸上分明就写着“我想带女生，求求你了学长”这几个大字。

成人之美是种美德。

“我带男生吧。”

“嗯！”

依照安排，许其琛走到了南门计算机学院的新生接待处。刚走近，就听见好几声“学长”，许其琛来不及将人和脸对上号，只能保持着微笑：“辛苦了，辛苦了。”

那个女老师也没夸张，这一批人确实不多，也就八个。等了一会儿，来了七个人，还剩下一个。这么等下去不是办法，许其琛只能叫上一个大二的陪着，先领着这批人去宿舍楼。

还有一个，安排好了就可以吃饭了。许其琛百分之一百确信，这副身体原本的主人早上一定没有吃饭，现在的他感觉就像是吊着最后一口气一样，旁边的姑娘见他没精神，递给他一瓶水。

许其琛笑了笑，接过来。

水之于饥饿，并没有什么实际作用。已经很晚了，作为这里面年龄最大的一个，许其琛也没办法把事情丢给学弟学妹，只能先让他们去吃饭，自己在这里等。

九月的下午两点，闷热紧紧地裹着这个离虚脱只差一步的身体，不知道是谁在垂死挣扎。

许其琛坐在椅子上，耷拉着脑袋，活像一朵被晒到蔫掉的小红花。他拿出现在已经属于自己的手机，看了一眼时间，在口袋里摸到了耳机线插上，随即点了播放。

是一首乐队的歌，许其琛从来没听过，女主的声音很好听。

许其琛的脚轻轻地向前踢着，心里无聊地默念："快点来吧，我等你很久啦，再不来我就走啦。"

拉杆箱的轮子划过地面的声音，成了降临之前的预告。

耳机正好播放到这句歌词：谁来接住我，否则我将无止境坠落。

他摘下一只耳机，看到一双白色球鞋停在了自己的面前。

终于来了。结束等待的许其琛有些开心，晃荡不停的双脚落地，站了起来。不知道是因为晒太久，还是低血糖的缘故，他头晕得厉害。

"同学，是计算机学院的吗？"

许其琛抬起头，视线由于眩晕的症状变得好像蒙太奇一样，景象蒙着一层景象，交叠着，晕染着。

阳光肆无忌惮地挥洒在视野之中，似乎让能够看得到的一切都蒙上了一层浅金色的滤镜。

包括眼前这个身影。

光把他的轮廓勾勒得饱满，身后不规则的云朵，宽松的黑色 T 恤。郁郁葱葱的树顶，褪色的浅蓝色牛仔裤，这一切都像油画一样。

"学长。"他露出一个笑容。

非要找一个形容词的话，绝对不是温暖，也不是阳光。

桀骜不驯？好像勉强可以。

"你看起来不太精神啊。"

许其琛深吸一口气，努力挤出一个勉强可以称为笑脸的表情，摇了摇头："没事，我现在带你去宿舍楼。"说着就伸手想帮他拉箱子，却发现一点力气也使不上，有点尴尬。

许其琛的脑子发蒙，地面开始旋转。

"啊，还挺重的呢。"许其琛略显窘迫地笑了笑，胸口像是塞了一大团棉花，闷得透不过气，"对了，你叫什么名字？怎么来得这么晚啊？"

许其琛的视野忽明忽暗，额头上开始冒出冷汗。

男生比他高了大半个头，站在他面前几乎可以将阳光都遮挡住。

“司机搞错了，把我送到了西校区。”男生的声音很熟悉。

说起来，他的五官也有点熟悉。

许其琛还想抬头看他一眼，世界却突然停电一般，他的眼前一黑，身体不受控制地前倾。所有意识，原地解散。

意料之外，又恰如其分，男生接住了倒下的许其琛。

“学长，我还没说完呢。”

人来人往的校园马路，一红一黑两种色彩，晒得发烫的地面，模糊一团的影子。

他低下头，轻声说道：“我叫，牧遥。”

许其琛做了一个梦。

梦里的他穿着一身松松垮垮的校服，好像是星期天，不用上早自习，可以有一点空闲时间，在校门口的早餐店吃一碗米粉。

他一个人走进店子里，老式的电风扇“吱吱呀呀”地转着，里面有一桌坐了几个同班的男生，他勉强打了声招呼，找了个角落的位子坐下。

一个熟悉的人坐在不远处，面前放着一碗什么都没放的清汤素粉，一边吃着，一边和另外几个男生有说有笑，聊着最近的篮球比赛和军事新闻。

他永远是话题的主导者。

许其琛默默地吃着米粉，放了好多辣和香菜，吃得满头是汗。

忽然，一阵凉风扫过自己的头顶。

许其琛睁开眼睛。

他这是又一次趴在桌子上睡着了吗？他愣了半天，才伸手揉了一下眼睛，晕乎乎地抬起头，空调的凉风再一次扫过来，他冷不丁打了个寒战。

许其琛看这四周的桌椅摆设，还有贴在墙上的菜单，好像是一个小面馆。对面的座位上放着一碗面，清汤寡水，什么都没放。

“学长，你醒了？”

许其琛循声回头，这不是刚刚那个穿黑衣服的男生吗？

刚醒过来的许其琛迷迷糊糊的，说话都很恍惚：“你……我怎么在这里？”

男生端着一碗面，上面撒了满满一堆香菜，还有一层红彤彤的辣椒油和雪白的泡萝卜丁，走过来放在了许其琛的面前。

香气一下就钻进了许其琛的鼻子里。他好饿。

“学长，你不记得了吗？刚刚你准备带我去宿舍楼的时候晕倒了。”男生坐在对面的座位上，一边说着经过，一边抽出两双筷子，撕开包装给了许其琛一双，“我把你接住了。”

“谁来接住我，否则我将无止境坠落。”这句歌词忽然从许其琛脑海中冒出来，好像在得意扬扬地展示它已经生效的先兆能力。

许其琛凝视着面前正在低头吃那碗清汤面的男生。过了一会儿，他在心底问道：“0901，他是不是这一次的任务对象？”

0901：“是的，许先生。”

果然没错，真的好像。

许其琛低头看了看自己的面碗，开口道：“你是牧遥吧？”

被叫到名字的牧遥抬起头，脸上露出些许疑惑的表情：“学长，你怎么知道我的名字？我记得我没有告诉过你啊。”

许其琛有一瞬间的慌张，不过很快便糊弄过去：“啊，因为新生接待处有名单，你最后一个到的，所以可以对上号。”

为了掩饰尴尬，许其琛赶紧吃了一口面，这一口让他更饿了。面很劲道，辣辣的，还有他喜欢的香菜。

等一下，许其琛望了一眼男生清汤寡水的一碗面，又看了看自己的：“你为什么会给我放这么多香菜，还有辣椒呢？”

听到许其琛的发问，牧遥的筷子停了一下，抬起头，露出一个无公害的笑容。

“学长不爱吃香菜吗？我看大家都放了，就给你放了。”他拿了旁边的小碟子放在许其琛的碗边，筷子伸过去就要帮他夹香菜，“不好意思啊，我帮你夹出来。”

许其琛看着他的样子，不像是在说谎：“没事，我就这么一问。别夹了，没关系的。”

牧遥收回筷子，“哦”了一声：“那辣椒油……我以为这个城市的人都能吃辣的。”

听了这话，许其琛忍不住笑出来，看了看他那碗寡淡到只剩葱花的面：“你不就不爱吃吗？”

“学长怎么知道我是本市的？”

许其琛低头吃面：“猜的。”

这种口味偏好上的巧合，许其琛只能将其归因于自己当初创作时，对牧遥这个角色附加的设定。

他心里有种奇妙的感觉，每一个世界都会这样吗？

每一个世界的目标人物都那么熟悉。

许其琛低头，大口大口地吃面，至少得填满胃里的空缺。

对方显然吃得比他快，因为他很怕烫，一口面条每次都要反复吹很久才放进嘴里，所以每次吃饭都是最磨蹭的。他又不好意思让同学等，慢慢也就习惯一个人吃饭了。

牧遥吃完了，扯了纸巾擦了擦嘴，又递给许其琛一张："学长，不用着急，慢点吃。"

许其琛点点头，看到牧遥的脚边放着刚刚那个拉杆箱，有点纳闷。一个箱子，还有自己这么一个大活人，牧遥是怎么弄到面馆里来的？

果然不能小看异能者的战斗力。

许其琛吃完了一大碗面，又喝了一杯绿豆冰，觉得超级满足，浑身上下的每一个小毛孔都变得舒畅了。

"老板，结账。"

老板是一个四十多岁看起来很精明的女人，忙着给客人下面条，身子也没转，远远地喊了句："刚刚那个小帅哥付过啦。"

许其琛看着牧遥，有些不好意思，明明自己是学长，莫名其妙晕倒，劳烦他把自己弄到这里来休息，还请自己吃面。

许其琛该说一句谢谢才对，可一看到他的脸，就觉得喉咙被什么给堵住了一样。许其琛张了张嘴，有点难受，说不出话。

牧遥用手支着下巴，朝欲言又止的许其琛笑了笑，慢悠悠地吐出三个字："不客气。"

离开面馆的时候，许其琛固执地要帮牧遥拖箱子，牧遥不让，两个人在门口拉扯了半天。女老板笑眯眯地开口劝许其琛："哎哟，你就让他拿吧，这个小帅哥力气可大了，刚刚背着你推箱子一点也不费力呢。"

许其琛挤出一个笑脸："可是……"

"可是什么呀，你要好好锻炼啊，小帅哥，都昏倒了，怪吓人的。瞧你这细胳膊细腿的，一看就不爱吃饭。"

谁说的，我爱吃。许其琛在心里反驳。

"我来吧。"牧遥提着箱子推开了门，回头冲老板娘笑了笑："谢谢您啊。"

老板娘笑得合不拢嘴：“下次再来哦，两位小帅哥。”

面馆就在南校门外面的一条街上，两个人一路走过去，没有说太多话。

阳光透过云层散漫地挥洒，晒得许其琛的后脖子有点痛。他偏了偏头，视线落到了身旁这个人的身上。

牧遥的个子很高，估摸着怎么也得有一米九吧。五官的话，是相当立体的极具攻击性的相貌，走在他的旁边，很明显能感觉到周围投射过来的热烈目光。

这样的人入学，几乎就是校园风云人物的种子选手了。

“那个……”许其琛被一句甜美的声音打断了思考。

两个挽着手，打扮得很漂亮的女生走了上来，手指将鬓边的长发撩到耳后，略带羞涩地对着牧遥开口：“请问……我可以加一下你的微信吗？”

牧遥低头微笑：“不好意思，我不用微信的。”

他正要走，女生又迎上来：“那……那手机号呢？我想和你交个朋友，请问你有女朋友吗？”

他没有。许其琛在心里回答。

“没有。”牧遥笑了笑。

女生的表情明朗了一些：“那我……”

“不过我不太喜欢主动的人。”他歪着脑袋看着满脸失望的女生，“抱歉啦。”

他怎么可以一脸纯良地说出这么伤人的话啊？自己当初设定的明明是温暖的犬系男人设啊，可眼前的这个人，分明更像一个凶猛的肉食系狼狗。设定出现了严重偏差。

原以为对方遭到了拒绝，应该可以顺利地离开了，没想到另一个女生上前拦住了许其琛，这倒是他没有料到的。

“那个……等一下，”这个梳着马尾的女生看起来率性许多，“如果你不介意，我想和你交个朋友。”

许其琛极其不擅长应付这种搭讪，尤其不擅长拒绝别人。

看他一脸犹豫的样子，女生好像有了点信心：“可以吗？我们可以交换一下联系方式吗？”

许其琛有些为难，说实话他并不想给，但在人来人往的路上拒绝一个女生，实在是有点于心不忍。

“学长，好晒。”

牧遥用手挡着太阳，苦着脸看许其琛。他顶着手掌投射下来的阴影，许其琛都能看见他紧锁的眉头。

“那……”许其琛只好开口，“不好意思，我着急带他去报到，抱歉。”说完就带着牧遥狼狈地溜了。

真是个性格恶劣的人啊。许其琛一边向前走着，一边在心里下着定义。

“学长，我可以不住宿舍吗？”

许其琛侧过头，看向牧遥。

“嗯……绝大部分学生都是住宿的，如果你有特殊情况，可以申请。”许其琛抬起手掌放到眼前遮挡阳光，“你为什么不愿意住校？”

牧遥抿着嘴笑了笑，眼睛里好像有一团星火，一闪一闪地跳动着。

“这个嘛……不能告诉学长。”他说着就拉着箱子往前走。

许其琛站在原地，看着牧遥黑色的背影，撇了撇嘴。你不告诉我我也知道，因为你有秘密啊，我有剧本。

许其琛快走两步跟上去，终于安全地把牧遥送到了宿舍楼下。

“你去宿管阿姨那里报个到，会给你分配寝室的。”许其琛说完笑了笑，“那我走咯。”

他刚下了一级台阶，就被牧遥给叫住。

“怎么了？”许其琛往回走了一步。

“学长，可以给我留个联系方式吗？”牧遥掏出裤子口袋里的手机，“学长你习惯怎么联系别人？微信可以吗？”

许其琛皱着眉头：“你刚刚不是说你不用微信吗？”

牧遥看了许其琛一眼，然后笑出了声：“喂，都是成年人了，难道你没说过谎吗？”

坦率得过了头吧？许其琛被噎得说不出话。

“手机。”牧遥摊开一只手，冲他挑了挑眉。

许其琛下意识地摸口袋，等掏出手机放在他手上的时候才反应过来，自己怎么想都没想就给了？

不管怎么说，手机已经交出去了，虽然许其琛并不明白，他拿到一个解不了锁的手机有什么用。

牧遥满意地勾起嘴角。下一秒，他就用许其琛的指纹解了锁，打开了微信，加上了许其琛的好友。

“好啦。”牧遥的脸上露出满意的表情，将手机递回给许其琛，“还给你。”

许其琛愣愣地接过自己的手机。

“我以后有什么不懂的，可以请教学长吗？”

他眼睛瞳孔的颜色和他的发色一样，很黑，不笑的时候给人不好亲近的感觉。可一旦笑起来，眼睛就变得弯弯的，好像新月一样。

看着这个笑容，许其琛点了点头。

“谢谢学长啦。”

被叫学长，许其琛总觉得有些不太习惯。

“哎，叶涵，你怎么在这儿？”

循着声音抬头望去，看见一个高大的身影下了楼，穿着一身白色的篮球服，上面写着西明两个字。

为了不露馅，许其琛用最快的速度在心里询问0901：“这个人是谁？和叶涵是什么关系？”

还没等0901回复，这个眼睛微微上挑的男生就已经揽住了自己的肩膀，眼睛打量了一下他面前的牧遥：“这是？”

许其琛肩膀僵住了，但是为了避免被这个人怀疑，他没有动，只说：“啊……这个是我们院的大一新生，叫牧遥。”

0901这时候才开口：“许先生，请您先支付一千的点数。”

许其琛此刻无比希望这个AI能够有一个实体，好让他打一顿。

“你扣吧。”

0901：“好的。”

一阵零钱掉落的声音后，0901再次开口：“许先生，这位是陈擎宇，和叶涵是同年级的同学。”

陈擎宇？许其琛回忆了一下剧情，这个陈擎宇，好像是……

0901：“没错的许先生，是您在小说中创造的叶涵关系最好的朋友。”

许其琛刚消化完得到的人物信息，就发现面前的牧遥脸色并不好看。

“新生啊，”陈擎宇拍了拍牧遥的肩膀，“个头不错，手也挺长的，以前打篮球吗？最近院里的篮球队招新，要不要来试试啊？”

牧遥脸上的表情实在是不好看。氛围好像有些尴尬，许其琛假装咳嗽了一声。

牧遥这才开口：“不用了，谢谢。”

“真的吗？我觉得你的资质不错啊。”陈擎宇尝试说服牧遥，他却拖着箱子走了进去，背对着他们挥了挥手，语气散漫到了极点。

“叶学长再见。”

许其琛站在原地，还有点没反应过来。这个学弟，比自己想象中还难以应付啊。

“这家伙的性格好奇怪啊。”等到已经看不到牧遥的背影，陈擎宇才开口吐槽。

许其琛假装伸懒腰,不动声色地挪开自己的肩膀:“可能是不想进篮球队吧。”

陈擎宇一脸的不满意：“篮球队有什么不好？别人求着我进我都没答应。”

许其琛一步一步下着台阶，没接他的话。

“不过最近篮球队确实得赶紧招一批新人了，九月底就要开始校际比赛了，之前一直打中锋的老张前两天训练的时候受伤了，我最近一直在找一个替他的人。”

走到阳光底下，许其琛又不自觉地眯起了眼睛，懒懒地开口：“队里其他的队员不可以吗？”

“都不太适合，控不住场子。”陈擎宇撞了撞他的胳膊，“哎，我感觉这个牧遥对你态度挺好，你帮我去劝劝他吧？”

许其琛叹了口气：“他刚刚都说了不去，我去说应该也没什么用的吧？”

“不一定啊，你试试嘛，拜托你啦！”

许其琛理了半天头绪，保险起见，还是选择答应了。

“我试试看吧。”

十有八九是没戏的，许其琛心想。

“谢啦。”陈擎宇重重地拍了拍许其琛的肩膀。

许其琛痛得小声地吸了一口气。

陈擎宇完全没意识到自己下手过重，继续道：“对了，今天晚上有训练，你要是能把他带过来试试就更好了。不然过两天他们就要军训了，消耗了体力，再来就不好看他真实的水平和体能了。”

许其琛低头看着地上斑驳的树影：“我试试吧。”

对方说了句谢谢，就飞快地跑向了体育馆。

进入这个世界之后，许其琛算是明白了自己的私心。烦恼一股脑儿地冒出来，收都收不住。

许其琛像个幽灵似的在大太阳底下懒洋洋地走着，手机铃声忽然响起。他接通了电话，对方的声音不怎么大，好像刻意压着嗓子说话似的。

“喂？”许其琛拿开手机，看了一眼上面的来电显示。

杨晓成。这是叶涵的同班同学，也是他的室友。

“你去哪儿了啊？”杨晓成的语气紧张兮兮的，声音压得很低，“给你发短信也不回，快点来崇文楼1202，快点到你的名字了！”

许其琛还没搞明白，对方就快速地挂断电话。他打开短信收信箱一看，果然有一条未读消息，下午两点半发的。

“刚刚班长临时通知，下午三点四十五，地中海组织全班在崇文楼1202开会，有关毕业论文选题的事，收到回个信。”

糟糕，许其琛收好手机，正准备跑去崇文楼，脚步却突然停了。等等，崇文楼在哪里……

在好心同学的帮助下，许其琛终于赶到了崇文楼第十二层。可能是太久没有运动的缘故，他才跑了这么一会儿就已经上气不接下气了。

是不是从后门溜进去比较好啊？许其琛喘着粗气，心里盘算着，隔着窗户已经能够看见“地中海”那张干巴巴的脸了。

许其琛试着推了一下后门，却发现后门上了锁。他只能蹑手蹑脚地走到前门，但是又有点害怕，只好站在墙边。

可真是赶早不如赶巧，他正好听见地中海在里面喊叶涵的名字。

“叶涵，叶涵！”“地中海”推了推鼻子上的眼镜，一双眼睛像是扫描仪，扫视了一遍教室，没看见叶涵的脸。

许其琛的一颗心“咚咚咚”地跳着，也不知道是因为刚刚跑得太着急，还是自己心里发怵。

“叶涵人呢？！”

“我在这里……”许其琛弱弱地朝前门伸出一只手，然后缓缓地探出半个身子，挤出一个既不像哭也不像笑的表情，“刘老师……”

又是劈头盖脸一顿痛骂。

许其琛在心里叹着气，这个叶涵，每天都是这样吗？

“全班这么多人，点了个遍，就缺你。我也是服了你了，怎么一点都不长进呢？上午刚批评了你，让你回去好好反省，你反省了吗？”

许其琛点点头。

“还点头，真不知道你一天到晚都干什么了。”

刘禹将手中的选题调查表摔到讲台上：“你还敢给我选神经网络的课题，概率论你挂了，离散你也挂了，你怎么好意思选机器学习的算法啊？”

不是他选的啊……

“你非要选这个，我也没办法。”“地中海”把眼镜摘下来，放进了口袋里，“大四课少，你跟着大一的一起重新学一遍概率论。”

“啊？”

“啊什么啊，就你这基础研究什么算法啊，给我重新好好学。”

完蛋了。一个偏科偏到没救的文科生，要应付工科大四的毕业论文，还得跟大一新生一起重修一门课。他这是造了什么孽啊。

散会的时候，许其琛被一群脸和姓名对不上号的同学轮番调侃了一遍。他觉得头疼。

“走走走，吃饭去。”一个长相普通但声音很好听的男生走上来拽住他的胳膊，许其琛很快反应过来，他就是叶涵的室友兼死党杨晓成。

等电梯的间隙，杨晓成戏谑道：“你最近是不是水逆啊？感觉特别倒霉，要不要过两天陪你去拜拜菩萨？”

许其琛无精打采地摇了摇头。

“没事，大一新生军训完了才能开课呢，你还能再玩半个月，哈哈哈。”

许其琛跟着杨晓成走到离崇华楼最近的食堂，正是饭点，食堂里人头攒动。许其琛午饭吃得太晚，没什么胃口，转了半天，就买了份盐酥鸡，坐在杨晓成对面小口小口地吃着。

穿着蓝色网球衫的校园志愿者脸颊被晒得红扑扑的，来来去去，忙着派发校园地图和新生指南，走到他们这一桌时，杨晓成头也没抬说了句：“不用了谢谢。”

许其琛却不动声色地收下了一份，趁杨晓成专心吃饭的时候放进书包里。

在许其琛的眼中，食堂是个很可爱的地方。他上大学的时候，除了寝室，待得最久的地方就是食堂。很多同学都喜欢在图书馆自习写论文，他却喜欢去食堂。

食堂于他而言就像是一个温暖而巨大的收容所，充满了烟火气，周遭嘈杂喧闹的各种声音糅合着食物的温热气息，编织成一床毛茸茸的毛毯，将自己裹住，让他觉得再怎么孤独，待在这里也不会被遗弃。

杨晓成有一搭没一搭地说着实习的事，许其琛跟着应和，手机忽然响了起来。

“谁啊？”

许其琛看了一眼来电显示——陈擎宇。

“唉，”杨晓成伸出筷子夹了一块鸡块塞进嘴里，“都最后一年了，你还要帮他多少啊。”

许其琛笑了笑，接通了电话。还没说话，对方就已经自顾自地先开口：“叶涵，我跟你说的事你帮我弄了没？那个新生今天还来不来了？”

许其琛手中的竹签插上一块焦黄的炸鸡块。哎呀，忘了。

“嗯，我正要说呢。”

电话那头的人也没觉得被搪塞了，大概是过去的叶涵有求必应得过了头，陈擎宇根本不觉得他会被敷衍吧。

“那好，七点半在体育馆三楼篮球馆见！”电话挂得也很干脆。

“你呀，一天到晚闲得没事，老是跟着陈擎宇那帮人混才会挂科，不然也不至于被‘地中海’盯上了。”杨晓成端着拉面碗，喝了一大口汤，“他是不是又让你帮他做什么事了？”

许其琛咬了一口炸鸡，说话含混不清：“嗯。不是什么大事，反正也不一定成。”说着，他打开微信，牧遥的对话框就在第一个，也不知道牧遥什么时候改的备注。

许其琛简单地在心里组织了一下语言，打了几个字。

叶涵：“你好，我是叶涵。今天在宿舍楼下说的那件事，你要不要再考虑一下？”

不过三四秒的时间，许其琛就收到了回复。

牧遥：“学长好，什么事？”

这是假装听不懂还是真的忘记了？许其琛想了想，点开输入框。

叶涵：“就是加入院篮球队的事。我朋友是队长，他说校际篮球赛快开始了，现在缺一个中锋，觉得你手长脚长，条件很好，想让你去试试。今晚七点半，在体育馆三楼的篮球馆，他们会在那里练习。”

许其琛发出去之后觉得是不是少了点什么，总得让人放心才是。

叶涵：“我朋友是诚心邀请你去的，他人很好的。”

许其琛点击发送，放下手机，他在盒子里挑挑拣拣，找了最大块的盐酥鸡送进嘴里。

手机发出一声烦躁的振动声。

牧遥：“不去。”

许其琛把盐酥鸡吐了出来，用竹签戳了戳里面那块超级硬的骨头。

又被拒绝了，他就知道会是这样。

能够说服别人是一种令人艳羡的能力，可惜的是，许其琛天生就不具备这种天赋，他往往是被别人说服的那一个。

叶涵：“好的，没关系，那我找别人吧。”

末了，许其琛又加了句谢谢，点击发送。

“吃完了，走吧。”杨晓成端着餐盘站了起来。

“好。”许其琛快速地把手机塞进了口袋里，跟在杨晓成的后头。

寝室不大不小，四个人中的另外两个都不在，许其琛正想着怎么开口问，杨晓成就主动提起：“今天早上你不在的时候，张潇和王一峰跟我说他们已经找到公司实习了，但是离学校有点远，所以他们会回来得晚一点。”

杨晓成的桌子有点乱，他一边收拾，一边继续道：“不过他们说这几天可能会在公司附近找找房子，好像实习期间如果表现得不错，毕了业就可以留下来。”

许其琛坐在自己的椅子上，点了点头：“那你呢？”

“我也正在投简历，今天有一家互联网公司给我电话面试了，说让我明天下午去他们那边参加笔试。”他把桌子上的书理了理，“所以啊，我今天可能会熬夜。”

许其琛“哦”了一声，对方好像是个很爱替朋友操心的人。

“别哦了，你也赶紧找一个吧，别玩了，不然过不了多久这个寝室就剩你一个人了。”

杨晓成说的话，勾起了许其琛大学时候的回忆。那个时候的他性格孤僻又冷淡，大家忙着考研、考公务员、考教师资格证，自己每天的生活就是面对电脑，毫无表情地敲着键盘。

一个天生的不合群者。

好像从来都是这样，曾经他遇见过一个人见人爱的社交高手，无论走到哪里都是人群之中的焦点，和任何人都能打成一片。

为什么自己就没有办法变成这样的人呢？他少不更事的时候甚至想象过：如果我再合群一点，不那么沉默寡言，会不会有机会在他和大家插科打诨的时候，有更多的交流。

“叶涵，你怎么了？”杨晓成的手在他面前挥了挥，“你没事吧，生病了吗？”

许其琛摇摇头，想起叶涵的人设，努力地挤出一个尚且开心的笑容，弯下身子趴在桌子上：“没事，刚刚在想我是不是该投简历了。”

“终于开窍了。”杨晓成拍了拍他的肩膀，“别担心，你虽然挂了几门课，但现在的公司都是看实践能力的，别担心。”

许其琛仍旧趴着，点了点头。

“七点二十了，我去洗个澡再跟你说。”杨晓成正想走进洗手间，许其琛“啊”了一声，下意识挥出的手臂不小心打翻了桌子上放着的一杯白开水，半张脸都被打湿了。

许其琛起来看了看镜子，湿掉的头发不情不愿地贴上皮肤，既难看又狼狈。

这么快就要到七点半了吗？许其琛没有完成陈擎宇交给他的任务，不论如何，没能把人带去也得亲自跑一趟，以示诚意。

许其琛随意地擦了擦脸上的水，头发来不及弄干了，只能稍微擦一擦。他取了床头挂着的一顶黑色棒球帽反扣在头上："晓成，我出去一趟啊。"

许其琛揣着这天在食堂拿到的校园地图离开了寝室。

太阳懒散地在暗橘色的天际线游荡着，拖拖拉拉不愿意走，就像现在的许其琛一样。

许其琛摸索着找到了体育馆，比他想象中更大一些。刚走到篮球馆附近，就听见了里面吵吵嚷嚷的声音，以及球鞋在地面摩擦发出的令人直起鸡皮疙瘩的声响。

篮球馆的对开大门虚掩着，只留了一条不太大的缝。许其琛站在门缝那儿往里瞅了瞅。

他还没看清楚里面什么情况，就被一个黑黑壮壮看起来怪吓人的男生发现了。

"宇哥，叶涵来了！"

许其琛吓了一跳，反复提醒自己现在的人设，深吸一口气，露出一个相对来说还称得上阳光的笑脸，从门缝溜了进去，朝馆内的众人挥了挥手。

正在运球的陈擎宇看见叶涵来了，把球给了另一个人，走上前来："来了啊。"他朝许其琛的背后看了看。

"他没来。"许其琛直截了当地戳破了陈擎宇的期待，继而又解释道，"我跟他说过了，还是行不通。"

陈擎宇的脸上流露出失望的表情，叹了口气，抓了抓头顶的头发："行吧，我到时候让大二的帮我留心一下有没有好苗子。"他拍了拍许其琛的肩膀，"辛苦你啦。"

许其琛吃痛地缩了缩肩膀，被陈擎宇发现了。

"你哪儿不舒服吗？没精打采的。"

没精打采是许其琛的常态，不是叶涵的，怕被发现异常的许其琛很快地摇了摇头："没有。"

"你就是离开篮球队之后不好好锻炼，看你瘦的，来来来，摸摸球。"陈擎宇说完朝着不远处拿着球的哥们儿"啧"了一声，对方很快会过意，将手中的球扔在地上，弹了过来，被陈擎宇接住。

许其琛原本想着，叶涵好歹在篮球队待过一阵子，应该具备一定的能力。即使许其琛不太擅长运动，也不至于露馅。

结果真刀真枪地上了阵，才发现这点能力也没有比他本身好到哪里去。

许其琛篮下投球，投了三次都没中。

“哎，你看看你，这么久不打球了手感差成这样？”陈擎宇的表情非常不满意，“当初就让你别退的。”

“就这天分，不退留在这里给你们虐啊？”许其琛心道。

陈擎宇摇了摇头：“我看你也别投了，你手的姿势都不对啊，不至于退步成这样吧？”他说着就把球放在地上，“你空手投一下我看看。”

许其琛抬起两只手，摆出投篮的姿势。虽然有点抱歉，但许其琛承认他的态度的确有些敷衍。

他也说不上为什么，自己也算是一个挺认真的人，但是碰到这个陈擎宇，他就认真不起来，就想赶紧对付对付，早点离开。

“不对不对。”陈擎宇却不这么想，摆出一副教练的架势，“手腕要发力啊。”说着他的右手抓住许其琛的手腕，“这个地方是发力点，你放松。”

许其琛任由他抓着自己的手腕教他投篮技巧。不知道为什么，这一秒，他的脑子里居然冒出了下午宿舍楼下牧遥的表情。

人生真的挺奇妙的，总是会在某个瞬间发生一些很玄的事。比如，像被踩在脚底的口香糖一样甩不掉的坏运气；又比如，无论如何也逃不掉的墨菲效应。

“对，手腕这样摆。”陈擎宇捡起球放到许其琛的手上，“拿球试试，对的对的，很好……”

“砰”的一声巨响，篮球馆的大门猛地被打开，甚至因为开得过大在墙壁上重重地弹了一下。空旷的篮球馆里，巨大的声响反复回荡。

许其琛吓得浑身一抖，下意识地转头看向事故发生地——看见一身黑的牧遥缓缓地将抬起的腿放下，然后站定。

许其琛浑身的力气都被吓跑了，手中的篮球掉落在地。

肇事者两只手插进口袋里，下巴微微扬起，用极其不屑和极度恶劣的态度开口说了一声：“学长好啊。”

说实话，许其琛现在有那么一点点害怕……好吧，并不是只有一点点，但他选择把这归咎于系统为他添加的怕狗设定。

陈擎宇这个粗线条倒没觉得有什么不对劲，看见牧遥来了还挺开心：“叶涵还说你不来了。来来来，快进来。”

许其琛皱着眉头，想不明白这个人究竟是怎么回事，不是那么干脆地拒绝了自己吗？

牧遥走到许其琛的面前：“叶学长，你生气了吗？因为加入篮球队的事？”

许其琛一脸“我不明白你在说什么”的表情，对着牧遥摇了摇头：“没有啊……”

“那你为什么不回消息？”

什么消息？

许其琛摸了摸口袋，掏出手机，按了按，漆黑的屏幕毫无反应。

“好像没电自动关机了……”许其琛笑了一下，牧遥看了看他的手机，脸上的情绪似乎稍稍缓和了一些。

陈擎宇把坐在一旁休息的队员叫了过来：“这是我们院大一的新生，到时候可能要进我们队……”

陈擎宇还没说完，牧遥就十分冷淡地开口打断：“学长，我还没同意。”

气氛一下子变得异常尴尬。

许其琛想着这个时候是不是应该打打圆场，刚才叫自己名字的那个黑哥就已经冒火了：“你一个新来的，这是什么态度？”

牧遥没有说话。

陈擎宇开口劝了句：“算了阿峰。”

“什么算了啊。”另一个个子稍矮一些的男生也跟着站了起来，慢悠悠地走到场中间，捡起地上的球拍了拍，语气略带讥讽，“怕不是光长了个头根本不会打，跑到这儿来充大头吧？”

说完，小个子男生动作熟练地运球上前，不一会儿就到了许其琛的旁边，轻轻一蹬，右手托球上篮。

许其琛原以为轻松入筐的场景并没有出现，而是眼睁睁看着身边的黑色身影一闪而过，以超出人类的敏捷程度和弹跳能力起跳伸手，狠狠地将小个子手中的篮球打落在地。

一个毫不留情的盖帽。

所有人都看向篮筐的方向。

牧遥双脚回落到地面，伸出的右手收回裤口袋里。

“不要随便对陌生人做出主观臆断。”牧遥看了一眼被盖帽后依旧难以置信的小个子，勾起嘴角，露出一个看似无公害的微笑，“否则很容易被打脸的，学长。”

许其琛现在的心情只能用“忐忑”两个字来形容，眼前的这个牧遥和中午那个请他吃面的牧遥，真的是同一个人吗？

那颗篮球一下一下在地上弹着，最终停下不动。整个篮球馆变得异常安静。

原本还以为现在这个局面会因为牧遥的出手变得很尴尬，没想到陈擎宇竟然带头鼓起掌来，许其琛还以为是自己出现幻觉了。

“厉害厉害，不愧是我一眼就选中的人。”陈擎宇大笑几声，“阿明可是我们学校有名的小前锋，能盖他的帽，可以的，可以的。”

果然，他还是完全理解不了陈擎宇的脑回路啊。最有意思的是，那个被盖了帽的阿明也跟着拍了拍手：“服气服气，学弟厉害啊。”

幸好幸好，都是些挺好相处的人。许其琛抬手摸了摸自己脑门上的汗，总算是松了口气，趁着机会在心里问道：“0901，这个牧遥为什么会这么凶啊？我记得我写的时候没有这么重的杀气来着……”

“0901 不知道，0901 不清楚。”

许其琛：“……”

许其琛放弃了向这个一贯没有什么实际用处的 AI 求助，把注意力拉回到现实。

陈擎宇忙着询问牧遥高中打球的经历，牧遥也有一搭没一搭地回着，看起来好像没什么大事了。

“我觉得行，你就加入我们吧。”陈擎宇拍了拍牧遥的肩膀。

牧遥回头看向许其琛：“叶学长，你也在篮球队吗？”

许其琛摇了摇头：“我已经退了。”

“那就算了。”牧遥干脆地回答。

陈擎宇一听急了：“别啊，叶涵他练着没意思就退了，你可是我们的种子选手啊。”看着牧遥一副没什么反应的样子，陈擎宇一把将许其琛拽了过来，“要不这样，叶涵来当我们的篮球经理，牧遥也留下来，怎么样？”

许其琛微微皱眉：“篮球经理不都是女生吗？”

他还没见过男生当篮球经理……

陈擎宇立刻反驳：“谁说非得是女生啦？是吧，阿峰，我觉得叶涵就挺好的。”

阿峰抱着胳膊笑着说：“我看也行，免得女生进球队，大家光顾着谈恋爱了。”

“就这么决定啦。”陈擎宇拍了拍许其琛的肩膀，“你放心，不会让你干重活的，平常过来陪陪新人训练就可以啦，反正你以前不也老往篮球馆跑嘛。”

许其琛看了看"我可从没被叶涵拒绝过"的陈擎宇，又看了看一脸"学长你不答应我现在就走"的牧遥。

"好吧。"许其琛默默地叹了口气，继而又补充一句，"我之后可能有点忙，有时间我才能来队里，没关系吧？"

陈擎宇本身也不打算真的让他来当什么篮球经理，为的就是把牧遥留下，也无所谓他敬不敬业："没事，你有空过来帮帮忙就行。"

许其琛点点头，盘腿坐在一旁，用手撑着脑袋，看着陈擎宇和其他几个队员在跟牧遥说着什么。

"叶涵。"

听到陈擎宇叫他的名字，他爬起来，走了过去："怎么了？"

"帮他记录一份体能数据吧。"陈擎宇递给许其琛一份表格，指了指篮球馆的一个角落，"测量器材在那边。"

"哦。"许其琛接过表格。

"加油啊，篮球经理。"阿明右手握拳，伸到许其琛的面前。

这是要跟他碰拳吗？一向安静的许其琛不习惯这种过于热血的交流方式，但他还是有样学样地捏紧了拳头，伸手和阿明碰了碰。

旁边的牧遥忽然笑出声，许其琛回头看了他一眼。这种感觉有点熟悉。

首先，最基础的数据当然是牧遥的身高、体重了，许其琛领着他去了角落的器材那儿："你站上去吧。"

牧遥站了上去。

许其琛低头看了体重数值，轻声念："八十五点二公斤。"又抬头看了看身高的数值栏，"一百九十二厘米……"好高啊。

"测一下臂展吧。"许其琛拿出卷尺，拉开，捏着抽出的那一段递给牧遥，"你拿着这头。"

牧遥点点头，乖乖地拿着，嘴角抿着笑，十分配合地伸开双臂。许其琛拉着卷尺慢慢地平移到另一边，在牧遥另一只手的指尖处停下。

许其琛的表情认真极了，微微眯着眼睛仔细地核对着数值。

"哇，"许其琛有些吃惊，"一百九十四厘米……"他抬头看向牧遥，"加上你弯起来的手指，应该差不多有一百九十八厘米的样子，好长。"

牧遥挑了挑眉，表情中带着些许孩子气的得意。

接下来的专业素质指标需要其他人的帮助，许其琛领着牧遥走到场中间，陈擎宇带着牧遥进行原地纵跳摸高以及强度投篮等测试，许其琛在一旁做着记录。

牧遥各项体能测试的结果都非常优秀，就连打了很多年的陈擎宇都觉得吃惊，看着牧遥的时候都是一副捡到宝的表情。

许其琛虽然不太擅长打篮球，却也会看，所以还算懂得一些。当然，他心里比谁都清楚，很多测试，牧遥都没有尽全力。

也不枉他当初采用黑德牧的设定了，许其琛心想。体形高大威猛，行动敏捷，攻击性强，具备极强的工作能力，这些都是德牧的特质。

尽管在许其琛创作之初，仅仅只是认为黑色的德牧是他心目中最帅的狗，所以才这样写下设定。现在见到本尊，他的心情有些说不出的微妙。

"太好了。"陈擎宇翻了翻表格，满脸欣慰，"等过两天我们一起训练几次，练一下打配合，进校内决赛肯定没问题的。"

牧遥点了点头，也不说话，瞟了一眼在一旁发呆的许其琛。许其琛愣神的时候感觉有视线看向自己，下意识地侧了侧头。

一种熟悉的感觉。

陈擎宇拍了拍手："今天我们队里来了新人，等会儿一定要好好庆祝一下。"

阿明也跟着起哄："好啊，我们去撸串吧！我好饿啊。"

"走走走，吃夜宵去。"

许其琛犹豫了一下，脑子里正想着要不要拒绝，无意间听到牧遥的询问。

"学长会去的吧？"

"啊？"许其琛想了想，不知道为什么就是说不出拒绝。

并不是像面对陈擎宇那样，为了不被他发现叶涵的异常不得不答应他所说的话。他好像就是没办法拒绝牧遥的请求。

"去……吧。"

"太好了。"牧遥抿着嘴笑了，和刚才那个破门而入的他完全判若两人。

离开体育馆后，陈擎宇带着他们来到了东门不远处的一家烧烤店。店里生意很好，露天的座位都坐得满满当当。刚推开门，空调的凉风扑面而来，许其琛的心情一下子就舒畅了。

"哎，擎宇来了。"一个胖胖的大叔从里面走出来，"好几天没见着你们啦。"

几个人熟络地打了招呼，许其琛正要混在里面开口，就被大叔给拍了拍肩膀："小涵，怎么还是这么瘦啊？你看看他们几个，一个比一个壮。"

许其琛笑笑："我已经吃很多了。"

大叔也跟着笑，大概是看见了牧遥，冲陈擎宇问道："这个小帅哥是？"

"哦，我们院的新生，以后就跟我们一起打球了。"陈擎宇指了指楼上，"老板，还有包间吗？"

"你们算来得巧，刚刚有一个订了包间又退了，正好给你们腾了空。上去吧，最里面靠近洗手间那个。"

"好嘞。"

说着五个人就跟着上了二楼，许其琛走在最后，几个大个子"咚咚咚"地踩着木质台阶，总让他有种楼梯随时会被踩塌的不安感。

说是包间，实际上里面的空间并不大，搁着一张长桌子，许其琛和牧遥被安排坐在沙发那头，剩下三个坐在对面的椅子上。陈擎宇点了一大桌子烤串，晚上没吃太多的许其琛闻见香味，一下子又饿了。

"哎，打电话问问老张和木头来不来？"

陈擎宇用手肘冲阿明拐了拐，阿明却直接摇了摇头："我刚刚就问过了，老张来不了，木头今天晚上有选修课。"

"那我们先吃吧。"陈擎宇点了五瓶啤酒，又来了瓶白酒，"今天不醉不归啊，为了我们队的新鲜血液。"

大家的态度很友善，甚至可以用够义气来形容。许其琛觉得挺庆幸，他们几个人都挺不错。

许其琛又悄悄瞟了一眼牧遥，看见他似乎也卸下了防备心，不再像之前那样充满攻击性。

陈擎宇开了瓶酒，先给自己倒了一杯，又转向许其琛的杯子。许其琛看着倒得溢出来的酒杯，不知道该说什么，只是趁人不注意赶紧在心里向0901买了瓶强效醒酒药，以备不时之需。

等到只剩下牧遥的时候，牧遥开口道："陈学长，我不太会喝酒。"

他的表情挺认真的，许其琛一边吃着烤土豆，一边盯着这两个人。

陈擎宇的脑子完全不转弯："牧遥，你这就不够意思了啊，啤酒喝不醉的，来来来，来一点。"说着就给牧遥的酒杯倒上了。

许其琛吃完了土豆，又静悄悄地拿起一串烤鸡爪，慢条斯理地啃着，眼睛看向牧遥。牧遥脸上的表情有一丝勉强。

酒。

许其琛忽然想到了什么，放下手里的鸡爪，拿过牧遥的酒杯一口干了。

对面的三个人一脸莫名其妙。阿峰："叶涵，你喝错杯子了……"

许其琛放下杯子，假装什么都不知道："是吗？哦对……"他笑着指了指盘子里的鸡爪，"这个有点咸，我想喝点酒压一压。"他又一口气喝掉了自己的那杯酒。

这些都是借口，尽管非常拙劣，但许其琛必须得这么做。谁让他自作孽，给牧遥写下了"遇到酒精就会露出异能者融合体的形象"的作死设定呢？

为了不让牧遥吓到别人，导致剧情发生巨大变化，许其琛只能挺身而出，帮他挡酒了。

一次也就算了，连续几次都是如此，陈擎宇开始有点摸不着头脑了："不是，我给他倒一杯你喝一杯，叶涵，你怎么了？"

许其琛用手背擦了擦嘴，咳嗽了几声："没……没有啊。"

对面三个人都用一种诡异的眼神盯着他，许其琛心虚地笑了几声："嗯……"

"学长，我酒精过敏，挺严重的。"牧遥一脸诚恳地开口解释道，"叶学长是不想破坏大家的兴致，所以才干脆替我喝了。"

陈擎宇放下酒瓶："搞了半天是这样啊。叶涵，你早说嘛，一个人在那儿闷头喝了这么多，我还以为你发神经呢。"

许其琛无奈地笑了笑。

陈擎宇立刻给牧遥点了杯柠檬水："喝这个吧。"

"谢谢陈学长。"

几个男生就着酒说说笑笑，插科打诨，只有许其琛一个人很认真地在吃着烤串。等他吃得差不多了，对面三个男的也醉得差不多了，一个个都趴在桌子上，手都在颤抖了，还嚷嚷着再倒一杯。这场景让许其琛哭笑不得。

吃得太撑，许其琛的身子往后靠了靠，把腿伸开，却因为没坐稳，差点从沙发上溜下去。于是他又忙用手撑着座位，收回脚往上蹭，想坐回到沙发上。可这一收脚，就不小心踩到了某个人的脚。

许其琛连忙说了句不好意思，却不知道究竟是踩到了谁的。

"学长，你踩到我的脚了。"牧遥一脸淡定地拿起一个杯子，喝了一口。

许其琛正想说抱歉，抬头看向牧遥的时候却不由自主地结巴起来："你……你拿错杯子了。"

牧遥喝了一口，已经反应过来，但是来不及了。

许其琛连忙坐起来想让他吐出来："你快吐出来。"

牧遥揉了揉自己的脸，皱着眉头："我咽都咽了，学长，你怎么了？"

“啊？”许其琛愣了一下，对啊，他的反应会不会太明显了一点，“那个……你不是说你酒精过敏很严重吗？”

牧遥看着许其琛慌张的表情，笑出了声。

你还笑得出来啊？

“学长……”牧遥的鼻音变得有些重，“我醉了。”

开什么玩笑啊现在！许其琛正想摇醒他，却发现他的头上……冒出了两只毛茸茸的黑色耳朵！

许其琛吓得一抖。

牧遥稍稍侧过脸，竖起食指放到唇边：“嘘……”

完蛋了。许其琛看了一眼对面三个离断片只有一步之遥的兄弟，又低头看了看牧遥。他还得装出一副惊讶的样子，小声地问道：“你怎么会这样……”

牧遥伸手，轻而易举地取下了许其琛头上的棒球帽：“这个，借我一下吧。”他将帽子戴在头上，然后坐了起来。

牧遥侧过头，压了压帽檐看向许其琛，露出一个笑容。

不是抿着嘴克制的笑，也没有丝毫挑衅的意味，而是溢满了九月阳光的灿烂笑容。嘴边那颗尖尖的虎牙终于没能藏住，在这个逼仄包间的昏暗灯光下，闪烁着奇异的光。

这个笑容对许其琛而言，实在是太熟悉了。

时间真是个足够主观又阴晴不定的家伙。

许其琛还没从遥想中回神，就已经被牧遥从沙发上拽了起来。

陈擎宇回了回神，趴在桌上伸了伸手，迷迷糊糊说了句：“你们去哪儿……继续啊……”

许其琛小声叫了牧遥一声，根本没得到回应，只好就这样一路被拽着。

下了楼，牧遥对老板说了陈擎宇他们喝醉的事，没想到老板直接摆了摆手，一副早就习惯的样子：“也不是头一次了，看起来挺唬人，其实酒量小得很。没事，你们也弄不动他们仨，今天晚上就留我这儿吧，你们赶紧回去。”

许其琛这才松了口气，他刚刚还一直烦恼该怎么把这三个人给运回去的问题。虽然这里有一个异能者，但是一个人扛三个，就算扛得起来，走出去也会成为奇观吧。

现在从严格意义上来说并不是夏天，就算白日的阳光还是在极力地营造出虚幻的热烈，但一到深夜，跳跃的温差还是暴露了已近秋日的事实。这个时节的夜风，带着一种不冷不热十分微妙的温度。

许其琛和他在璀璨的夜色中行走。虽然这场景毫无相似之处，他的心里却觉得像一场重播了好多次的电影。

许其琛不知不觉被牧遥带到了一条黑漆漆的小巷，牧遥停下来，转过身子看着他："学长，你被我吓到了吧？"

许其琛先是下意识地"啊"了一声，然后又点点头："嗯。"

牧遥"扑哧"一声笑出来："可我感觉你不怎么害怕啊。"

"我……我之前就听别人说，有……有异能者什么的……"许其琛的眼神有点飘忽，又摆了摆手，"不过你放心，我不会说出去的，我……我挺喜欢小动物的……"

"是吗？"牧遥凑到许其琛的面前，露出虎牙，"那你喜欢狗吗？"

许其琛咽了口口水，点了点头。

"哦。"不知为什么，许其琛竟从牧遥这一句简单的话中解读出了恶作剧的意味，一种不祥的预感没头没脑地冒了出来。

许其琛的预感从来没让他失望。漆黑无人的巷子里突然出现一阵此起彼伏的狗叫声，许其琛眯着眼睛一看，一群毛茸茸的小东西从黑暗深处连蹦带跳地跑了出来。

生理性的恐惧像是潮水一样涌上来，他发誓这辈子都没这么害怕过！

许其琛下意识就想跑，可是另一边的巷子口也冒出来几只小狗，兴高采烈地扑了上来。

许其琛急得浑身发抖，一条巷子被堵得死死的，根本没有地方可跑。

许其琛情急之下看到一脸淡定跟竹竿似的杵在身边的牧遥，想也没想就往他身后躲。

牧遥笑着问："学长，你不是喜欢狗吗？"

许其琛猛地摇头，颤声喊道："快把它们赶走！求你了！"

"我也没办法啊。"牧遥有些刻意地叹了口气，"我一喝酒，身上就会散发一种气味，它们能够察觉到，而且会被吸引过来。"

许其琛声音中都带着恐惧："那怎么办啊？！"

牧遥拍了拍许其琛的背，声音低沉而柔和："别怕。"

他带着许其琛慢慢走出巷子。

许其琛想想自己现在的样子就觉得丢人，可是他实在是怕得要命，一颗心都快跳出嗓子眼了。

那些小狗一路跟着他们，“汪汪汪”叫个不停。直到快到校门口，它们才稍微消停了些，慢慢散去。

牧遥对身后的人说：“都走了哦。”

许其琛还是没敢抬头，吸了下鼻子：“真的吗？”

“嗯。”

对方的语气很笃定，许其琛看了看周围，确实没有狗了，才长舒了一口气。

“吓死我了……”许其琛突然反应过来自己丢人的样子，话都开始说不清了，“你……你……我……我要回去了，你也赶紧回去吧！”

许其琛扔下这些结结巴巴的话，飞快地逃跑了。

一口气跑回了寝室，发现杨晓成竟然还没有睡觉。

“你去哪儿了啊？”杨晓成伸出个脑袋，瞅了瞅跑得上气不接下气的许其琛，“怎么累成这样，后面有狗追你啊？”

许其琛扶着门走了进来，心虚地摇了摇头。

“给你打电话也不接，我还以为你今晚不回来睡了。”

“我的手机没电关机了。”许其琛走到自己的桌子边，找出充电器充好电，然后给自己倒了杯水喝下去。

“你这两天好奇怪，”杨晓成敲着代码，头也没抬，“该不是谈恋爱了吧？”

许其琛摇了摇头，否认。桌子上的手机屏亮了，他顺手解了锁，发现微信弹出了好几条消息。

打开一看，是下午六点的信息。

牧遥：“不行！”

突然冒出来的一句话，让许其琛摸不着头脑。什么啊？他的手指滑着往上翻了翻，看见自己发的最后一条消息。

“好吧，没关系，那我找别人吧。”

许其琛又往下翻了翻。

牧遥：“不行！”

牧遥：“我会去的，等我。”

想起他当时冲进体育馆的那副样子，许其琛就控制不住地想笑。

来到这个新的世界，许其琛觉得既陌生又熟悉。

与娱乐圈那个他原本完全不了解的世界不同，大学生活在他真实的生命轨迹中曾经切实存在过，四年的光阴，回想起来还是昨天一样。

现在又回到了那个时候，像是做梦一样。每天和室友们一起去上课，听着杨晓成说起学校里最近发生的趣闻，面对班上的同学时会默默在心里一一核对姓名，直到把这么多人都认全了，这样的日常让他觉得新的世界也很好。

许其琛心里不是没有怀念过，可他很清楚，再怎么怀念，上个世界对他而言也已经结束了。

大四的课程并不算多，有很多的空闲时间，这些时间许其琛都拿来恶补他在这边的学业。虽然他并不是学工科出身的，但好歹他上大学的时候一直是个好学生，这样子天天被老师追着骂的生活他还真没经历过。

虽然叶涵的设定不是学霸，但成绩差的根本原因并不在智商而是态度，基础和编程能力也不差，这些都给许其琛创造了条件。

下一次写小说，一定要写一个绝顶聪明的主角。许其琛心想。

“叶涵，软件测试的那份实验报告我放你桌子上了。”

听见杨晓成的声音，许其琛从洗手间出来，头发刚洗完还没吹干，脑袋上搭着一条干毛巾：“什么？”

杨晓成一边收拾着自己的包，一边回答：“前天软件测试课上的作业，你肯定又忘了吧。我已经弄好了，放在你的桌子上，你把数据改改直接交吧。”

许其琛擦了擦头发，走到桌子边，拿起那张纸，然后转头对杨晓成说：“这个啊……我已经写了。”

杨晓成抬起头，脸上的表情有些惊讶：“真的假的？你在逗我吧？”

许其琛认真地摇摇头，把杨晓成的报告递给他，笑着说了一声谢谢。

杨晓成还没从震惊中回过神：“那……那你专业英语的作业呢？”

“那个翻译吗？”许其琛打开吹风机，隔着嗡嗡的噪音超大声地回答他，“我写了！在我的桌子上！”

杨晓成走到许其琛的桌子前，桌面收拾得整整齐齐，合上的笔记本上放着一沓纸，他拿起来看了看，第一张就是专业英语的论文选段翻译作业。

“居然真的做了……”杨晓成专注地看着那篇作业，越看越觉得不敢相信。

这家伙，明明英语四级考了三次才擦线过的。

可眼前的这篇作业，翻译得非常精准。最让他觉得奇怪的是，对于论文文体的字眼和风格把握得实在太恰当和妥帖了，这完全不是一个工科生应该有的措辞水准。

吹好头发的许其琛从洗手间出来：“你还没走啊？不是说要去实验室吗？”

杨晓成晃了晃手中的英文作业：“这是你写的啊？”

许其琛点点头："对啊。"

杨晓成仍旧一脸狐疑："不可能，你都多久没自己做过作业了，而且你那水平我还不知道吗？"杨晓成把作业放回桌子上，忽然想到了什么似的，"是不是你的小对象帮你做的？！"

许其琛哭笑不得："什么小对象啊，都说了我没有谈恋爱，真没骗你。"

"真的吗？你自从那天晚上半夜跑回来，整个人就变得很积极。"杨晓成打量了他一下，"是受了什么刺激？"

许其琛也清楚，自己突然开始好好学习，一定会惹人怀疑，这种时候应该糊弄过去，于是就用开玩笑的语气对杨晓成说："用不着受刺激，我本来就很厉害，只是以前不想好好学罢了，这叫韬光养晦。"

杨晓成也跟着笑出来，谈恋爱什么的原本也是逗许其琛玩玩，而且这些天的晚上他也的确看见许其琛在熬夜赶作业。只是这个变化来得太突然，他一时间有点接受不了。

"什么韬光养晦啊，撑死了是你突然开窍。挺好的，省得我天天替你操心。"杨晓成把自己的实验报告收进抽屉，"不跟你瞎扯了，我得走了。"

离开之前，他又撞了撞许其琛的肩膀："加油！"

许其琛觉得很开心。一直很好奇加油这个词究竟是谁发明的，实在是具象化得彻底，他现在好像真的被加满了油，只想把油门踩到底。

许其琛自己一个人在寝室看了一上午的书，好在系统可以完全还原叶涵的设定，包括理工科的基础。否则单凭他的文科脑，还真搞不定这个世界的学习任务。

临近中午的时候，他收到了杨晓成的微信。

杨晓成："一起去吃饭吧？我在宿舍楼下了。"

许其琛连忙回复了一个"好"字，然后换好鞋下了楼。

天气好得不像话，让他想起网络上经久不衰，每年九月都会重新被人们翻出来的一句至理名言——你若军训，便是晴天。

许其琛和杨晓成一起在前往食堂的林荫路上慢慢走着，微笑着听他说话。

"今天实验室的气压很低，所有人都被轮番批了一顿，一个不剩。早知道就不应该选老张的课题的，他太碎了，简直就是强迫症重症患者。"

许其琛笑着看着他，也不说话。

"你看你最近，"杨晓成摇了摇头，"平常比我吐槽得还厉害，现在倒好，一天天的就知道笑，像个小孩子。”

笑不好吗？

许其琛觉得，微笑是最温和的表情。

杨晓成接着刚才的话题，絮絮地说着。

许其琛是一个很容易走神的人，思绪随着杨晓成的声音飘走了，飘到了湛蓝的天空之中。云朵好像吸满了日光的温度，变得超级蓬松。

有一片云的形状好像爱心。许其琛盯着那片云，视线也悠悠地跟着移动，最终飘至不远处的操场，云朵的形状也被暖热的风吹得变了形，没什么看头了。

许其琛略带些失望地收回视线，看见了身穿迷彩服正在接受教官训练的新生，一个个站得笔直。

人群之中，他一眼就看到了牧遥。

牧遥的个子高挑挺拔，简直天生是穿这种衣服的人。许其琛隔着数十米的距离，隔着一张墨绿色的铁丝网，安静地凝视了片刻。

可不知道为什么，对方似乎是发现了，站在队伍的尾端侧了侧头，望向这边。

许其琛收回视线。

“快走吧，等会儿新生解散了就抢不到位子了。”

“嗯！”许其琛赶紧跟上杨晓成的步子。

下午的时候有体测，许其琛发愁，有点吃不下饭。他的身体不行，高中的时候就不怎么参加运动类的活动，后来的几年又整天窝在家里写文，下楼的次数屈指可数，身体就更虚了。虽说叶涵的身体素质属于正常水平，但一想到要跑长跑，他还是觉得很苦恼。

“干吗啊，一根面条吃了半天，愁什么呢？”

许其琛一下把面条吸了进去，含含糊糊地开口：“你说，为什么到了大四还要体测啊？”

“学校也没办法吧，前两天不是还有新闻报道说 ×× 大学的学生猝死了，可能是现在的大学生运动量太小了，希望能够借着体测让我们多锻炼吧。”杨晓成吃完了碗里的所有肉，放下了筷子，“尤其是我们这个专业，一天到晚都是对着电脑坐着，风险极高啊。”

有道理。许其琛点了点头，可他还是接受不了这个事实：“体测里有长跑吧，跑多少米啊？”

“不是很长，才一千米。”

才？许其琛心里凉了半截。

“你还不多吃点，下午没劲可不行，到时候不及格拿不到毕业证的。”

杨晓成这话说得没错。许其琛埋头将面都吃完，又跑去窗口买了一个小饭团，多补充点碳水，下午就应该没事了。

为了避免占用太多新生军训的场地资源，体测安排在下午的最后一节大课，新生差不多已经在五点的时候军训完离开操场了。

许其琛的心里惴惴不安，尤其是看见班上仅有的三个女生捂着肚子跑完了八百米后，想坐又不能坐下的样子。

“好，男生分成两组来测吧。”体育老师和班长按照学号把男生分成了两组，许其琛被分到了第二组，他为此还感到有些庆幸。

杨晓成跟着第一组跑完了一千米，许其琛在终点守着，在他过线的时候一把将他扶住。他跑完一直弯着腰，大口大口地喘着气，稍微歇一会儿后就跑去问成绩。

“多少？”许其琛一脸关切地问道。

杨晓成抓着衣服扇着热气：“四分十二秒，不好不坏吧。你只要跑过四分半就及格了，别担心。”

许其琛点点头，伸开腿给自己拉筋。

“别拉了，算上在寝室的时候，你已经拉了十几次筋了，再硬的筋也拉开了。”

许其琛收起腿，笑了笑：“我好慌啊。”

没办法，再慌也得硬着头皮上啊。许其琛跟着班上的男生走到了跑道上，杨晓成不停地在旁边提醒他跑内圈，许其琛脑子嗡嗡的，像一台信号接收失灵的收音机。

“预备……开始！”

许其琛条件反射地跟着大部队跑起来，还没跑太远，身边的人就已经一个接着一个地超过了自己。即使是这样，许其琛也不敢跑得太猛，他害怕自己会突然有什么不良反应，节省体力也是长跑的必要技巧。

许其琛哪里也不看，就专注地盯着前面一个男生的背影，就像催眠时需要一个视野范围内重复出现的物品一样，企图放空自己。

这样的方法还算适用，许其琛已经顺利地完成了一圈，但他也能明显感觉到自己的呼吸变得越来越急，鼻腔因为剧烈的气体交换变得干燥，身体也开始变得越来越重。

还剩一圈半。周围的声音忽然变得嘈杂了许多，视野的边界里出现了很多迷彩色的身影，让许其琛的脑子有些发晕。

军训结束了吗？

天边的夕阳就像是在透明的糖水罐头里泡得发胀的樱桃，原本清晰的边缘线条变得模糊不清。

许其琛默默地在心里给自己鼓劲，还剩下大半圈，前面那个男生的背影与他的距离越来越大。

他的参照物准备冲刺了。

许其琛的喉咙里开始弥漫出一股若有似无的血腥味，他努力忍住想要咳嗽的冲动，咬着牙继续向前。

再快一点就好了。和一开始被人不断地超过不同，最后这几百米，原本在前面的身影开始慢下来。

再快一点。他们的影子在倒退。

快一点。他看见了站在终点的体育老师和室友们。

许其琛的眼睛也开始失灵，眼前的事物一会儿暗下来，一会儿又重新清晰，耳鸣声不断地被放大，胸口的心脏沉重得好像一颗铅球，每一步的颠簸都让它重重地撞击上单薄的胸腔。

恍惚间，许其琛看见终点处的人群中站着一个人，穿着和大家都不一样的衣服。

是错觉吧。

“加油！最后几米了！快冲刺啊！”

许其琛大步地向前跑着。

最后三米。

许其琛只能听见自己的呼吸声。

两米。

加油。

一米。

许其琛抵达终点的时候，叶涵的名字被班长报了出来。

不用再继续跑了，许其琛心里的那根弹簧终于松开，可是腿却不受自己的控制，一旦停下，双脚就像被埋在了泥土里，怎么也挪不动。

许其琛的后背被汗水浸湿，明明已经结束了，心脏却跳得越来越快。许其琛捂住胸口，想要弯下腰，身子却在弯下的瞬间往地上栽去，明明他的意识还在。

万幸的是，他被人扶住了。

或许是低血糖在激烈运动过后的负面效应，许其琛听得到周围的同学让他继续走动的担心话语，眼前却是一片漆黑，什么也看不清，身子也完全瘫软了，动弹不得。

接住自己的人将自己扶了起来，又扶着他一步一步向前走着，人造草坪和鞋子摩擦的声音一下一下，很清晰。

这个人的肩很宽阔，肩骨微微凸起，硌得许其琛的手臂痒痒的。过度运动导致他还是看不清。

是谁呢?

许其琛想到了一个名字,但很快又否定了,选择提问第二个候选人:“晓成?”

对方沉默不语。

许其琛等待着回应，却听见了一声刻意模仿，带着明显恶作剧意味的回答：“汪。”

许其琛吓得一抖，差点在牧遥的搀扶下摔倒。

许其琛听见他低声笑道：“别动。”

的确是牧遥的声音。

随着低血糖症状的渐渐消退，许其琛的视线开始变得清明，踩过的草坪、黑色的运动鞋、操场上的学生，一一出现在眼前。

被这么扶着，让他有点不好意思：“你让我自己走吧。”

许其琛听见杨晓成在后面喊他的名字，回过头看了一眼，又说道：“啊对了，我室友在等我。”

牧遥也转了过去，冲杨晓成喊道：“学长，叶学长不舒服，我先带他去休息。”说完转身继续走。

两个人一直这样沉默着走到了树荫下，许其琛放松地坐在了长椅上。

“不要乱跑。”牧遥嘱咐了一句，转身跑向了其他地方。

许其琛也没劲乱跑，靠在长椅上，看着自己班上的同学解散离开。手机响了一下，是杨晓成的信息。

杨晓成：“没事吧，那个新生是什么人？”

叶涵：“我没事，就是运动完低血糖有点发作了，没力气。这个学弟是篮球队的新人，之前接新认识的，放心吧。”

许其琛发完这条消息，就看见牧遥回来了，手里拎着一个袋子。他走到许其琛旁边坐下。

“喝点水吧。”牧遥从袋子里拿出一瓶运动饮料，拧开盖子递给他，“小口喝，不要着急。”

许其琛说了一句谢谢，然后接过饮料，小口喝起来。

牧遥又从袋子里拿出一袋糖果，递给了许其琛：“要吃吗？”

许其琛的脸上露出疑惑的表情，牧遥看了他一眼，解释道：“你刚刚的样子，应该是运动后突发低血糖的症状吧，我猜的。”说完他就要把糖收回来，“如果不想吃就算了。”

“吃。”许其琛放下手中的饮料，从牧遥手里把糖拿了过来。

不过这袋子实在是太难撕了，许其琛两只手扯了半天，结果只扯开一个超级小的口子，一颗糖也倒不出来。

牧遥直接把袋子夺过去，拿到嘴边，用牙咬住轻轻一拽，袋子就被撕开了。

许其琛看着牧遥露出的小虎牙，隐约像是想到了什么。

“给。”牧遥倒了几颗糖在手上，对着许其琛摊开手掌。

许其琛回过神来，挑了两颗，剥开糖纸放进嘴里，心情一下子就好了起来。

牧遥把剩下的糖放回袋子里，用腿撞了撞许其琛的腿：“学长，你长跑完要动一动的，不然明天你连楼梯都下不了。”

许其琛“哦”了一声，被牧遥拉着站起来，忍着酸痛原地踏着步子，又抖了抖腿，看着伸着两条无处安放的长腿靠在长椅上的牧遥，心情有点复杂。

“你军训也很辛苦吧？”许其琛踢着腿，“等会儿一起吃饭吧，我请你。”

牧遥没想到许其琛会主动开口，这看起来不像是他的个性，因此有点意外的开心：“真的吗？”

许其琛大概是跑得太累出现幻觉了，牧遥说“真的吗”的时候，居然自动脑补出两只毛茸茸的耳朵在牧遥的头顶动了动的情形。

“嗯。不过只能去食堂，你晚上还得继续训练，最好快点吃完休息一下。”

“好！”

和牧遥一起前往食堂的时候，许其琛明显感觉到周围好多女生看向了他们。

不，应该是看向牧遥一个人才对。他实在是太出挑了，连食堂阿姨看到他都不忍心抖勺子，餐盘被装得满满当当。

上个世界的季梦泽和这个世界的牧遥，都让许其琛深刻地感受到一个真理——长得好是真的可以当饭吃。

吃饭的时候，许其琛的手机一直响。他拿出来一看，微信竟然多出好多条消息。

陈悦：“涵涵！今天扶你的那个新生是谁啊？有女朋友吗？”

李馨茹："叶小涵，老实交代，那个小帅哥究竟是谁，你什么时候认识那么帅的新生了？快把联系方式给我！"

…………

这样的消息足足有三十几条，除了自己班上的女同学，还有学院其他专业的女生。许其琛一方面惊讶于叶涵和女生关系的要好程度，另一方面感叹信息传播的速度实在太快了。

看着对面低头吃饭的男生，许其琛陷入深深的纠结中。要不要把他的联系方式送出去呢？

如果开口问他……

许其琛想象了一下牧遥生气的样子，还是放弃了。

许其琛统一回复了一句："抱歉啊，没经过同意不能给。"

他把手机反扣在桌子上，假装什么事都没发生一样，捧着碗继续吃饭。

许其琛回到寝室，不出所料又被杨晓成问了一遍。许其琛认真地解释了来龙去脉，杨晓成才明白究竟是怎么一回事，并且非常理智地给出了一个预测："你完蛋了，院里的那些女生肯定都会缠着你打听消息的。"

许其琛面前跳出了点数奖励的画面。许其琛懒洋洋地收取了八百的点数，再一次瘫倒在自己的椅子上。

许其琛第二天收到陈擎宇的消息，说下午篮球队有训练，有空的话可以来看看。

许其琛和叶涵不同，许其琛是一个非常有时间观念的人，所以早早就做完了作业，想起来也没什么别的事，索性就去篮球馆看他们训练了。虽然篮球经理只是挂名，但出现一下还是有必要的。

0901："许先生，我觉得您在这个世界变得开朗了。"

许其琛："是吗？说明我还是有进步的。"

0901："我感到了老父亲的欣慰。"

许其琛："拜托你以后少上网……"

0901："您不喜欢吗？那……打扰了。"

许其琛："……"

许其琛到达篮球馆的时候，几个队员早就开始训练了，许其琛特地买了好多瓶饮料，在第一排的观众席坐下。

他很喜欢看别人打球，他们在球场上挥洒汗水的样子热血又青春，虽然自己没办法做到，但是看着也觉得很激动。

选牧遥做中锋，陈擎宇还是很有眼光的。无论是投篮命中率还是篮板防守能力，他都是一流的，加上耐力和爆发力比一般人强，还没训练多久，就成了球场上的中心人物。

休息的时候，几个人朝许其琛走过来。阿明脸上的表情很激动，开心地接过许其琛递过去的水："这几次的手感越来越好，我有一种能够打进校际决赛的预感。"

阿峰："求求你不要'立 Flag（旗帜）'。"

陈擎宇拧开瓶盖子："我们现在都是跟自己院的球员们练，真上场了不一定遇到什么样的对手。听说今年体院来了几个很能打的，特别壮。"

许其琛把最后一瓶水递给牧遥，然后对他们说道："没关系，尽人事知天命嘛。"

阿明大笑："阿涵最近整个人都佛光普照。"

大家都跟着笑起来。许其琛也觉得好笑，可一不小心看到牧遥正掀起球衣擦脸上的汗，露出结结实实的六块腹肌。

不知道为什么，他竟然联想到了巧克力排，也是一块一块的。

忽然饿了。

"哇！阿遥的身材，太男人了！"阿明拍了拍自己的肚子，"我从明天开始，要去学校的健身房打卡！"

"你还是算了吧，基础不够啊。"

"哈哈哈——就是这样。"

训练结束的时候，大家一起离开体育馆。牧遥对陈擎宇说："陈学长，我要去买点东西，你们先走吧。"

陈擎宇他们点了点头，许其琛正准备跟他们一起，却听见牧遥说道："叶涵学长，你刚刚不是说你也有东西要买吗？"

许其琛回头，疑惑地微微皱眉。在看到牧遥意有所指的笑容之后，他马上开口："对，我差点忘记了。你们先回去吧，我跟牧遥一起。"

看到许其琛淡定撒谎的样子，牧遥忍不住笑了。

"怎么了？"许其琛问道，"你有什么话找我说吗？"

牧遥没说什么，径直走到一个自动贩卖机旁边，过了一会儿又回来，手里拿着两盒冰激凌。

许其琛盯着他手里的冰激凌，看了一会儿，以为牧遥会给他一个，却发现这家伙自己拆开一个吃起来。

虽然这样做有点自以为是，可许其琛还是忍不住问道："你一个人吃两个啊？"

牧遥笑得灿烂极了，小虎牙冒了出来："怎么啦，一个人吃两个冰激凌犯法吗？"

许其琛摇头，手撑着下巴，无聊地看着前面刚下晚修的一群学生。

"逗你的。"牧遥拆开另一个，把勺子插上去，递给许其琛。

许其琛心里默默吐槽了一遍，但还是接过冰激凌吃了一口。

巧克力味，是他最喜欢的口味。他忍不住看了一眼对方手中拿着的，看不清外包装，但里面的冰激凌是浅浅的黄色。

夏天的颜色，熟悉的颜色。

许其琛又舀了一大勺，刚放进嘴里，就听见身边的人说道："学长，吃了我的冰激凌，就要答应我一个愿望。"

许其琛很认真地考虑要不要把嘴里的冰激凌吐到他手上，这完全是黑心买卖啊。

"答不答应？"牧遥用勺子指着许其琛的脖子。

许其琛咽下冰激凌："什么愿望？"

牧遥笑了笑："这周五就是第一场小组赛了，我想要一个幸运符之类的东西，学长可以送我一个吗？"

许其琛认真地想了想："要去庙里求一个吗？"

牧遥愣了一下，然后弯着腰笑了半天："你怎么总是可以一本正经地说这么好笑的事啊。"

许其琛低头吃了一口冰激凌："是你说幸运符的。"

"不是那种符咒之类的啊，就随便送我一个可以戴在身上的，这样学长的好运就可以分我一点了。"

许其琛认真地看着他说："我先告诉你，我这个人运气超级差。"

"是吗？"牧遥的两颗小虎牙晃得许其琛眼晕，"我觉得你很走运啊，每次差点出事的时候都会遇到我。"

哪有人这么说自己的啊……

"就随便送我一个吧，护腕、护膝什么的都可以。"

许其琛硬着头皮答应了："我知道了。"

校园广播里放着一首很好听的英文歌，许其琛看见牧遥的脑袋跟着轻轻晃着，一头黑色的短发看起来柔软蓬松。

许其琛忍不住站了起来，凑到牧遥的脑袋边仔细地观察："那两只耳朵是从哪里冒出来的？"

牧遥扬起嘴角："你现在想看吗？"

许其琛连忙摇头，他可不想再被一群小狗追着跑了。

回去之后的好几天，许其琛都在思考该送什么东西才好。他在运动商店挑了很久，也没看到合适的礼物。

晚上睡觉之前，躺在床上的许其琛还在网上找着。

0901："许先生，您在看什么？"

许其琛："嗯……礼物吧，最好是在球场上可以戴的。"

0901："我来帮您吧。"

忽然，许其琛的眼前出现了一个闪闪发光的物品栏，从左到右，分别是护腕、护臂、发带、护膝和长袜。

"都是黑色、灰色的，没有别的颜色吗？"

0901："许先生，左边有一个箭头，点击之后可以看到自定义栏。您可以通过操作自定义栏，设计一款您喜欢的物品。"

许其琛的眼睛一亮，从床上爬起坐正，仔细地看了看几样物品，最后选择了发带，然后点击自定义栏，专心致志地"设计"幸运符。

学院篮球队的队服是白底蓝字的，看起来很清爽，许其琛将发带的宽度设定为两指宽，底色是海蓝色，上下边界处各有一个细细的白色条纹。

"中间是不是太空了？0901，你觉得这样行吗？"

0901 沉默了一会儿，刻意发出一个深沉的音色："我觉得不行。"

许其琛：救救网瘾老父亲吧。

不过他也觉得确实有点空，拿出手机翻了翻网上的发带，基本都有 logo（标志）印花，完了以后他又用手指滑着自己的设计图左看右看。

不然加上牧遥的名字首字母缩写好了。

"0901，可以手写吗？"

界面上立刻出现了一个空白框——

0901："请写在框内，许先生。"

许其琛伸出食指，选择了白色，写了两个字母，海蓝色的发带上出现了两个白色的字母印花。

他端详了一会儿，觉得好像忽略了什么，索性不想了："0901，帮我把这个做出来吧。"

0901："好的许先生，请支付两千元的手续费。"

真贵。不过好在他还有几万的余额，用一点也不觉得太心疼。

0901："完成了，许先生。"

许其琛转着身子在床上找着，终于在枕头边发现了一条蓝色发带，就像是圣诞老人偷偷放好的礼物一样静静地躺在那儿。

虽然没有费太大的功夫，但怎么说都是自己设计出来的东西，许其琛拿起来对着天花板上的灯仔仔细细地看了一遍又一遍。

小组赛的当天，许其琛把蓝色发带叠好，揣在衬衫口袋里，正要出门，就被杨晓成叫住："去哪儿啊？"

"哦，"许其琛回头，"我们系和电子系的篮球小组赛，我去看看。"

"那我也去吧，坐了一天了，出去转转。"

许其琛将手放进口袋里，摩擦着那条针织发带。

两个人到达篮球馆的时候，比赛还没有开始。许其琛趁杨晓成买水的间隙溜到了场上，陈擎宇一行人正好坐在场边的休息处休息，牧遥在最边上一个。一一跟他们打过招呼后，许其琛走到牧遥的旁边坐下。

"学长，你来啦。"牧遥冲他微笑。

许其琛憋了半天，开口："你……别紧张啊。"

牧遥笑了笑，不说话。

教练吹了吹哨子，准备叫他们过去做热身准备。牧遥刚站起来，许其琛就伸手拽住了他的球衣，把手里的发带递给了他。

"给你。"

牧遥回头，在看见许其琛右手的一瞬间，嘴角就开始忍不住上扬。

"谢谢学长。"牧遥说着将发带拿走，一边戴上发带，一边朝教练走去。

杨晓成拿着两瓶饮料走进来，四处张望着。许其琛发现了，赶紧挥了挥手："在这里。"

"你这么早就进来了啊？"

"跟他们打声招呼，"许其琛领着他在第一排观众席找了个位子坐下，"顺便占个好位子。”

比赛开始的时候，场内已经坐满了人，令许其琛没有想到的是，这次篮球赛居然吸引了这么多女生，或许女生心里都比较喜欢篮球打得好的男生吧。

听陈擎宇说，电子系这一次没有新人，都是以前的老将。果然，比赛开始没一会儿，电子系就进了一个三分球，引得观众一阵欢呼，一下子就让他们系的士气高涨了起来。

不过只要是对方运球到了禁区，基本都被牧遥防住了。场上的几个人身高大多在一米八五左右，牧遥的优势很明显，对方的前锋连连在牧遥手上吃瘪，盖帽盖到没脾气，篮下进攻变得格外吃力。

连杨晓成都有些吃惊：“可以啊这个牧遥，防守真的稳。”

许其琛心里清楚，其实牧遥是个实实在在的攻击派，只是到目前为止都一直在隐藏实力罢了。

上半场快要结束时，这边的主力得分手依旧是陈擎宇和阿明。大概是不想一上来就打得太猛，特意让从没暴露过实力的牧遥留到下半场再集火吧。

最让许其琛不能理解的是，一开始的时候两个系的女生都还在为自己的球队加油，到了上半场尾声的时候，居然都在打听牧遥的名字了。

坐在后排的两个女生议论道：“看不懂球，就是觉得蓝发带小哥哥好帅啊。”

“什么小哥哥啊，人家比你小，好像是大一的。”

“长得好看的都是哥哥，不接受反驳。”

许其琛：“……”

许其琛正听着女生们的八卦，就看见他们几个走向了休息区。

牧遥刚走到长椅边，就有女生站起来给他递水。他笑着摇了摇头，拿过椅子上的毛巾擦了擦汗，然后看向许其琛。

“学长，我要喝水！”

许其琛一愣，心想：我没准备水啊。

只见牧遥的鼻子皱了皱，一个跨步向前，伸手从许其琛手里拿过饮料，“咕咚咕咚”喝下去：“谢谢学长。”

杨晓成笑道：“小学弟跟你关系不错嘛。”

许其琛也跟着笑了两声，看着牧遥坐在长椅上拍着自己的大腿小腿，和其他队友讨论战术。

哨声响起，牧遥站起来，将手里的饮料瓶扔进许其琛怀里。

“喂……”

面前这个戴着蓝色发带的男生，在球场明亮的灯光和快要将人淹没的欢呼声中，冲他挑了挑眉。

“学长，给我加油哦！”

果然不出所料，下半场一开始，牧遥就不只是守在己方内线，而是用惊人的速度带球单刀直入对方禁区。勾手、跳投、暴扣，几乎将对方的篮板完全化为自己的领地，打得对手措手不及。

“这个命中率太高了，所以新生上半场是在收敛着打吗？哇，搞得像秘密武器一样！”

杨晓成激动地夸奖。

随着牧遥化身得分机器，对方的内线防守便开始混乱起来，加上陈擎宇等人的配合传球，状态越打越顺，局势也越来越明晰。

原本场上喊个不停的“计算机系加油”“电子系加油”也渐渐变成了一个和谐统一的名字。

“牧遥！牧遥！”

“牧遥！牧遥！”

这真是他看过最和谐的一场球赛了。

杨晓成捂着耳朵，不敢相信地问道：“为什么对面的也在喊牧遥啊？”

许其琛无奈地笑了笑：“她们大概是被牧遥的脸冲昏了头脑。”

“牧遥！牧遥！牧遥！”

仿佛谁的嗓门大谁就能获得牧遥的喜爱，两边喊得一声比一声高。

“牧遥！牧遥！牧遥！牧遥……”

他们被这加油声彻底洗脑，杨晓成越听越觉得奇怪：“我感觉自己进了一个巨大的养猫场，到处都在喵喵喵，还是那种震耳欲聋的猫叫声。”说完撞了撞许其琛的胳膊。

“哎，你说，谁这么有才给他取了这么个名字啊？笑死我了，哈哈哈！”

许其琛：“……”

笑不出来。

比赛最终以五十八比二十五的悬殊比分结束，牧遥成为当之无愧的MVP（最有价值球员）。

许其琛开心极了，难得情绪外露地和杨晓成一起站起来欢呼。场上，穿着白色球衣的少年们互相撞胸拥抱，用自己的方式庆祝着比赛的成功。

阿明冲着许其琛招了招手，大喊道：“篮球经理！下来庆祝啊！”

“啊？”许其琛反应过来，左右都坐满了人，于是从观众席和候补席之间的栏杆跨了过去，走到他们几个跟前，“你们太棒了……”

“谢谢学长，”眼前戴着蓝色发带的少年眉眼弯弯，他的脑袋歪了歪，“把你的幸运分给我。”

牧遥的眼里都迷了汗，细小的汗珠在他的睫毛上闪烁。

“真好，没有把我的坏运气传给你。”许其琛的声音不大，但笑得很开心。

牧遥笑着打趣：“那这样的话，好运都给了我，学长不就会变得很倒霉吗？”

原本只是一句调笑，牧遥没有料到，许其琛竟然认真地摇了摇头。

“没关系。”

一旁的教练拍拍手道：“这个头起得好！你们先冲个澡，等会儿去庆功宴吧！”

“好主意！”

“好！我想吃火锅！教练请客！”

“没问题！”

牧遥撇了撇嘴，一脸的不高兴。许其琛小声地说了句：“快去吧，我等下也去。”他只好跟着其他几个学长一起离开篮球馆。

许其琛感觉有人在叫他的名字，回头看见杨晓成冲着他激动地挥手，从人群之中挤着跑出来：“叶涵！我刚刚收到了短信，面试通过了！我可以去实习了！”

“真的吗？”许其琛脸上露出满满的惊喜，“我就知道你一定行的！”

杨晓成笑得合不拢嘴：“太好了，这个公司是我最想去的公司了，我一定要好好把握实习机会，争取成为正式员工！”他揽住许其琛的肩膀，激动地提议，“走！我请你吃饭，今天实在是太开心了。”

许其琛开心地点头，可马上又想起篮球队也要吃饭。

许其琛点开了微信。

叶涵：“抱歉啊，我室友今天收到了公司实习的通知特别开心，想要请我吃饭，实在是没办法拒绝，庆功宴我不能跟你一起去了。”

暂时没有收到回复，或许在洗澡吧。许其琛这样想着，顺便趁这个空当又补发了一句。

叶涵：“明天我请你吃好吃的，可以吗？”

许其琛发完消息将手机放回口袋里，和杨晓成一起离开了体育馆。

“你刚刚看了校园论坛没？”走在路上的时候，杨晓成忽然发问。

许其琛摇摇头：“没有，怎么了？”

杨晓成拿出手机，找出了一个帖子给许其琛看：“热度超级高，留言翻都翻不过来。”

许其琛接过一看，标题写着：“求这个男生的详细信息！军训男神啊啊啊！”

主楼是一个叫“花痴少女欢乐多”的ID发的几张图片。

都是牧遥穿着迷彩军训服在操场训练时被拍到的照片，每一张都是偷拍的角度，有几张侧脸照得还算清晰。

许其琛翻了翻下面的跟帖——

就是不想起昵称：“哪里来的神仙小哥哥！这一届新生质量太高了吧！好好看啊！”

爱吃肉的小仙女：“这侧脸也太好看了吧，我天天经过操场都没注意有这么帅的新生！”

新生本生：“我会说这个人就在我们隔壁班吗？好像是计算机学院的小哥哥，帅是真心帅，踢正步的时候全班女生都在看他。不过性格有点冷淡，基本没有跟女生说过话，也不怎么笑。”

吃瓜群众：“真的好好看啊，像明星一样，求扒！想去他们班蹭课！”

西红柿炒番茄：“抓住三楼野生新生！计算机学院的男生质量太高了吧？好想去围观小帅哥踢正步。”

…………

许其琛大致翻了翻，第二页就已经有人将牧遥的名字、系班、专业都放了上去，甚至还有他们班的课表。

不过好在没有人发牧遥的私人信息和联系方式，大概是因为他从来不给别人搭讪的机会吧。

许其琛将手机还给杨晓成：“这帖子上个星期就发了？”

杨晓成点点头：“热度一直居高不下啊，据说现在微博也能搜到他的照片。”杨晓成将帖子翻到最后，“你看，刚刚篮球赛结束，又有一大堆女生把牧遥比赛的照片传上去了，现在的女生都这么主动的吗？”

难怪今天来了那么多女生看比赛。

“想什么呢？”杨晓成抬手在他眼前挥了挥，“你该不会是在嫉妒小学弟的人气吧？”

许其琛笑了笑："是啊，年轻就是好啊。"

"你说话的语气像个老人家。"杨晓成无情地嘲笑许其琛，"今天我带你去一家超级好吃的自助餐，就在学校南门那边，新开的，上次去的时候就想着哪天一定要带你去尝尝。"

许其琛觉得很开心，来到这个世界，好像在一点点填补自己缺失的东西。能够有一个好朋友时时刻刻想着自己，愿意与自己分享他的成功和快乐，是再美好不过的事了。

吃饭的时候，许其琛询问了杨晓成一些实习的事。毕竟寝室里只剩下他一个人还没着没落的，总得想办法跟上大家的节奏。

杨晓成也很够朋友，直接把自己整理好的互联网公司的资料和实习招聘信息都给了许其琛。

"我都按照难易程度排好序了，你就按照这个去发简历。虽然你挂过科，但现在的公司都不看这个的，你编程能力是有的，这就够了。"

许其琛点点头，认真地说了句谢谢。

"快吃吧。"杨晓成看了看许其琛拿的一桌子蛋糕，"你怎么尽拿些甜食啊，都不拿点肉什么的，吃不回本啊。"

"蛋糕也很贵啊，"许其琛笑眯眯的，"而且我喜欢吃甜的。"

"好吧，你先吃一下，我去一趟洗手间。"

许其琛点点头，坐在座位上认真地吃着蛋糕。手机忽然响了一下，他打开一看，是牧遥的消息。

牧遥："好吧……那学长说话要算话啊。"

叶涵："算话的，你想吃什么都可以。"

这边刚发出去没有几秒，就收到了牧遥的回复。

牧遥："外面的东西也吃腻了，要不学长你亲自动手让我尝个鲜？"

寝室里没法做饭啊……许其琛想了想。

叶涵："有机会给你做。"

牧遥："好！"

真是太容易满足了。许其琛把手机收好，继续和满桌子的甜点战斗。

奇怪的是，杨晓成还没有回来。许其琛觉得有点不对劲，离开位子，询问了服务生洗手间的位置后前去找他。在靠近洗手间门口时，许其琛听见了杨晓成的声音。

"您是问这个人吗？"

“没错，照片上的人是叫牧遥对吗？你可以带我去……”

是一个成年男人的声音。许其琛下意识觉得不对劲，假装成刚走进来的样子，喊了声“晓成”，就听见里面应了一声。许其琛随即走了进去，脸上带笑：“你也太慢了，我还以为你怎么了呢？”

许其琛有意无意地看了杨晓成身边的那个男人一眼，他穿着一身西装，看起来二十五六岁的样子，五官端正，只是左眼的眼角处有一道疤痕，像是被什么动物的爪子抓伤的陈年旧疤。

知道所有设定的许其琛心里一惊。在原文中，这个人就是负责追捕和处理异能者的异端人口管理局的宁铮队长。好在他给这个人设定了一道疤痕，才能在这么关键的时候直接对号入座。

许其琛暗暗吸了口气，朝着杨晓成露出一个疑惑的表情：“这位是？”

宁铮冲许其琛伸出一只手：“你好，你也是西大的学生吧？我是 ×× 传媒公司的员工，听说最近贵校有一位人气很高的新生，所以过来问问。”

杨晓成也点点头，小声地对许其琛说：“好像是星探之类的。”

许其琛不动声色地点了点头，装出一副恍然大悟的表情：“原来是这样啊，您好您好。”

宁铮的脸上露出一个和善的微笑，将手中的照片递给了许其琛：“请问你认识这位同学吗？如果方便，可以带我见一下他吗？”

许其琛看了看照片，满脸抱歉：“不好意思啊，我们是大四的，跟新生走得不近，这个同学看着挺眼熟的，不过没有交流过，恐怕是帮不了您了。”

许其琛这个人说话认真诚恳，再加上叶涵一副纯真无害的长相，说出来的话极具说服力。说完他转过头，看向杨晓成：“晓成，你认识这个新生吗？”

杨晓成虽然不知道许其琛为什么说谎，但好歹也是个机灵人，一下子就领会了许其琛眼神里的示意。

“我也不太熟，”杨晓成对宁铮说，“不好意思啊，帮不了您了。”

宁铮看了看两个人，脸上的表情松弛下来，笑了笑，将手中的照片放回文件夹中：“没关系，我就猜到不会这么凑巧的，耽误你们的时间了。”

客气了几句，宁铮便也离开了。

“你为什么要骗他？”杨晓成和许其琛回到位子上，“刚刚你没来的时候，我差点就说认识牧遥了。”

许其琛的眉头微微皱着：“他是怎么跟你搭上话的？”

“我出洗手间的时候不小心跟他撞上了，他文件夹里的照片什么的撒了一地，我觉得挺不好意思的就帮他捡起来，一看全是牧遥的照片。我有点惊讶，他就问我是不是西大的学生，就这样聊了起来。”

许其琛缓慢地点了点头，语气沉着地断言：“那个人是骗你的，他不是什么星探。”

“你怎么知道？”

许其琛吃了一口蛋糕：“他看起来很年轻，穿着打扮也没什么特别，但手很糙，还有好几条旧伤，看起来并不像是普通的上班族的手。尤其是他的虎口和食指，你大概没有注意，磨出了一层茧。”

许其琛放下叉子，“只有常年握枪的人才会在这些地方生茧。”

杨晓成有些惊讶。

许其琛还没有说完：“还有，他放松的时候食指是微微伸出来的，这一点让我更加确信，他的工作一定是需要配枪的，否则不会有这些无意识的动作。”

“你观察得这么仔细吗？”

许其琛愣了一下，虽说他知道宁铮的身份，但观察陌生人一直是他作为一名创作者的特殊爱好。

“啊，我就觉得他怪怪的，所以就仔细看了看。总之，这个人不简单，而且上来就向我们隐瞒了身份，应该是另有所图。”

杨晓成恍然大悟，脸上露出钦佩的神色：“你可真是细心，我都没想那么多，差点把我们的小学弟给卖了。”

说完他又有点担心，“不知道这个人找牧遥是为了什么？你要不要告诉他一声啊？”

许其琛点点头，即便杨晓成不说，他也是要提醒牧遥的。

在原文的设定里，异能者虽然可以具备人类形态，但由于融合的特殊性，这些异能者往往具有超出常人的优越外表，这一点也成为异端人口管理局的侦查线索之一。

距离完结这本小说已经有五六年的时间，很多剧情都比较模糊，但许其琛记得，这个宁铮就是因为看到了网上的帖子，才开始怀疑牧遥的身份。这个帖子的出现他没有办法制止和改变，不过这个宁铮……

在他的设定中，宁铮的母亲在他小时候为了保护他，被处于狂躁期的狼系异能者袭击，不治而亡。他的父亲就职于异端人口管理局，也因为一次追捕行动殉职，因此宁铮非常痛恨混迹在社会的异能者，尤其是融合了大型犬科的异能者。

自己当初为什么要写这么一个角色啊？想到这些，许其琛忽然吃不下饭了，嘴里咬着叉子，无奈地叹了口气。

“怎么了你？愁眉苦脸的。”

“没事。”许其琛坐正了身子，“快吃吧，吃完回寝室发简历。”

回学校的路上，许其琛想了想，还是给牧遥发了一条消息。

叶涵：“在哪里？我有很重要的事要跟你说。”

他很快收到了牧遥的回复。

牧遥：“学长有什么事吗？我现在在外面，很要紧吗？”

叶涵：“嗯，你在哪里？我去找你。”

牧遥说的地方实在是太难找了。等许其琛按照牧遥说的找到他所在地点的时候，已经接近凌晨。

当他走到这家酒吧的门口，看到那个写着Hypnotic（催眠）的紫色荧光招牌，就有点后悔了。因为在他的小说里，这家隐藏在小巷子深处的名叫Hypnotic的酒吧，里面所有的员工和客人全是异能者，无一例外。

许其琛怀着忐忑的心情，忍不住打了个寒战，敲了敲关闭着的酒吧大门。

这扇木门上有一个方形的小格子“啪”地一下被打开，里面露出一双微微上挑的深琥珀色眼睛。

许其琛盯着那双眼睛，对方也盯着他。僵持了一会儿，门后的那个人终于忍不住开口，声音又柔又魅：“小弟弟，你是不是来错地方了啊？”

许其琛摇头。

对方似乎失去了和他周旋的耐心，就在那个小格子要关上的时候，许其琛开口道：“是牧遥让我来的。”

对方的眼神中流露出一丝狐疑，犹豫了一会儿，才将这扇木质大门打开。

许其琛看了看站在门口的人，是一个大热天穿着超短裙配白色皮草的奇怪女人。是融合了白狐的异能者吗？许其琛心里想。

“你认识牧遥？”

许其琛点头：“而且我知道你们都是异能者。”

那个女人的嘴角抽搐了一下：“牧遥那小子从哪儿招惹了这么直接的小孩。”

许其琛看了看周围，昏暗的灯光，低沉的爵士乐以及站在吧台细细地擦着酒杯的一个酒保。看起来就是一个再普通不过的老式酒吧，但架不住许其琛是作者。

“我要下去。”

白狐先是一愣，然后笑了笑：“下哪儿去啊？”

许其琛的脸上没什么表情，走到白狐的面前停下，指了指她脚踩着的地面：“这里。”

白狐微微皱眉：“这也是牧遥告诉你的？”

许其琛点点头。习惯是一种可怕的东西，现在的许其琛面对陌生人撒起谎来已经是面不改色心不跳了。

白狐的警惕性很高，于是拿出手机，拨通了一个电话：“喂，牧遥，这里有个人类来找你。就白白净净的一个男孩……哎，我跟你说，你可别把我们都卖了啊……知道了知道了。”

看到她挂断电话，许其琛若无其事地直视她的眼睛。

“下去了可别被吓到哦。”白狐后退两步，手掌贴上墙壁，旁边的旧摆钟里弹出一只木雕小鸟，她用涂着鲜红指甲油的手，相当残暴地将小鸟拧到了背面。

“啪”的一声，许其琛脚下的地板被打开。突然失去支点的许其琛坠落到了一个狭窄却曲折的甬道之中，四处都是黑暗，什么也看不见。唯一可以感觉得到的，就是他下坠的速度越来越快，失去安全感的恐惧像潮水一样没过大脑。

许其琛的耳边，音乐声隐隐开始出现。

黑暗之中透出了一丝微光。许其琛的身体不断加速，直到冲出这个深长的通道，坠落到空中。

一瞬间，腾空的许其琛看到了这个酒吧真正的全貌，暗紫色的灯光，震耳欲聋的音乐声以及形形色色的异能者。

不过地面上根本没有什么缓冲的东西。慌乱中，他似乎看见一个黑色的身影从拥挤的人群之中闪过，速度快到像是幻觉。

牧遥腾空而起接住许其琛之后，稳稳地落到了地面。许其琛低头，深吸了几口气，才睁开眼睛站稳……

周围出现了各种各样的声音。

许其琛有些好奇，为什么牧遥出现的时机可以这么恰好：“为什么你出现得这么凑巧？”

“因为我闻到了你的味道。”牧遥的小虎牙张扬极了，“绝对不会错。”

许其琛好奇地看着他：“什么味道？”

“不告诉你。”

许其琛也没继续追问，环顾四周，这里的一切对他而言，似乎只能用光怪陆离来形容。

和隐藏在人类社会中小心谨慎的状态不同，他们在这里可以释放所有天性，不用担心会被什么敌对组织发现，所以每个人都或多或少地露出了异能者的特征，看起来有种奇异的感觉，就像某种奇幻电影的场景。

“走，我带你去那边。”

走在牧遥的身边，许其琛的视线仍不自觉地看向周围。

许其琛经过一个有着妩媚侧脸的女人身边，对方似乎也感知到了人类的存在，转过头来。许其琛吃了一惊，她另一边的脸是猫，雪白的波斯猫，对方冲着他温柔一笑。

许其琛收回视线，看向另一边，这里有一个巨大的泳池，里面似乎有不少人。就在许其琛经过的一瞬间，水花四溅，里头冒出来几个容貌美丽的女生，张开手臂游到了岸边，趴在泳池边满眼好奇地看着许其琛，池子里的鱼尾也轻快地摆动着，荡起涟漪。

本体是鱼吗？

许其琛没注意看前面的路，一不小心撞到了一个人身上，连连说着抱歉。对方是一位中年男性，十分绅士地冲他微笑。正当他奇怪这个人为什么和牧遥一样不露出本体的时候，低头发现他的双腿是健壮的马蹄。

许其琛有些晃神，快步跟上前面的牧遥，却差点被绊了一跤，还好被牧遥扶住。

牧遥把头转向旁边的吧台，一脸不悦：“麻烦收好你的尾巴，再这样随便乱放，小心我一爪子给你弄断。”

许其琛低头一看，是一条长满了暗色鳞片的蛇尾，从旁边吧台的一个男生的身下蜿蜒而出。许其琛从小就怕蛇，忍不住打了个冷战。

“学长，你害怕吗？”

许其琛摇摇头，而后又解释道：“我只是看到蛇有点起鸡皮疙瘩。”

牧遥一副完全能理解的表情：“吓到普通人次数最多的就属他了，所以他平时都不敢露出一点点异能者的特征，只有来了这里才能放松一下。”

这样一想也有点可怜，许其琛望了那个小男生一眼，看起来其实挺可爱的。

“到了。”牧遥领着许其琛来到了一个卡座，里面坐着一个男生和一个女生。

女生穿着一身粉色的旗袍，黑色的短发只到下巴，头顶上长着两只长长的兔耳。挨着她坐着的是一个眼睛圆圆脸也圆圆的男生，有意思的是，两个人的门牙都有点长，看起来可爱极了。

这两个人的外貌很容易和设定对上号，许其琛稍稍想了想，心里就有数了。

“阿遥，你回来啦！”女生看起来元气满满，尤其是看到牧遥后面的许其琛，立刻从座位上跳下来，蹦跶上前拉住许其琛的手，冲牧遥问，“阿遥，你刚刚就是去接他了吗？”

她一点也不见外地伸出两只手揉着许其琛的脸颊：“太可爱了吧。”

牧遥一脸不悦地将她拽开：“你别这么自来熟，吓着他。”

兔耳女生撇了撇嘴：“哪有这么夸张，又不是人人都是小苍。”

坐在卡座里的那个男生小声地“啊”了一声，身子都在颤抖。

“你好呀，我叫齐萌。”兔耳小女生冲许其琛伸出一只手，歪了歪脑袋。

“不用跟她客气。”牧遥说着就拉着他坐到位子上。

齐萌冲着牧遥吐了吐舌头，也蹦蹦跳跳地跟着回到了座位上。

刚刚被唤作小苍的那个男生，眼睛一直不敢正视许其琛，像是有话哽在喉咙里一样，磕磕巴巴说不出一句完整的话来。

牧遥看着实在费劲，就替他开口：“他叫余苍，是融合了仓鼠的异能者，所以看到生人会很害怕，一会儿就好了。”说完又朝着齐萌扬了扬下巴，“那是个烦人的兔子异能者，不要理她。”

“你才烦人！”齐萌瞪了一眼牧遥，转而朝着许其琛笑了笑。她的嘴角有两个小梨涡，笑起来的时候会露出一对小兔牙，看起来很甜，“叶涵学长好，你的事我都听这只蠢狗说啦，说起来你也是我的学长呢。”

牧遥一听就急眼了：“谁是你学长了，少一上来就套近乎。”

许其琛拽了拽牧遥的胳膊，然后笑着对齐萌说：“你好，你也是西大的新生吗？好可爱啊。”

许其琛突然听到身边的人发出一种奇怪的声音，像是愤怒的狗狗憋在嗓子眼儿里的闷哼。

“对啊对啊，我是学美术的，学长和阿遥都是计算机系的吧？”

许其琛点点头，感觉到牧遥有些不高兴，想了想，只好模仿别人哄狗狗的样子，悄悄把手伸到了牧遥的背后，轻拍了两下他的背，然后又收回手。

牧遥愣了一下。

“对了学长，你要不要喝点什么？”齐萌笑着问道。

许其琛正想说话，牧遥就开口拒绝了：“这里的很多东西他都不能喝。”

“也对。”齐萌看了看自己面前橘红色的饮料，“要不然你喝我的胡萝卜汁？”

“你还是留着自己喝吧，我给他点杯果汁。”

牧遥招了招手，一个长着翅膀穿着一身燕尾服的男孩飞了过来：“您好，请问需要点什么？”

牧遥：“一杯混合果汁，没有了。”

服务生正要飞走，听见了一声小到不能再小的“等一下”，又转了个身飞回来，落了地：“请问还有什么吩咐吗？”

余苍小声地回答：“请……请给我看一下菜单。”

“好的。”

拿到菜单的余苍飞快地在某一处打了钩，低头还给了服务生：“谢……谢谢。”

胆子真的好小，许其琛心想。

等餐的时候，许其琛将这天遇到宁铮的事告诉给了他们，牧遥听后有些不耐烦：“真的很讨厌被人偷拍，还发到网上，就知道会惹出事。”

“那你应该去毁一下容来得比较快。”齐萌毫不留情地吐槽。

“那个人看起来不是小人物，你最近一定要小心，千万不要露出把柄。”

听着许其琛的嘱咐，牧遥点点头，齐萌也跟着念叨：“学长说得没错，我听说最近 × 大的一个学生，是蜘蛛系异能者啦，就被他们室友给举报了，现在人已经在异管局关了两个星期了。”

许其琛皱了皱眉：“关起来之后呢？什么时候可以出来？”

齐萌摇了摇头：“不清楚，不过我知道的人里面，进去了的就没有出来过。”她有些自嘲地笑了笑，“我们的地位很低嘛，一旦被普通人举报，不管有没有做出伤害人的事都会被关起来的，所以大家对待普通人的态度才会那么谨慎。”

许其琛心里堵得慌，一时间不知该说些什么。

“不过学长，你说的这个宁铮挺厉害的，我们都听过他的名字。上个月，几个长期在老鼠街收保护费的豹系异能者违反规定伤了人，整个团伙都被他一锅端了。”齐萌捏着吸管搅着那杯胡萝卜汁，“他好像很讨厌我们这些异能者，一心想着把我们都抓走关起来。”

许其琛沉默了一会儿，开口：“其实异能者和普通人都一样，有善有恶，他只是有些偏激了。不管怎么样，你们都要小心行事。”

齐萌一直半垂着的长耳朵一下子立起来，眼睛亮亮的：“学长，你人真好！我……”

“再好也跟你没关系！”牧遥毫不客气地打断齐萌的话，一把揪住她的耳朵。

许其琛注意到余苍一直没有说话，感觉这样冷落他不太好，于是特意轻声对他嘱咐了一遍：“小苍，你也要小心哦。”

余苍抬头看向他，然后呆呆地点点头："谢……谢谢叶涵学长。"

"没事的。"牧遥的语气像是在安抚许其琛似的，"他如果掌握不了非常确凿的证据，是不敢随便对我们下手的。"

牧遥说得没错，在许其琛的设定里，异端人口管理局早期的铁腕政策误伤了许多无辜的异能者甚至是普通人，遭到了人们的反对。因此，后来无论要执行什么任务，都必须有充足的证据证明任务对象的确是异能者，且对普通人造成安全威胁，才能够获得许可。

证明一个人是异能者的方法有很多种，最直观的就是露出融合体特征，或者是血液检测。这个宁铮，在后来几乎是无所不用其极地想要证明牧遥的身份。

许其琛看了牧遥一眼，的确，牧遥的攻击性是与生俱来的，和齐萌、余苍都不同，完全符合宁峥心目中充满"潜在威胁"的异能者形象。

服务生再度飞了回来，在许其琛的面前放下一杯果汁，继而飞到余苍的面前，放下一个小盘子。盘子里面全是各式各样的杂粮，还有小鱼干。

"小苍，你饿了吗？"

余苍点点头，拿起小勺小口小口地吃着。

许其琛看着胆怯又乖巧的余苍，忽然想到了什么。

时候也不早了，几个人结伴回了学校。许其琛和牧遥的宿舍楼挨着，走到最后只剩他们两个人。

临近秋天，夜风有些凉，吹在皮肤上，会不受控制地起一层薄薄的小疙瘩。校园的路灯熄了，两个人一前一后走在月光下。

想到刚刚牧遥和齐萌孩子气的打闹，许其琛就觉得有趣，忍不住开口："你和齐萌的关系很好啊。"

牧遥突然停下了脚步，害得许其琛一头撞上了他的后背。

"怎么了？"

牧遥皱着眉头："学长，我跟她关系不好，你不要误会什么。"

"哦。"

"哦是什么意思？"

许其琛认认真真地说道："我没有误会，我知道的。"

"你怎么知道？"

"我就是知道。"我是作者啊。

之后的几天，并没有发生什么惊险的事，许其琛也没有再在学校附近遇到宁铮。只是杨晓成因为实习常常早出晚归，经常看不到他的人影。好不容易等到他不加班，回了趟学校，却是过来收拾行李，准备搬去租好的房子里。

“每天往学校跑实在是太辛苦了。”杨晓成连吐槽的力气都小了许多，“加班加点，觉也睡不好，只能搬去公司附近，这样就可以省下在地铁上的时间多睡一会儿。”

许其琛默默地给他夹了几块自己餐盘里的肉。

“你的简历发出去了吗？”

许其琛点点头：“昨天收到了两家公司的电话面试，感觉还可以，今天下午就要去面试了。”

“加油！”刚鼓励完许其琛，杨晓成又忍不住叹了口气，“这样我们就更见不着面了。”

“有机会的，又不是不在一个城市了。”

虽然许其琛并不是真正的叶涵，没有和杨晓成在一起生活三年多，可就是这么短短十几天，许其琛也从他的身上感受到了朋友的温暖。

下午的面试并没有他想象中困难，或许是因为这家公司才成立不久，老板也是创业不久的年轻人，整个团队都很有活力，参与面试的 HR（人力资源）说话也很和善，没有提什么刁难他的问题。

许其琛不太会说话，但总能给人一种莫名的信任感。加上叶涵本来就有的编程底子和许其琛这些天的恶补，面试的过程还算顺利。

第二家是一家大公司，前来参与面试的人很多，排了很长的队。整个流程走下来花了许其琛三个小时，等他乘地铁回到学校时已经是晚上。

不过值得庆幸的是，第二天早上，他就接到了第一家公司的电话通知，面试通过了。许其琛开心地跑去食堂吃了两碗小馄饨。

唯一不太满意的，就是公司离学校不太近，而且寝室也只剩下他一个人。他考虑了一下，还是决定在正式上班之前找到合适的房子租下来。

一个人找房子这种事，许其琛在现实生活中已经有过经验，所以没花几天时间，他就敲定房子并且付好了租金。房子位于公司斜对面的一个小区，两室一厅，家具还挺齐全，他租了其中一间客卧。

可是搬家的时候一个人就不太方便了，许其琛想到了牧遥。对方却因为许其琛没有第一时间告诉他实习的事生气了。

“我这几天好忙，所以才没有第一时间通知你。”许其琛认真地解释，感觉牧遥并没有因此消气，只好又补了一句，“虽然晚了点，可你还是第一个知道这件事的人。”

许其琛看到牧遥的嘴角撇了撇，下意识地看了看他的头顶，就好像有两只小耳朵动了一下似的。

有了牧遥的帮助，许其琛一个下午就搬好了家。他忽然觉得，这个家伙虽然比自己小四岁，但还是很可靠的。

房间里堆满了行李，许其琛蹲在地上一个一个收拾，觉得好热，就从床上的一堆杂物里找到空调的遥控器按了一下，空调却没有反应。

许其琛瞄了一眼，原来是上面的插头没有插，房东还把它搁在了空调的上端。

牧遥正在修理不好打开的窗户。

自己动手，丰衣足食。许其琛搬来了在旁边放着的一把椅子，扶着小柜子踩上去，伸手摸了摸，刚刚够到空调上端的手指终于摸到了那个插头。

“好了，这扇玻璃窗该换了，下次买好了新的再来帮你换吧。”牧遥转过身，看见许其琛一个人爬得高高的，立刻喊了一句，“快下来，那把凳子快坏了，我刚刚准备修的！”

可惜还是晚了那么一秒钟，椅子的一条腿终于因为螺丝松动支撑不住，“咔嚓”一声断开了。

许其琛就这样毫无准备地掉下来，撞倒了险险赶来准备接住他的牧遥。

许其琛捂住自己磕破流血的嘴，疼到倒吸一口凉气。

牧遥抬起手捂住了自己的脑袋。

许其琛吓了一跳：“你撞到头了吗？没事吧？”想要掰开牧遥的手帮他看看，他却执意不愿拿开自己的手。

牧遥的声音闷闷的：“我没事，没撞着。”

“我看看。”

“不要。”

“为什么？”

“不要就是不要。”

许其琛皱着眉头，血顺着嘴角缓缓往下流，疼得他嘴角抽了一下。

牧遥看见了，脸上露出一种复杂的表情：“流血了，等下要去买创可贴才行。”

本来应该是有些不好意思的，可许其琛的全部注意力都被牧遥头顶没被捂住的那一只小耳朵给吸引了过去。

“耳朵！”许其琛这种情绪起伏很小的人，竟然难得开心到说话音调都拔高了。

牧遥有点哭笑不得："有这么高兴吗？"

许其琛抿着嘴点了点头。牧遥叹了口气，干脆将捂住耳朵的手放了下来。

"我可以捏一下吗？"

牧遥点点头。

得到对方的首肯，许其琛小心翼翼地伸出手，轻轻地捏了一下其中一只毛茸茸的黑耳朵。

被捏过的耳朵在他放开手后自己动了动。耳朵的触感很难形容，像一块巨大的扁扁的Q弹软糖。

许其琛抬头望去，牧遥的嘴角也都是血。

"你这里也出血了。"

牧遥轻笑一声，指了指自己的嘴角："这个吗？"

他笑的时候虎牙触碰到口腔里的伤口，又疼得抽了抽："是里面磕破了。"

许其琛动了动嘴角，最终没说什么。

倒是牧遥的肚子叫了两声，打破了寂静。

"学长，我饿了。"牧遥撇了撇嘴，"中午没吃多少就过来帮学长搬家了。"

明显到不能再明显的甩锅，许其琛不得不接受，负罪感满满地问："那……你要吃什么？"

许其琛就这么跟着牧遥去附近的一家超市。出门的时候还碰到了住在主卧的室友，一个相貌平平看起来有些不修边幅的男生。

下午五点，超市的人还不算很多。牧遥推着车，许其琛走在前面。

"你喜欢吃番茄吗？"

"不喜欢。"

"那西蓝花呢？"

"讨厌。"

许其琛停下来，转过身问道："那你喜欢吃什么？"

牧遥抬着手，一下一下拍着自己头顶的帽子，很认真地思考了一下，然后得出结论："肉。"

许其琛摇了摇头，拿了三个西红柿，又挑了一把生菜，放在购物车里，然后走到生鲜区买了一份牛腩，又买了一条鳊鱼。

"这些你都会做吗？"

这个问题问得许其琛哭笑不得："因为会做才会买啊。"

牧遥点点头，两个人又去买了一些调味料和日常用品。

超市这种地方，是过去的许其琛最不喜欢来的地方之一。

因为这里太过生活化，很少会看见形单影只的人，往往都是拖家带口，或是成双成对。而自己就像这个温馨场所的异类，一个人挑选东西，一个人推着购物车，一个人结账，最后一个人拎着沉重的袋子回家，沉闷又孤独。

"干吗站着发呆？"

许其琛忽然回过神，意识到自己不是一个人。

"没什么，差不多了，我们结账去吧。"

许其琛发现带着牧遥有一个非常显著的优势，就是所有的力气活都不用他干。回家的路上，牧遥一个人拎着大包小包，一点也不费劲。

回到家，许其琛打发牧遥去休息，牧遥怎么也不听，非要搬把椅子坐在厨房门口看着。

许其琛开口道："你要不帮我洗一下菜吧？"

牧遥站起来："好啊。"说着就进了厨房帮忙。

两室一厅的房子，厨房的空间也大不到哪儿去。两个男生站在里面，转个身就会撞到一起。

没办法，牧遥只能作罢，听许其琛的话乖乖回到房间里打游戏了。

许其琛很久没有做饭了。

以前跟完全不会做家务的小姨一起生活，他不得不自己学着做饭，慢慢就会了，手艺也越来越好。可后来一个人生活的时候，也就没有了做饭的热情。

一个人坐在桌子旁，吃什么都没意思。

就在牧遥等到快睡着的时候，闻到了饭菜的香味。

"好了吗？"

许其琛回头，看见牧遥扒在厨房的门框上，伸着个脑袋看向里面。

"嗯。"许其琛用布垫着砂锅递给牧遥，"端出去吧。"

卧室里没有吃饭的桌子，他们便将菜都端到了客厅靠近厨房的餐桌上。收拾完，许其琛脱下围裙，敲了敲主卧的门。

房门打开，那个男生推了推鼻梁上的黑框眼镜："有事吗？"

许其琛不太擅长和陌生人说话，不过厨房和客厅原本就是公用的，他总觉得至少应该跟室友打声招呼："我做了点吃的，要不要和我们一起吃？"

那个男生越过许其琛看了看后面的餐桌，脸上的表情有些犹豫，最终还是婉拒了。

许其琛也没说什么，走到餐桌边，盛了碗米饭倒扣在盘子里，又每样菜夹了些放在盘中，端着盘子再次敲开室友的门。

男生开门的时候本来有些不耐烦，可看到许其琛手里的盘子时愣了一下。

“这个点你应该还没吃饭，我给你盛了一点，这样你就不用出去吃饭了。”许其琛冲他笑了笑。

对方呆呆地接过盘子，看着许其琛走回餐桌旁，过了好久才关上自己的房门。

坐在桌边的牧遥已经等了很久了，手里拿着筷子轻轻地晃着。

“吃吧。”

许其琛笑着打开了砂锅的盖子，浓郁的香气混合着腾腾的热气涌了上来：“这是番茄牛腩煲。”说着用勺子给牧遥盛了几块放在米饭上。

牧遥夹了一口牛肉放进嘴里，火候刚刚好，牛肉炖得很软，牛筋也入口即化，浸满了番茄酸酸甜甜的滋味。

“好吃吗？”

牧遥连连点头，好吃到已经丧失了基本的语言能力，嘴里塞得满满当当都顾不上嚼，筷子就伸向了旁边的红烧鱼。

“这个鱼怎么这么入味啊？也太好吃了吧。”

许其琛用手撑着下巴，一边看着牧遥吃饭的样子，一边说着做法：“下锅之前，我就把鱼打了花刀腌了一会儿。油烧热之后炸成金黄色，外面越是酥脆，炖的时候就会越入味。哦对了，炖的料我是用牛肉末、蒜末还有生抽一起炒过之后加热水的，这样就会很香，独门秘方。”

牧遥满眼都是赞许，筷子停不下来。

许其琛和牧遥一起也吃过几次饭了，这次是许其琛见过牧遥吃得最多的一次。米饭拌着汤汁，一碗接着一碗，还怪许其琛做得太好吃，害他越吃越饿。

光是看他吃，许其琛都觉得自己饱了。

等待吃饭的时候，牧遥打开了客厅的电视机。许其琛怕吵到室友，特意调小了点音量。刚才还放着没什么剧情的青春连续剧，现在已经变成了社会新闻。

“九月十八日晚十点，有市民在新南路开发区靠近石油工厂的地方发现一名重伤工人，疑似被野生动物袭击，有关部门正积极展开调查。同时也呼吁广大市民，出行时避免独自前往偏僻郊区……”

许其琛看了一眼电视，所幸拍到的画面都被打上了马赛克。

野生动物袭击？这几个字出现在现代都市总有一种巨大的违和感。许其琛回头看了看牧遥，对方像是完全不在意似的，继续埋头和吃到几乎只剩下鱼刺的红烧鱼奋斗。

“不能再吃了。”许其琛用自己的筷子夹住了牧遥的筷子，“再吃胃该不舒服了。”

牧遥还想讨价还价：“最后一口。”

“那你吃口青菜。”许其琛夹了一筷子青菜放在他碗里。

一桌子菜几乎没剩下什么，许其琛感受到莫大的满足感。

“你别动，我来收。”牧遥拦住了准备收拾完洗碗的许其琛，自己包下了收拾残局的活。

送牧遥到楼下的时候，对方还一脸不舍地感叹：“下次吃学长做的饭就不知道是什么时候了。”

看着他这个样子，许其琛忍不住笑出声，想起他之前冒出来的耳朵，于是朝他招了招手：“你把头低下来一点。”

牧遥低下了头。许其琛将他的棒球帽掀起了一个小小的角度，在昏暗的街灯下瞅了瞅。

耳朵果然没了。

不过他有点好奇：“为什么今天耳朵会冒出来？”

牧遥愣了一下，抓了抓自己后脑的头发：“嗯……大概是痛得吧，遇到强烈刺激的时候会冒出来……”

许其琛点点头：“这样啊……”他带着一丝担忧，“那你以后要小心，不然很容易被发现的。”

成功地蒙混过关，牧遥在心里小小地松了口气，也忍不住嘲笑面前这个人的迟钝程度，自己傻乎乎的不说，还总是让别人小心。

第二天早起上班的时候，许其琛在玄关处看到了一张便利贴。

“谢谢你的饭，很好吃！”

许其琛的心情一下子变得非常好，找了支笔，在后面添上了一句“不用谢”，就匆匆去上班了。

公司的氛围比他想象中还要宽松，不过听带他的前辈说，这是因为最近公司刚完成了一个大项目，所以这几天比较清闲，没那么多活需要他帮忙。

许其琛虽然还是没办法完全做到像叶涵那样开朗阳光，但已经学会了如何主动与人交流。加上他总是一副不争不抢、温和谦逊的样子，很快就和同事们建立了友好关系。

他唯一头疼的，就是还要回学校和大一的学弟学妹一起上概率论。原本以为老板不会同意，没想到在听到他的解释之后哈哈大笑起来。

“是不是那个‘地中海’？他还在当主任啊？”老板示意许其琛坐下，“我跟你说，我当年也是从他手上磨过来的，完全理解你现在的心情。”

许其琛干笑了几声，原来是校友啊。

“没事，多学点东西是好事，也不是每件事都能重新来过的。专业课一周也就一节大课吧，你到时间去就行，反正最近也没忙到一个人都缺不了。”

许其琛连说了好几声谢谢，老板摆摆手：“小事一桩，到时候帮我跟‘地中海’，哦不，刘主任问声好啊。”

许其琛点点头，离开了办公室。牧遥说得没错，从某种程度上来说，他的运气的确挺好。

概率论的任课老师，不出所料就是“地中海”，不过好在是周五的最后一节大课。这样许其琛就不需要耽误太多上班的时间，只需要在周五下午提前两个小时下班，上完课正好周末放假。

按照牧遥给他发过去的课表，他找到了上课的地点，到门口的时候看了看，里面已经坐了不少学生。不过大家原本也都是新生，相互之间也都还没熟悉，看见他也不觉得奇怪。

他刚走到门口，正张望着寻找牧遥的身影，就看见一个原本趴在座位上睡觉的人忽然抬起头，揉了揉眼睛望向门口。

这么及时，难道又闻到了气味？

在看见许其琛的一瞬间，牧遥朝门口挥了挥手。

许其琛背着包走了过去。

“我给你占了位子。”

许其琛看着他将自己的书包从占好的座位上拿走，愣了一下，牧遥并没有占他身边的位子。

一个女生走到窗边：“好暗啊，我把窗帘拉开了哦。”

“哗”的一声，阳光挣脱了那层随风飘荡的屏障，洋洋洒洒地覆盖在牧遥的身上。他没穿最常穿的黑色T恤，而是一件简单到没有任何修饰的白色短袖，日光将他的轮廓分割成泾渭分明的两个部分。

细小的悬浮在空气之中的尘埃颗粒就像是胶片照片里细微而泛滥的噪点，模糊了他的轮廓。

“坐啊。”

他给自己占的位子是前座。这一瞬间，让许其琛差一点就出现幻觉，以为回到了十年前。

“0901，为什么我觉得这些世界里的主角都很熟悉？”

0901 的声音在许其琛心里出现：“许先生，这要问问您自己了。或者说，您创作的时候，是否有所谓的创作原型？”

0901 的反问让许其琛陷入了沉思。

“好，我们上课了。从这节课开始，你们的概率论和数理统计由我来带。”

“地中海”的声音把许其琛拉回现实。他从书包里拿出课本和笔，抬起头的时候正好对上“地中海”的眼神。对方一副“算你小子识相乖乖过来了”的表情，拿出花名册，先点了一遍名字，确认没有一个人缺席才开始讲课。

老实说，许其琛已经很认真地在听了，可是“地中海”的课讲得实在一般，枯燥又乏味。明明也算是数学的分支学科，竟然用幻灯片一页一页滑过去。最起码也该在黑板上演算一下吧……

对于许其琛这样很想学好，但实在是听不明白的文科生来说，真的是一种折磨。一节大课，许其琛的背挺得直直的，注意力全放在讲台上，生怕自己一放松就会犯困。

下课铃声终于响起，“地中海”绷着脸继续道：“占用你们五分钟的时间，把这一题讲完我们就下课。”

下面的同学敢怒不敢言，原本都要站起来了，听到这话又坐了下去。

许其琛想起牧遥一整节课一句话都没说，趁“地中海”低头看着课本的时候转过头去。就看见牧遥趴在桌子上，垫着手臂睡着了。

旁边的男同学开口道：“他都睡了一节课了，幸好‘地中海’没管。”

“这一题回去之后自己做几遍，说不定我期中考就出这道题，知道了吗？”

学生们有气无力地回复：“知——道——了。”

“下课吧。”

教室里一下子恢复了活力。

“周末咯！终于熬过了这个星期！”

“去吃东西吧，我好饿。”

“等一下记得取快递哦。”

“先回趟寝室。”

许其琛转过身子。

牧遥还在睡，好像完全听不到周围的嘈杂声。狗狗的耳朵不应该很灵敏吗？

感觉对方睡得很死，许其琛伸出自己的手，想要扒开他的头发仔细看看。

可许其琛的手指还没碰到他的头发，就被他发现了。

“学长，”牧遥半眯着眼睛坐起来，就像掌握了什么要紧的犯罪证据似的，“你想干什么？”

许其琛假装什么都没有发生一样，看着牧遥的眼睛：“没想干什么。”

教室里只剩下他们两个人。

“你要是想看耳朵，我现在就可以变出来。顺便给你招来一大堆小狗，你觉得怎么样？”

许其琛摇了摇头，忽然又想到了什么：“昨天为什么没有招来小狗？”

牧遥一副“不该说这些”的表情，让许其琛看出了蹊跷：“所以你是可以控制的是吗？不是每一次都会引来他们？”

牧遥笑着转移话题：“下课了是吧？我们去吃饭吧。”

许其琛不依不饶：“你上次是故意的。”

“没有。”牧遥的声音软下来，“吃饭吧，吃饭吧，我好饿啊学长。”

又被糊弄了，不过……

“刚刚你睡得那么熟，怎么忽然就醒了？”醒的时机也太刚好了，害他被抓了个正着。

牧遥拿了抽屉里的书包，两只手搭在许其琛的肩膀上，像小孩子一样推着他慢慢往前走：“因为，我听到了你的笑声。”

周六下午是篮球赛小组晋级赛的第四场，许其琛到达比赛场地的时候，远远地就看到了坐在观众席最前面的齐萌和余苍。

齐萌一下子站起来，两只手放在嘴边，冲着还在篮球馆门口的许其琛大喊。

“叶涵学长！”

被众人围观了，许其琛略带尴尬地笑着走过来：“你们来得这么早啊？”

齐萌吸了一口手里的袋装酸奶，把自己的包包从座位上拿开：“学长坐啊，你是不知道，狗子的人气太高了，中午休馆的时候门口就开始排队了。”

每次听到齐萌叫牧遥狗子，许其琛就特别想笑。

“哦对了，我给你们带了吃的。”许其琛从背包里拿出两个乐扣盒子，“你不是说你中午就来了吗？我怕你们午饭没怎么吃。”

齐萌开心得直晃脑袋，接过乐扣盒子打开：“啊！三明治，谢谢学长！”

许其琛将另一个递给余苍：“小苍，我煮了奶油玉米，等会儿看球的时候可以吃。”

余苍双手接过盒子，虽然说谢谢的时候还是有些颤巍巍的，但门牙都忍不住露了出来，看起来就很高兴。

“学长原来这么会照顾人啊！”齐萌的腮帮子塞得满满的，“嗯！狗子来了！”

许其琛看了一眼，两边的球队都进场了。

“这一次的对手据说很厉害呢，是物理系的。”齐萌吃掉最后一口三明治，凑到了许其琛的耳朵边，“学长，这里面有我们的同类。”

许其琛皱了皱眉，看向穿着深蓝色队服的物理系队员。其中有一个虽然身材不算高大，但看起来戾气很重的样子，染了一头黄毛。

“是21号吗？”

齐萌小声地“嗯”了一声：“还有8号也是的。”

8号的个头虽然和牧遥差不多，但是比他壮多了，看起来怎么也有两百斤。

本系球队的教练训完了话，几个球员原地做着基础热身。许其琛心里隐隐有些不放心，朝牧遥的方向喊了一声：“牧遥。”

虽然许其琛尽力喊了，但声音几乎被全场的嘈杂声掩盖了过去。尽管如此，牧遥还是在第一时间转过身，朝许其琛笑了笑，然后跑了过去。

齐萌“咯咯”地笑起来：“真是忠犬啊我们狗子。”

“学长，”牧遥走过来趴在观众席的栏杆上，“你来啦。”

许其琛点点头，看到了牧遥额头上的发带。不过，他的刘海是不是长得太长了？

许其琛看了看牧遥额前的碎发：“不挡眼睛吗？”

牧遥吹了吹刘海：“是有一点，而且今天一直出汗。”

齐萌在旁边说道：“扎起来吧，不然影响发挥。”

许其琛也表示赞同。

“好了。”牧遥抬起头，露出两颗虎牙，头顶上的小揪揪一晃一晃的，像个小苹果。

观众席忽然爆发出一阵尖叫，吓了许其琛一大跳。齐萌一脸无语：“狗子，毁容增肥了解一下。”

牧遥白了齐萌一眼，把手上的发带绕到手腕上：“谢谢学长。”然后冲许其琛伸出手掌，做出击掌的姿势，“我要走咯。”

许其琛也抬起手，轻轻拍了一下他的手掌。

牧遥转过头，许其琛的表情郑重不已：“小心一点。”

“我知道的。”

看着牧遥离开的背影，许其琛心里总有些不安心，侧头看见齐萌正拿着一个本子低头画着什么。

“你在画什么？”

余苍隔着齐萌小声回答道：“本子。”

“本子？”许其琛皱了皱眉，“我就是问你在本子上画什么？”

余苍张开嘴还没说话，就被齐萌捂住了嘴。

哨声响起，牧遥的手长，不出意料地拿到了球。带球转身的时候却被对方的8号狠狠地撞了一下，球脱了手，被对方队员抢走。

一上来就这么强的火药味，让许其琛心中的不安又加重了一层。

8号是对方的中锋，技术层面上并不比牧遥强很多，但体重是一个很有利的武器。

“狗子被夹击了。”

8号和21号明显是针对牧遥的进攻方式打配合，一旦牧遥出现在了对方内线就会被盯上，导致牧遥在进入内线之后只能被迫将球传给阿明。

许其琛死死地盯着场上的一举一动。原本专注于内线的牧遥被防到只能展开外线打法，球传给他后直接蹬步后仰，投了一个三分。

全场的女生都在尖叫，许其琛却很煎熬。

上半场打下来，牧遥浑身都是汗，双手撑着膝盖弯腰喘着粗气。教练把他们召集到一起商量对策，或许是想变换战术。可许其琛却希望他们可以把牧遥换下来，因为在原文里，牧遥这一场是受了伤的。

而且对面的8号和21号很不对劲，半场打下来居然看起来气定神闲。

连齐萌都发现了不对劲：“按道理，他们的体力应该和牧遥差不多的，怎么会这样……”

许其琛忍不住朝牧遥喊了一句：“牧遥，要不然你下半场别上了。”

对方根本不是打球这么简单，目的太明显了。

牧遥摇了摇头："学长，没事的，放心。"

他刚说完，下半场就开始了。

之前的比分很胶着，为了打破对方的防守，陈擎宇和阿明也在内线展开进攻。牧遥拿球之后多半被挡在篮板下，但他下盘很稳，即便是站在很偏的地方也一连好几个勾射，都顺利入篮。

"好扎实的勾射技术。"连一向不开口的余苍都不由得发出感叹。

渐渐地，几个人的配合越来越好。牧遥带球被8号防守的时候，左手胯下运球，右手接住之后绕到背后，来了一个漂亮的背后传球，手指发力，神不知鬼不觉地将球传给了篮下的阿明。

一个精彩的上篮。

感觉形势好了很多。在战术的改变之下，牧遥从主力得分的位置退下，对方的防守也就没有了之前的强大作用，打起来比之前要顺手很多。

可许其琛总觉得，对方的21号和8号还没有真正使出全力。

全场的攻击节奏越来越快，阿峰在外线拿到了球，一个肩上单手将球传给了阿明。但身为下半场得分主力的阿明此刻被对方的两名球员包夹，找不到一个合适的投篮点。

牧遥给他一个眼神，阿明晃了个投篮的假动作，手腕一摆，将球传给了牧遥。牧遥用最快的速度三步上篮，这样的速度，即便是8号这样强机能的中锋也没能跟上防守。

反而是21号跟着一跃而起，可已经阻止不了得分了。

如所有人意料的那样，球顺利入篮。然而下一刻，牧遥却重重地倒在了地上，神色痛苦地捂住了左胸。

21号此时也因为惯性倒在了地上。

"犯规！"

许其琛猛地站起来。

从他的角度看不清发生了什么，可不远处的观众席出现了反对的声音——

"蓝队21号用手肘撞人了！我这边看得清清楚楚！"

"这么脏的手段！"

"这是暴力犯规吧……"

陈擎宇立刻跑到牧遥身边，将他架起来。21号黄毛犯了规却丝毫没有愧疚之意，满脸挑衅和不屑。阿峰上来就想给他一拳，被木头拽住了。

"别动手。"

许其琛根本不在乎裁判判了什么，也不在乎是哪个替补上去罚球，他从拥挤的观众席中挤出去，不顾工作人员的阻拦跑到被挪到候补席休息的牧遥身边。许其琛半跪在地上，抓住牧遥的手臂，却一句话也说不出。

“叶涵，你别动他，让医护人员来看吧。”

许其琛慌乱地看了看牧遥的周身，没有其他伤口，也没有流血，他只是捂着自己的胸口，眉头紧紧地皱着，额头上全是冷汗。

牧遥对他露出一个微笑：“我没事……”

医护人员将牧遥放平，稍稍检查了一下：“应该是单侧肋骨骨折。”

判断完病情，两名医护人员立刻用三角巾将牧遥左侧前臂斜向固定在胸前，保护受伤的左胸。

“赶紧送去医院。”

“我去，”许其琛站了起来，“我带他去。”

医护人员继续道：“就送到校医院也可以，一定要保证上身直立。”

许其琛扶住牧遥，从侧面走出篮球馆。走到门口的时候，齐萌和余苍也跟了出来。

“他不可以去普通医院的，学长。”

许其琛心里清楚，可一时间根本想不到其他的办法。

余苍忽然开口：“我……我知道一个地方，我带你们去。”

余苍说的地方是一个老旧小区里的一家私人诊所，一共两层楼，看着很旧很小的样子。

“我……我常来的，你们放心。”

晚上七点，这间诊所的一楼只有一个坐在电视机前输液的老奶奶，看着十几年前流行的电视剧。

余苍帮着许其琛将牧遥扶到一旁的空床上坐下，然后走到里间，小声地喊着：“张医生……您在吗？”

一个穿着背心胡子拉碴的男人走出来，嘴里叼着一根棒棒糖：“又是你，怎么了，又吃坏了肚子吗？”

余苍摇着头，指了指外面：“我……我朋友受伤了，您……您快帮我看看他怎么样？”

那个男人瞟了一眼外面，从里间的衣架上拿下白大褂穿好，走出来，看了一眼靠坐在床上表情痛苦的牧遥。

“这是摔着了？”

余苍跟在这个张医生的后面，急忙解释：“不是的，是被人用手肘撞伤了。”

张医生停了下来，皱着眉问道：“普通人？”

“不是，是黄鼠狼系异能者……”

张医生点了点头，眼神落在许其琛的身上：“这儿倒是有一个普通人。”

齐萌立刻开口：“他是我们的朋友。”

“知道了，搞不懂你们这些小孩子的交友原则。”张医生弯腰给牧遥做检查，然后带着他去到二楼。过了一会儿，他把拍好的片子拿过来，递给余苍，“两根肋骨骨折了，不过还好，不严重。”说完从里间拿了胶条、胸带给牧遥做固定。

“近期不要运动，尤其不要压迫到胸口，这个绷带能不松开就不要松开。”张医生说完到抽屉里拿了两盒药，“疼得厉害的时候吃这个，另一盒是防止感染的，一天两颗。”

许其琛开口：“请问，他的伤多久能好？”

“如果是你，起码三个月，你们普通人，伤筋动骨一百天嘛。”张医生一屁股坐在椅子上，摸了摸自己下巴上的胡楂，“不过这小子跟你不一样，只要自己不作死，十天半个月也就好了。”

许其琛暗自舒了一口气。但他还有想不明白的地方，于是在余苍和齐萌扶牧遥出去时，单独问了张医生一个问题：“异能者的体力相差很大吗？”

张医生叼着棒棒糖，看了许其琛一眼：“当然。照理说这小子的融合体很强，他的身体机能已经是异能者里很强大的了。”

说着他把糖拿了出来：“我也是纳闷，一个普通异能者居然能把他伤成这样？这不符合逻辑啊。”

许其琛沉默了，说了句谢谢便离开了诊所。

回去的时候，许其琛和牧遥坐同一辆车，气氛很沉默。过了十几分钟，许其琛对司机说：“麻烦您掉个头，去天怡小区。”

牧遥终于闷闷地开口：“学长，你生气了吗？”

确实生气，如果自己当时强硬些，无论如何也不让牧遥继续上场，就不会发生这样的事。

“没有。”

牧遥看着一言不发的许其琛：“你不先送我回学校吗？”

许其琛仍旧不说话。

司机将车开进了许其琛住的小区，他给司机付了钱，先开门出来，然后走到后座。

“你受了伤，先住在我这里吧。”许其琛的声音很低。

他就这样收留了牧遥。

许其琛打开门，发现宅男室友又把自己关在房间里打游戏，声音很大，透过门还能隐隐约约听见。大概是以为家里没人，所以开了音响，这样反而给了许其琛一种安全感。

许其琛把牧遥扶到房间里坐下，一直在反思，自己刚才对他的态度是不是太差了？

因为他很生气，气那个恶意撞伤牧遥的人；气牧遥没有听自己嘱咐的话；更气自己明明知道原定的剧情，却还是没能做出改变。

许其琛挪开步子，想去开灯，却听到牧遥开口。

“别生气了。”他的声音也很低，有种求饶的意味，“我这不是……已经受到惩罚了吗？”

牧遥仰着头，对着偏过头去的许其琛露出一个笑容：“下次，我一定按照你嘱咐的做。”

看到牧遥近乎讨好的笑容，许其琛的愧疚感一下子涌了出来：“对不起，我……”

然而这些话，却再一次终止。

“学长，”牧遥开口，“我想洗澡。”

许其琛抬头看向他，一脸茫然：“那就……洗啊……”

牧遥右手指了指被捆绑住的左臂：“这个……帮我拆一下。”

许其琛立刻明白过来，轻手轻脚地帮他拆开固定带。

忙活了半天，许其琛才得空洗漱。

许其琛睡不着，满脑子都装着事。白天打球的场景，那两个嚣张的异能者，还有暗中调查的宁铮，反复闪现。

说实话，他现在有些乱，这个世界实在是太不一样了。

上个世界的他，一开始就对剧情进行了大刀阔斧的改动，导致后续的剧情几乎都推翻重来。可这一次他基本上是按照原剧情在走，但难免会存在一些偏差。他不确定这些细微的偏差是不是会引发蝴蝶效应，造成后续剧情的变化。

许其琛仔细地推理一遍。原文中的 8 号和 21 号的确在这场晋级赛中出现，并且伤了牧遥。但是他很清楚地记得自己写的是手臂受伤，这说明攻击方式产生了偏差，造成了更严重的后果。也就是说，剧情确实有了变化。

如果按照原有的计划，真正的幕后黑手，也就是背后的犯罪集团应该会在两个章节内出现，他们是这本小说里的幕后黑手。

异能者过人的体能力量一直以来都被一部分人所觊觎，但他们拥有自己的思想，不会轻易受控于普通人。因此，这个犯罪集团联合一些背离道德的生物科学家研制出提升异能者机能的药物，吸引了一批异能者的注意。

但这只是一个开始，真正的目的是摧毁他们的心智，像控制动物一样控制这些强大的异能者。

两个章节，还需要两个章节才出现，大概是这一个星期之内会发生的事。许其琛不能这样坐以待毙。

这两个异能者在原文里只是一个引子。他们的狂妄嚣张引起了牧遥的怀疑，同时，他们在被牧遥追查的时候将祸水引向牧遥，让宁铮误把牧遥当成之前几起命案的嫌疑人，加上背后犯罪集团的追击，让牧遥腹背受敌。

不能这样，绝对不能按照原剧情走。许其琛的脑子转得飞快，他尽量排除自己的紧张和对已知剧情的畏惧，将自己架空到上帝视角，重新站在作者的角度来审视所有的剧情线，就像重新编写大纲就好。

8 号和 21 号。宁铮。犯罪集团。牧遥。

许其琛将心里纷繁复杂的关系图简化成四个点。只要去掉牧遥，就可以第一时间将宁铮的注意力吸引到这两个异能者的身上，然后再慢慢给宁铮放线索，让他主动去摸藏在背后的人，这样似乎就可以让牧遥抽身了。

无论如何也要在牧遥养伤期间展开新剧情，不然这个世界的任务很有可能会以失败告终。

许其琛不清楚自己究竟是什么时候睡着的。他梦到自己睡在一个很暖和的地方，被一层晒得满是阳光香气的金色稻草包裹着，放松而惬意。再睁眼，已经是上午十点半了。

两个人匆匆起来洗漱，还好是周末，否则许其琛就被迫旷工了。早饭是不用吃了，许其琛看了一眼冰箱，麻利地炒了个生菜，又炒了一盘青椒肉丝、一盘西红柿炒鸡蛋，简简单单，权当午饭了。

牧遥特别挑食，一盘青椒肉丝摆在面前，筷子永远只夹肉丝，碰都不碰青椒，一旦不小心夹到了就重新夹。

“你就这么讨厌青椒吗？”

“嗯。”

许其琛想起以前高中班上聚会的时候，玩真心话大冒险，被转动的酒瓶像是施了咒，害得某人总是被瓶口对准，但他从不选择真心话。

所以总是以“被逼迫吃完整整一盘青椒最终恶心到跑到洗手间大吐一场”这样的结局结束游戏。

还真是像到了极点。许其琛忍不住勾起嘴角，夹了满满一筷子青椒塞进嘴里。

“学长，你要不喜欢吃青椒就不要吃了，剩着就剩着好了。”

许其琛含混不清地说：“我喜欢吃啊。”

“居然有人会喜欢青椒？”牧遥一脸难以置信，看着许其琛又吃了一筷子，才相信，“好吧，这样也好。”

“嗯？”什么意思？

牧遥笑着说：“这样就不会浪费了，多好。”

许其琛低头扒了一口米饭，怀疑自己是不是把糖当成盐放进去了，牧遥突然变得这么会说话。

许其琛托齐萌帮牧遥办了请假手续，听她打电话说，昨天篮球赛的事好像闹得还挺大，学校老师都知道了事情的经过，没怎么说明就把手续办好了。

这个 8 号和 21 号，在原文中就是两个喜欢闹事的人物，眼红牧遥在学校的受欢迎程度，想要锉一下他的锐气，平时在自己的系里也经常耀武扬威。

正是因为这种张牙舞爪的个性，才牵扯出后面的一大堆事。

许其琛看了一眼坐在沙发上没心没肺地看着综艺的牧遥，走进自己的卧室，打开电脑，打开了西大的校园论坛。

果然，首页飘着一个热帖。

“现在的校际篮球赛都玩命的吗？直接暴力犯规把人打进医院，这种事学校不管吗？”

许其琛一早就猜到，以牧遥在学校女生中的人气，一定会有爱慕者发帖打抱不平。下面的跟帖大多都是心疼牧遥的，还有很多骂物理系系队下手太狠。

这样还不够，许其琛匿名发了一个新帖子。

“没人讨论一下昨天物理系比赛吗？8 号和 21 号太牛了吧，简直膜拜。纯直男观点，勿喷，不懂球的别进来谢谢。”

虽然这样的标题无耻透了，但是他必须反炒一下，借由大家的怒火将 8 号和 21 号推到风暴中心，代替牧遥被所有人讨论。

0901 的声音忽然冒了出来。

“许先生，上个世界积累的网络营销经验您还没丢呢，真是学以致用啊。”

这算是夸奖吗……

果不其然，这个帖子一经发出，就立刻收到了无数回帖。骂楼主三观不正的不少，但更多的都是在骂 8 号和 21 号。

“楼主傻子鉴定完毕。8 号和 21 号有什么技术，就是靠着歪门邪道，眼看着拦不住对方中锋的球就杀红了眼下狠手，这种球品也能吹得动？”

“我昨天在场，8 号和 21 号真的很恶心了，全场明着暗着做了多少小动作？这样打不残废都不可能？”

“这两个人真是玷污篮球这项运动了。”

不行，还不够。许其琛又匿名跟了一帖，为两个人的热度再添一把火。

“技术没什么讨论的必要，不过 8 号和 21 号的体力确实牛。照理说打全场到最后都会累个半死，可那两个人一直到对方球员受伤下场的时候都没喘气，这体力是不是太逆天了，佩服佩服。”

这条回复一出，又是一石激起千层浪。这一波节奏一带，所有人的注意力立刻放在了 8 号和 21 号异常强大的体能上，同时也吸引了许多校内球迷的分析和顶帖。

“41 楼提醒了我，昨天的比赛越想越奇怪，这么惊人的体力就算是专业运动员也不一定能做到好吗？真是奇怪，要是有视频就好了，可以分析一下看看。”

“45 楼，我有录视频，点开这个链接就可以看到。”

“可怕，该不会是用兴奋剂了吧？”

“不是，一个校际篮球的晋级赛，有必要用兴奋剂吗？”

“但是真的很奇怪，越看越觉得不可能……”

视频一出，两个人在场上的异常表现就成了所有人分析的对象。楼越盖越高，两个小时内就超越原本的那个帖子成为 BBS 点击第一。

忽然，出现了这样一个假设：“该不会……这两个人根本就不是普通人吧？”

“哇，楼上的话，细思极恐啊……”

“不是的话就太好了，直接举报吧，这是伤人了，进了局子就别想出来。”

“举报举报，没想到我们学校也有这种家伙存在，好可怕！”

没想到大家直接想到了异能者这种可能性，虽然和许其琛预想的结果产生了些许偏差，但好像也可以借一借东风。

许其琛原本还在考虑要不要匿名举报，现在这样，借由他人之手最安全不过了。可是要想完全撇开牧遥在宁铮心里的嫌疑，还必须先揪出犯罪集团的线头，把它跟近期的野兽袭击事件联系在一起，直接丢到宁铮的面前，得快点行动。

“你在忙什么？”

背后忽然冒出一个声音，许其琛假装什么事都没发生，站起来，表情自然地转过身。

“没什么，刚刚收到了公司的邮件。”说完他合上电脑，“眼睛好酸。”

“是吗？”

牧遥的注意力很快转移到了许其琛的眼睛上，一直嚷嚷着下楼去给他买眼药水。

看起来好像没被发现，许其琛在心里舒了一口气。

“我下午可能要去公司加个班，有一个小组会议。”许其琛假装若无其事地倒了杯水，然后很快把话题岔开，“对了，你这一周不上课的话没关系吗？会不会落下很多课？”

牧遥坐在沙发上一下一下地按着遥控器：“没事。”

这些课，简直是太小儿科了。

“就算我去也是睡觉，不去也是一样。”

许其琛语重心长地劝他：“你别这样，到时候挂科会影响毕业的。”

牧遥挑了挑眉：“放心啦，学长。”

完全就是年少轻狂四个字的最直接打开方式。

“我绝对不会挂科。”

牧遥心想：要不是害怕崩人设，这学期真想考个全年级第一。

许其琛把牧遥一个人留在家里还有点不放心，明明对方比他强大得多，只不过年纪小了几岁。

许其琛坐地铁的时候，看到了近期第三起野兽伤人的案件新闻。他用手机搜索了一下犯罪集团的名字——腾跃世纪。

这是一家生物科技公司，也是这个国家制药业的领军人物，所以这家公司的相关新闻大多是新药研发推广，或是一些药品相关的慈善公益活动。就是靠着这些虚头巴脑的营销手段，才将自己包装成了一个生物科技制药业的良心公司形象。

在许其琛切实写在原文的情节中，利用异能者作为研究对象进行异能化培养的非法项目，是在一个非常偏远的废弃工厂地下室进行的。

且不说他不确定具体的地理位置，因为之前自己没有明写，就算知道，如果现在就直接去到那里，以叶涵这个普通人的能力，恐怕也只是以卵击石，说不定还会造成另一种形式的悲剧结尾……

还是让宁铮上吧，虽然这样似乎有点不太好。

许其琛思考着如何向宁铮放线索的时候，忽然觉得叶涵的编程能力终于派上了用场。他坐地铁来到了一个闹市区，随便找了个网吧进去。

“0901，请问你有那种可以增强原主设定能力的道具吗？”

0901 的声音慢悠悠的：“许先生，您是想开外挂吗？”

许其琛一本正经地反驳：“这个设定本来就有，只是增强一点而已，算不上外挂吧。”

0901 顿了一下：“有的，本系统有一款增强药水，但只能够指定一种原主技能进行强化。”

“强化多少？”

“百分之五十左右。”

先试试看吧。许其琛毫不犹豫地支付了三千五百的点数，购买了药水。不过这个药水颜色看起来绿油油的，有点恶心。可是为了任务，还是忍一忍吧。

许其琛选择强化的，自然是叶涵的业务能力，用黑客技术伪装身份，A 计划是入侵到腾跃这个非法项目的数据库系统中，将资料泄露给异管局。如果没办法做到这一点，那就只能选择 B 计划，把自己所知道的关于这个项目的信息通过匿名身份透露给宁铮，让宁铮去查。

不管哪一种，都必须试试。

许其琛正要动手，手机忽然响了，他拿出来一看，是余苍：“喂？小苍？”

对方的声音带着一丝哭腔：“学……学长，我……我本来不想打扰你的，可是萌萌不接电话，我又不能找阿遥……”

许其琛赶紧问道：“你先别急，慢慢说，怎么了？”

“我……我受伤了……”

许其琛还没搞清楚状况，电话那头忽然出现了另一个男人中气十足的声音：“我都说了我带你去医院，跟我走！”

“学……学长……”余苍听起来更害怕了，声音都在颤抖。

许其琛一下子站起来，拿着电话走出了网吧。

“小苍，你别害怕，告诉我你在哪儿？我马上过去！”

许其琛不清楚余苍那边究竟发生了什么事，怎么会突然受伤？而且他说他在牧遥的宿舍楼，许其琛就更慌了。因为是许其琛出门前给余苍发了一条短信，让余苍帮忙去牧遥的寝室拿一些换洗衣服的。

难道这中间发生了什么事？

过了半小时，许其琛喘着粗气跑到宿舍楼，看到了坐在地上灰头土脸一脸委屈的余苍。

“小苍，你怎么了？”看着余苍捂着自己的腿，脸上也是擦伤，许其琛有些着急，“这是怎么回事？”

余苍的眼睛里都是泪花，一开口差点哭出来：“学长……”

许其琛等着余苍的解释，却听见了另一个人的回答：“你是他朋友吗？他刚刚从四楼楼梯口摔下来了，腿可能受伤了，我要带他去医院他死活不愿意。”

这声音有点熟悉。许其琛循声抬头，结结实实吓了许其琛一大跳，差点也跟着余苍坐在地上。

宁铮？！他怎么会在这里？

“是你啊，好巧。”宁铮也认出了许其琛，“你还记得我吗？上次在餐厅遇到过。”

许其琛装出恍然大悟的表情：“哦，哦对，是您啊，您怎么会在这儿？”

难怪余苍会吓成这样。

宁铮开始解释：“其实这件事我有责任，我之前不是还向你打听过牧遥的事吗？我听说他受伤了，想来看看是怎么回事。然后在他的寝室里看到这位同学了，以为是他的室友，就想向他打听一下。不知道是怎么了，这个同学就吓得直往外跑……”

宁铮刚毅的脸上露出一丝无奈：“一不小心就摔下楼了。”

原来是这样……许其琛心里暗自舒了口气，看到宁铮还以为出了什么事，没想到居然是这样的展开。他冲宁铮笑了笑：“小苍他性格比较内向，很怕生人，你们之间可能产生了一点误会。没关系的，我现在带他去看医生。”

宁铮紧锁眉头，看起来似乎很愧疚的样子：“我真的不是有意的，我跟你们一起去，所有的医药费都由我来出，真是太抱歉了。”

宁铮这个人设有一个巨大的优点，就是异常正直，正直到让人有一种难缠的感觉。

许其琛尴尬地笑道：“我知道你不是有心的。”他轻轻推了推余苍的胳膊，余苍的眼睛还是不敢看宁铮，只是小声说，“我……我没事，不用赔偿的……”

说完许其琛将余苍扶起来，一瘸一拐慢慢走着。宁铮还跟在后面，一直说着想要赔偿损失。直到许其琛带着小苍坐上了出租车，对方才没了办法，站在原地看着许其琛他们的车开走。

“你没事吧？疼不疼？”许其琛在车上检查了一下余苍全身，胳膊肘、膝盖和额头上都有伤，万幸的是没流太多血。余苍捂着后脑勺，全身发抖。

"要是……要是……"

许其琛问道："要是什么？"

余苍抽了抽鼻子，委屈地说："要是可以变成融合体，就不会摔成这样了……"

许其琛脑补了一下一只圆鼓鼓的小仓鼠从楼梯上摔滚下来的场景，忍不住"扑哧"一下笑出声来。

余苍本来就是个胆小安静的性格，一下子遇上"天敌"宁铮，肯定是吓得魂飞魄散了。

许其琛觉得很抱歉，如果不是自己让余苍帮忙去拿衣服，就不会遇上宁铮了。但如果是他自己去了，遇上宁铮，上次跟他说不认识牧遥的事也就露馅了。

改剧情真是太麻烦了，牵一发而动全身。

许其琛一边安慰着余苍，一边将他送到了上次那个旧小区的诊所处理了一下伤口，还好只是轻微脑震荡和脚踝扭伤。

"都怪我，我今天不应该让你帮忙的。"

看见许其琛一脸懊悔，正在消毒伤口的余苍皱着一张脸安慰道："没事的学长，都是我自己太胆小了……"

许其琛将余苍送回学校，已经天黑了，许其琛赶紧在楼下买了些菜，匆匆上楼。

这个房子的门一直很难开，钥匙插进去之后总是转不动，好几次许其琛都以为卡住了，总是要费上一大番功夫才能进去。

试了几次都失败的许其琛将手里的东西搁在地上，换了只手转钥匙。

"你得稍微往外拔出来一点。"

身后忽然冒出来一个声音，许其琛转身，原来是自己的宅男室友。

"你看，"室友站到许其琛身边，握住钥匙把，"别太用力往里推，稍微往外面抽出来一点点，再转就好转了。"

"吧嗒"一声，门打开了，许其琛连忙说了谢谢。

"你刚来，还没掌握诀窍很正常，我都是住了大半年才发现的。"

两个人一起在玄关换鞋，室友忽然说道："住了这么久，隔壁房间的租客一直在换。"

许其琛抬头看了他一眼，见他笑了笑，说："好不容易等来一个和善的室友，我又要走了，还真有点舍不得。"

要走？

“你……不住这儿了吗？”

室友从玄关的小凳子上坐起来，拍了拍裤子，脸上洋溢着幸福的笑容：“我女朋友今年要毕业了，我准备跟女朋友一起去住。这两天看了好几处房子，差不多定下来了，估计这个星期就会搬走。”

许其琛有些蒙了，愣了半晌才笑着说：“那很好啊，恭喜啊。”

室友拍了拍许其琛的肩膀：“谢啦。”

他穿着拖鞋走向自己的房间，正要关上门，忽然又打开，冲着正把菜拎起来的许其琛笑着说了句：“我不耽误你做饭了。我刚刚在外面跟女朋友吃过了，你们多吃点啊。”

真是个和表面看起来完全不一样的人，意外地很好相处。

许其琛叹了口气，将菜都归类放进冰箱，然后敲了敲客卧的门，没人回应。他推门进去，发现牧遥正靠在床上，用手机看电影。

“学长，你回来了？”牧遥摘下耳机，“你们公司的会开完了啊？”

许其琛点点头：“你胸口疼不疼？”

牧遥笑了笑：“还好，没有疼得很厉害。”

许其琛用小锅把骨头汤炖上，又炒了几个菜，两个人一起吃了饭。

虽然以形补形这种旧观念没太大的科学依据，但心理作用也能起到积极效应，尤其是看到牧遥一碗接一碗地喝着，许其琛心里还是很开心。

“好好喝，又香又浓。”牧遥笑着说，“我很喜欢骨头的味道。”

狗狗大概都这样？

许其琛盛了最后一碗：“小心烫。”

睡觉之前，许其琛还是惦记着腾跃世纪的事，于是跟牧遥说自己开会时的东西要整理出来，让他先休息。他倒也没在意：“正好，刚刚那部电影我还没看完，学长，你忙吧，我看电影。”

许其琛安心地坐到书桌前，这书桌侧对着床，以牧遥的角度也看不到屏幕。

首先当然是试试A计划。

腾跃世纪这样的大公司，网络安保一定是非常到位的，更不用说是他们高度戒备的地下项目了。许其琛试了几种方法，连本部的普通部门数据库的口令都无法获取。他在电脑前忙活了一个小时，仍一无所获。看来比想象中还要难得多。

这种大公司的防御等级绝对不是仅凭一人之力随随便便就可以突破的，否则就太扯了。就算是身处小说之中的虚拟世界里，开金手指也得讲究基本法。

一向佛系的许其琛也开始烦躁起来，手机振动了几下，发现是同学群，于是他将手机调成静音，却一不小心点开了之前在地铁上打开的浏览器，弹出了新闻界面。

"腾跃世纪将携手 ××× 研究所，共同研发针对罕见病的新型药物。"

研究所……

许其琛潜意识里觉得这个研究所的名字有些熟悉，于是查到了研究所的官网，在"人才队伍"的分栏下，找到了研究所所有的科研人员的资料。

许其琛慢慢地滚动着鼠标，一个一个浏览这些研究人员的信息，直到看到最后一个。好像没有什么问题，是不是错过了什么？

许其琛又快速往上翻了翻，看到一个名为杨名辉的教授。他点开这个教授的主页，一直翻到最底下。

终于找到他想要的了。这个教授所带领的实验室中，有一个名为石伟的博士，就是他，在原作中参与了异能者异能化的地下项目。甚至可以说，这个人就是异能者控制性药物研发的第一主力。

如果入侵了这个人的电脑，应该也可以找到相关的证据。无论如何，黑掉个人工作站的难度还是远远小于大公司数据库系统的。

许其琛侧头看了看躺在床上的牧遥，似乎是看电影看得睡着了。

为了防止个人信息泄露，许其琛决定采用节点式攻击法。他先黑掉了一台主机，用这台主机的网络地址作为自己的根据点，来攻击石伟的工作站。

实验室的官网有石伟的工作邮件地址，这给许其琛提供了一个很大的便利。他花了很长时间编写了一个监听程序，企图借此破解石伟的口令。

但这个方法极其考验耐心，许其琛一动不动地坐在电脑前守着。可破解的进度实在是太慢，他又忙活了一整天，眼睛酸得厉害。

果然，黑客不是一般人能做的，许其琛揉了揉眼睛。这个经历对于他一个彻头彻尾的文科生来说实在是太新鲜了，但再怎么新鲜，他也实在是没那么感兴趣，只觉得好累。

即便如此，为了完成任务，他还是死死地盯着屏幕上控制台的监听代码。这些白色的字符在黑暗中散发着略微有些刺眼的光芒，一点一点地滚动着，变换着。

许其琛以前曾经听别人说过一句话——当你越是企图将全部精力集中在一点的时候，越是容易全面崩盘，在某一个瞬间陷入睡眠。在他的亲身验证下，发现这句话真是无法反驳。

不知过了多久，许其琛猛然间惊醒，下意识地抓过手机，屏幕亮起。

00：41，居然睡了半个多小时！

许其琛心里懊悔不已，一抬头发现屏幕上的代码已经停止了运作。

失败了吗？

许其琛快速地敲了几行代码，屏幕上跳出一个对话框：“请重启程序。”

他重新试了试，仍然是那句话：“请重启程序。”

许其琛的额头上冒出一层冷汗，在经历了相当艰难的心理斗争之后，他还是选择了重启程序，然后丧气地用手托着自己的下巴，想着要不要去倒杯水喝。

忽然，屏幕一亮，运行结果出现了。许其琛凑近，仔细地把那个小方框里的一串字符看了又看。

这是……成功了？

他觉得有些不可思议，一觉醒来居然真的成功了。

许其琛压抑着内心的激动，利用获取到的口令，顺利地入侵到了石伟的个人工作站，大致浏览了他的文件夹，发现很多文件都是加密的。这么多的文件之中，唯独有一个压缩文件的名字引起了他的注意。

控制心理学。

身为原创者，总是对自己创造出来的角色有那么一点玄妙的了解。应该就是这个了。

让许其琛感到幸运的是，那个超级难喝的增强药水还是有点用的，不仅帮他完成了入侵工作站这么高难度的工作，还让他在十五分钟内破解了这份伪装成心理学论文，还进行了三层加密的私密文件。

许其琛掰了掰快要僵掉的手指头，将这个文件进行了抓取，然后退出了后台。

文件上还有腾跃代表方的签字和印章，以及石伟的签字和手印，这些都是板上钉钉了。

许其琛将文件的前半部分以图片的形式匿名发到了宁铮的私人邮箱中，这一部分里有提到力量测试，就是对那些异能者进行药物注射，然后让他们在失控状态下对普通人进行袭击测试。

虽然不是直接的伤人案件线索，但袭击测试这一点就足够背离人性，而且很容易和之前的案件挂上钩。

点击发送。先试试他的反应再说。

做完这一切，许其琛十分谨慎地清理了自己的电脑和网页，一方面他必须保护叶涵的人身安全，另一方面，他更不想让牧遥被牵扯进来。

尽管许其琛一直以来都不赞同所谓的个人英雄主义，但一想到牧遥原本的结局，就只想这样孤军奋战。

他离开书桌，回头的时候发现牧遥还在睡。他看的是什么电影，怎么一直在睡？

许其琛伸了个懒腰，觉得有些口渴，于是轻手轻脚地走到厨房，给自己倒了杯水。

听见远去的脚步声，牧遥睁开了眼睛。手机屏幕亮起，他点击退出了电影播放的画面，进度条显示才播放了三十几分钟。

牧遥打开了历史播放记录，找到刚刚看过的那一部，点击删除。

接下来的好几天，都处于风平浪静的诡异氛围中。

唯一不同的是，室友真的搬走了，他开心得不得了，浑身上下都笼罩着一层恋爱真好的粉红色光圈。

这一个星期的工作因为有了新项目的加入而变得异常辛苦，许其琛中午甚至都没有时间外出吃饭，只好跟着同事点了外卖，一边吃一边开会。开完会，趁着休息的空隙，他给牧遥发了微信。

叶涵："午饭吃了吗？"

他很快收到了回复。

牧遥："刚吃完。"还配了一张泡面的图。

许其琛打了一大堆文字论述吃泡面的危害，还没写完，就被同事叫走，只好作罢。

小组会议结束，每个人都回到了自己的工作岗位。一个同事走过来，提醒道："叶涵，刚刚会议上提到的建模资料都发到你邮箱了，看看收到没有？"

许其琛"嗯"了一声，随即打开电脑，检查自己的邮箱。

许其琛下载资料的时候，忽然想起前几天匿名给宁铮发邮件的事，于是隐藏了 IP，检查了之前的私人邮箱。

果然，许其琛收到了宁铮的回复，时间是上午八点。

"请问你是谁？为什么会有我的联系方式？这份文件的下半部分在哪儿，事关重大，请务必发给我！"

这个郑重又焦急的语气，果然是宁铮啊。

许其琛想了想，回复了一封邮件。

“我只是一个知情人士，出于保护自己的目的选择了匿名。我对这样的非法研究感到非常气愤，所以想要求助于警方。据我所知，之前发生的几起野兽伤人案件也与这个研究项目有关。如果你愿意帮助我，我可以提供给你下半部分的文件，以及这个项目研究场地的相关信息。”

发送之后，宁铮很快就回复了：“我愿意。”

这也太简明扼要了。

许其琛将文件的另一半发送给他，并将自己原设定中写到的有关地下实验室的描述统统发给了宁铮，尽管没有具体的地址，但凭宁铮的刑侦经验，要找到那个研究所应该不难。

好不容易结束了一周的工作，许其琛还得赶往学校。虽然牧遥受伤了不用上课，但许其琛还是难逃一劫。没有牧遥跟着，他一个人孤独地上完了课。

下楼的时候，许其琛正巧遇到了穿着一身角色扮演服的齐萌和站在她旁边帮她发传单的余苍。

“学长！”

被叫到的许其琛走了过去，看见齐萌的脑袋上居然顶着两只兔耳，忍不住问道：“你这是真的还是假的？”

齐萌眨了眨眼：“你猜？”

应该是真的了，胆子可真大啊。

听她解释了一番，才知道原来她加入了学校的动漫社，因为长得可爱，被社长安排来帮忙招新，余苍也是她拉过来帮忙的小壮丁。

“学长，跟我们一起吃饭吧。”

依旧学不会拒绝别人的许其琛答应了邀约，在食堂落座后，他给牧遥打了电话，对方语气里是满满的哀怨。

“好啦，我吃完饭就回去了。你如果不想下去吃饭，我给你带回去也可以啊。”

“狗子现在肯定觉得我们拉着学长不放，哈哈哈。”齐萌插了一块水果放进嘴里。

许其琛笑了笑，挂断电话：“他一个人在家也挺无聊的。”

“话说，狗子快好了吧？”齐萌的眼珠子滴溜溜地打转，“他以前上高中的时候也受过伤，没几天就好了，血超厚的。”

“应该差不多了，过两天再去检查一下好了。”

两个人一直聊着，倒是余苍，捧着一根水煮玉米默默地啃着。许其琛想起他受伤的事，关心地道："小苍，你的身体好些没有？"

余苍咽下一口玉米，连忙点头："好多了，谢谢学长。"

齐萌一脸狐疑地凑到余苍的跟前："还说呢，你最近怎么老是不见人影，以前都是陪着我的。"说着浮夸地捂了捂胸口，"我的崽崽终于要离开我了吗？"

许其琛笑了出来，余苍却像是被踩到了尾巴似的："我……我……我没有！我没有跟别人出去。"

这大概就是传说中的此地无银三百两吧。

齐萌愣了一下，抓住了重点："我刚刚有说你跟别人出去吗？"

余苍忽然被呛住了，不停地咳嗽，脸憋得通红。

"你心虚了！快说，跟谁出去了？

"是不是恋爱了？你看你脸红的！一定是恋爱了！快告诉我嘛告诉我嘛，小苍。"

余苍的头摇得跟拨浪鼓似的。

"你看你，一定是有喜欢的人了！我就知道！"

见余苍的耳朵通红通红的，许其琛连忙出来打圆场："别吓坏他，等他想说的时候再说吧。"

不过作为嗅觉灵敏的半个知情人士加创作者，许其琛若有所思。

没想到啊，剧情居然会这样展开。

"好啦，不开你的玩笑了。"齐萌忽然想起什么似的，压低了声音对许其琛说，"对了学长，我听别人说，上次被人举报了的8号和21号，好像因为听到了风声躲起来了，现在也没被异管局抓到。"

许其琛心里一惊："真的吗？"

齐萌摇了摇头："我也不确定，都是听人说的，不过现在说什么的都有，也有可能是谣言啦。"

一顿饭吃得不太安稳，许其琛早早地回了家，却发现家里没人。

许其琛心里隐隐感到不安，拨通了牧遥的手机，却听到从主卧的桌子上传来了手机振动的声音。他走过去一看，果然是牧遥的手机。

大概是因为这几天发生的事太多，让许其琛怎么也放心不下。老实说他并不是这种忧心忡忡的性格，不知道为什么，来到这个世界变得格外小心。

是因为知道结局吧。这个世界完全不一样，他没办法保证剧情按照自己的想法去走。

不行，还是下去找找看，说不定在楼下的公园里。想到这，许其琛匆匆换了鞋下楼。

天还没黑，秋日夕阳的光散漫地洒着，小区公园里还有不少玩耍的小孩子。

看见那些天真烂漫的小朋友，许其琛才忽然意识到，自己好像神经紧绷过了头，他是一个成年人，还是一个超级强的异能者。

这样想着，许其琛的脚步慢了下来，权当散步一样，慢慢地在树荫下走着，四处张望变成了顺便。

巧的是，心态放平的许其琛竟看到不远处有一个像极了牧遥的身影。

他高大的身子被茂密的树丛遮挡了大半，不过那个侧脸和黑色上衣实在是太好分辨了。

"牧遥！"许其琛隔得老远就冲他喊了一声。

蹲在不远处的牧遥一下子抬起头，对上了许其琛的眼神。

干什么呢？许其琛走近几步，却听到牧遥朝他喊："不要过来。"

许其琛的脚步停了停，却又觉得好奇："为什么？"

"总之别过来。"

越是这样，许其琛反而越想过去。于是也没理睬他的阻止，面带疑惑地快步走了过去。

好奇心会害死猫，说得一点也没错。

牧遥站起来，脸上一副无奈的表情看着他，然后叹了口气。

来不及揣测他的微表情，原本好奇心满满的许其琛，下一秒就被迎面朝他跑过来的七八条小狗吓得魂飞魄散，浑身都是冷汗。

"啊！为什么这么多狗？别过来！"

牧遥忍着笑跑过来，许其琛下意识地往牧遥背后躲。可那些小狗也跟着他转，一个个张着嘴伸出小舌头，吓得他叫个不停。

"你快把它们赶走！"许其琛的声音都在颤抖。

牧遥无奈地笑道："刚刚都劝你别过来了，非不听。"又故意打趣，"学长，我可是伤患，这次就帮不了你咯。"

许其琛被这些小狗追着在牧遥的身边打转，看得人眼睛都花了。

那些小狗狗就像小跟屁虫似的围在牧遥的脚边，牧遥走它们也跟着走，牧遥停下它们也跟着停下。

这样也就算了，这些小东西还"汪汪汪"叫个不停，每叫一声许其琛就感觉心脏衰弱一分，只能求饶似的问道："你能让它们别叫了吗？"

"好。"牧遥停下脚步，对着这些没完没了的小跟班，从喉咙深处发出了一声凶猛无比的低吼。

许其琛浑身一抖，生理上的恐惧让他声音抖到控制不住："你吓死我了！"

牧遥立刻服软："对不起，我这不是在教训它们吗？"

这些小狗果真被牧遥那一声给吓住了，一个个乖巧无比地端坐在地上，伸着粉粉的小舌头，瞪着圆溜溜的眼睛看着他们。

牧遥又朝它们使了个眼色，下巴朝侧面扬了扬，这些小狗狗立刻会意，飞快地蹦蹦跳跳跑远了。

许其琛这下才放心，整个人像个泄了气的皮球似的，感觉自己就剩下最后一口气，只要再听见一声狗叫就会彻底崩溃。

牧遥不再打趣他，带着灵魂走失的许其琛上了楼。

回到家，许其琛坐在沙发上，身子还一抽一抽的。牧遥半蹲下来，手撑着脸看着他道："哎哟，瞧这可怜劲。"

许其琛皱了皱眉，重重地踩了牧遥一脚。

"你怎么又招来那么多狗？"

平常的许其琛永远是一副冷静平和的样子，忽然间变成这副可怜兮兮惊魂不定的模样，牧遥觉得很是新鲜。

因为怕得厉害，许其琛进来都没换鞋，牧遥解释说："你不是不回家吃饭吗？我就去楼下便利店随便吃了点，还买了根烤肠往家走。没想到有几只小狗就跟在后面，估计是饿得厉害。"

牧遥说着帮他拿来拖鞋："我看它们好可怜，就折回去买了点狗粮，在公园找了个安静地方喂喂它们，过来的小狗就越来越多。本来都好好的，我怎么知道你会过来。"

牧遥把拖鞋放在他脚边，抬起头，看着稍微缓过来一些的许其琛，笑了笑："你是看我不在家，下去找我的吗？"

许其琛还没从剧烈惊吓中走出来，想也没想就点了头。

牧遥笑笑："收留我，给我做好吃的，发现我不在家的时候会去找我。"

"我也太幸运了吧。"他露出小虎牙的样子天真又骄傲。

许其琛的胸口涌上一股暖流。

过去的许其琛一直很想养一只狗，说不清是为了什么，排遣寂寞也好，羡慕别人也罢，总之很想有一只属于自己的宠物。但是比起拥有时的欢欣满足，他更害怕十几年后的失去。

他希望这种陪伴一直延续下去，永远不要分开。

这一刻，他终于真真切切地感受到了这种深埋在天性里的渴望。

一夜都没睡好，许其琛早早地起了床，做好了早饭放在餐桌上，自己随便吃了点就匆匆去上班。

新项目开展到最紧张的阶段，每个人手头上都有一大堆的活等着干。虽然许其琛只是一个实习生，但也希望尽最大的能力帮到大家。

被告知需要加班的时候，许其琛给牧遥发了个消息，告诉他自己可能九点以后才会回家。对方一直说要来接他，被他拒绝了。就过个马路的距离，实在没必要大费周章。

许其琛晕头转向地加完了班，离开公司大楼的时候已经是晚上九点半。因为靠近新开发区的缘故，这里不像市中心那样繁华，晚上的时候，马路上只有少部分行人。累到直不起腰的许其琛只能拖着步子慢慢走回家，他刚进了小区侧门，手机忽然响了起来。

他一接通电话，就听到了齐萌焦急的声音："叶涵学长！小苍在你那儿吗？"

"小苍？不在啊，怎么了？"

"他不见了，我上午的时候还看见宁铮在他们系的楼下站着，你说他会不会被抓走了啊？"

如果是宁铮，应该不会对余苍做什么吧？

"你先别慌，和小苍联系了吗？"

"联系了，一下午都联系不上，手机也没人接，他从来不会这样的。"齐萌越说越着急，"而且他最近一直很奇怪，昨天还自言自语，说如果自己像牧遥一样强就好了，就可以帮到他。我不明白什么意思，就是觉得不对劲，我还以为他去找牧遥了，所以才打电话问学长你。"

许其琛的心一下子提起来。如果像牧遥一样强就好了，可以帮到他。

这是什么意思？难道说小苍知道宁铮要去查腾跃的事了？他为什么会失踪，去哪儿了？

正当许其琛想要理清所有线索的时候，突然被人用手帕死死地捂住了口鼻。他下意识地用手肘使劲抵着身后的人，却发现四肢以极快的速度变得麻痹，大脑也开始模糊。他发不出任何求救信号，就这样一点一点失去了知觉。

醒来的时候，许其琛脑袋昏昏沉沉。不出所料，他整个人被绑在一张椅子上，无法动弹。

身体的知觉顺着血液流通慢慢恢复，他背在身后的手指缓缓地动了动。

他的视线从模糊慢慢变为清晰，视野内是一个阴暗的废弃工厂，外面的光线从三四米高的狭小窗户投射下来，漂浮的尘埃勾勒出光的具体轮廓。他无力地将脖子后仰了些，张嘴吸了一大口气。

“哟，终于醒了。”一个人绕过自己，走到他面前，验证了他的猜想。其实在被袭击的一瞬间，许其琛就已经猜到谁是肇事者。

几周不见的黄毛露出一个令人作呕的笑容，这次他的身上没有穿球服。

许其琛望着他，没有恐惧也没有惊慌，只是淡然开口：“你为什么要把我带到这儿来？”

“为什么？”黄毛冷哼一声，手指间夹了一支抽到一半的烟，“谁让你跟那条臭狗关系好呢？我不抓你抓谁？”

果然是冲着牧遥来的。

许其琛歪了歪头，一脸认真地说：“我跟他的关系也算不上好。”

黄毛吐了口唾沫在地上：“你糊弄谁呢！我亲眼看到的，那条狗被我打残的时候是跟着你走的！”

许其琛笑了笑：“因为我是他们的篮球经理。”

他的声音温和极了，直截了当地说出了黄毛的目的：“你该不会是想用我当人质，把他引出来吧？”

黄毛的眉头皱了皱，一副被看透的愤怒昭然若揭。

见他不说话，许其琛叹了口气：“虽然我挺想离开这儿的，但是我还是得说，你这算盘打得不对。你这么厉害，应该也想得过来，他上次就被你打伤了，躲你都来不及，又怎么会为了我这么一个普通学长把命给搭上呢？”

黄毛盯着许其琛看了一会儿，然后低头猛吸了一口手里的烟，再扔到地上，用脚使劲碾了碾。

“少跟我废话，把牧遥的手机号报出来。”他从口袋里掏出一部手机，又一脚踩上许其琛的膝盖，“要是想活命的话，老老实实叫那小子滚过来。”

膝盖处传来一股剧痛，许其琛死死地皱着眉，仍做出一副顺从的样子：“我不记得他的手机号了。”

黄毛揪起许其琛的领子，反手抽了他一巴掌：“你是不是找死？”

这一巴掌打得着实狠，一股铁锈味从许其琛的嘴里弥漫开来。他皱着眉，忍痛舔了舔嘴角的血，笑着解释道："我是说真的，现在谁还会背手机号啊，我只记得我妈的号码。"

见黄毛快要失去耐心，许其琛又道："他的号码我存在手机里了，手机在我的裤口袋里。"

黄毛一脸狐疑地伸手去掏许其琛的裤口袋，果然摸出了他的手机。

"密码。"

许其琛一字一顿："000601。"

黄毛解开了手机，低着头在通信录里翻到牧遥的手机号，盯着屏幕笑了一声："算你小子识相。"随即他将手机举到耳朵边，没等到手机里响到第三声，就感受到了一股剧痛。

黄毛猛地捂住血流如注的脖子，难以相信地看着不断后退的许其琛。

许其琛的手里紧紧地握着一把小刀。

"0901，你们卖刀之前能不能先磨一磨？一条绳子都割半天。"许其琛一边在心里说着，一边往工厂的大门跑。却没想到黑暗中又出现了另一个人的身影，糟了，是当时的 8 号。

大门从里面上了钢闩，许其琛来不及抽开，就被那个又高又壮黑熊一般的 8 号给掐住了脖子，手上的刀直接被他夺走。他将许其琛举了起来，重重地扔在了地上。

黄毛捂着血流不止的脖子，恶狠狠地一脚踹在许其琛的肚子上："还想跑？"

许其琛的腹部传来剧痛，五脏六腑都拧在了一起，不间断的闷痛一阵阵袭来，让他再也忍不住，疼得蜷在地上，一口血吐在地上。

黄毛拿开捂住脖子的手，看见满手的鲜血："让你刺我！"说着亮出自己的爪子，一把将许其琛拎起来，右手笔直地刺向许其琛的喉咙。

惊天动地一声巨响，工厂大门的钢闩生生断成了两截！蓦然打开的大门卷起地上积攒已久的尘土，飘扬的烟尘之中出现了一个颀长的身影，缓缓将抬起的腿放下。

这场景真是熟悉极了。许其琛凝视着那个黑色的身影，感觉到掐住自己脖子的手开始微微颤抖。

8 号也低声骂了一句："怎么这么快就来了……"

不知是惊讶还是害怕，黄毛松开了手，许其琛无力地倒在地上，腹部传来的疼痛让他无法站起来，只能暂时蜷着，找 0901 买了一颗止痛药，趁他们不注意吞了下去。

牧遥背着光，一步一步走进来，两只手的手指骨节咔咔作响。

再走近一些，许其琛隐约看到他的手指变长了。不，不对，是利爪。

他站定，逆着光，看不清他脸上的表情，只能听见他压抑着怒火的声音那是许其琛从没听过的声线，陌生而可怕："你们猜，我有多久没动手了？"

言毕，两个方才还气势汹汹的异能者来不及做出反应，牧遥便以快到模糊的速度出现在8号的面前。身形巨大的8号重重地倒在地上，扬起飞尘，最终变成融合体黑熊的样子，胸膛前流出了汩汩鲜血，无法动弹。

牧遥一脚踩过他的身子，跳到了黄毛面前，冷眼看着黄毛哆哆嗦嗦地在身上摸索，直到找出一根针管。

"我告诉你！你……你别过来！"他脸上的肌肉因害怕而扭曲，不断颤抖的手拔掉了针管的头，像是抓住了最后一根稻草，放着最后的狠话，"我等会儿要你好看！要你好看……"

牧遥勾起嘴角，许其琛这才看清他嘴角的虎牙消失了，变成了锋利的獠牙。

"让你一回，还当真了。"牧遥皱了皱眉，抓住他的手，轻轻往手背方向一折，生生折断了他的手。针管掉落在地，被牧遥一脚踩碎。

"没出息的杂碎。"他看了一眼黄毛。

"还没完呢。我啊，不是什么好人，你们应该清楚得很。"牧遥笑了笑，转了转锋利无比的爪子，紧紧抓住黄毛的肩膀，"本来想装得纯良些。"

像方才许其琛被举起那样，牧遥将黄毛举了起来。

"你们非得让我露出这副样子。"

牧遥一爪子抽出将黄毛扔在地上，鲜血从黄毛的嘴里涌了出来，狼狈又恶心。黄毛露出了融合体黄鼠狼的样子，在地上挣扎着。

他的语气十分和缓，俯身抱起了躺在地上的虚弱的许其琛。

"再有下次……"猛然间，他的眼神变得阴狠无比，"我让你们连畜生都做不了。"

走出工厂的时候，许其琛模糊的意识才完全清醒。方才的止痛药起了作用，他身上的痛楚减轻了大半，眼神也恢复清明。

许其琛忍不住开口问牧遥："你动手了吗？"

"你别担心，只是让他们受到应有的惩罚。"

许其琛"嗯"了一声，轻轻拍了拍牧遥："放我下来吧，我能走，没事的。"

牧遥不同意，许其琛又说了几次。牧遥拗不过他，只能站定，放他下来。

许其琛捂着自己的肚子，站在地上，抬头冲牧遥笑了笑：“谢谢你来救我。”

牧遥却下意识躲避开许其琛的眼神，垂着的双手淌着殷红的血，一滴一滴落在地上。他感觉到了许其琛看向这双爪子的视线，觉得有些难堪，试图将它们收到背后，结果还是被许其琛看到了：“谢谢你。”

牧遥积压在胸口的情绪在一瞬间崩溃，明明他才是受到伤害的人，却在努力地安慰着自己。

许其琛能够感觉得到，他的身体在不断地颤抖。

“我好害怕，你的气味好弱，我努力地找，可是，跑过来后我闻到了血的味道，是你的血。”牧遥的声音控制不住地颤抖，脆弱得好像一碰就碎，仿佛刚刚那个恶魔一样的人根本不是他。

“我以为……我以为你已经被他们……”

许其琛抬起手，轻轻地拍着牧遥的背：“我没事，只是一点小伤。”

感觉到牧遥的情绪慢慢地平静下来，许其琛才说：“牧遥，刚才那个人拿出来的药物，应该就是篮球赛前服用过的药，可以增强体能，但这只是最初级的产品。”

许其琛看了看身后的工厂，语气十分坚定：“这个工厂的下面，是这些违禁药物的研发基地。小苍他不见了……我怀疑他被困在了这个实验室里。”

牧遥皱眉：“小苍？”

“我猜，是小苍从宁铮那里得知了这个实验室的存在，所以他自己过来想找寻一点线索。”许其琛也只是猜测，“我不确定是不是这样，你试试能不能闻到小苍残留的味道。”

牧遥环视了一下四周，然后一步一步走回工厂附近：“他确实来过。”

“果然没错，我们必须找到实验室的入口！”

许其琛的话音刚落，就听见汽车的声音。牧遥警惕地将许其琛护在身后，再一次亮出利爪。

那辆黑色越野车停在了他们面前，车门打开，走下来一个人。白衣黑裤，黑色肩章。

是宁铮。

牧遥正要上前，被许其琛抓住了胳膊。

“宁铮，你是来找小苍的，对吗？”

宁铮的眼里布满了红血丝，眉头紧锁。他没有回答许其琛的话，而是绕过他们走进了工厂。在工厂内部的东南方向，他用爆破装置炸开了那个角落的地面。

许其琛和牧遥跟在后面，看见那个角落的地面露出一个黑洞，里面像是有一条狭长的通道。

宁铮跳了下去。

牧遥也准备下去，就在许其琛想同行的时候，却被他拒绝："你就留在这里，下面很危险。"

"我不。"许其琛语气认真而笃定，"我哪里也不去，跟你下去才是最安全的。"

这条通道似乎是某种排气通道，三个人在深邃的甬道里走着，宁铮独自一人走在最前面，许其琛能够感觉得到他的怒气，还有一种诡异的防备感。

或许对他来说，和一个犬系异能者同行，几乎是这辈子都不可能发生的事。

不知走了多久，宁铮停了下来，踩了踩脚下，有一块铁板，上面似乎有锁。

正当牧遥准备上前将锁扯断时，宁铮手握消音枪，一枪击开铁锁，然后打开铁板跳了下去。

牧遥和许其琛跟在后面也跳了下去，双脚接触到地面的时候才发现，宁铮的身边已经倒下了四个人。

这速度也太惊人了，许其琛心下一惊，看来是失控了。

他们从排气通道下来，来到了灯火通明的走廊。这个研究基地看起来规模不小的样子，没有地图的他们尚不清楚这里究竟是什么地方，只能一步步摸索着前行。

"小苍不在这一层。"牧遥忽然开口。

听到"小苍"两个字，宁铮终于回过头，看了牧遥一眼。

牧遥一脸笃定："这里没有他的气味。"

宁铮转过身，快步向前走着。迎面出现两个穿着白大褂的人，宁铮飞速抬起腿，一脚将左边那个人踢出很远，重重地撞到墙壁上，右掌猛地击上另一个人的后颈，让他一瞬间陷入昏迷，倒在地上。他真不愧是警界精英。

看着许其琛满眼藏都藏不住的敬佩，牧遥冷哼一声，心想：明明我比较厉害。

宁铮一把揪起被他踢得蜷在地上的那个人："说，余苍在哪里？！"那个人瑟瑟发抖："我……我不知道什么余苍啊！饶了我吧！"

许其琛连忙上前，语气平和地问道："你们这里的异能者实验室在哪儿？如果有新的异能者进来，会关在哪里？"

那个人犹豫了一下，眼神躲闪。宁铮将他摔翻在地，凶狠地踩上他的脸道："说！"

"我说！我说……"他的鼻涕和眼泪都被吓出来了，"实验室在B3楼，下电梯后往左走，再右拐，一直走到头，那里关着新抓来的试验品。”

“试验品”三个字像是触到了宁铮的逆鳞，他忽然掐上了这个人的脖子，手背青筋暴起。

许其琛连忙阻止他道：“冷静。”

宁铮看了许其琛一眼，这才松开手，走向了电梯。

他们很快到了B3层。三个人都清楚，这一层应当是他们防御最严格的地方，因而在电梯门打开前，许其琛就被牧遥拽到了身后。

门一打开，几个守在走廊的保镖就看见了两个身形高大、一黑一白，浑身散发着危险气场的男人。他们还没搞明白是怎么回事，就被这两个不知从哪儿来的陌生男人三两下打趴在地，一点意识也没有了。

完全是扫荡级别的潜行。

似乎是在上一层的行动暴露了他们的造访，转角处突然冒出许多全副武装的人，手里还拿着枪。牧遥一个飞身上前，速度快得让他们都反应不过来，只见人影如鬼魅一般闪到最后。然后那些人的右手都折断了，武器全掉落在地。

牧遥转过身，冲许其琛挑了挑眉。

真够幼稚的，都什么时候了还耍帅。

许其琛忍不住笑了出来。

宁铮打晕了几个人，阻断了他们站起来回击的可能。

三个人根据刚刚那个人的话，右拐走到了尽头。那是一扇闭合的金属门，右侧有一个手掌大小的银色金属板，上面有一个小小的锁眼。

许其琛跟在宁铮后面，觉得这一幕有些眼熟。

“牧遥，”许其琛侧过头开口，“你帮我把这个金属板弄开，不要破坏里面的东西。”

牧遥上前，将许其琛拽到后面，抬起右手，蓄力猛地挥了一爪。只听见一个刺耳无比的声音，那块金属板出现了五道裂缝。

看见这副情形，许其琛又瞄了一眼牧遥的手，忍不住打了个寒战。

牧遥将手指嵌入缝中，一下就将金属板给拽下来，扔在了地上。金属板之下是一个数字键盘。

果然没错，许其琛走上前，努力搜索着自己多年前写文时的记忆。这个地方许其琛曾特意描写过，也写到了石伟在进入这个实验室时输入的密码。

身为原作者，终于等到掌握剧本开金手指的这一刻。不过隔了好几年，记忆有些模糊，许其琛看着数字键盘，思考了一下，还是决定先试一试。

他按下了八个数字。

数字键盘发出了三声急促的“嘀嘀嘀”，密码错误。

许其琛深吸一口气，再次回忆，又试了一遍。

仍旧错误。

许其琛心里开始有些怀疑，忐忑的情绪开始动摇他的自信心。他不能再错了，这是最后一次机会了。

这个时候不可以慌。许其琛闭上眼睛，想象自己当初坐在电脑前打字的场景——

他走到了这条走廊的尽头，从大褂的口袋里掏出一把钥匙，借着明亮到几乎刺眼的灯光，找出了属于这个小小锁眼的那一把。插入，旋转，打开了这个金属盖。伸出手指，按下了几个数字。

09123407。

大门缓缓地打开。

许其琛睁开眼睛，按下了这一连串的数字。

“嘀！”密码正确。左侧的大门在一瞬间缓缓打开，一切正如许其琛所描写的那样。

“你为什么会知道这里的密码？”宁铮的眼神锐利无比，几乎要将人穿透。

许其琛从小就害怕警察，听到近似拷问的质疑，有些心虚地笑了笑：“这……这不是重点吧……”

牧遥一把将许其琛拽到自己身边：“你敢动他……”

他还没说完的狠话在看到门后景象的那一瞬间，哽在了喉咙里。或者说，他们三个在看到眼前的一幕后，都惊诧到无法言语。

这里是异能者的炼狱。

打开门的瞬间，第一个看到的就是一个融合了蜥蜴的异能者。他的脸上隆起可怕的青筋，纵横交错，如同遒劲盘错的树根，青绿色的鳞片在脸颊上若隐若现，浑身都是导管，一旁的机器在源源不断地注入蓝色的不明液体。

他的瞳仁不断变换着，上一秒还是与人类无异的黑色瞳仁，下一秒就闪烁成金色的蜥蜴瞳孔，脸上没有丝毫情绪，连痛苦都没有。

旁边那个逼仄的空间，是一个被固定在直立试验台的异能者，导管往他的身体里输送着色泽艳丽的液体。他的背后长着一对洁白的翅膀，看起来就像是一个天使。然而他的胸膛完全被打开，没有了皮肤的覆盖，一颗鲜红的心脏虚弱地跳动着。

许其琛忍不住移开视线，可残忍的景象却无从躲闪。被剥去全部皮肤浸泡在药水中；被绑在电椅之上抽搐到呕吐；被注射过多药物精神失常；被活生生斩去双臂用药水催化再生长……

一个挨着一个，透明的监狱之中关了形形色色的异能者。一个又一个，没有尽头。

牧遥浑身僵硬，死死地咬着牙，额角的青筋若隐若现。许其琛还没能安抚好牧遥的情绪，宁铮就已经提前崩溃了。

这些异能者遭受的残忍对待，都让他的脑子里浮现出余苍的脸，仿佛他所看见的每一道伤口，每一种可怕的研究手段，都加在余苍的身上。

不行，要找到他。

许其琛看着已经快要失去理智的宁铮疯狂地察看着这里的每一个监禁室，忍不住开口提醒："宁铮，你冷静一点。"

对方却对他的话置若罔闻，脚步越来越快，越来越快。

牧遥和许其琛紧跟在他后面，直到看见他匆忙的身影停下来，呆滞地站在了一间玻璃房子面前。

眼前这间监禁室里关着的，就是他们一直在寻找的余苍。他的身上穿着白色的实验服，双臂被两根钢索高高吊起，药物的作用让他的头发一夜之间长至脚踝。被高高悬着的他低垂着头颅，看不清脸上的表情。

吊起双臂的锁链连接着电击的设备，只见右下角的仪器上红灯一闪，电流便经由锁链通向他的身体。被电流击中的余苍，原本低垂的脖子条件反射地猛然后仰，三个人这才看清他的脸。

一双紧闭着的眼里淌出两行血泪。

宁铮举起手中的枪，对着面前的玻璃一连开了好几枪，玻璃却仅仅只是出现了裂痕。是防弹玻璃。

牧遥后退几步，猛地上前，一个侧踢，正中刚才子弹打过的裂痕处。玻璃一瞬间碎裂开，三个人进入其中。牧遥一脚踩上仪器，腾空用利爪将两根钢索斩断。

失去了牵制的余苍顺势落下，被宁铮接住。

宁铮探了探余苍的鼻息，然后用手轻轻擦去他脸颊上的血泪，唤他的名字。可余苍已经陷入昏迷之中，得不到半点回应。

尽管救到了人，可许其琛心里总是隐隐感到不安。

虽说宁铮和牧遥的战斗力的确不一般，可这里不是别的地方，既然能够对这么多的异能者进行非法研究，照理来说，应当守卫森严才对。可他总感觉他们这次的行动太顺利了一些。

许其琛开口："我们先带他走吧。"

话音刚落，就听见鼓掌的声音。从走廊里传来一个声音："不愧是融合了大型犬的异能者，体能和战斗力果然不是这些虾兵蟹将可以相提并论的。"

牧遥下意识地站到许其琛的前面，双手放出利爪。

一个身穿白大褂，戴着一副金丝边框眼镜的男人走到他们面前，看了一眼抱着余苍的宁铮，推了推鼻梁上的眼镜："哟，这不是异管局的宁队长吗？久仰久仰啊。"

宁铮冷眼看向他，对方却笑了起来："先前我们和异管局谈合作，可你们怎么也不答应，害得我们大费周章才弄到这么些试验品。当时我还在纳闷，异管局的天职就是捕捉混迹在社会之中的异能者，如今拿这些东西做研究造福人类，怎么还不愿意呢？"

说着，他神色一变，冷哼出声："也真是奇了怪了，我可是听说宁队的爸妈都死在异能者手里呢。怎么，现在救了一个异能者，不怕九泉之下的父母死不瞑目吗？"

这番话像是尖刀一样，一字一字直戳宁铮的心："你究竟把他怎么了？！"

"就这个劣等异能者，要不是自己送上门，我们都不会收来当试验品。"石伟双臂环胸，"只不过用了最低剂量的药就昏迷不醒了，本来想着扒了皮做个标本一了百了。"

说着，他的眼睛看向牧遥："可我又想了想，不行，我得拿它来做诱饵啊。万一那两个蠢货给我把事情办砸了，没将人给我引来可怎么办？"

许其琛皱了皱眉。

宁铮举起枪，对准了石伟。

石伟的眼神瞟了瞟还处在昏迷状态的余苍："我说宁队，你可想好了再开枪。"

宁铮犹豫了一下，扣住扳机的手指最终还是松开了。

石伟笑了笑，从外套口袋里拿出一个小巧的控制器。他稍稍退后几步，打开了身边最近的一个监禁室，自己走了进去，然后又关上了玻璃大门。他的声音隔着玻璃大门，仿佛被挤压过一样，变得干瘪而失真。

许其琛抓住牧遥的胳膊：“不能再逗留了，我们快走！”

但已经来不及了。他亲眼看见石伟按下了手中的控制器，地面开始震动，金属制成的地板缓缓地向两侧推移。

地板下方成排的金属笼子慢慢上升，然后“咔嚓”一声，所有的笼子在顷刻间被打开，里面出现了各种各样面目可憎的异能者。大多是半人半兽的形态，身形巨大，速度极快。

这些就是被石伟研究出来的异能者！

十几个可怕的异能者都在一瞬间看向四个人，他们似乎已经丧失了心智，眼中没有瞳仁，只是一片青白。虽仍是人类面孔，但每一个都长着布满獠牙的巨口，依凭杀戮的本能冲向眼前的猎物。

宁铮沉着地朝离得最近的几个异能者开了枪，正中他们的头颅。可那些异能者根本不是寻常生物，它们的体能在药物的刺激下发生了惊人的变化。尽管被子弹击中的伤口血流如注，它们却只是顿了顿，鲜血淋漓的脸重新恢复狰狞，再一次朝他们扑来。

牧遥一个飞身上前，一脚将靠近的异能者踹飞，身体重重地撞向石伟所在的那间玻璃监禁室。

许其琛看向石伟，对方的眼神很奇怪，说不出的奇怪。

宁铮抱着余苍走到了禁闭室的角落，将他放下，靠在墙壁上，然后转身对牧遥说：“帮我把这根钢索弄下来。”

牧遥回头，看了一眼解开袖口的宁铮，一脚踩上试验台，将钢索固定在天花板的一端斩断，然后扔向宁铮，随即转身，将一个靠近的异能者再次踢开。

这些异能者怎么打都不会停，好像感受不到疼痛一样。不，他们什么都感受不到了。支撑他们一次又一次爬起来冲向猎物的，是被药物无限放大了的猎食本能。

一个身上长着花斑的异能者扑过来，身手极其敏捷。面对这样的对手，普通的攻击根本没办法让他们脱险。牧遥只能咬咬牙，用利爪穿透了对方的右肩，然后奋力一扯，将他的右臂生生撕下来，然后踹到远处。

“小心身后！”听见许其琛的提醒，牧遥正欲转身，却听见钢索挥动的声音。

那只正想从身后袭击他的狼系异能者，被宁铮用钢索缠住了脖子。宁铮虽然只是个普通人，但早就在多年的实战中训练出惊人的耐力和格斗技术。

牧遥转身，看着这个已经失去心智的异能者，握了握拳。

宁铮咬牙问道：“你还以为他们是你的同类吗？”

牧遥眉头紧皱，反手一挥，将这只被宁铮缠住无法呼吸的狼系异能者开了膛。宁铮的手腕猛地一甩，将钢索斜挥出去。

没错。这些异能者已经不是他的同类了，他们早就只剩下一副躯壳了。

逼到无路可退的地步，牧遥放弃了原本不想伤害这些异能者的念头。为了保护自己想要保护的人，哪怕让这双手沾满鲜血，他也别无选择。

两个人的配合越发默契，这些异能者都被牧遥生生撕碎，鲜血淌了一地。两个人的衣服都被染得鲜红，直到最后一个异能者倒下。

不知为何，许其琛心里的不安感并没有消除，反而在胸口愈演愈烈。

宁铮放下了手中的钢索，用布满伤口的手抱起了角落里的余苍。

玻璃大门后，石伟再一次鼓掌。仿佛刚才的那一场杀戮，对他而言不过是一场精彩的演出。或者说，是一场真正的试验。

“不愧是我看中的异能者。”

许其琛忽然反应过来，自己煞费苦心改变每一条线，破坏原有的每一个伏笔，根本都只是徒劳!

“牧遥！快走！”

就在许其琛喊出这句话的瞬间，牧遥双膝一软，跪倒在地。

许其琛踏过满地的鲜血，扑倒在他面前：“牧遥，你怎么了？”

他茫然地抬头，看向许其琛。

那双充满笑意的眼中没了光彩，瞳仁中的墨黑一点点被鲜血一般的殷红所吞噬。

牧遥的心脏异常迅猛地跳动着，身体仿佛再也不属于自己，满地的血腥之气成为最好的催化剂。

牧遥缓缓抬起手，用力拔出了射击在他脖子上的一根针管。

“快……走……”他艰难地将许其琛狠狠地推开。

许其琛第一次有种束手无策的感觉。当初写文的时候，他是抱着怎样的想法写下的结局呢?

许其琛的脑中一片空白，跪在地上，呆呆地看着面前再熟悉不过的那个人在剧烈的痛苦中变成另一副面孔。

鲜红的双瞳，尖利可怖的獠牙，脸颊上的赤色异能者标记。

这个世界注定要失败吗?

石伟的笑声从逼仄的监禁室传来。

"我等了这么久,就是为了看见这一刻!"他的面孔因极度的渴求而变得狰狞,"这才是最强大的力量!"

牧遥慢慢地站起来,猩红的双眼俯视着许其琛,眼中没有丝毫情绪,好像从来不认识他一样。

牧遥缓缓抬起自己的右手,沾满鲜血的利爪比之前的更加锋利。

"快走!他现在已经没有心智了!"

宁铮的呼喊并没有起到什么作用,许其琛的脑子里乱极了,所有他说过的话都再次浮现,像是故障掉的胶片电影,一帧一帧开始错乱。

"喂,都是成年人了,难道你没说过谎吗?"

"学长,我醉了……"

"谢谢学长,把你的幸运分给我。"

"别生我的气了,我这不是……已经受到惩罚了吗?"

"我也太幸运了吧。"

…………

许其琛在心里问道:"0901,任务失败的话,现实生活中的我会脑死亡,对吧?"

他没有得到回应。

许其琛站了起来:"无所谓了。"

看着许其琛一步一步走向牧遥,宁铮吼道:"你疯了吗?他根本不认识你了!"

许其琛看了一眼宁铮:"你带着小苍走吧。"

宁铮的手指紧紧地扣着扳机。

"别开枪,"许其琛的眼睛红了,声音沉静,却有着说不出的苍凉。

宁铮看着同样失去理智的许其琛,咬咬牙把枪放下,重新拾起那根钢索,将还未展开攻击的牧遥用钢索死死缠住。可他心里很清楚,这只是杯水车薪。

果然不出所料,被一圈一圈牢牢捆绑住的牧遥怒吼一声,活生生将这钢索挣断。这一举动似乎激起了牧遥的怒火,他毫不留情地向宁铮挥了一爪。尽管宁铮已经尽力躲闪,却还是被他伤到了左臂,几道血痕立刻浸染了宁铮的衬衫。

而宁铮的一个正踢也正中牧遥的腹部，让他在强力之下后退几步。被药物所控制的牧遥似乎感觉不到疼痛，喉咙里发出愤怒的声音，几欲将眼前的人撕碎。

尽管宁铮对付异能者的经验十分丰富，可毕竟是个普通人，两个人交手时占尽了下风。

“宁队，当初你要是老老实实跟我们合作，今天又怎么会是这样的下场呢？”

石伟的每一句话都让宁铮厌恶至极。牧遥的攻击来得太快，让他无从躲避，利爪逼至眼前，他握住牧遥的手腕。可两个人之间的力量差距太大，让他快要招架不住。

原以为这一下总是躲不过的，可令他没想到的是，许其琛竟然从背后钳制住了牧遥，冲着他大喊：“快带小苍走！”

牧遥的注意力立刻被制住自己行动的许其琛吸引，像一头野兽般嘶吼，利爪挥向了许其琛的手臂。

剧烈的疼痛骤然传来，可许其琛怎么也不肯松手。

“牧遥……”

石伟的笑声尖利而刺耳，仿佛在观赏一部最好的滑稽戏。

“你以为他还知道你是谁吗？现在的你在他面前也不过就是一个猎物而已！你们谁都逃不了！杀啊！杀了他们，哈哈哈！”

牧遥挣开了许其琛的阻拦，转身，空洞却充满杀戮之气的那双眼睛看向他。

可他却还是不死心：“牧遥……”

直到那双闪着寒光的利爪穿透自己的左肩，许其琛低头看了一眼。

我就是不信，就是不甘心。

许其琛倔强地勾起嘴角，握住牧遥的手腕，微凉的指腹还能感受到他跳动不息的滚烫的脉搏。他用力将牧遥的手拔了出来。

血液的气味弥漫开来。牧遥的行动微微滞住，微微皱眉，猩红的双眼带着一丝迷茫。

许其琛走近一步，被突破安全距离的牧遥再一次生出杀意。

“你不会失去本心。”

他怎样都不甘心，这个人已经听不见他说的话了。

许其琛感觉自己手臂的皮肤被他尖利的指尖所划开，温热的血涌了出来。

被刺入的疼痛也让许其琛的手臂不受控制地抖动。他努力地伸开因痛苦而下意识蜷在一起的手指，一下一下，艰难地拍着牧遥的后背。

许其琛紧紧地咬着牙，“我们很快就可以回家了。”

“等回家了……我给你做好吃的。”

他望向那双已经被疯狂所吞噬的眼睛。

“明知道后悔是人类最无用的情感，可我总是在后悔，为每一个无关紧要的决定而后悔，为每一个不够完美的自己而后悔。不过我现在才知道，这些都不算什么。”

许其琛感觉他的双手刺入手臂的皮肤，血液的气味越来越浓。

“我最后悔的事，就是没有告诉你。

“很高兴能和你成为朋友。”

“血……”

许其琛皱了皱眉，是失血过多出现幻觉了吗？感觉到抓住自己双臂的手开始没来由地颤抖。

“血……学长……的血……”

不是幻觉！牧遥一字一字都说得咬牙切齿，极其艰难。

许其琛看着牧遥猩红的瞳孔，一点点变得清明，倒映出自己的轮廓。僵硬的身体慢慢变得柔软，那双原本毫无顾忌的利爪终于一点点退化，退出自己伤痕累累的手臂。

得救了吗？终于。

许其琛全身的神经松懈下来的一瞬间，才发现自己真的流了太多的血，视线都开始模糊。

“学长……学长!

“对不起，对不起……”

许其琛虚弱地抬起头：“你没有错。放心吧，我说过的话不会反悔。”

“不可能……这不可能！没有一个异能者能够抵抗我的药，他不可能还会有自己的意识。”

宁铮左耳的耳机传来了声音。

“快点离开这里，异管局的人要来了。”

石伟趁乱打开了大门,却被宁铮毫不留情地一脚踹到墙上,掐住了脖子:“像你这样的败类，死一万次也不足惜。”

“但杀了你只会脏了我自己的手。”宁铮拿出挂在身后的手铐，将他反手铐在了余苍所在监禁室中的试验台上。

“不可能……这绝对不可能！他怎么会有自己的意识？”

“你知道什么是信念吗？”

那是可以冲破一切禁锢，刻在血液里根深蒂固的东西。

看见对方一脸的不解，宁铮一只手砍上了他的后颈，让这个人渣彻底闭上了嘴。干净利落地完成这一切后，他走到角落将余苍抱起，冲着牧遥喊道：“疯狗，别磨蹭了，赶紧跟我走。”

宁铮一边对着耳机里的人指示，一边带着他们离开了这个地方，走到了最初进入时的工厂。

“上车。”

直到坐在车里，牧遥才彻底恢复了神志。

宁铮从后备厢里拿出一个医药箱：“赶紧给他包扎一下。”说着把余苍放到了副驾驶座，自己进入驾驶座。

牧遥低头，看了看自己沾满鲜血的手，一种说不出的自我厌弃感像一双无形的手，把他拉入泥沼之中，越陷越深，无法呼救。

“快点帮我包扎啊。”

牧遥转过头，看见许其琛苍白的脸上露出的笑。他的声音微弱，听起来有种虚空感。

牧遥皱着眉，颤抖着手，努力地压抑住内心复杂的情绪，沉默地处理他身上的伤口。

不知道是不是药物的后遗症，牧遥每看见一道伤口，就感觉这伤口会以数十倍的痛楚复刻在自己的身上。一刀又一刀，活生生剜在上面。

直到牧遥看见他的左肩，这双不停颤抖的手最终停下了。

牧遥压抑已久的泪水冲破了防线。他垂着头，紧紧地咬着牙，额角的青筋跳动着，不想让任何人看见。

这是许其琛第一次看见他哭。许其琛艰难地伸手，摸索着找了块棉花，用力地压在自己的左肩上。

感觉到他的眼泪落在了自己手背上，许其琛忍不住轻声笑了一下。

“好笑吗？”

“不好笑。”

“那你高兴什么？”

“没什么。”

牧遥闷闷地发出一声不满的声音，带着点哭过之后的鼻音。

许其琛在这一刻得到了莫大的满足感。都说“虚惊一场”是这个世界上最美好的词，可他现在发觉，劫后余生似乎还要更幸福一点。

车子猛地一刹。

牧遥看到许其琛的伤口被撞到时的痛苦表情，一下子就变了脸：“你会不会开车？”

宁铮淡定地开口：“比你这只疯狗会开。”

这两个人真是……

他们忽然听见一个软软的声音。

“小苍？”

宁铮立刻停止和牧遥的斗嘴，看向身边的余苍。

余苍惊醒的瞬间变得惊慌失措，不住地靠向车窗，嘴里一直喃喃：“不要过来，不要过来！”

“小苍，小苍，我是宁铮……”

听到这个名字，余苍的动作微微停止，躲闪不停的双眼开始聚焦。

是宁铮的脸。

他揉了揉眼睛，再确认一次，没有错，就是宁铮！

余苍不住地抽泣。

许其琛捂着左肩，忍不住笑起来。

一把眼泪一把鼻涕的余苍这才发现车里还有其他人，立刻转头看了看坐在后座眼睛红红的牧遥，还有浑身是伤的许其琛。

“阿遥……学长……”

余苍“噌”地一下背过身子躲在前座，假装什么事都没发生过。

许其琛温柔地开口道：“小苍，你没事吧？”

余苍把头埋到双膝之间，闷声回答：“没事……”

“那就好。”

窗外的阳光透进玻璃窗，折射出绮丽的色泽，金灿灿的，是秋天的颜色。

许其琛的心情忽然变得轻松起来。

宁铮将车子停在了小区楼下，所幸周围没有太多人，不然他们两个狼狈的样子恐怕会引起围观。

“我送他去医院。”宁铮站在车门旁。

余苍探出半个脑袋，强调道："要去张医生那儿。"

"我知道。"

"学长，你们小心哦。"

许其琛冲他点点头，笑了一下。

两个人沉默地走在回家的路上。

夏日所有浓烈的溽热，都被囤积在落下的金色树叶上，脚踩上去，伴随着窸窣的脆响，又将所有的温暖都传递到身体里。

"桂花开了，"许其琛的声音混在清甜的风中，软软的，"甜滋滋的，你闻到了吗？"

"嗯。"

回到家里，有了终于得救的真实感，许其琛坐在沙发上，正苦恼着自己是不是应该洗个澡，却又害怕会很痛，思绪处于反复挣扎之中。

牧遥像个小孩子一样提问，声音有些犹豫，让许其琛想到了刚才看到的景象。

一片不青不黄，不甘心就这样凋落的叶子，在风的追逐下盘旋了好多圈，怎样也不肯落下。

"我……我被控制的时候，你是不是对我说了什么？"

许其琛一愣："你听得见吗？"

牧遥闷闷地开口："断断续续的，好像隔得很远，我知道是你的声音，又怕是我的幻觉。"

"那你听到了什么？"

牧遥抬起头，没有说话，脸上闪现出一丝不易察觉的痛苦。

过了一会儿，他还是选择回答："听到了后悔。"

他的声音哑哑的，在说出下一句话之前都要深吸一口气。

"你是不是，后悔认识我了？"

许其琛忽然发现，造句真是一门充满歧义的艺术。

忽然冒出的恶趣味让许其琛选择了肯定的说法："是啊，后悔死了。"

感觉牧遥眼底的最后一点火苗一下子被吹灭了。

"为什么不早一点认识你呢？这个时间点太晚了。"

牧遥还以为是自己听错了，猛地抬头，满脸错愕。但许其琛对他露出一个很淡的笑。

能够一起活着，我就觉得。

活着真好。

许其琛的伤好得还算挺快的。毕竟是系统管辖范围内的虚拟世界，即便是受了重伤，许其琛也更倾向于求助于系统 AI。

“还有没有更快复原的药？”

0901 抱怨道：“许先生，这已经是最快的了，您是开挂开上瘾了吧？”

“我只是不想去医院。”他身上这些伤口，不管是严重程度还是形状，都很难解释清楚，怕被人怀疑。又得知那个私人诊所的张医生只能医异能者不能医人，所以许其琛哪儿也没去。

“许先生，我觉得您在这个世界的变化很大，您在危急时刻做出的决定超出了我的想象。”

许其琛没有说话。不可否认的是，过去的他的确是一个自卑、无趣，充满怀疑的悲观主义者，尤其是创造出这个世界的他，更是如此。

对比现在的他，自己都觉得不可思议。

“我现在才发现，像我这么一个固执的人，只有怎样都没办法放弃的东西，才拥有改变我的力量。”

许其琛扣好衬衫的扣子，眼前忽然出现一个久违的系统界面，巨大的祝贺在眼前跳动着。

“你们终于核算好了吗？”

0901：“是的，许先生，请您查收。”

界面上显示了一万五千三的点数，这个数字他勉强还算满意。许其琛点击了收取，着急忙慌地敲了隔壁的门。

“牧遥，快出来，你第一节不是有课吗？”

许其琛连续敲了好几下，门终于被打开，睡到头发都翘起的牧遥一脸迷糊地扒着门框站着：“我不想去……”

“不行，快点去收拾，跟我一起出门。”

自从两个人躲过那一劫，牧遥就一直过着每天早上被许其琛拎着去上学的生活。

“我要走了，中午我估计不会回来，你就在食堂吃了饭再回来。”许其琛单脚站着，扶着墙努力将另一只脚下的鞋后跟拨出来，嘴里不停地交代着，“对了，窗户外面晒着你的球衣，你记得收进来，天气预报说今天下午会……”

他的话还没说完，牧遥瞬移一般出现在他面前。

“下雨……”

“学长，你是把我当小孩子吗？”

许其琛愣了一下，好像是有那么一点……啰唆。

“好了，上班去吧，早点回家哦。”牧遥叮嘱他。

上班的时间总是忙得打转，许其琛很早就听说过这个行业的辛苦程度。人们有一句话来形容程序员这个职业——钱多话少死得早，现在看来一点错也没有。不过同事们都不怎么擅长交际，这倒是让许其琛稍稍松了口气。

时间一转眼又到了死亡星期五，提前离开公司的许其琛回家换了身衣服，拿上课本去了学校。到了教室才发现牧遥还没来，他正想打个电话，手机就响了起来。

“喂？你怎么还没来啊？等会儿有概率论啊。”

电话那头吵吵嚷嚷的，牧遥的声音听起来怪怪的，像是不大高兴似的：“我正要跟你说，我请假了。”

许其琛不解：“为什么请假？”

对方憋了半天也没说出什么正经原因，谁知电话突然被夺走，换了另一个人回答。

“学长！”

是齐萌的声音。

“学长，我跟你说，你下了课一定要来钟楼这边的小广场哦，我们动漫社有活动，超级好玩的！小苍，快帮我拦住狗子！我还没说完呢别……”

一阵嘈杂的声音过后，电话再度回到牧遥的手中。

“你等会儿下了课就先回家吧，我可能会晚点回去。”

牧遥的声音有些沮丧，画外音倒是激动得不行，许其琛甚至能够脑补出那个鸡飞狗跳的场面。

“不要啊学长，一定要来！狗子今天会……”

“嘟——嘟——嘟——”

电话被挂断了。

认认真真听完一节课的许其琛觉得神清气爽，好像之前一直害怕的数学也没有那么难了。

许其琛下了课正准备离开，却被“地中海”叫住。不会又要骂他吧？许其琛有点担心，但还是乖乖地走到了讲台上。

“地中海”整理了一下讲桌上的东西，头也没抬就直接开口：“最近实习得怎么样？”

许其琛愣了一下：“还可以吧。”

“我看了你前几天交的开题报告和提纲，”“地中海”抬起头，把鼻梁上的眼睛摘下来放进口袋里，“还不错，之后也要保持这样的态度。”

这是在夸他吗？

“到了大四才终于开窍，你也是我碰到的头一个。”“地中海”摇了摇头，“不过能开窍总是好的，继续加油吧。”

许其琛的心情忽然变得特别好，再怎么佛系的人，被夸奖总是会很高兴。

所以许其琛高兴得差点忘了上课前的那通电话，走到食堂买了半斤紫薯味的仙豆糕，出了大门就准备回家。

直到看见食堂门口拉着一道横幅，上面写着社团活动月。还有一个小乐队在空地上搞着演出，一个长得挺清秀的小主唱在众人的围观下唱着歌。

这个时候，许其琛才突然想起那通电话。所以是社团活动月，动漫社也有类似的活动。还是去捧捧场吧，也有好久没看见小苍和萌萌了。

果然，虽然记起了这件事，但许其琛还是把牧遥丧气而坚定的拒绝给忘在脑后，拎着仙豆糕，又买了几杯奶茶，开开心心地走向了钟楼。

奇怪的是，还没到小广场，就看见那边里三层外三层地围了一大群人。这场景，堪比明星机场接机的架势。

虽然他一路上也看见了各式各样的社团活动，可是就连美女如云的礼仪社也没见这么多人围观。原来大家都这么喜欢二次元啊。

许其琛站在钟楼的台阶上望了望，也没看见他们几个人，就给牧遥打电话，可他的电话竟然关机了。许其琛只好给齐萌打电话，对方一接电话就特别激动：“学长！你来了是吗？！”

“嗯。但是我好像挤不进去啊，你们的人气实在是太高了。”

齐萌的声音忽然小了起来，有种藏着掖着偷偷摸摸的既视感：“没事的学长，我出来接你。”

总觉得哪里不对劲……

许其琛走下楼梯，远远地就看见了一对立得高高的兔耳，一跳一跳地从密不透风的人群中挤出来。

“不好意思让一让，不好意思。”

人群中爆发出一阵“啊啊啊好萌”的尖叫声。

那对兔耳终于来到了许其琛的面前，被众人围观的许其琛有些尴尬，特别是听到“原来兔兔喜欢这样的男生”的话，这完全是误解……

“学长！你终于来了！”齐萌顶着一头黑长直的假发，身上穿着女仆装，一把抓住许其琛的胳膊，“快跟我进去，我给你准备了超级无敌惊喜！”

许其琛一脸不解地被生生拽进人群：“所以你们的主题是兽耳女仆？”

“答对！学长太机智啦。”齐萌虽然看起来小小的，力气却不小，抓着许其琛的胳膊一下子就穿过了人群。

这就是传说中的种族天赋吗？

托齐萌的福，许其琛终于挤进了动漫社的场地内部。是一个花了不少心思临时搭建的半露天咖啡馆，看起来还挺像样的。

“我可是拉了不少的赞助呢。学长，你坐。”

被齐萌按在座位上的许其琛有些不好意思：“外面那些是排队喝咖啡的吗？”

“也不完全是，还有来围观的。”

许其琛点点头，一眼就瞟到了不远处的一张桌子。桌子倒是没什么特别，关键是客人。

居然是宁铮！不是，警界精英有这么闲的吗？

许其琛正想问齐萌是怎么回事，就看见穿着女装的余苍端着一杯咖啡，小心翼翼地走到那张桌子边，轻轻地放下杯子，小耳朵一颤一颤的。

“你们真是……角色扮演都不需要道具了。”

听见许其琛的打趣，齐萌笑起来，朝着不远处大喊了一声：“狗子！”

许其琛这才想起牧遥这茬，一回头，差点吓得心脏骤停。

身高超过一米九的牧遥，居然和齐萌一样扮演了一个兽耳女仆。

“惊不惊喜，意不意外？”

牧遥在看到许其琛的一瞬间，愣了一下，然后二话没说就转过身，假装什么事都没有发生。然而他却被速度超快的齐萌拽住，活生生拽到了许其琛的面前。

还化了妆？

许其琛眼睛都不带眨的，一动不动地盯着牧遥。

一旦接受了这个设定……许其琛趴在桌子上笑到直不起腰来。

“笑什么啊……”牧遥额角的青筋隐约跳动，一双大手捏着精致的小咖啡杯，恨不得要把杯把捏碎，“我就说让你先回家啊。”

许其琛侧着头，笑得眼睛都湿漉漉的，从上到下扫视了一遍牧遥。

“别看了……”牧遥把咖啡放在了许其琛的面前，“看够了就回去吧。”

许其琛端起咖啡杯，眼睛还是没离开这个暴躁女仆：“我还没看够。”

“你……”

许其琛忽然想起些什么，放下杯子站起来绕到牧遥的背后，然后惊呼：“居然有尾巴！”说着就一把抓住。

牧遥猛地一抖，转身抓住许其琛的手腕，踩着不太高的高跟鞋“噔噔噔”地走到咖啡制作台。

许其琛有点蒙了，看向一直捂嘴偷笑的齐萌问道：“他怎么了？”

“不是都说狗尾巴不能随便抓嘛。”

这样啊。许其琛身体里某种奇怪的属性被唤醒了，牧遥走到哪里，他的眼睛就跟着牧遥的尾巴看到哪里。

直到对方终于忍受不住：“你怎么还不回家啊？”

许其琛主动把他手里端着的一块芝士蛋糕取下来放在自己的桌子上，然后认真地回答：“等你一起。”

“你……”牧遥嘴角微微抽搐，又换上一副讨好的表情，“你先回去吧学长，太丢人了。”

“谁丢人？”

“我啊！”

“我不觉得。”许其琛云淡风轻地吃了一口蛋糕。

每到这种时候，牧遥就一点办法也没有。

许其琛一边转着脑袋安安静静地看着他，一边吃着手里的芝士蛋糕。吃到最后一口才发现周围的人越来越多，尤其是小姑娘，直往里面涌，动漫社的几个管理人员都快拦不住了。

“牧遥！啊啊啊！太好看了救命！”

“这是什么神仙颜值啊啊啊！”

真是疯了……

眼看着场面越来越难以控制，齐萌撞了撞牧遥的肩膀：“狗子，要不你先撤吧，不然我们的台子都要被拆了。”

牧遥瞪了一眼齐萌，正要说话，齐萌立刻豪爽地拍了拍他的肩膀，一脸仗义地开口：“放心吧，我肯定不会把你管我要本子的事告诉学长的！”

牧遥咬牙切齿：“你要是敢说，我把你的三瓣嘴撕成三十瓣……”

齐萌心虚地拽了拽牧遥领口的小花边："别这么凶嘛，狗哥，要注意形象。"

深觉交友不慎的牧遥放下手里的盘子，气冲冲地走到许其琛的桌子旁，一把抓住正在和余苍聊天的许其琛。

"干吗？"

"离开这个鬼地方。"

牧遥抓着许其琛不管不顾地挤出人群，没想到那帮迷妹看见牧遥不见了，立刻拉响警报，校园的小广场立刻出现了大批女生追赶一个高挑女仆的奇观。

牧遥的速度倒是快，可许其琛完全跟不上，一直喊着跑不动了跑不动了。没办法，牧遥看了看周围，有一栋正在重新翻修的旧教学楼。于是他挪开"施工中，禁止通行"的黄色警示牌，拉着许其琛溜进去，又快速把牌子归回原位。

牧遥就这样拖着他上了三楼，一直走到走廊尽头，才看见一个男洗手间，上面挂着"施工中，禁止使用"的标语。牧遥试着开了开门，竟然可以打开，里面一个人也没有。于是他将门关上，带着许其琛走进最后一个隔间，把门锁起来。

世界终于清静了。

累得半死的许其琛一屁股坐在马桶盖上，牧遥看了他一眼，问："你手里拿的什么？"

"刚刚小苍给我的棒棒糖，说是咖啡馆顾客的奖励。"

歇了一会儿，两个人才走出隔间，这才发现外面天都黑了。

许其琛的手机响了一下，是齐萌发来的消息："学长，我们这边散场了，狗子的衣服都在我这儿呢。"

许其琛瞅了一眼一把扯掉假发的牧遥，低头打了几个字。

"我们在小广场后面那栋翻新的教学楼里，三楼最左边的洗手间。你要是没走远，帮他把衣服送过来吧，他这样下去又会引起围观。"

他很快收到了回复。

"好！"

"学长！我来了……"

许其琛看向齐萌。

牧遥咳了一声，走过去一把夺走齐萌手里的袋子，走进隔间换衣服。

"学长，学长！"齐萌走到许其琛旁边，"你们……"

"我们在这儿躲了好久，差点背过气去。"许其琛从洗手台上下来。

看齐萌若有所思的样子，他问道：“小苍呢？”

“还说呢，你们刚跑没多久，小苍就被警察叔叔带走了。”

警察叔叔？许其琛脑子里拐了个弯才反应过来。

“带去哪儿了？”

“我怎么知道。”

牧遥换好衣服出来，跟齐萌说了几句就带着许其琛回家了。

“水放好了，洗澡。”牧遥站在浴室门口喊了一声，没得到对方的回应，于是走出来，看见许其琛趴在客厅的沙发上。

“不想动，你先洗吧。”

“不行。”牧遥扯了扯许其琛。

许其琛自己爬起来，一声不吭地溜进洗手间：“你赶紧去主卧洗吧。”说着就把门给锁上了。

许其琛从浴室出来的时候，牧遥已经吹干了头发，穿着宽大的衣服坐在沙发上，看了一眼许其琛：“每次都这样跑出来，你就不能擦干了再穿衣服吗？会感冒的。”

“一会儿就蒸发了。”许其琛走到沙发旁边，看见茶几上放着一个吹风机。他顺手拿了遥控器，打开电视，一屁股坐在茶几旁的地毯上，“今天好像有一个球赛的转播……”

牧遥伸手，把沙发上的浴巾盖在他头上。

许其琛用浴巾轻轻擦拭头发上的水珠，直到看不到明显的水珠，他才打开吹风机，温热的风拂过发根，吹在脸上，让他有些犯困。

“累了？”

许其琛点点头，眼睛盯着电视屏幕。

哇，进了一个三分球。

“这有什么可看的，”牧遥一边替他吹着头发，一边吐槽，“还不如看我打球呢。”

球赛中的哨声和欢呼声与吹风机的嘈杂声响杂糅在一起。

“看你打球什么也听不见，全是女生喊你名字的声音。”许其琛说着还模仿了几声，听起来就像吵吵嚷嚷等着吃饭的奶猫。

许其琛在沙发上磨蹭了半天，踢了踢牧遥：“回房去睡觉吧。”

这一夜许其琛睡得特别沉，七点半的闹钟响了两次，都被他关掉了。

贪睡这种嗜好好像会传染，跟爱睡懒觉的人待在一起，赖床的概率都会变高。许其琛迷迷糊糊正要陷入回笼觉的美好之中，外面突然传来“咚咚咚”的敲门声。

“这么早，谁啊？”许其琛嘟囔了一声。

原以为是敲错了门，没想到没得到回应的造访者敲门的劲越来越大。许其琛终于忍受不了了，爬起来，迷迷糊糊光着脚一路小跑到玄关处，从猫眼看了一眼。

没人？怎么可能。

敲门声再一次响起，可猫眼那儿根本看不到人影。许其琛一下子清醒了，不光清醒，还打了个寒战。这么大清早的就见鬼了吗……

敲门声一刻不停。许其琛做足了心理准备，一下子打开了门。

视野范围内并没有看到任何面容可怖的非生物，也不是空无一人，而是一个只到许其琛膝盖的小孩子。

许其琛的脑子有点乱：“你……你找谁？”

这个漂亮的小孩往里面瞅了一眼，然后冲许其琛笑了笑：“牧遥在吗？”

说起来，这孩子长得……简直就是缩小版的牧遥啊。难不成？

“牧遥，你居然？！”

“小牧遥”毫无顾忌地走进来，蹬掉了自己的鞋子，冲着一脸蒙的许其琛开心地笑着。

小家伙一把抱住许其琛的腿：“他是我的哥哥。”

“哥哥？”

许其琛的脑子有些发蒙，眼前这个看起来不过四五岁的小孩子抱着自己的腿摇晃着，用软软糯糯的语气回答：“嗯！哥哥，你叫什么名字啊？”

“许……”一个急刹车，还没完全睡醒的他差点就露了馅。

“叶涵。我叫叶涵，我带你去见你哥哥啊。”许其琛一把将小可爱抱起来，抱着他进了主卧。

“牧遥，牧遥？”

起床气严重的牧遥听见声音，不管不顾地拽了拽被子，捂住了自己的头。

许其琛走过去，推了推他，对方也只是哼哼了几声。

怀里的小家伙一下子像跳水似的蹦到了床上，小短腿三下五除二就跨到了牧遥的身上，一屁股坐在了他的胸前：“哥哥！”

这么大的阵仗，就是睡得再死也该醒了。牧遥迷迷糊糊地仰起头，眯着眼睛，看了看坐在自己身上的小东西。

“什么啊……做噩梦了。”说完他脑袋一歪，再次闭上眼。

看见他的反应，许其琛一下没忍住笑出了声。

牧遥这才反应过来，眼睛一睁。这根本不是梦。

他一把拎起小家伙：“你怎么来了？”

小家伙的手臂晃悠了半天，终于抓住了牧遥的耳朵，扯得他生疼，只好撒手。这小孩钻空子的技术倒是一流，一把搂住牧遥的脖子：“爸爸妈妈不在家，我偷偷溜出来找你啦！”

许其琛吃了一惊，这么小的孩子居然会自己跑出来？

这是什么千里寻兄的剧情啊。

他忍不住开口问道：“你是怎么找到你哥哥的？”

小家伙一扭头，脸上是满满的得意：“闻味道啊。”

啊，果然是亲兄弟……许其琛有些纳闷，记忆中对于弟弟的印象有些模糊，于是在心里问道：“0901，正文中出现过牧遥的弟弟这个角色吗？”

0901很快做出回答：“没有，不过在您的新年番外中有提到过，由于您对剧情做出了改动，导致这个角色主动登场了。”

许其琛回想了一下，好像是有那么回事。过年的时候叶涵问起牧遥家的情况，他在文中提过一句说有个比他小很多的弟弟。

结束完自己回忆的许其琛发现两个人已经在床上打得不可开交，不知道什么时候冒出了耳朵，互相扯着谁也不撒手。

“你先放！快给我放！”

“就不！哥哥先放！”

“还反了你了！”

…………

这真的是一个已经年满十八岁的成年人吗？

许其琛连忙打圆场：“这样吧，我数三声，你们俩一起放，好不好？”

两个人停下了打闹的动作，一致看向许其琛。

“一、二、三。”

他们这才松开了各自的手。

许其琛舒了口气，走到床边坐下，笑眯眯地问小家伙：“你叫什么名字啊？”

牧遥翻了个身，小家伙一下子栽倒在床上，像个糯米团子滚了半圈，揪着许其琛的衣服角爬起来，笑嘻嘻地回答：“我叫牧野。”

牧野？

许其琛忍不住笑出来。

哥哥叫牧遥，念起来是喵喵喵；弟弟叫牧野，念起来是咩咩咩。这一家子可真是太可爱了。

或许是因为自己没有兄弟姐妹，亲戚里也只和小姨亲近，可对方至今未婚，更别提生孩子了，所以许其琛没有和小朋友接触的经验。

不过他倒是很喜欢小朋友，尤其是这个牧野，又好看又可爱。

许其琛捏了捏牧野的小脸蛋："那我叫你小野好不好？你饿不饿啊，哥哥给你煮东西吃？"

在家饱受亲哥蹂躏的牧野哪里享受过这种待遇，一把抱住许其琛："饿！"

许其琛打心眼里喜欢这个小家伙，手不自觉地摸了摸他肉乎乎的后背。谁料一抬头，就看见牧遥紧抿着唇，没说话，掀开被子就去洗漱了。

许其琛又摸了摸牧野的后背，小家伙舒服地趴在许其琛的大腿上，哼哼唧唧的，可爱极了。

"涵涵哥哥，我想吃糖。"

"好啊。"许其琛一把抱起牧野，将他放在地上，牵着小手领着他去了客厅。从电视机柜子里给他拿了七八颗奶糖后，又打开电视机调到儿童频道，"哥哥去洗漱，一会儿给你做好吃的啊。"

见牧野目不转睛地盯着电视，许其琛走进洗手间。看见正洗完脸满脸水珠的牧遥，冲他笑了笑，可牧遥的脸依旧板着。

许其琛觉得奇怪，一低头看见自己的水杯上放着挤好了牙膏的牙刷，又瞄了牧遥一眼。

"看什么？"

许其琛摇摇头，低头抿着嘴笑了一下，然后把牙刷放进嘴里，认认真真地刷起牙来。

薄荷味的牙膏泡沫一下子溢满整个口腔，辛辣和甘甜直冲大脑。

"你别总是摸他的背，知道了吗？"

嗯？许其琛差点被呛到，赶紧漱了口："为什么？"

"不为什么，记住就行了。"牧遥的表情十足的孩子气，头顶的耳朵随着他说话的频率一下一下地动着。

许其琛终于反应过来，扶着洗手台笑个不停。

“涵涵哥哥！我的糖吃完啦！”

许其琛退后两步，转身冲站在洗手间门口的牧野笑了笑。

“你吃得好快啊……”许其琛干笑着，假装什么事都没有发生。

牧野走进来抓住许其琛的手：“涵涵哥哥，你刚刚在干什么？”

牧遥终于压不住火了：“大人的事你掺和什么，快出去，别跟着我们。”

牧野撇着嘴：“我没跟着你，我跟着涵涵哥哥！”

“谁让你这么叫的！你倒是自来熟啊！”

“就要叫！涵涵哥哥，涵涵哥哥，涵涵哥哥！”

许其琛的头都大了：“小野，糖不能再吃了，哥哥煮面条给你吃。”说着就拉着牧野往外走，回头对牧遥小声说：“你让着点他嘛。”

看见许其琛完全不站在自己这边，牧遥的耳朵瞬间耷拉了下来，闷闷不乐地跟在两个人身后走出了洗手间。他一屁股坐在沙发上，按着遥控器，把闹腾的动画片换成了足球赛。

厨房里的状况比起激烈的足球赛倒是有过之而无不及。

“涵涵哥哥，这是什么？”

“那个是胡椒，不要打开哦，会打喷嚏的。”

听着他们的对话，牧遥烦躁地把腿放到茶几上。电视屏幕上绿茵茵一片，一大群人跑过来又跑过去。

“涵涵哥哥，我可以尝一口这个吗？”

“不可以，那是酱油啊宝宝，吃这个，这是冰糖。”

影子前锋带球射门，偏了。重重地砸在了球门的架子上，猛地弹出去。

宝宝？！

算了算了，本来就是个宝宝，还是看球吧。

“小野，你要吃鸡蛋吗？”

“吃！我要荷包蛋！”

吃吃吃，吃了又不长个儿，浪费粮食。

屏幕上的两个球员彻底纠缠在一起，一个球抢了半天，腿都绕成了麻花，看得人着急。

“好了，快出去叫你哥哥进来端面条。”

“不要，涵涵哥哥，小野替你端。”

“不行，会烫到的。”

“不会的，小野可厉害了。”

眼看着对方球员终于要抢走球，牧遥猛地一下站起来，走到了厨房。

许其琛看见牧遥，脸上露出笑容："你来了啊。"

牧遥"嗯"了一声，把料理台上的面端起来，顺便在牧野的屁股上踢了一脚："出去吃饭！"

牧野委屈地捂着屁股，跟在牧遥的后面出去。

牧野坐在许其琛的旁边，筷子使得还不太利索，于是低头先喝了一口汤，却不小心烫到了嘴，眼泪汪汪地喊许其琛："涵涵哥哥，烫。"

牧遥哼了一声："谁跟你抢还是怎么的？你急个什么劲啊。"

许其琛看了怪心疼的，检查了一下牧野的嘴巴，果然烫得不轻，通红的，干脆说："哥哥喂你吃吧。"

牧遥立刻不乐意了："你惯得他！"

许其琛没在意，挑了一筷子面条仔仔细细地吹了半天，这才喂到牧野的嘴边。牧野笑嘻嘻地吃掉面条，还故意在牧遥的面前吧唧了几下嘴，一副得意扬扬的模样，激得牧遥气不打一处来。

"我现在就打电话让他们把你接回去！"说着牧遥立刻拨通了电话。

那头响了好几声，才终于接通了。

"喂？妈，牧野都跑到我这儿了你不知道吗？什么……我还得上学啊……周末也有事，反正我不想看见这个小祖宗！你们快把他接走……"

一通电话打完，许其琛的面条都快喂完了。

"不吃了，涵涵哥哥我饱了。"牧野从许其琛的怀里跳下来，蹦跶到电视机前，调到动画片津津有味地看起来。

许其琛看向牧遥："你妈怎么说，等会儿要来接他吗？"

牧遥叹了口气："说是下午才有时间，让我看着他，烦死了。"看见许其琛望着自己傻笑，又说，"你快吃啊，面都凉了。"

"哦。"

"好不容易有个周末，全砸在这小子手里了。"

"没事啦，我很喜欢小孩子的。"

牧遥眉头一皱："我不喜欢，我讨厌小孩子。"

这个年纪的小孩子，有着寻常人根本无法想象的精力。许其琛陪着牧野玩了一上午游戏，累得要命，才发现带孩子根本没有想象中容易。

"涵涵哥哥，敌人的战斗机过来了！在你的右边！"

许其琛立刻打起精神，拿着手柄往左边歪，可为时已晚，怎么也躲不过朝他飞来的敌军飞机。

“哎呀，死掉了。”许其琛坐正，有些抱歉地冲牧野笑了笑。

牧野的脸上露出些许失望的神色，但很快又重新打起精神：“没关系！我们再来一盘！”

“来什么来？”牧遥一把抢过牧野手中的手柄，顺手把电视也关了，“玩了一上午了，我看着都累。”

这时，正好门铃声响起，许其琛起来打开门一看，是外卖员。

“牧遥，你点了外卖吗？”

“嗯！我点的炸鸡。”

许其琛将两大袋外卖提进来，牧遥帮他拿到茶几上：“你做饭太累了，今天我们就随便吃一点吧。”说完踢了踢牧野的屁股：“去洗手。”

“我带他去。”许其琛拉着牧野，把他抱到洗手间的洗漱台上，拧开了水龙头。

牧野小心翼翼地站在洗手台边，伸出肉乎乎的小手。许其琛捏着他的手，涂上洗手液慢慢地揉搓着，滑溜溜的小肉手上搓出绵柔的细泡。

许其琛抬头看着牧野，柔顺的黑色头发，小巧的鼻子，还有一双漂亮的眼睛。

除了没有小虎牙，哪里都和牧遥很像。

“涵涵哥哥，洗好了吗？”

许其琛连忙点头，冲掉他手上的泡泡：“好了。”将他抱下洗手台后，小家伙“哒哒哒”地跑回客厅。

许其琛站在原地，看着一大一小、挨着坐在地毯上吃炸鸡的两个人，心里有一股莫名的暖流涌起。

家对他来说是个遥远而陌生的词，原本以为这么多年早就没有了对家的渴求。

“你别用手摸我，全是油！”

“不是的，我想喝可乐。”

他才发现那些都是假的，他明明就很想要。

许其琛走到沙发边，面对着一大一小坐下，拿过牧遥手边的可乐喝了一口，咬着吸管看着正在给牧野擦手的牧遥，脸上满是笑意。

牧遥发现了，问：“你笑什么？”

许其琛摇摇头，松开被咬得瘪瘪的吸管。

“我觉得我们现在……

“好像幼儿园老师啊。”

牧遥愣了一下，看向许其琛，对方又喝了一口可乐，拿起一盒薯条面不改色地吃起来。

“哥哥，你发什么呆，我的嘴擦干净了吗？”

被打断思绪的牧遥这才回头，把纸巾塞到牧野的手里：“自己擦。”

牧野立刻找好下家，拽住许其琛的裤腿：“涵涵哥哥给我擦。”

牧遥又把纸巾拿回来：“算了算了，我给你擦。”

许其琛笑出了声。

刚吃饱，许其琛靠在沙发上，牧野坐在他怀里，两个人一起看着动画片。牧遥便主动担任起了收拾打扫的任务。

等到收拾好厨房出来的时候，两个人都在沙发上睡着了。

许其琛醒过来的时候，客厅已经被夕阳的颜色填满。懵懵懂懂揭开身上的薄毯，看见牧遥正在给牧野穿袜子和鞋。

许其琛揉着眼睛走到玄关：“怎么了，他要走了吗？”

牧遥站了起来：“刚刚他们来电话了，车子开不进来，让他自己下去。”

“涵涵哥哥，我要走啦！”牧野抱住许其琛的腿，仰望着他。

许其琛半蹲下来，摸了摸牧野的头：“乖，下次再来玩啊，哥哥给你做蛋糕好不好？”

牧野跟小鸡啄米似的点头，瞄了牧遥一眼。

牧遥没明白他这一眼是什么意思，只见小家伙“吧唧”一下亲上了许其琛的嘴，亲得本来就不太清醒的许其琛更蒙了。

“涵涵哥哥，我觉得你特别特别特别好，我特别喜欢你。”

说完这句话，牧野就推开门跑出去，“哒哒哒”地溜下了楼。

许其琛愣在原地，过了一会儿才抬头，看了一眼表情不太好的牧遥。

牧遥将他拉起来：“这熊孩子，没救了。”

一直蹲着的许其琛猛地站起来，有些头晕。

“我觉得很可爱啊。”许其琛适应了一会儿才抬起头，“不过他以后长大一定会后悔的。”

“后悔什么？”

许其琛笑起来：“这么宝贵的初吻给了我啊，也不知道是谁教他的，太可爱了。”

在这个世界，时间流逝得好快。

许其琛越来越习惯这个世界，习惯日复一日忙碌地工作；习惯同事在休息时的插科打诨；习惯每周五“地中海”在课堂上的碎碎念；习惯周末篮球训练为大家买饮料；习惯和余苍一起安静地听齐萌讲笑话……

以前，许其琛觉得很不能理解那些声称要将每一天当成最后一天去生活的人，可是现在，他好像不得不成了这样的人。

为什么在现实中怎样也无法对其他人产生一丝波澜的他，跑到自己的小说里，就会真情实感地喜欢上这些角色呢？

“叶涵，外面下雨了，你带伞了吗？”

同事的话让许其琛一下子回过神：“哦，下雨了吗？我都不知道。”

“倒也不是很大，毕竟秋天都快过去了嘛。”同事整理完桌面，笑着跟他道别，“我走啦，你也赶紧回家吧。”

许其琛点点头：“嗯。”

一个人昏昏沉沉的，许其琛坐电梯的时候才想起来应该给牧遥发条消息，让他来送一下伞。算了，下得不大，跑回去得了。

许其琛走出电梯，远远地看见一个颀长的身影，被街道上不算明亮的灯光和细密的雨水氤氲出朦胧的光圈。

他还没来得及开口，对方就感知到了他的存在，转身朝他挥了挥手里的折叠伞。

许其琛走过去，牧遥帮他把伞撑开。

“我们打一把就可以了。”

牧遥摇头，把撑开的伞递给他：“今天有风，会被淋到。”说着自己又撑开另一把，两个人并肩走出公司。

“我们今天晚上出去玩一下吧。”

听到牧遥的提议，许其琛有些奇怪，但还是应允了：“好啊。”

地上深深浅浅的水洼，许其琛一脚踩上去，璀璨的灯光碎了一地。

两个人无声地走在路上。一个又一个颜色各异、大小不一的伞盖，将世界分割成无数个半私隐的盒子，每个盒子里装着心思迥异的灵魂。

牧遥带着他来到一家小酒吧，和之前去过的那家不一样，这里要安静许多，昏暗的灯光配上正在演出的乐队，有种绝妙的氛围。

虽然是酒吧，可牧遥没办法喝酒，只点了一杯冰镇柠檬水，许其琛倒是反常地点了算得上烈酒的饮品。

“最近总觉得你心情不太好。”

听见牧遥试探地开口，许其琛也不知道该如何接话，只好将没能藏住的心情转移到刚考完试的概率论上：“啊……上次概率论不是测试了吗？我感觉考得不太好。”

许其琛抿了一小口酒，叹了口气：“总觉得自己已经很努力了，结果却不符合预期，这样的不对等总是会让人觉得不甘心吧。”

牧遥用手托着下巴，眼睛里倒映着卡座上方的暖光：“我考得好像还不错，你觉得哪里比较难？”

许其琛想了想：“贝叶斯定理……吧。”

其实许其琛只是随便扯了一个由头，没想到牧遥还当了真。不过作为文科生的他确实也有些疑惑：“不明白为什么研究人工智能一定要以贝叶斯为基础？”

“我倒是觉得贝叶斯定理很有意思。”牧遥的手指轻轻地随着乐队的鼓点敲着木质桌面，“概率论里，大部分研究的都是正向概率，对吧？”

许其琛点点头。

牧遥从口袋里拿出刚才等许其琛时买的一包什锦水果糖，用牙齿帮忙撕开包装袋，抓了一大把攥在手里。

“假设我手里有三十颗糖，草莓味有十五颗、柠檬味有五颗、橙子味有十颗，你闭眼随便拿走一颗，拿到柠檬味的概率有多大？”

许其琛回答：“六分之一。”

牧遥“嗯”了一声：“这是正向概率最简单的案例，对吗？”

许其琛笑了，头靠在墙壁上看着牧遥。

“可是……”牧遥将糖都放回袋子里，“在现实生活中，有谁会事先告诉我们，有多少颗糖，每种糖有多少呢？正向概率的计算，除了为未知事物提供参照样本，似乎不太具备实用性。”

牧遥低头，在那个小小的袋子里一颗一颗地来回挑选。

“所以，才有了贝叶斯定理这样的逆向概率。它不基于客观的数值，而是主观臆断，就像人脑一样。”说着，他再一次将攥起的手伸到许其琛的面前。

“闭上眼睛，从我的手里随便拿一颗。”

许其琛老老实实闭上眼，摸索着找到了牧遥摊开的手掌，随机拿走了一颗。

“睁眼吧。”对方的手再一次攥住，“什么口味？”

黄色的包装，柠檬味。

“再来一次。”

又是一次闭上眼的随机抽选，许其琛睁眼一看，仍旧是明晃晃的黄色糖纸。

许其琛再一次重复。

第三次的结果仍旧一样。

许其琛一把抓住了牧遥的手腕，笑着说出自己的猜想：“你手里的糖是不是都是柠檬味？”

牧遥摊开手掌，正如许其琛所想，一片明亮的金黄。

“这就是贝叶斯定理的思考方式，你没有掌握任何客观证据，只是凭借一次又一次的实际结果进行考量，排除错误率更高的可能，然后不断修正之前的判断。”牧遥的声音很轻柔，和酒吧里的爵士乐很相称。

豁然开朗的许其琛点点头，喝了一口酒：“如果每个数学老师都像你这样教学，我想我应该会更喜欢数学一些。”

酒的口感太过于强烈，冰凉的液体顺着许其琛的喉咙向下，深入肺腑之后又烧起了一把火，矛盾极了：“不过，我都不知道，你居然对概率论这么感兴趣，明明上课的时候都在睡觉。”

牧遥的眼睛望向了不远处的乐队，喃喃开口：“因为，我遇到你，就是遵循贝叶斯定理的过程。”

许其琛愣了愣，没明白他的意思。

牧遥的声音好沉，好像与周遭的声音都剥离开了，处在完全不同的波段里。

“像是闭着眼睛拿糖。我每一次的话语和行为，都是黑暗之中的一次摸索。”他摇晃了一下自己杯中的汽水，气泡浮动上来，紧紧贴靠着那片金色的柠檬片。

许其琛说不出一句话。

“我不知道下一颗会拿到什么样的糖，是甜的还是酸的。

“可是就算我拿到了好多颗，每一颗都是甜的，但这并不代表百分之百的概率。我永远在不断修正我的判断，猜想睁眼后的结果，但我永远不可能确认。”他把手里的糖“哗啦啦”撒在桌子上，“谁又敢说所有的糖都是甜的呢。”

牧遥看向许其琛。

“但是……”牧遥再一次开口。

“你把我从无数次的试探和猜想中解放出来，直接把答案告诉我。”牧遥笑了笑。

“让我终于可以不再继续沦陷在这个死循环里。”

他趴在桌子上，修长的手指在桌子上一下一下，像是走路一样慢慢前进。

“是你拯救了我。”

乐队唱完了一首歌，说着可有可无的感谢词。

牧遥忽然站起来。

许其琛拦住他：“你去哪儿？”

牧遥笑了笑：“你怎么搞得我好像马上就会消失一样。”

他指了指那个小舞台：“想听歌吗？”

许其琛点点头，看着他一步一步走上那个台子，和乐队成员说了几句话，然后坐在了主唱的高脚凳上，接过别人递给他的吉他。

周围开始响起掌声，在他还没开口的时候。黄色的灯光从上到下，将他的轮廓一寸寸点亮。

这样的场景，让许其琛想起高中时的文艺晚会，躲在角落里的自己，也是这样，看着那个人闪闪发光。

吉他拉开了序幕，牧遥的声音低沉又温柔。

整天的昏沉，空洞的眼神，莫名的某种无力感。

我觉得病了，我觉得冰冷。

只剩下一颗心脏的温热。

他的手指轻轻地拂过吉他琴弦，一下又一下。

可能……可能是一种新的情感。

可能……可能是谁的传染。

许其琛没有听过这首歌，只觉得歌词写得太妙。

酒精的作用开始涌现出来，许其琛感受到了微弱的眩晕。他趴在桌子上，安静地听牧遥唱到了最后一句。

可能……种种的异常现象。

牧遥的眼睛隔着一桌又一桌赞赏的目光，望向许其琛。

都因为……

最后一个琴弦停止了颤动，牧遥说了句谢谢，然后站起来，走回许其琛所在的桌子边。

“喜欢吗？”

微醺的许其琛趴在桌子上，点了点头：“很好听。”

许其琛傻傻地笑道：“好羡慕你啊，会打球，成绩不错，唱歌也好听，感觉什么都很擅长。”

羡慕也好，欣赏也罢，很想成为这样的人。

“这些都不是我最擅长的。”

许其琛微微侧头，望着他：“你最擅长什么？”

牧遥还没有开口，就被一个喝醉酒的男人打断了。对方摇摇晃晃地走着，一不小心撞上了他们的桌子，手里拿的半杯冰凉的酒都洒到了许其琛的肩膀上。

一个激灵，许其琛直起身子。

对方口齿不清：“抱……抱歉，真是不好意思啊，我喝多了，对不起，对不起。”说着就伸手去帮许其琛擦。

许其琛一直笑着：“没关系，不要紧的。”

牧遥有些不悦，抓住那个男人的胳膊，制止了他的动作：“下次少喝点吧。”说着走到了许其琛身旁，拿了纸巾替他擦后背。

男人走远了，许其琛的脸上依旧保持着微笑。牧遥却有些不开心，帮他整理完便埋了单，拉着他离开了酒吧。

和小酒吧里的惬意不同，外面风雨未停，一推开门就是扑面而来的寒意，直往人脖子里钻。

许其琛看着牧遥的脸，问：“你怎么好像不太高兴啊？”

“你不要随便对别人笑。”

许其琛醉得不轻，声音都和平时不太一样。他笑出声，问道：“为什么？笑不是很好吗？”

牧遥撑开伞，递给他：“你对每个人都这么温柔，很不值得。”

许其琛没有回复。

两个人打着伞走到雨中，和街道上所有的人一样，用伞盖掩饰着内心的情绪。

像是丢了一颗石子在湖面，原本想要打几个水漂，却“咕咚”一声沉了下去。就在牧遥彻底没有了期望的时候，水面上又冒了个泡。

“不对。”许其琛的声音从微凉的夜雨中传来。

“什么不对？”牧遥停下脚步，侧过身。

许其琛微微举起伞，看向他的眼睛：“用词不当。”

他的语气，像是一个认真的小学生正在判断病句的错误类型。

“确切一点说，我并不是对每一个人都温柔。”他的脸上出现了只有酒精作祟时才会出现的神色。

牧遥紧紧地抿着嘴唇，感觉自己那颗尖利的虎牙磨着口腔内壁，隐隐约约地疼。

他越来越害怕这是幻境。

换上新的伪装，还会有多少获胜的概率？我真的没有把握。

少爷今天装病了吗？上

许其琛的预感总是没有错。他总觉得到时候了，要走了，果真就离开了。

许其琛的身体再一次不受控制地疾速下坠，在无尽的黑暗中，意识开始重新聚拢，耳畔隐约传来叫喊声，忽远忽近。

声音越来越清晰："霖哥儿！霖哥儿！"

他蓦然惊醒。眼前是一个身着灰蓝色绣花长裙的小姑娘，额前是一抹尖尖的刘海，后脑梳着长辫，神色焦灼。

"霖哥儿，你终于醒了！"

许其琛微微皱眉，眼珠子转了一圈，只看到一张四四方方的雕花木床。他稍稍撑起身子，望了望外面，这才看清屋里的摆件，古香古色。不过墙上却又挂着几幅突兀的西式油画，和整个屋子的装饰风格并不相称。

许其琛猛地回神，低头看了看自己的装束。只穿着白色里衣，盘花纽扣。再瞟一眼，床边的红木架子上挂着一件藏青色夹棉长衫。

"霖哥儿，你发什么愣啊？快些起来吧，太太那头寻你呢。"小姑娘样子十分着急，匆匆取了长衫递给他。

许其琛心里有些不舒服，接过了长衫，回头看看，床上空荡荡的。

小丫头哪里知道许其琛心里的苦楚，只是一味地催促着。虽还没完全弄清楚情况，但毕竟是真的来到另一个世界了，任务总是要完成的。许其琛也只好赶紧穿上了外衣，坐在床边弯腰穿鞋。

他心里还是有些不甘心，只能默默问道："0901，我这是已经来到第三个世界了，对吗？"

久违的0901开口回答："是的许先生，您来到了第三个世界，这个世界的故事背景是民国时期的江衢，您本次需要扮演的角色是孙霖。"

孙霖，是这本民国文的主角。

刚站起来，许其琛就发现了不对劲，低头看了看自己的右脚，又走了两步。右脚是跛的。

"霖哥儿，你先洗漱一下，免得待会儿太太责备。"小丫头端来一个装了半盆热水的铜盆，上边搭着条白色棉布巾子，搁在了铜镜架子上。

许其琛应了一声，走了过去。虽是跛足，倒也不是跛得十分厉害，左右脚差的也就一厘米不到。不过对于习惯了正常走路的许其琛而言，这么一点细微的距离还是造成了不小的困难。

许其琛在心里叹了口气，怪也只能怪他自己的设定了。

孙霖的老家原本在一个村子里，村里教书的老先生有一儿一女。女儿生得十分漂亮，时常跟着进城的父亲采买笔墨用具，后来就留在省城的造纸厂找了份工作。干了才两个多月，姑娘便自己回了乡下，后来父亲死活逼问，才知道她是怀了身孕偷偷溜回来的。

姑娘脾气倔得很，死活也不愿透露有关孩子生父的半分消息，只能躲回老家养胎。谁知命途多舛，怀孕的时候就格外艰难，为了平安生下孩子还特意去了省城医。最后孩子是好不容易生下来了，当妈的却在当天撒手人寰。

就在老先生准备带着小儿回乡下时，竟被宋氏百货的老管家给拦住了。楼外楼招待了爷俩儿，说是宋家太太想替他养外孙。

四书五经念了一辈子的迂腐老头自然是不愿意自己养着这个来路不明的小外孙的，正好来了个下家，又是显赫名门，便随意给了出去。于是孙霖就这么进了宋家。

把剧情和设定回忆起来，许其琛的心里才稍稍有些底气。

许其琛洗完脸，抬头看了一眼铜镜中的那张脸。头发不长不短，柔顺地散在前额，看起来不过十八九岁，皮相倒是不错，白净斯文。明明是个苦命孩子，却生了副少爷模样。

许其琛用面巾擦了擦手上的水，便跟着小姑娘推门出去了。刚踏出不到半步，就被屋外凛冽的风雪扑了一脸寒气。他拢了拢衣领，将手缩回袖子里。

廊前是一方带着天井栽了几株红梅的小中庭，雪花慢慢悠悠地从天井飘下来，落在已然堆白的地面。回廊里走过几个与跟前这小丫头装扮相同的女生，应该都是宋家的仆人。

"霖哥儿。"

许其琛还不习惯这个称呼，愣了一下，见那小姑娘停下步子，看了他一眼："霖哥儿，你怎么看着怪没精神的？莫不是也病了吧？昨天真应该拦住你和小少爷，不该玩什么打雪仗的。"

打雪仗？许其琛抓住了这个信息，仔细地回忆起原文中的情节来。原文中的确有雪后玩闹的场景，所以自己现在穿越进来的剧情已经是原文的中间部分了。

为了不让小丫头怀疑，许其琛终于开口回了句话："估摸着是昨日受了点凉，今天起来觉得脑子很是昏沉。"

孙霖在文中是聪慧安静的性格，这一点倒是方便，跟他本人没太大出入，不用费心思去演。

"我就说呢。"小丫头接了一嘴，也不再多说。

在小说中，宋家祖辈在清末便是经营布庄的，这一代的当家宋明坤是个颇有商业头脑的实业家，顺应时代潮流，在江衢兴办了第一家百货公司。这江上来来往往的货轮，有一半都署着个"宋"字。

虽说是个商人，但能做到这么大，人脉和手段也是不能少的。宋明坤的太太是江衢副市长的侄女，正经的名门小姐。

两个人多年夫妻，也算得上恩爱。只是这宋太太嫁进来十余年，就生下了两个女儿。在那个年代，这就是没完成传宗接代的任务。

宋明坤的老娘看着心急，于是在外面悄悄给他寻了房姨太太，没想到还真生出个儿子，于是风风光光地补了场婚礼，将这二姨太娶进了宋家大宅。

心高气傲的宋太太怎能咽得下这口气，于是四处拜访名医调养身子，在姨太入府的第二年竟又怀上一胎。

彼时宋太太的年纪已经是三十有二，在当时算得上高龄产妇了，因而在这怀胎期间，全府上下都围着她转，吃饭都不见抬手的。可这一胎实在是太金贵了，饶是小心呵护着，怎么着也没熬到十个月，不到八月便急着出来了。

所幸的是，盼星星盼月亮的宋太太最终还是盼到了自己的儿子。只是这个娇贵的小少爷早产，好几个有名的大夫瞧了，都说怕是会夭折。

胆战心惊的宋太太法子用尽，只得托人找了算命先生。这一算可不得了，小少爷的命格极虚，福薄命短，只有一个办法可以趋避灾病，那就是找上一个生辰八字一模一样的男孩养在少爷身边，替他挡煞。

无巧不成书，这个挡煞的倒霉鬼，就是许其琛要扮演的孙霖。

正房太太嫡生的儿子，又是家里最小的一位少爷，当真是捧在手里怕掉了，含在嘴里怕化了。

孙霖的小半辈子也都是围着这位小少爷转的。

许其琛一路顶着风雪走过来，看着自己小说里的宋家变成具象化的现实，心里觉得很新奇。

宋家的宅子同别的大门大户不太一样，就如同这个特殊的年代一样，中西交融。

方才许其琛所处的后宅是古色古香的清末深宅构造，有一百来年的历史了。前边却不一样，是宋明坤新买下的地界，仿照着租界里那些房子的样式造了栋大气漂亮的花园洋房。红砖坡顶，三层高楼，建得比临江饭店还要气派。前后两个宅子中间还特地凿了个池子隔着，颇有些串古连今的味道。

许其琛跟着小丫头拐过迂回的长廊，踏出后宅的高门，又从池子边穿过，这才进到了太太少爷们住的洋房。

站在后门的一个老妈子见了他们，赶紧开了门："哎哟，我说阿霖，你可算来了，赶紧跟我去吧。"

许其琛也没说话，现在还不太清楚形势，怕说多了惹出是非，干脆不吭声，只低头跟着这个老妈子一起上去。

身边的小姑娘倒是开了口，一副谨慎的模样："张妈妈，小少爷还闹吗？"

"快别提了，太太都快急死了。"张妈妈脚步急促地领着两个人上楼，许其琛不习惯穿这种长衫，加上腿脚不便，走得有些吃力。

"霖哥儿，你怎么了？是不是不舒服？"

许其琛摇摇头："我这腿……走不快。"

"是是是，我都给忘了。"张妈妈慢了些，不过也不差几步就上了二楼，直走到最里头。还没走到门口，就听见一个中年女人的声音。

“一个个都说自己是大夫，连个风寒发热也治不了！请你们来是要气死我呀！”

这大概就是宋太太了，许其琛心想。

一到门口，张妈妈退后两步，推了许其琛一下：“阿霖，你自己进去吧。”

许其琛有些慌，可现在都赶鸭子上架到了这个份上了，不进去也不行啊。这样想着，许其琛便硬着头皮敲了敲门。

房门打开，一个小姑娘看见许其琛便眉开眼笑，回头喊着：“太太，霖哥儿来了！”

怎么弄得好像他是神医似的。

“快叫进来，都等了半天了！”

许其琛赶紧跟着这个小姑娘进去了。这屋里头不知用的什么取暖，比刚刚自己那间还要暖上好几倍，里面的摆设陈列都是洋腔洋调的，大理石地板、雕花大顶灯、西式碎花沙发、留声机、钢琴，一副十足的西式做派。

许其琛走进里间，看见一溜排开四五个小丫头，端着饭菜、药碗和脸盆。绕过一扇八开的梨花木金丝画锦屏风，瞧见几个站也不是坐也不是的大夫。床边坐着一个身材富态，看起来约莫五十岁的妇人，一看见许其琛进来，脸上原本焦急的眉头立刻舒展许多，轻轻推了推床上高高隆起的被子：“儿啊，我把阿霖叫来了。”

说着，宋太太就笑着冲许其琛招了招手。

许其琛走过去，想着是不是站在床边比较合礼数，没承想却被宋太太一下子拽到床边坐着。

被子里传出个闷声闷气的声音：“来了吗？”

宋太太推了推许其琛的胳膊，许其琛这才开口：“小少爷，我来了。”

一只修长的手从被子里伸出来，在半空中划拉了半天，愣是没碰着。宋太太捏着那手便放到了许其琛的胳膊上：“在这儿呢。”

小少爷的手碰了碰许其琛的胳臂。

“真凉。”声音依旧闷闷的。

宋太太立刻站起来：“小月，去拿个手炉给阿霖。”

“儿啊，你现在觉得怎么样了？好些没有啊？”

“好些了好些了，你们都出去吧。”被子里的人好像是翻了个身，床动了动，“人太多了，我头晕得厉害。”

宋太太连连说着好，又有些不放心，伸手进被子里：“我摸摸，还烧不烧了？”

“不烧了，你们都出去。”

宋太太这才退开些：“你们都下去吧，把饭菜什么的搁在桌子上。”

闷在被子里的小少爷又开口：“母亲，你也出去。”

宋太太叹了口气，拍了拍许其琛的肩膀，朝他使了个眼色。

许其琛没明白这个眼神究竟代表什么意思，只是看着屋子里的人一个接一个地出去，于是也跟着站起来，准备离开。没想到却被拽住：“没让你出去。”

许其琛又坐回床边。

“他们都走了吗？”

“嗯，走了。”

听了许其琛的回答，宋家小少爷一下子把被子掀开，露出自己的脸。

许其琛望了一眼。

这是一张棱角分明的脸。墨黑的头发因汗湿皆贴于额角，不知是不是因为发烧的缘故，嘴唇红红的，耳朵也闷得发红。

“闷死我了。”他往上钻了钻，将埋在被子里许久的脑袋靠在了鹅羽软枕上。

他咳了两声，许其琛见一旁的雕花木柜上放着一盏茶，便伸手端了递给他。

小少爷接过茶便“咕咚咕咚”地喝下，再将茶杯搁在一旁：“等我烧退了，我们再去玩雪吧。”

病恹恹的一张脸，却冲着许其琛露出一个灿烂的笑容，小小的虎牙像是瓷器上反着光的亮点，耀眼得很。

许其琛心头一震，看着这个笑容竟然晃了神。总感觉这个人下一秒就要喊上一声学长。

“0901，这就是第三个世界的目标人物，宋沅言，是吗？”

0901很快做出回答：“没错许先生，您在这个世界的主线任务是改变自己的死亡结局，同时提高和宋沅言的互动值。”

刚和牧遥分开，又来了一个笑起来和他有七分像的宋沅言。许其琛的心情复杂极了。

“你怎么愣着不说话？”宋沅言支起身子，另一只手伸过来就要摸许其琛的额头，被许其琛躲开：“没事，我不过是冻得有些发蒙。”

“你今日怪怪的。”

许其琛心里一惊，连忙用笑容掩饰：“没有啊……”

宋沅言望着许其琛的眼睛：“我们小时候在一起玩了那么多年，你怎的现在别扭起来了？”

他依然笑着，嘴里的小虎牙惹得许其琛没法冷静思考。

“我……没……没别扭。”

“那就好，暖和些了吗？”

许其琛愣愣地点点头。

宋沅言想开口逗他笑，却一不小心咳起来，捂着嘴不住地咳嗽，一咳就停不下来。

许其琛一下子有些手足无措，想着是不是该给他拿药，又一下一下地轻拍他的后背。

他的咳嗽终于止住了一些，脸都涨红了，声音低沉：“那些大夫一个个都道自己是华佗再世，说的比唱的好听，可正儿八经没几个能行的，开的药苦得要命，半点用处也没有。”

他好像有些累了，闭上了眼睛，睫毛轻轻地颤动着。忽然，他好像想起些什么，手伸到枕头底下，摸出一方小小的纸包，打开来，里面露出几个透明的小方块。他问：“吃吗？刚刚我喝药的时候压苦用的，可甜了，是国外的方糖呢。”

看着他期待的眼神，许其琛鬼使神差地拿了一颗糖吃掉了。

宋沅言一副十分满足的样子，叹了口气：“要我说，找那么多大夫干什么呢？全是白费。”

他侧着头，望向许其琛。

方糖的甜味渐渐在许其琛的舌尖化开。

“我能不能活着，就靠你了。”

许其琛坐在凳子上，手里拿着一截废掉的毛笔杆，轻轻拨动着盆里的炭火。窗外风雪已停，雪光透过纸糊的窗子，照得屋内明亮一片。

他原本就十分怕冷，没想到这一穿就正巧穿到了冬天。这个时代既没有地暖也没有空调，冻得人只想窝在被子里睡觉，哪里也不想去。

可一想到在这个世界会被别人杀掉，许其琛就合不上眼，心里没着没落的。炭火烧得旺了些，他将手伸出来，凑到闪烁的火苗上头，一边取暖一边理清思绪。

首先是主线任务。

孙霖的死是小说原文的结局，算算时间线也就这大半年的事。

当初他的母亲孙梦蝶在纸厂做工的时候，认识了百诚洋行的少爷谢儒钧。两个人私定终身，这才有了孙霖。可后来事情被撞破，谢老爷极其看重门户，为了拆散他们，谎称将孙梦蝶接到谢家养胎，逼着谢儒钧同意去法国留学，待他走后，立刻赶走了孙梦蝶。

谢儒钧回来时，被告知因为难产母子俱亡。谢老爷还命人带他去看了孙梦蝶的坟头，让他彻底死了心。

所以……孙霖的存在，只有参与了这场骗局的人清楚。

炭盆里一团火星子溅到许其琛的身上，许其琛后退了些，拍了拍长衫，走到一旁的红木书案边坐下。

谢儒钧因思念过切，心中常年郁结，病痛缠身，最后在孙霖十八岁生辰前夕一命呜呼。明媒正娶的妻子也没能为他生下一男半女，在外人眼里，谢家的香火就这么断了。

今年不就十八岁了吗？许其琛算了算，心中暗觉不安。

孙霖生于早春时节，算下来时日并不多了。等到这个谢家独苗一死，看重传宗接代的谢老爷一定会来宋家寻他回去。

许其琛有些后悔，这本小说当初写的时候架构铺得太大，到了后期临近收尾的时候，自己又生了场大病，住了几天院，导致小说匆匆结尾，很多伏笔都断了线，就连结尾究竟是谁杀了孙霖都没有挑明。当初读者还在评论区各种分析留言，以为他这是弄了个开放式结局。

自作孽不可活。许其琛觉得，这句话基本可以用来当他的人生座右铭了。

“0901，如果说原文的结局没有明确点出幕后主谋，是不是意味着在这个世界，谁都有杀掉孙霖的可能？”

0901回答：“是的许先生，因为您没有指定凶手，我们就不会变动您的设定，所以谁都有可能。除此之外，我还需要提醒您一句，您在这个世界做出的剧情改动，也有可能会影响最后真凶的人选。”

许其琛用手撑着额头，手指插进发丝里。知道自己会死，但不确定会被谁杀死。这太难了。

算了，先不管主线任务了，反正只要按照原剧情来走，在身世揭晓之前他都不会被杀掉。

那么副线任务呢？

宋沅言。一想到他昨天的那副样子，许其琛就觉得棘手。

如果他真的是孙霖也就罢了，只会觉得这个宋小少爷是世界上最善良的人。

可他偏偏是原作者，心里对这个宋沅言的性格知道得一清二楚。这家伙看起来是一个体弱多病的娇贵少爷，其实心机十足，不好对付。

“好难啊……”一想到这个许其琛就头疼，趴在桌子上不想起来。

许其琛一不小心碰倒了装着各式毛笔的笔筒，赶紧将它们收拾好。想到自己小时候还练过一两年的毛笔字，如今已许久没有写过了。

孙霖也不是什么才子的设定，学习写字也没有几年。没有角色设定加成，正好试试看是否手生。

砚台有些干了，许其琛拿起石砚，打着转磨了几下，然后挑了一支小狼毫，铺开一张纸，蘸了些墨。

写什么好呢？

写字的人往往最习惯写自己的名字。他执笔，刚落下一个点，手就顿在了半空。

许其琛觉得很不妥，这个名字又不是这个世界的，写出来太奇怪了，万一被人发现……可是言字旁的点都已经点下了，看着怪难受的。

算了。自暴自弃般，他将笔尖挪到了方才那个点的下面。

点、横钩、横、竖、撇、捺。

许其琛的手微微顿了顿，完成了一个还算漂亮的收尾。他端详着那个宋字，颇有些满意，起码感觉以前的功底没全丢了。

不过一开始的点原本是要做偏旁的，写得太靠左了些，整个布局都乱了。

干脆把名字写完好了。许其琛微微弯腰，又蘸了些墨汁，将另外两个字写完。

沅言。

他正准备搁下笔，好好欣赏一番自己的字迹，门却突然被打开。吓得他的手一抖，小狼毫直接掉在了地上。

推门而入的不是别人，正是纸上名字的本尊。

宋沅言穿着一身灰色羊毛呢子的大衣，内里搭的是一条格纹背带裤，夹棉的白衬衣塞进裤腰，裤腿则塞进一双擦得锃亮的马靴里头，配上他那张脸，十足的阔少派头。

“你在做什么？”

听见宋沅言的声音，许其琛这才反应过来，立刻将桌上的纸揉起来，不动声色地藏在身后：“没什么啊……”

“你在练字！”宋沅言一副淡笑的模样凑到桌子边，“给我瞧瞧，写了什么？”

许其琛干笑了两声，攥着纸团的手有些发热：“写得不好，少爷就别看了。”

宋沅言的眉头微微皱起：“为何不叫我看？你平日都不会这样的。”说着叹了口气，“怕不是有了心上人，偷偷摸摸在房间里描着她的画像吧？”

宋沅言的心思太深，许其琛下意识就想揣测这小少爷话里的深意。

“你盯着我做什么？”宋沅言隔着桌子望向他。

许其琛这才收回眼神：“没什么。”

宋沅言摸了摸自己的脸：“是我脸上沾了什么东西吗？”

许其琛摇摇头：“没有。”

许其琛有些不自在，又说不清是为什么，有些恍惚。宋沅言竟一下子拽住了他的胳膊，敏捷地抢过他手中的纸。

糟糕，被他糊弄过去了。

抢到了纸的宋沅言已经后退了好几步。

许其琛有些着急倒不是因为别的，写他的名字本就不是本意，这样一来还不得造成天大的误会。

许其琛这样想着，就要去夺那张纸。没想到只追了他两步，对方竟弯着腰猛地咳嗽起来。

许其琛连忙上前拍了拍他的背：“没事吧少爷？”

宋沅言弓着腰背过身去，还在咳嗽：“水……我要喝水……”

“等等，我这就去给你倒茶。”许其琛赶紧转身寻了茶盏，正提壶要倒，忽然觉得不对劲，把茶壶一放，转身正巧看见宋沅言一屁股坐在炭盆旁边，跟个没事人似的打开了那团纸，对着火光仔细地瞅着。

许其琛攥着拳头走了过去，一把夺过已经被他看到的纸，随手就扔进炭盆里。谁承想宋沅言竟生生将已经点燃的纸给捞了出来。

“你怎么这样啊？得亏没有烧着字。”

“我怎么样？你还骗我呢。”许其琛在心里回击道。

宋沅言见许其琛不说话，便笑嘻嘻地凑到他跟前：“你什么时候字写得这么好了？定是偷偷练了许久，对不对？”

许其琛摇头，不说话。

宋沅言又笑：“你为何要写我的名字？”

许其琛叹了口气：“我若说是一不小心，你信吗？”

“你觉得我会信吗？”

许其琛摇摇头：“我就知道你不信。”

宋沅言倒是十分高兴，根本不在乎写的原因是什么。他拍了拍胸口，纸张摩擦的声音隐约可闻：“不管怎样，都送我了。”

“我的名字念起来虽拗口，写出来还是挺好看的嘛。”宋沅言望了许其琛一眼，眼角微弯。

许其琛转移了话题：“少爷来这儿是有什么事吗？”

宋沅言伸了个懒腰，虽说他这个人是个病弱的设定，但个头还是比孙霖高上半个头：“还真有事，母亲给我安排了几个约会，要在德明饭店见面，说是怕我出问题，叫你陪着我一起去。”

许其琛瞥了他一眼：“我可以不去吗？”

宋沅言以为他不信：“你去问母亲，是母亲让你去的。”他的脚一下一下轻轻踢着炭盆，“你若是不去，那正好，我也不去了。”

许其琛叹了口气：“那去吧。”

许其琛说着便要推门，却被宋沅言拉了一下胳膊。许其琛回头，见他低头取下脖颈间的黑色羊绒围巾递了过来：“外头化雪呢，比昨日要冷许多。”

许其琛犹豫了一下：“我没事的，少爷的病还未大好……”

宋沅言却笑眯眯地拿着围巾，让他围好。

许其琛无奈，只得接过。

车子早已经在门口备下了，他们临走前遇上了正要出门打牌的宋太太。

宋太太特意停下脚步，等到宋沅言走过去，替他拢了拢大衣，见他领口空荡荡的，便开口唤了张妈妈：“去，给少爷再取一条围巾来。”

“母亲，我不冷。”

宋太太瞪他一眼，嗔道：“昨天咳成那样，今日再冻着嗓子。你呀，不气死我不算完。”

宋沅言笑了笑，任由宋太太给他再缠上一条围巾。

许其琛在一旁看着，心里没什么波动。

宋沅言拉开车门钻进去，许其琛正要跟着，却被宋太太戴满珠宝的手抓了一把，便立刻站直身子转过来。

“阿霖啊，”她替许其琛理了理没戴好的围巾，将它散开重新打了个结，“等会儿呢你就在旁边提点提点小少爷，这次会面的几个姑娘都是我精心挑选的。尤其是最后那个何小姐，千万替我上点心，啊。”

“挑选”这个词听得许其琛怪不舒服的，不过他也理解对方的一片慈母心，于是微微笑了笑：“好的，太太。”

车窗上起了一层白雾，许其琛伸手抹了抹，从那一方小小的透明处凝视着外面的景致。这还是他头一回真正瞧见民国时期的民俗风光。

临街叫卖的小贩，卖花的姑娘，一队穿着夹袄正要赶去码头的船夫，还有戏台子外面等候着的男女老少。好热闹。

“看什么呢？这么出神。”

许其琛偏过头，望向前方：“没。”

许其琛略略瞥了一眼，余光瞟了瞟宋沅言。他好像在忙着做什么，手里拿着一个精致的小盒子，上头印着这个年代女明星的画像，远远地便闻到一阵香味。

许其琛想开口问是不是送给人姑娘的赠礼，又觉得不好，于是闭口不言。

仔细想想，相亲这一出在原文还真有，而且那个何小姐最后好像成了他的未婚妻。想到这里，许其琛望了一眼宋沅言。

对方这回没拿小盒子了，倒是叠了一方帕子，塞在大衣上方的口袋里，然后冲他一笑。

车子开进了法租界，欧式风格的建筑就多了许多。只见汽车缓缓驶入一道充满法国风情的铁艺门廊，停在了一个圆形喷泉前。

宋沅言开了车门下去，许其琛正要探头出来，便见一双戴着皮手套的手伸到了他的面前。

许其琛没有伸手，自己走出来：“少爷这番绅士风度，还是留给待会儿的小姐们吧。”

他抬脚走路，右脚跛了一下。因为不习惯这个设定，差点没站稳，这才明白宋沅言的用意。

两个人并肩走进饭店，领班经理远远地就瞅见了宋沅言，立刻换上一副笑脸迎了上来：“哟，四少，今天什么风把您给吹来了？”

宋沅言点了点头，嘴角含笑：“我母亲订了个位子，麻烦您领我去吧。”

领班连连“欸”了两声，回头叫了个人：“新来的，去，把订位的簿子拿过来。”

一个穿着酒店制服的毛头小子拿着本簿子小跑过来递给领班经理，经理翻了翻，说：“找着了，二楼的包间。”说着把簿子“啪”的一声合上，“二位，请吧。”

宋沅言走在前头，许其琛跟着他。

方才那个毛头小子拽了拽领班经理，小声在后面问道：“这四少身边跟着的……”

领班一巴掌招呼在那小子的头上："少废话，倒茶去！"

那小子摸着脑袋"欸"了一声，正要走，又被领班经理给拽了回来："等会儿倒茶的时候，对着那位也恭敬些。"

"那不是下人吗？"

领班瞪他一眼："是……也不是，反正你倒茶的时候唤上一声就是了。"

新来的一副为难的表情："唤什么呀……"

领班眼珠子转了转："霖哥儿。"

进了包间，宋沅言便觉得有些热，身上出了薄薄一层汗，于是脱了大衣。一旁候着的小丫头正要上前将大衣挂起来，宋沅言却开口制止："不必了，搁在沙发上挺好的。"

许其琛看着他，总觉得有问题。大概是许其琛太清楚这个人的秉性，先入为主了，怎么看怎么有问题。

早就过了午饭的点，想必来的小姐也不是来吃饭的。宋沅言只点了壶龙井，跷着二郎腿，望了一眼许其琛："坐啊。"

许其琛摇了摇头："我站着挺好的。"

"你这人怎么回事？"宋沅言死活将他拽到沙发上坐下，"全江衢城有谁不知道我们的关系？还管什么礼数不礼数的。"

许其琛没辙，被他拉扯了半天。谁知门口传来敲门声，许其琛赶紧站起来望了一眼。

门口站着一个身披水貂毛斗篷的少女，额前一抹三角刘海，相貌清纯。身后跟着的婢女替她将斗篷取了下来，露出里头的一身妃色秀禾服，温婉可人。

这位小姐款款走进来，宋沅言也十分绅士地站起来迎了迎，直到小姐走到了对面沙发处。

"张小姐，请坐。"

对方一见宋沅言，便含羞低眉，轻声道："宋少爷久等了。"

"无妨，"宋沅言也跟着坐下，声音温柔沉着，"听闻张小姐祖籍江左，想来应该爱喝龙井，我自作主张点了一壶，也不知这里的茶合不合小姐的意。"

张小姐嘴角露出一对娇羞的梨涡，眼神离不开宋沅言的脸。

许其琛瞥了一眼宋沅言，心道，茶合不合意不说，恐怕人是合了意。

对方是个挺文静的女生，宋沅言很会说话，几句话便逗得姑娘笑逐颜开。可越是这样，许其琛越觉得不对劲。怎么可能这么配合？难不成真喜欢这种闺阁小姐？

“听闻宋少爷前些时生了场病，不知身体可好些？”

宋沅言愣了一下，脸上露出掩饰的神色，刻意笑道：“早就痊愈了，小小风寒，外头的风言风语传得夸张，小姐莫要信。”

张小姐掩面笑道：“我就道是他们胡诌。”

“是，在下虽比不得武馆师傅，但好歹也是七尺男儿，身体那是……”宋沅言说到激动处竟咳嗽起来，还越咳越厉害，一只手攥紧了许其琛的长衫。

“宋少爷，你喝口茶压一压。”对面的张小姐微微起了身，一脸关切。

终于开始了。

宋沅言摆摆手，仍旧咳个没完没了，脸都红了。正要端起面前的茶，手却一抖，把茶杯给打翻了，茶水流了一桌子。他一只手攥着许其琛的长衫不撒手，另一只手在大衣里摸索着，翻出自己的手帕捂着不住咳嗽的嘴。

“宋少爷……”张小姐的脸色微微变了变，也不好开口，望了望许其琛。

许其琛能怎么办？为了不让张小姐觉得宋家下人也很奇怪，只好弯腰象征性地拍了拍宋沅言的背，毫无感情地开口：“少爷当心啊。”

宋沅言猛咳了几下，拿开手帕，上面染了一片鲜红，他的嘴角也染上了红色。

这场景吓得张小姐花容失色，掩嘴惊呼：“这……这是咯血了？宋少爷……”

宋沅言的眼中也露出一丝惊恐，然后很快将手帕藏在桌下：“没事的，不是血，小姐莫要担心。”

装，接着装。许其琛内心毫无波澜，甚至有些想笑。

张小姐可是老老实实掉下了套，看着宋沅言嘴边的一抹血红，着实胆战心惊，喝光了自己杯中的茶便小声开口：“宋……宋少爷，方才我想起，下午还得陪我娘去定做一身回乡的衣裳，实在是不好意思……”

宋沅言“哦”了一声：“张小姐这就要走了吗？”

张小姐起身，微微颔首：“抱歉了，多谢今日宋少爷的茶。”

她说着便离了席，走了两步又转过身来，脸上露出担忧的神色，添了一句：“少爷务必保重身体啊。”

宋沅言一脸不舍地望着张小姐，直到对方走出房间，才又一屁股坐下来，望着许其琛便开始笑。

还笑得出来。许其琛心下叹了口气。

“坐嘛。”宋沅言又一次把许其琛拽到沙发上，许其琛也实在是站累了，这一次也没反抗，权当中场休息。

“你都不担心我的吗？”宋沅言将脸凑到许其琛跟前。

许其琛的手却从桌下抽出了他拿着的那方手帕，在宋沅言的面前挥了挥，一股花香飘散在空气中。

宋沅言笑了：“就知道瞒不过你。”

许其琛伸出手指，沾了沾手帕上的红色，用指尖捻开：“亏你想得出来，用桂花油化开胭脂膏。”

宋沅言得意地挑了挑眉。

许其琛把手帕收起来：“别再吓唬人了。”说着眼睛瞟了一眼桌子上，也没有纸巾什么的。

许其琛万般无奈地把手帕递给他，让他擦掉嘴角：“不知道的还以为你得了肺痨，到时候外面的风言风语就更多了。”

宋沅言忽然道：“那又如何？”

许其琛愣了一下：“叫人误会了总是不好的。”

“我不怕误会。”

许其琛还想说什么，忽然听见门口有东西掉落的声音。回头一看，只见一个烫了一头漂亮鬈发、穿着一身米白色呢子套装的小姐蹲在地上，拾起一个酒红色小皮包，脸上的表情十分尴尬。

许其琛立刻恍然大悟，从沙发上站起来。

说误会，误会就来了。

不过，这位小姐也来得太早了……

宋沅言倒是言笑晏晏：“您就是林小姐吧？”

“是。”

“您请进。”

“不了。”林小姐退了半步，脸上带有几分不屑与冷漠，“我对宋少爷原是感兴趣的，因而特意提前到了。不过现在看来，宋少爷不太适合我，我这就回去向母亲说明。”

她傲是傲了些，不过也挺干脆。

宋沅言挑眉笑了笑，一副“请便”的样子倚在沙发上，看着林小姐离开。

许其琛叹了口气，真是一不小心成了他的帮凶。

一下子，前来相亲的两个姑娘都跑了，包间里又只剩下他们两个人。

宋沅言懒洋洋地从怀里掏出一块怀表："哟，这才下午四点十分呢。最后一个小姐约的是五点半，还有得等。"说着叫来服务生："把你们这儿好吃的点心上几份。"

小丫头有些为难："少爷，我们这儿的点心可不少，您要哪几种？"

宋沅言想了想："拿着甜的上，我就好吃甜的。"

许其琛瞟了宋沅言一眼。宋沅言冲他一笑，眉眼弯弯："坐，我们边吃边等。"

许其琛这回坐到了对面，中午没吃多少，这会儿确实有些饿了。小丫头手脚麻利地端来几道精致的糕点，宋沅言全往许其琛面前堆："吃这个，这个梅花糕是他们饭店特地请姑苏的糕点师傅做的，又香又糯。还有这个，这个龙井酥……"

许其琛隔着桌子看着眼前这人，想说什么又说不出来。

"你不想吃这些吗？"宋沅言又拍了拍手。这回来的是方才楼下递簿子的那个毛小子，点头哈腰地过来了。

"你们这儿，今日有没有什么特供？"

毛小子挠了挠头："今日……今日是冬至……"

许其琛一听，忽然勾起嘴角，朝他招了招手，那小子见了立刻过去，谄媚地笑着："霖哥儿，您想点些什么？"

许其琛示意他附耳过来，那小子便弯腰凑了过去。许其琛轻声说一句，他便憨笑着连连点头："我知道了，您且等着。"

许其琛一侧头，望见宋沅言，也不知是他的错觉还是怎么的，总觉得这个小少爷的神情不对。

"你怎么了？"

宋沅言闷声闷气地回了句："没怎么，难受。"

"哪儿难受？"

宋沅言病恹恹地趴在桌子上，不回话。

又开始装病了。许其琛心里想着，夹了一块龙井酥放进嘴里，还挺好吃。

"好吃吗？"

许其琛点点头："还行。"

宋沅言仍旧趴着，只是将头歪过来，下巴尖抵着手背："给我一块。"

许其琛原本让他自己动手，可看见他的眼神，觉得熟悉，又有些不忍心。于是拿了一小块龙井酥，递给他。

对方勾起嘴角，心满意足地拿起来，将糕点吃了进去。

不一会儿，那毛头小子便笑呵呵地进来，手里端着两个精巧的小瓷碗，搁在了桌子上：“二位久等了。”

许其琛冲他微笑：“谢谢，你去吧。”

“好嘞。”

碗边冒着袅袅热气，宋沅言直起身子看了一眼，碗里竟是五个白白胖胖的汤圆。

“干吗吃这个？”

“冬至嘛，我们这儿不就是吃汤圆吗？”许其琛拿起调羹，“尝尝吧。”

宋沅言听他这样说，便也用勺舀起一个汤圆咬了一口。

黑芝麻馅，从白白糯糯的汤圆皮里流出来。

宋沅言不太喜欢这个口味，齁得慌，把剩下的半个汤圆放回碗里，喝了口茶压了压。

他看着许其琛低头吃得津津有味：“你喜欢吃这个馅啊。”

“对啊。”许其琛快要压不住嘴角的笑，勺子尖又戳破了一个白白的汤圆，里面流出散发着香甜气息的黑色流心。

“我最喜欢吃这个馅了。”

宋沅言愣了一下，默不作声，侧头又喝了一口茶。

宋沅言歇了没一会儿，又嚷嚷着积了食胃难受，要走两步消消食，说罢提起大衣便要走。许其琛也没拦他，只远远道：“你要是一去不回，我下次说什么也不跟着你了。”

宋沅言听了脚步一滞，转身笑道：“我肯定回。放心吧。”

许其琛忍不住叹了口气。摊上这么个目标人物，可真够费劲的。

许其琛站起来绕着包间走了一圈，无聊得很，又实在是不习惯这个跛足。虽说两条腿差了也只有一厘米不到，可还是麻烦。他走了没两步就觉得累，于是又坐在了方才宋沅言坐着的那头。

桌上还有他故意打翻的茶水，许其琛支起手肘，托着下巴，百无聊赖地用手指蘸了些清茶在桌子上写字。

他写了个孙霖，又蘸了蘸，在下面写了个沅言。

0901 的声音忽然冒出来：“许先生，您为什么会取这个名字？念起来好拗口。”

许其琛轻笑一声："难为你这个人工智能了。"他用手指将那两个字抹开，直到看不见踪迹，才靠着软垫沙发，"这个名字出自屈原的《九歌·湘夫人》，里面有这样一句：沅有芷兮澧有兰，思公子兮未敢言。"

0901："什么意思？"

许其琛没有回答，只是继续说道："头尾两个字随便一凑，就有了这个名字。"宋沅言。

他叫来服务生，将这张桌上的甜点都撤了，再收拾了一下。

跑到这个时代，连部手机都没有，也没什么可消遣的。许其琛觉得有些无趣，便问擦着桌子的小丫头："你们这儿有什么书吗？"

"您想要什么书？"

他想了想，说："杂志和报纸都是可以的。"

不一会儿，小丫头便送上来一本杂志。许其琛觉得很新奇，封面设计看起来年代感十足，翻了翻，倒有不少言辞犀利针砭时弊的杂文。

许其琛是个一看起书来就把自己和外界隔离的人。上高中的时候，无论课下大家吵得多么厉害，他永远是一个人安安静静地坐在位子上看书，看累了就睡一会儿，好像和周围的同学处在不同的时空。

"调和折中……"许其琛眼睛盯着文章，不自觉地轻念出声。大概是方才甜食吃得多了，他觉得口干，于是伸了伸手，手指在桌面上探了探，寻找那茶杯，懒到头也没抬一下。

他摸了半天，茶杯竟然是倒扣的，这才想起方才叫服务生收拾了一番，茶也收走了。

算了，不喝了吧。他收回手，又翻开一页，低头细细地看着。

"服务员，两杯咖啡。"

对面突然传来一个女子的声音，吓得许其琛一抬头，这才发现与其相对的软皮沙发上早已坐了一个人。

孙霖的眼睛似乎有些近视了，不太严重，但许其琛还是习惯性地微微眯眼，看向对面。

面前坐了一位小姐，其实若不是她已经开口，许其琛还得想想究竟是小姐还是公子。因为无论相貌还是气质，都甚是模糊。

对方的头发剪得很短，跟他自己的比起来也长不过一厘米。后脖子修剪得很整齐，额前的碎发也梳了上去，露出一对英气十足的眉毛。下面是一双炯炯有神的凤眼，略微上挑，鹅卵一样的脸型，带有几分女气。

咖啡很快端了上来，许其琛轻声说了句谢谢，将书合上："何小姐，你好。"

对方轻笑道："你方才看了我许久，可是觉得奇怪？"

看是看了挺久，不过只是在对照着原文回忆设定罢了。

许其琛的脸上没什么表情，只是微微勾起嘴角："何小姐这么问，是觉得自己奇怪吗？"

何小姐眉毛微挑，不施粉黛的脸上露出一丝惊异，很快又笑了笑："照中国古话来讲，我这是被反将一军了。"

她抿了一口咖啡："我原以为像你们这种迂腐的读书人，一定是极其看不惯我这样的女子。"

许其琛淡淡道："何小姐这话，有两处在下不得不驳。其一，何以见得我是个迂腐的读书人？其二……"

他望了眼面前的女子："世间女子千姿百态，何小姐是哪样的女子？"

何小姐的手顿了顿，盯着面前身穿长衫的青年。原是她不愿别人以貌取人，现在自己却先掉进了这以貌取人的圈套。

"女子应如何，男子应如何，这样的不成文规定原本就是一种认知上的不公。"许其琛没有看她，只是看着自己手指上的骨节，言语间没有什么感情，好像在说方才吃了些什么一样的语气，"没有人应该被'男女'二字所限制。"

他的眼珠子是深沉的棕色，和眼前的咖啡一样，不太浓重，却有着一种天然的疏离感。

"性别只用来区分生理，无法区分人的生活方式。"

何小姐愣了一下，转而坦荡地大笑。

"有意思，真有意思。"她打量了一下许其琛，伸出自己的手，脸上终于露出友善的笑容，"何小姐叫着实在费劲，你可以叫我南希。"

果然是喝过两天洋墨水的，许其琛犹豫了一下，看着对面女子如此大方友善，还是选择了伸出手去。

何小姐倒是个活泛的性子，没等许其琛开口，便又道："都说宋家小少爷病恹恹的，柔弱得很，我一听便头疼，今日死活被父亲给架着来了。如今一瞧，虽说身形清瘦了些，思想却很先进。"

许其琛被握住的手抖了抖。

门突然被打开。

“我刚刚去楼下溜了一圈，找着一家西洋果子店，你猜我看到了什么……”

许其琛立刻抽出手，朝门口望了一眼。

为什么世间会有这么凑巧的事？

许其琛站起来，朝着对面不明就里的何小姐微微鞠躬：“抱歉，您误会了，我只是宋家的家仆。”说罢他看了一眼门口手里捧着一个精美盒子的宋沅言，“这一位才是宋小少爷。”

何小姐微微皱眉：“所以……我是搞错了？”

许其琛点点头：“我只是在此等待少爷，并非有心造成误会，实在抱歉。”说完便拿起那本杂志站起来，冲着宋沅言使了个眼色。

宋沅言皱着眉头走过来，把手里的盒子塞给许其琛，然后一屁股坐在了沙发上：“你就是何小姐？”

哪里来的这么大火气……难不成以为自己在勾搭他的约会对象？

许其琛默不作声，看了一眼手里的盒子，上面的洋文是手写的花体字，一时间不好分辨。

何小姐搞错了人，原本就十分尴尬，现下瞧着这个真正的小少爷一副纨绔子弟的模样，更是不满意：“是又如何？”

这展开好像不太对啊。原文里两个人见面挺友好的，都是接受过西式教育的，有共同话题，这才结了姻亲。

难不成是因为自己改变了剧情走向？千万别啊，要是他提前死了可怎么办？

许其琛心下无力，想起临走前宋太太对他说的话，用脚碰了碰宋沅言桌下的脚，笑意盈盈地拿着手里的盒子开口：“这是少爷给何小姐买的礼物吧？”

宋沅言皱了皱眉，趁着许其琛把盒子给出去之前拦住：“你倒是殷勤，我几时说了这样的话？”

递了台阶他也不下。

许其琛有些尴尬，只想尽快抽身：“那……二位慢慢聊，我就不打搅了。”

“不必了。”何小姐率先站起来，一旁的小丫头将她的红色大衣取了拿过来，又替她穿好，“我原就是被父亲从马场强行押过来的，如今看来……”

她朝着宋沅言哼了一声：“的确是如我所料，我跟宋小少爷并不投机，以后也不必再见。”

宋沅言皮笑肉不笑地抬了抬手：“何小姐走好。”

何小姐踩着马靴走到许其琛身边，脸上的表情和缓些许，一如刚才那般直来直往："你叫什么名字？"

不回答也不是办法。许其琛微微垂首，一副恭谦模样："孙霖。"

何小姐点点头，随即姿态洒脱地离开了。

回宋公馆的路上，宋沅言一句话也没有跟许其琛说，手里捏着那个盒子，眼睛盯着窗外。

就连开车的司机都发觉气氛不大对劲，小少爷一向都是笑模样，对着哪个下人都亲切和善，怎么现在看着这么沉闷。

司机瞥了一眼后视镜，迟疑了一会儿才开口："小少爷……时间还早，您要是想去哪儿兜兜风转一转，告诉我一声。"

宋沅言一言不发，抿着嘴唇。他的五官其实是偏凌厉的，只是平日里总是笑着，又时常生病，总会让人忽视了他的锋芒。

许其琛感觉司机又在镜子里瞅了他一眼，于是开口道："直接回公馆吧。"

司机点了点头，照着原来的方向开着。许其琛看向宋沅言的侧脸，心里想着他生气的原因。

难道是因为自己身为家仆和好友，背着他和他的约会对象亲密交谈，让他觉得不舒服？

这个理由似乎充分一些，毕竟再怎么说他都是个少爷，总该有些脾气。

不能让他这样气下去了，万一导致后期发展不了革命友谊了，副线任务可就失败了。

许其琛觉得这事越想越通透，于是对司机说："要不还是在刚才路口那个梨园停下吧，我记得小少爷来时想看戏来着。"

司机应了一声，那样子就像是救星菩萨发了话，立刻打转方向盘，将两人送到了梨园。

宋沅言虽没有反对，但依旧不说话。许其琛下了车，对驾驶座的司机说："你先回去跟太太复命，就说今日小少爷的约都赴了，就不回去吃饭了。"

说完，许其琛转身便想进那戏园子。走了两步见宋沅言依旧站在门口不动，便开口："少爷是嫌我腿脚太利索，想让我多走几步是吗？"

宋沅言看了他一眼，他一眼便读懂宋沅言眼睛里说的什么话，他就是要拿话来怄宋沅言。

果不其然，这种方法是奏效的，宋沅言跟了上来。这双腿成了现在这样，也算是替宋沅言挡的煞，他不会不卖这个面子。

两个人一前一后走进去，门口迎客的梨园班主见了宋沅言便眉开眼笑："哟，这不是宋家的小四爷吗？今天什么风把您给吹来了，真是蓬荜生辉啊。"

宋沅言心里有气，但还是露出一副笑脸。这让许其琛佩服极了，敢情他是只在自己跟前撒气，对着其他人还能演。

"今日唱的什么曲？"

班主笑着将他们迎进去："《牡丹亭》，不知小少爷喜不喜欢？若是不喜欢，我们还可以点。"

宋沅言见一楼人不少："不必了，《牡丹亭》就很好。"说罢兀自上了二楼，许其琛跟在他后面。

宋沅言的步子走得很慢，每走一步好似刻意停顿一下。不长不短的楼梯，走了好一会儿才上去。

因为走得慢，许其琛也不觉得累，跟着他找了个正对戏台子的空位便坐下了。几个戏台的伙计送上来一些糕点和果仁，又沏了一壶热茶。许其琛望着戏台，觉得挺新奇。他以前从没在现场看过戏，如今在这么古色古香的梨园听戏，觉得很有趣。

不过老实说，《牡丹亭》是昆曲，他听不太懂，作为外行人，只能听个韵味，看个扮相。

许其琛忍不住朝宋沅言瞥了一眼，对方似乎听得挺认真，背靠乌木椅，眼睛一动不动地看着戏台上的角儿。

许其琛的视线游移，挪到了他的手上。他仍旧攥着那个盒子，许其琛微微眯起眼睛，想再仔细看看上面究竟写的是什么。

"你说要来看戏，来了又不看戏。"

宋沅言的声音忽然响起，许其琛愣了一下，赶紧撇开视线："我要看的。"

"演到哪儿了？"

许其琛说不出，干脆不回话。

宋沅言将盒子扔在桌上，眼睛仍盯着那个戏台："《牡丹亭》里你喜欢哪一句唱词？"

这话问得没来由，许其琛也愣了一下。他对《牡丹亭》的研究还真是不深，说不上喜欢哪句，只好把话又抛了回去："少爷喜欢哪句？"

宋沅言倒是没呛他，只淡淡道："你猜？"

许其琛想了想，该不会是那句在现代已经烂大街的话吧。他尝试着回答："是那句‘情不知所起，一往而深’吗？”

宋沅言摇了摇头，许其琛早就料到会是这个结果。

只听他又道：“前一句。”

前一句？这一句实在是被传得太广泛，许其琛并不知道前一句是什么，也从未查过。

或许是他的神色疑惑得太明显，宋沅言指了指戏台：“很快就要唱到了。”

听他这样一说，许其琛凝神，仔细分辨台上之人的唱词。

惊觉相思不露，原来只因入骨。

台上的唱腔绵长柔媚，带着一丝哀怨和迷离，让许其琛一下子陷入了回忆之中。

高一下学期的三月，女生口中津津乐道的白色情人节。

一向沉默寡言的他像往常一样，捏着一盒牛奶走进了教室。

许其琛还记得，那天带早自习的是英语老师。他一边拿着自己的书，在教室里绕着圈子，一边提醒着还没拿出课本早读的同学。

许其琛咬着牛奶盒的吸管，没低头，手在抽屉里摸索着英语课本。不知怎么的，却摸出来一个小小的心形盒子，上头还有一条粉紫色的丝带。他忍不住晃了晃，里面好像装了东西。

他低头看了看抽屉，里面竟然还有好几个漂亮的小盒子，不过形状大小不一。

看着英语老师快走到他跟前了，他连忙将课本翻出来，在课桌上摊开，装模作样地读了两声。等到英语老师从自己身边走过，他又将那个小盒子拿出来，拆开了。

原来是巧克力。许其琛觉得奇怪，像他这样近乎自闭的性格还可以收到礼物？

喜欢他什么呢？真是想不通。

可巧克力不是什么坏东西，他甚至很喜欢。他正要拆开吃，后座却传来一个响亮的声音。

“老师，我有问题。”刚走过去的英语老师又掉转回来，正好看见了拿着巧克力的许其琛，于是走过来敲了敲他的桌面：“干什么呢？快背书，乱七八糟的东西都收一收。”

许其琛“哦”了一声，打消了尝一口的念头，将所谓乱七八糟的东西都塞回了抽屉里。有一搭没一搭地听着身后那个人和老师的对话。

“什么问题？”

“老师，这篇要背吗？”

“我上节课早就说过了，A节的都要背，你听的是什么课？”

那个人笑嘻嘻地回答：“我忘了，谢谢老师。”

“赶紧背书吧。”

许其琛翻到上次没背完的课文，低头捂住了耳朵，自己默默背着。

早自习一过，当天值日的他就被卫生委员给叫走了。

许其琛赶在第一堂数学课前回来，急匆匆地弯腰找课本，却发现早自习时看到的四五个小盒子都不见了，一个也没有了。他拿出课本，仔细地想了想，还以为那些礼物是自己没睡饱产生的错觉。

像他这样的性格，怎么会收到礼物呢?

可那一天的事实在是太稀奇了，以至于许其琛现在都还记得。

许其琛放学回家写作业，像往常一样拉开书包拉链，发现里面多了一个课本那样大的盒子，装满了金色的巧克力球，滚得满床都是。

“发什么呆呢？”

许其琛越飘越远的思绪被拉扯回来，“哦”了一声，低头说：“没什么，就觉得少爷喜欢的这句唱词写得的确很好。”

宋沅言沉默了好一会儿才开口：“你最近很奇怪，以往两个人的时候，你从不叫我少爷，都是叫我的表字，现下怎么这样生分？”

许其琛的脸上露出一丝错愕。

表字。叫他的表字，他实在尴尬。

可如果不叫，会不会被他发现有不对呢？毕竟宋沅言这么聪明，九曲十八弯的心肠。

许其琛越想越觉得自己给自己挖了太多坑，后悔不已。

宋沅言却没有等他开口，戏台上的“小姐”唱完了自己的唱段便下了台。宋沅言招来伙计，将桌上的盒子拿起来，笑着说道：“这个，替我送给刚才台上那位。”

伙计弓着腰，双手将盒子接过来：“是，我先替她谢谢小少爷。那我先下去了，还有什么吩咐您就……”

“等等。”

许其琛抬头，看向了宋沅言。

“那盒巧克力，不是要拿回去一起吃的吗？”

说出这句话，许其琛的心里忐忑不已。如果宋沅言拒绝自己，他又该如何完成之后的副线任务？

“瞧我这记性。”宋沅言的声音忽然响起，轻飘飘得像朵云。

许其琛看向宋沅言，见他笑着拿出一小把银圆，放在了那个小伙计的手上：“这位唱得这样好，还是真金白银更实在。”

说着他拿走了那个盒子，放在桌子上：“你下去吧。”

伙计连说了好几声谢谢，高高兴兴地下了楼。

许其琛有些尴尬。一时冲动之下开口要了礼物，接下来应该怎么办，没有人教过他。正纠结之际，那盒巧克力被推到了他的眼前。

“我也不知道好不好吃……”宋沅言的神色也有些迟疑，“你尝尝看，不好吃就丢掉。”

许其琛接过盒子，将它打开。盒子里面摆着四排巧克力，每一颗都是不同的形状。

“很贵吧？”许其琛拿起一颗，毕竟这是民国，巧克力这种东西还是很稀奇的。

宋沅言摸了摸鼻子：“还好啦，你吃啊。”

“回去再吃。”许其琛将手中的那颗放回原处，盖上盒子，然后懒洋洋地趴在盒子上，侧着头看向宋沅言，“不气了？”

宋沅言咳嗽两声，提起茶壶给自己倒了杯茶，凑到嘴边却被结结实实地烫到了：“呸……呸，咯咯——”

许其琛忍不住轻笑出声。

“笑什么啊，不许笑。”宋沅言撇开了视线，不看他。

许其琛的手指轻轻敲打着巧克力的盒子，并不是很想吃掉它。

就像他以前一样，放学回家会打开抽屉，看一看那个完整的巧克力盒子，再揭开盖子，看一眼那些金灿灿的球体。像是在提醒自己，或许也不算太孤独。

后来某一天，许其琛回家，发现小姨正坐在沙发前看着无聊的综艺节目。他一如往常那样说着“我回来了”，换了鞋往房间走，却发现茶几上堆着一小堆金色的糖纸，金灿灿像一座小金山。

“你吃的什么？”

等他走到沙发旁边，看到了那个空了大半的巧克力盒子。

那是他第一次冲小姨发脾气，虽然在她看来只不过是小孩子逃不过的叛逆期。

曲毕，宋沅言和许其琛下了楼。和楼下的班主客套了几句，正要抬脚离开，看到一个穿着长衫马褂，头戴黑色毛毡帽的人揣着个手炉走进来，身后跟了好几个家仆，排场不小。

许其琛觉得有些熟悉，就听身后的班主喊道："哟，这不是刘大少吗？今日怎的不在洋行？"

被唤刘大少的那个人半只脚踏进了门槛："怎么没去？刚从洋行出来，路过便看看今天唱的什么戏。"说着斜瞥了一眼宋沅言，"可真是赶早不如赶巧，宋老弟也来听曲啊，近来身子骨可好啊？"

他这一撇头，让许其琛看见了他右脸颊上的一颗痣，心里一惊。

这是谢老爷的外孙，刘明德。在许其琛最初的设定中，就是准备让他和他妈谢文琴合谋杀掉孙霖。这个人可以说是孙霖死后的最大受益者，也是在这个世界最有可能的凶手人选。

宋沅言勾了勾嘴角："刘兄近来想是过得挺滋润，不知何时请小弟我去谢公馆坐坐？"

刘明德的脸色一变："那是自然的。"说罢又瞥了一眼许其琛，满脸不屑，"到时候也请宋老弟带上自己的保命符来我谢公馆做客啊。"说完，他横着步子撞开了宋沅言的肩膀，大摇大摆进了戏园。

许其琛扶住了宋沅言的胳膊。

这个人比他的设定还要惹人厌烦，虽是谢家长女的儿子，但只能跟个外姓，在谢老爷的眼里无论如何都只是个外孙。不像宋沅言，堂堂正正的宋家嫡子，身份尊贵，万千宠爱集于一身。

虽然谢、宋两家没有过节，可同是少爷，一个天上一个地下，心里恐怕早就怨毒了宋沅言。

"饿不饿？要不要吃点东西再回去？"

许其琛跟在他旁边，摇了摇头："还好，不是很饿。"

宋沅言的脚步走得很慢，华灯初上，街道虽是热闹非凡，气温却降了不少。许其琛的手冻得冰凉，直往袖子里缩。

走着走着，宋沅言忽然停下了步子。许其琛抬头，见他咬着自己的皮手套将它拽了下来，递给了许其琛。

许其琛摇了摇头，宋沅言低头，塞到他手中。

见他要脱下另一只，许其琛立刻开口：“到时候回家叫太太见了不好。”

宋沅言停下了摘手套的动作，转头对他笑笑：“说得有道理。但我们不让她看见就可以了。”

许其琛看着那颗虎牙，忘了躲闪。

走了没两步，宋沅言就叫了辆黄包车。

两个人坐在车上，许其琛将脸埋在厚厚的羊绒围巾里，一呼一吸之间，冷调的木质香气之中掺杂着一丝跳跃的酸甜果香涌入鼻腔。

回去的路变得很短。抵达灯火通明的宋公馆时，许其琛抽出自己的手，并将那只皮手套一并脱下来，放在了宋沅言的大衣口袋里。

他心里滋生出一种奇异的轻松。

宋太太早已回了家，两个人进去的时候，她正和宋沅言的大姐宋礼瑜说着话，两个人有说有笑，看来是打牌赢了不少。

宋沅言自知自己这天的约会都不成功，一进门便跑去了沙发上，亲亲热热地往宋太太的怀里钻：“母亲，外面可冷了。”

“哎呀，剥着橘子呢。”宋太太一边怪嗔，一边又将手里剥好的蜜橘喂进宋沅言的嘴里。

“真甜。”

一旁织着毛衣的宋礼瑜笑道：“哪有你这小子的嘴甜哟。”

宋太太可不会被撒娇轻易糊弄过去，扯了半天还是回到了正题上：“你今天的约会怎么样？喜欢哪家的小姐？”

宋沅言听了这话，便从宋太太的怀里坐起来，咳嗽了两声，唉声叹气道：“可别提了，三家小姐都没看上我。”他嬉皮笑脸地搂着宋太太的胳膊，“要不，我就不娶老婆了，天天陪着母亲，多好啊。”

宋太太画得精致的眉毛气得抖了抖：“说什么胡话！究竟是怎么回事？”

宋太太回头，眼神落到了远远站在一旁的许其琛身上：“阿霖，你说！”

许其琛觉得背后一寒，正要开口，被宋沅言截了话头去：“你难为他有什么用，人家就是没看上我啊。头一个张小姐，人嫌我身子骨太弱，咳嗽两声就把她给吓跑了；第二个林小姐，也不知道是怎么的，在门口站着远远地瞧了我一眼便说不合适，也走了，我都没来得及跟她说话。”宋沅言拿了个橘子在手上把玩，“许是那个林小姐嫌我长得太好看了。”

许其琛忍不住笑出来，真是一本正经地胡说八道。

宋太太叹了口气：“那……那个何小姐呢？”

宋沅言看了一眼宋太太，把手里的橘子放在她的手上：“别提了。那个何小姐啊，我第一眼看还以为是个公子哥呢。”

“母亲你是没看见，她头发就这么短，穿着个马术服就来赴约了，脾气那叫一个暴躁，手里就差没拿条马鞭了。”他拿手在自己的脖子那儿比画，说着瞪了宋太太一眼，“您这是给我挑的什么媳妇？难不成您觉得我好这口？”

宋太太皱着眉：“胡说八道！阿霖！”

许其琛上前两步：“太太，小少爷他……说的的确是事实，何小姐和寻常的富家小姐不太一样。”

宋太太凝神，半晌没有说话。

“母亲，我还小，这么着急讨什么老婆？”他趴在宋太太的肩头，“您就不怕我有了媳妇忘了娘啊。”

一旁的宋家长姐也笑眯眯地开口劝和：“现在的小孩子都崇尚自由恋爱，想来谈婚论嫁这种事也不是一两次约会就成得了的。再找些机会见见面，喝喝咖啡，来往几次也就熟络了。”

宋太太的表情稍稍和缓些，打发了宋沅言回房间。

“大少爷回来了。”

许其琛望了一眼门口，身穿一身深色西装的宋家长子宋沅风走了进来。他的五官十分温柔，内敛而细长的单眼皮看起来十分温和，和相貌张扬出众的宋沅言看起来没有丝毫相似之处。

“母亲、大姐。”

宋太太只“嗯”了一声就上了楼，宋礼瑜倒是笑意盈盈地问候了几句。

许其琛望着宋沅风的侧脸，心里想着原文的剧情。这个人看似顺从温和，实际心思颇深，对备受宠爱的宋沅言表面上谦让关心，其实早就怀恨在心。

宋沅风结束了和长姐的问候，准备回房。经过许其琛身边，他特地停了一下脚步，露出一个关切的笑容。

“阿霖，近来右腿可还会痛？”

许其琛的背脊冒出一层冷汗，却强撑着笑道：“还好，近来腿疼没怎么发作。”

宋沅风伸手，轻轻拍了拍许其琛的肩膀：“那就好，我有一个朋友刚从英国学医回来，过两天我请他来家里替你瞧瞧。”

许其琛颔首，掩饰着眼神的闪烁：“多谢大少爷。”

"客气什么，都是自家人。"

他的声音像是三月春风般和煦，在许其琛听来却是如坠冰窟，右腿隐隐作痛。别人或许不知道，但身为作者的许其琛清楚得很，这条腿之所以会变成这样，罪魁祸首便是眼前这位和善温润的大少爷。

许其琛缓缓离开前宅，走回后宅，回到了自己的房间。这个世界比他想象中还要复杂，每个人都有着自己的利益出发点。而他只是其中一颗棋子，要想翻盘，一步都不能错。

许其琛合衣躺在床上，望着床幔想着这些错综复杂的人物线。不知想了多久，他忽然听见敲门声。

"谁？"许其琛支起身子，"我已经睡下了。"

"是我。"

听到宋沅言的声音，许其琛披上一件外衣给他开了门，就见穿着常服的他端着热气腾腾的碗站在外面。

许其琛赶紧让他进来："这么晚了怎么还没睡？"

宋沅言笑着走进来，将手里的碗搁在红木桌子上："你下午只吃了些糕点甜食，估计已经饿了，刚才我叫张妈妈下了馄饨，我们一起吃啊。"说着便将许其琛拉到桌子旁边，"快，热乎着呢。"

许其琛被拽到了桌子边，眼睛却一直盯着宋沅言。

"你看着我干吗，你不饿？"

许其琛摇头："有点饿。"

他接过宋沅言手里的勺子，两个人低着头，一起吃着馄饨。

"好吃吗？"宋沅言望着许其琛。

许其琛点点头，看着馄饨汤上漂浮着的辣油，又看了一眼宋沅言冒着汗的额头："少爷最近开始吃辣了？"

宋沅言咳嗽了两声："数九寒天的，吃点辣的暖暖身子。"

许其琛憋着笑，咬破了薄到近乎半透明的馄饨皮。

两个人很快吃完了，许其琛穿得太少，放下勺子便趿着鞋回到床上，并盖上了被子："天太冷，我就不送你了。"

说完这话，他自觉有些太冷漠了，明明是宋沅言好心给他送了夜宵，自己吃完就赶人走，听起来不太好，于是又添了一句："谢谢少爷。"

谁知宋沅言径直走到床边坐下。许其琛怕冷，被子裹住全身，只露出眼睛以上的部分。

这里并没有电热毯，所以即使这样，许其琛也还是冷的。他将身子绷得紧紧的，抑制着自己的哆嗦，眼睛盯着不说话的宋沅言。

宋沅言撩开了被子的一角，看到了许其琛的右腿。他右腿上有一道长长的手术疤痕，缝合的痕迹依稀可见。

宋沅言不知从哪儿拿出一个小罐子，打开便是一股浓浓的药草香。

他将深褐色的膏体挖出置于掌心，用手心的温度加热，然后覆盖在许其琛凸起的膝盖骨和疤痕之上，耐心地上药。

许其琛膝盖以下的小腿全露在外面，宋沅言担心他会冷，扯了一旁的毯子盖上去："还疼吗？"

许其琛摇了摇头，他果然听到了自己和宋沅风的对话。

许其琛凝视着低头为自己擦药的这个人，他和自己记忆里那个人真的很像。

周遭的景象发生了奇异的迁徙，不再是凛冽的冬日，不再是灯光昏暗的夜晚，而是铺满金色银杏叶的校园马路。

也是这样的姿势，支起的膝盖，两个人的长椅。

"医务室没有医生，我买了云南白药。这里疼吗？"记忆中的那个人按着自己的脚踝，一股错位的疼痛感袭来。

他不由得点头，眼眶里差一点激出眼泪。

"你这是扭到了。"

嗤的一声，冰凉的带着浓重药草气味的喷雾刺破空气覆盖在了他鼓起的脚踝，像一床再舒适不过的夏凉被。

"不要动，等它干掉。"

说完这句话，两个人都陷入了等待的沉默。

"好了。"他啪的一声盖上盖子，将那一小罐喷雾塞到自己怀里。"可以走吗？要不然……我送你去医院？"

药水的味道怎么都散不去，就像他心底甩不脱的怯懦。

他的怯懦逼着他拒绝了对方的邀请。

第二天。

许其琛一大早起来帮着管家处理府中上上下下的琐事，忙了一上午，直到监督工人搬运假山石的时候才得空在池塘边歇了歇。背靠池边的枯树，许其琛听到了很舒缓的钢琴声。

他对钢琴没有太多的了解，对古典音乐更是知之甚少。可不知为何，这首曲子却让他感觉到一种没来由的忧郁和执拗。

一旁跟着帮忙的丫头小月走过来，望了望洋房上的彩色琉璃窗，一脸憧憬地开口："小少爷又开始弹琴了。"

许其琛愣了一下，想到了初来那日在他房间里看见的那架钢琴。

琴声忽然转急，细碎的音符像是急促的脚步，在追逐着什么。下一秒，戛然而止。

许其琛听见张妈妈在叫自己，应了一声，快步走到了洋房里。

"小少爷周五要去参加何公馆的舞会，太太说让你也跟着一起，盯着小少爷。"

许其琛心下叹了口气，默不作声。

"你现在去小少爷的房间吧，太太请了英租界有名的裁缝过来给你和小少爷定制西装。"

许其琛点点头，上了楼梯，走到尽头。他敲了两下门，听到宋沅言说进来，这才推开了房间门。

宋沅言坐在钢琴旁边，盖子已经合上了。他侧头看向许其琛，冲他笑了笑。

许其琛也不知是脑子一热还是怎样，居然愣怔地开口："你刚才弹的……是什么曲子？"

宋沅言转过身子，背对着他，手指在琴盖上点了几下："F小调《第二钢琴协奏曲》，好听吗？"

许其琛"嗯"了一声，走了进去。

两个人没有继续钢琴的话题，尽管许其琛心里有点想听他弹完。

宋太太请的裁缝很快到了，是一个中英混血儿，他用带着些许口音的中文跟他们交流。

"嘿，你可以帮我量一下这位少爷的肩宽吗？我觉得这一块需要改一改，谢谢！"他将一条软尺递给许其琛，自己低头改着图纸。

许其琛接过软尺，走到了宋沅言的面前，捏着软尺的一头，指尖压在他肩膀的一端。

许其琛的眼睛有些看不清，稍稍靠近些，仔细地看着软尺上的数值。

宋沅言忽然开口："这首曲子，是肖邦十九岁的时候写的。"

许其琛抬起头。

“写给一个很重要的人。”

何家和宋家不同，何老爷是江衢都督的表弟。换句话说，他是个同军方有着连带关系的富商。这也是宋太太无论如何都想让宋何两家结成姻亲的原因。

那位裁缝的西装做得十分精致，底色是沉郁的墨黑，仔细分辨的话，可以看到暗纹，里面搭配一件白色衬衣和一个黑色的领结。

许其琛换好衣服，前去洋房那边等候宋沅言。他心里想着，这个年代的公子哥也不好当，毕竟这么冷的天，他宁愿穿羽绒服出门，也不想为了好看穿成这样。

许其琛敲了敲宋沅言的门，听见了他的回应，这才推门进去。

宋沅言正站在镜子前，瞧见许其琛进来便转过身，一身雪白的西服，简直是白马王子的典范。

“你来得正好，替我系一下领带吧。”头发全部梳起的他露出了优越的额头和眉骨，手里拿着一条银灰色的领带，“我怎么都系不好。”

许其琛走过去，将领带从他的后脖颈绕过来：“低一下头。”

宋沅言顺从地低下头，看许其琛手指灵巧地打了个结，一点点将结推移向上：“好了。”

“多谢。”

许其琛后退几步，却被宋沅言问道：“头发不弄上去吗？”

许其琛摇摇头：“我原本就是跟班，何必弄得那么正式。”

宋沅言放开了手，转身走到圆桌边，拿了一个长长的盒子，递给许其琛。

“这是什么？”

“送给你的。”

许其琛打开了盒子，里面是一根精美的手杖，暗红色的木材雕刻着精美的纹路，顶上被打磨得十分圆润称手，如同一颗明珠。木珠的底端刻着一圈水波纹，镶嵌着几颗蓝宝石。

“太贵重了。”许其琛想要将盖子盖上，归还给他。

却被宋沅言抢了先，将里头的手杖取了出来，在手上转了转，将杖顶抵在许其琛的胸口：“你不要我就烧掉。”

相当直白的威胁。

许其琛望了他一眼，叹了口气，将手杖握住：“知道了。”

宋沅言一瞬间笑开，露出颇为满意的表情："等等，还有……"他打开衣柜，取出一件黑色大衣，"这件大衣是我前些天请人做的，可惜肩膀没做好，小了些，我穿不了。"

许其琛这一次没有拒绝，反正他想送的，总是会想尽办法送到自己手上。

许其琛接过大衣披在自己身上，和身上的深色西装极为相称。

宋沅言笑了笑，自己又从衣柜里找出一件大衣，看起来十分温暖的深驼色，很长很长。

前往何公馆的路上，许其琛心中有些忐忑。这一次的舞会是何老为了自己留学归来的宝贝女儿特意办的，江衢的显赫人物一定都会出席。

照理说，当年孙梦蝶的事，谢家长女应该是知晓的，但她现在应该还不清楚孙霖就是当年的遗孤。

可这件事瞒不住，只要她想查，派人去一趟乡下问一问孙霖的外祖父就清楚了。那他是不是应该先封住外祖父的口呢?

可是当年的事他不清楚细节，不知道还有哪些人清楚这件事，光是堵住一个人的嘴是没有用的。

原文中谢家最后是将孙霖要走了的，孙霖也成了谢家名正言顺的少爷。这也就是说，就算想办法让刘明德一流查不到自己的下落，谢家老爷也会将他接回去，一切都是白费。只要他的身份摆在明面上，那就离结局不远了。

"小少爷，到了。"

两个人下了车，周围停了不少洋车，很热闹。大概是皮相太好，即使许其琛再迟钝，也能感觉到附近的太太小姐朝着两个人投射过来的目光。

许其琛心里不由得想，自己还真是个十足的颜控，设定的角色就没有不好看的。

许其琛遵循礼数，没有和宋沅言并肩而行，只是低头跟在他的后面。手杖杵在地上，和脚步声同一频率，发出沉郁的声响。

何公馆和宋公馆浪漫的法式建筑风格不同，更加沉稳，偏德式风格。大厅里已经聚了许多名流，各式各样的旗袍和洋装，在吊顶的水晶灯下看得人眼花缭乱。

两个人的出现，引起了一阵骚动。

"那边是哪家的公子？"

“宋家小少爷啊，这你都不知道。”

“我认得的，我说的是他身后那位，穿黑色大衣的。”

“啊……那个啊，那只是宋家的家仆而已。”

“家仆？”那位小姐握住高脚杯的手抖了抖，差点将葡萄酒洒在自己金贵的裙子上，“宋家的家仆竟都像少爷一样……”

“这可不是一般的家仆，你不是在江衢长大的，所以不清楚。”一身墨绿旗袍的女子将肩头的鬈发拨开，“这一位，可是宋小少爷的保命符呢。”

许其琛耳边的议论声不绝如缕，前头缓缓走着的那个人天生就是人群之中的焦点，跟在后面的自己无论如何也躲不开关注和议论，这一点他早有预料。

一位穿着浅黄色洋装的小姐走了过来，高跟鞋与大理石地面接触发出的声音如同酒杯碰撞般清脆。

她的声音也很甜美：“宋少爷，可不可以一起跳支舞呢？”

她的脸颊透着胭脂的微红，精致的鬈发随着她自信的言语轻轻摆动，戴着白色蕾丝手套的手指纤长漂亮，伸到宋沅言的面前。

“少爷，我去那边坐一坐。”许其琛率先开口，交代了一下，然后径直走到大厅边缘布置的类似吧台的地方。

许其琛坐在高椅之上，随意挑了一杯酒，抿了一小口，味道还不错。他看向舞池之中的宋沅言，小提琴悠扬的声音环绕着整个大厅，宋沅言的手绅士地绕过那位小姐被洋装裹紧的纤细腰肢，步伐交错，缓慢地旋转着。

许其琛耳边传来高跟鞋的声音。

“这位先生，您一进来便坐着喝酒……”

许其琛应声侧过头，是一位穿着深红色旗袍，肩披狐狸皮草的女子。她的长发如绸缎一般垂下，耳垂上的两点翠玉耳坠轻轻摇晃，看起来风情万种。

“看来是不爱跳舞呀。”

许其琛没有回话，将那根手杖抬了抬，当作回答。

“原来如此。”

他的冷淡与温和交织在一起，形成一种十分勾人的气质。女子晃了晃杯中的酒，缀满珠宝的手轻轻覆盖在许其琛的右膝上：“是这条腿吗？”

许其琛的心中没有丝毫波澜，眼神不自觉去寻找舞池中的那抹白色。

“是。”许其琛收回视线，终于微笑着给出了一个回答。

女子似乎得到了莫大的鼓励，手轻轻搭上许其琛的肩膀：“是怎么一回事？”

她的语气中似有关切，随即又补充一句："如果觉得冒犯，先生便不说好了。"

许其琛刻意地没有躲。

他像是在体验一种风险很低的游戏，乐在其中。

他的声音并不沉郁，低声诉说时有种天然的温柔。

"被车子碾了过去。"许其琛低头喝掉了最后一点酒，"所幸做完手术，保住了这条腿。"

女子用英文说了一句抱歉，语调带着这里的口音，听起来很是婉转撩人。

许其琛低头不语，感觉对方越来越靠近，手指在黑色大衣上轻轻摩擦，宛如一株美艳的菟丝花。

"先生的香水味好闻极了，不知是什么牌子？"

许其琛低垂的视线里出现了一双熟悉的皮鞋。

女子看到皮鞋神色有些错愕，但在看清来者的面貌后，又不禁柔软下来："宋少爷？"

宋沅言绅士地颔首示意，让许其琛十分想笑。

"你问他吧。"

许其琛这莫名其妙的一句话，让那女子一下子没有会意过来，发出一个疑惑的声音。

许其琛将空空如也的酒杯放回到台面上，嘴角勾起："你方才说好闻的香水是他的。"

舞会上的人越来越多。

音乐声忽然停止，跳舞的一对对也都停了下来人群之中出现议论声，循声望去，长长的迂回的楼梯顶端，站着一位女子。

墨黑色的长裙，裙摆缀着碎钻，如同星河一般璀璨。利落的短发上斜戴着巴掌大小的礼帽，一小块黑色的网纱半掩妆容精致的左眼，一双红唇尤其美艳动人。和初次相见时的英姿飒爽判若两人。

"何小姐来了。"

"这位便是何小姐？真是个美人啊。"

"这场宴会的主人终于来了……"

许其琛轻轻咳嗽一声，示意眼前站着的宋沅言："你的 Miss Mission（任务小姐）来了。"

身边的那位女子看见两个人都望向了何小姐，自觉无趣，便离开了。

何小姐款款走下来，在人群中一眼便看到了最是出挑的宋沅言。可他似乎并不是她的最终目标，而是一个路标。

只要找到他，就可以找到孙霖。

果然，何小姐目不斜视地朝着这场宴会的双子星走来，冷面拒绝了一个又一个公子哥的邀请。

高跟鞋的声音一步一步敲打着反光的地面，最终停在了许其琛和宋沅言的面前。

“孙先生，”何小姐展露出一个迷人的微笑，“你来了。”

许其琛没有料到她竟会先同自己打招呼，于是礼貌地从椅子上站起来，朝她微微鞠躬：“何小姐。”

“我说过了，叫我南希。”相较于上一次见面，这天的何小姐更多了一分女子的温柔。

许其琛没有更改称呼，只是回以微笑。

何小姐落落大方地向他伸出手：“可以陪我跳今晚的第一支舞吗？”

许其琛看了看她的手指，余光瞟了一眼站在身旁的宋沅言，开口拒绝了邀请：“抱歉，在下腿脚不便，恐怕不能同小姐跳舞了。”

何小姐看了一眼许其琛的双腿，看到了他手中的手杖，非常礼貌地微笑：“实在是太可惜了，我今晚只想与你跳舞。”

她这样直白，反而让许其琛有些尴尬了。

他也没有忘记宋太太的嘱托，于是用手杖轻轻敲了敲宋沅言的后脚跟，在他旁边轻声道：“邀请何小姐跳支舞吧。”

宋沅言看了他一眼，他的眼神很是坦荡。

“我酒喝得有些急，出去吹吹风，醒一下酒。”许其琛朝何小姐微微行礼，“失陪了。”

看着许其琛离开，宋沅言朝何小姐伸出手，也没说话。何小姐戴着黑色长手套的手轻轻放在了宋沅言的掌心，两个人走到了舞池的中央。

钢琴声陡然一转，音符间的间隙与停顿充满了节奏感。

两个人的舞步交错，每一个停顿都与钢琴和鼓点吻合。

宋沅言握着何小姐的手，迫使她跟随音乐转了个圈：“你喜欢他？”

何小姐瞟了他一眼，相当坦率：“对。”

宋沅言竟然有些佩服她的直率，不过只有不到一秒，他扶住何小姐腰身的手将她轻轻推出去："他是不会喜欢你的。"

何小姐转了半圈又回到他身边："是吗？宋少爷这么笃定？"

宋沅言笑了笑："我和他一同长大。"

"那也不过是朋友。"何小姐扶住宋沅言的肩，看起来十分亲昵，"你决定不了他的未来。"

钢琴声越发急促，两个人的舞步也越来越快，像是互相较着劲似的。

最后一个八拍。

宋沅言的皮鞋轻推了一下何小姐红酒杯一样的高跟鞋鞋跟，她毫无防备地后仰，被宋沅言弯腰搂住腰身。

"你可以试试。"

音乐停止，恶作剧结束。何小姐蓦然起身，宋沅言靠近她的耳边，用一种在观众眼中十分亲密的姿态轻声说出一句话。

何小姐的眼中闪过一丝惊愕，宋沅言却玩世不恭地挑了挑眉，双手插兜离开了这个闪耀华丽的舞池。

何公馆很大，许其琛从大厅出来，不知不觉间走到了一个黑暗处。这里是两栋房子的夹缝，看起来就像是一条黑暗狭窄的小巷。他站在巷子口，背靠灰白砖块铺就的墙壁。

酒喝得太快，他的脑子有些发蒙，冷风让他的头脑稍微清醒了点。不过实在是太冷了一些，他用大衣裹紧了自己，决定再站一会儿就离开。

许其琛正要走，忽然听见有人说话的声音。他下意识地后退几步，躲在阴影之中。

"看见刚刚和宋沅言跳舞的那位小姐了吗？那就是何老的独女。"一个女人的声音，听起来有一定的年纪了。

"那有什么用？何老头有三个儿子，到时候分家产他女儿又能继承多少。"

许其琛微微皱眉。这个人的声音，好耳熟……像是在哪里听到过。

"你怎么这么蠢？满脑子就是家产家产，你知不知道他多宠这个女儿。要是能跟这个何小姐结成亲家，等于和都督攀上了亲戚。"

"娘，我知道，可是这个何小姐一下楼就直奔宋家那小子，我有什么办法。"

"说到底，你就是差副好皮相。"那女人叹了口气，"一身横肉随了你爹，真是不中用。"

"皮相好有什么用，嘁，就他那副病恹恹的样子，不知道能不能活过三十岁！

就跟舅舅似的，迟早有一天……”

“嘘！”那个女人突然制止了他儿子的话，“这是哪儿，你就在这儿胡言乱语。”

“哎哟，怕什么。”他把声音压低了些，“我上次特意问了医生，他最多再撑一个冬天。哦不，要是继续吃那些药，铁定撑不过这个冬天……”

女人嗤了一声：“你别忘了，他还有个不知在哪儿混的儿子。等他一死，老头子肯定会想法子找他的亲孙子回来。”

这两个人……是刘明德母子！许其琛的手止不住地颤抖。

刘明德的声音奸猾阴狠，像是周身滑腻吐着鲜红芯子的毒蛇：“他找，我们不会找吗？我们要是先找到，那就先下手……”

巷子里突然传出了猫叫声。

许其琛心下一惊，难道不应该是他不小心踩到什么东西发出声音才会被发现吗？怎么会这么倒霉。

刘明德的声音忽然停了，压低了声音，听不太清。许其琛只隐隐约约听见他“嘘”了一声，然后是几不可闻的脚步声。

月光将那两个人的影子拉长，细长而诡异的影子一点点挪动到这个狭窄的巷子口，危险一步步逼近。

许其琛的一颗心继续快要跳出来，不断地后退，脚步也越来越急。

如果被发现了，会不会被灭口？

按他们母子俩的个性，一定会杀了他。

许其琛横握住手杖的手心里全是汗。忽然，他好似踩到了什么，恐惧一下子冲到了极点。

一瞬间天旋地转，他被某种厚重的类似幕布的东西从头裹住，被推到了墙角。

许其琛的视线完全被遮挡住，几乎是一片漆黑，什么也看不见，隐约听到方才那两个人的脚步声撞破了巷子里的寂静。

“这……”

自己面前的那个人开口便是轻佻的语气：“谁啊？在这儿……打搅本少爷？”

“宋小少爷？”

那个女人的声音似有疑惑，见宋沅言转过身，领带散乱，衬衫的领口敞开了不小的一片，整个人看起来已经快要烂醉。

“看……看什么啊？当真是扫了我赏月的雅兴……”他回转过身，刻意醉醺醺地看了那两人一眼。

他听见刘德明从鼻子里发出一声不屑："病歪歪的，也有这闲情逸致喝得烂醉。"

高跟鞋和皮鞋的脚步声越来越远，直到完全听不见任何声响，宋沅言才将裹住许其琛的驼色长大衣慢慢地松开，露出了他的眼睛。

微弱的月光下，宋沅言做出一副松了口气的模样："他们没发现你。"

许其琛背靠墙壁，一动不动地。

"你是不是被我吓到了？"宋沅言欲言又止，"刚才情况紧急……"

许其琛摇了摇头，在意识清醒的第一瞬间他就知道是谁了。

宋沅言后退半步："幸好我刚刚出来寻了你……"

"谢谢你，"许其琛对着他笑了笑。

"没事……喀喀！喀喀！"或许是太过紧张，又或许是天气实在是太冷了，宋沅言刚开口就止不住地咳嗽，怎么都停不下来。

许其琛忍不住笑出声，将披在自己身上的大衣物归原主。

"我们回家吧。"

"这么早就回去？"

宋沅言一副不太乐意的表情："怎么，你还想留在那儿跟谁叙旧吗？"

许其琛缓过劲，站直了，轻声笑道："不是挺好的吗？你跳舞，我叙旧。"

宋沅言气笑了："你最近真是长进了。我可不想跳了，老踩人家小姐的脚，传出去以后谁还敢跟我跳舞啊。跟我回家去。"

许其琛憋着笑，跟着他离开这条小巷。

司机没想到两个人这么快就出来了。

"小少爷，舞会还没结束吧……"

宋沅言双手插在大衣的口袋里："嗯，我饿了，想去吃面。"

听到自家少爷这么说，就算有太太的交代，司机也没再多说什么，拉开车门钻进驾驶室。

许其琛和宋沅言坐在后面，宋沅言的脚闲不住，一下一下地撞着他的脚，像个无聊至极的小孩。许其琛则用自己的手杖戳了戳他的皮鞋尖，让他停止这种无聊的行为。

"就停在那儿，你先回去吧。"宋沅言下了车，"这里离家挺近的，我们等会儿自己走回去。"

两个人来到了一个小小的面摊，这个面摊在原文中常常出现，许其琛也有些印象。

“刘大姐，两碗阳春面。”

面摊的老板娘一见到宋沅言就笑得合不拢嘴：“小少爷来了啊？今天阿霖也穿得这么好看，这是去哪儿了啊？”

宋沅言找了张空桌子坐下：“别提了，去了个无聊的宴会，可把我给饿坏了。”

“好，我这就给你们下面。”老板娘在围裙上擦了擦手，揭开了另一个小锅子，从里面拿了两碗热乎乎的红豆沙端给他们，“先喝点这个，暖一暖身子。”

许其琛很喜欢喝红豆沙，甜甜的，胃一下子就暖和起来。他忽然想到一个问题，觉得有些疑惑。

“刚刚……你为什么会来救我？”

虽然他觉得这样问不太好，宋沅言可以说是他在这个世界唯一可以信任的人了，但他还是觉得有些蹊跷。

宋沅言看了他一眼：“我本来是去找你的，绕了半天，从那条巷子后面看见你躲在那儿，本来想吓唬吓唬你的，于是就悄悄站到了你身后。”

老板娘端着面上来了，宋沅言给他舀了一大勺辣椒油，然后拿着勺子把自己碗里的葱花仔细挑走：“然后我就听到了刘家那对母子的对话，真是狠心，一母同胞的兄弟都下得去手。如果当时我不那样做，我们俩都会被发现。”

“本来那个姓刘的就看我不顺眼，要是知道他们的丑事被我们撞破了，恐怕会痛下杀手吧。”他吃了一大口面，“现在这年头，命又不值钱。”

许其琛默默地看着他的一举一动，几乎没有任何破绽。许其琛心里有些愧疚感，觉得自己不应该怀疑他，于是低下头安安静静地吃面。

宋沅言只喜欢吃清汤寡水的素面，这一个设定也源于许其琛的私心。

“那什么……”宋沅言吃到一半忽然开口，“你再叫叫我的名字。”

“宋沅言。”

“不是，叫字。”

许其琛抬了抬头：“不。”

“为什么？”宋沅言在桌子底下踢了踢许其琛的脚。

许其琛不吭声。

宋沅言重重地叹了口气：“唉，你说父亲为什么要给我取这样一个表字呢？”

许其琛看着宋沅言的表情，放下手中的筷子，开口：“这个表字不好吗？”

宋沅言摇摇头，他双手放在桌子上，似笑非笑，“大哥的表字是慕德，取崇尚品德之意。那你说，我这个慕汝又有什么寓意？”

许其琛一本正经地开口：“不慕荣利，玉汝于成。老爷希望你能像璞玉一样经受打磨，不追名逐利，成为栋梁之材。”

“哦。”宋沅言笑了笑，拿起筷子继续吃面，“你最近的文学造诣是越发高了，真是让我惭愧啊。”

许其琛强忍着想要踩他一脚的心，吃完了最后一口面。

等两个人回到宋公馆时，时间已经不早了。宋太太似乎一直在客厅守着，宋沅言一进门就被逮了个正着：“怎么样啊？”

宋沅言干笑两声：“挺好啊，挺好。”

“可有和何小姐跳舞？她对你印象如何？”宋太太一脸的关切，并招手让宋沅言过去坐。

“跳是跳了，但何小姐并不是十分喜欢我。”宋沅言歪在沙发上回道。

“这都是你想当然，难不成你还问了何小姐？”

宋沅言摇摇头，正不知如何解释时，宋老爷从楼上下来，看了一眼宋沅言和在一旁站着的许其琛，道：“你们今天去了哪儿啊，收拾得还挺精神。”

“父亲。”宋沅言站了起来。

宋老爷拍了拍他的肩膀：“坐。”

“今日何老给他女儿办了场归国舞会，我就让小言去凑凑热闹，顺便交个朋友。”

听到宋太太这么说，宋老爷点点头：“嗯，多接触接触是好事。”他给自己点了支雪茄，“对了，有件事我正想告诉你，后天下午英国的外商斯蒂文先生会去百货公司，他打算在我们这里投资一笔钱，这件事我就交给你了。”

宋沅言又往沙发上一靠：“怎么不交给大哥去办？他对公司的事比我熟悉得多。”

宋太太用手指戳了戳宋沅言的脑袋：“你这个不争气的东西。”

宋老爷吐了个烟圈：“你大哥的外语不如你，到时候还得请个翻译。你去了务必好好招待斯蒂文先生，明白吗？”

宋沅言“嗯”了一声，站起来：“今日实在是太冷了，跳完舞发了汗，又被冷风一吹，这会儿有点头疼，我先上去休息了。”说完他便站起来，上楼去。走到楼梯过道的时候，他冲许其琛使了使眼色，许其琛只当没有看见，跟宋太太宋老爷行了礼，便离开了前宅。

第三日的上午，许其琛帮着管家和张妈妈清点公馆仓库，远远地瞧见一直跟着宋沅言的司机小方站在前宅的侧门，缩着手走来走去，像是在等着谁。

几个搬着年货的伙计进了仓库，许其琛点了点数目，划掉了记账簿上的名目。又瞟了一眼，小方身边多了个梳着麻花辫的姑娘，背影有些眼熟。可这些姑娘都穿着宋公馆统一分配的服装，许其琛一时间也分辨不出。

小方似乎是从姑娘的手中接过了一样包在油纸里的吃食，笑得见牙不见眼，三两下就吃完了。

姑娘又说了几句话便匆匆离开，蓝花布鞋走得很快，小方远远地望着，望了好一会儿才走。

看起来，好像是在处对象。许其琛望了望，也没有过多在意。

午饭前，许其琛去前厅收拾餐桌。几个小姑娘端着餐具，天气冷，厨房的师傅用买来的羊蝎子打了边炉，又用白果炖了肘子。一个小姑娘端着铜锅，手不太稳，差点泼在桌布上。

许其琛手疾眼快，上前扶了扶："小心。"

姑娘这才稳住，将锅放在桌子上，低着头羞赧地开口："谢谢霖哥儿。"

许其琛摇了摇头，不经意间瞥见她脚上的蓝花布鞋，特意说道："锅子太烫，你一个小姑娘端不好，交给我吧，你去做你房里的事就好。"

"大少爷那边的事我都已经做好了。"她抓了抓许其琛的袖口，"霖哥儿，我……我就留在这儿帮你吧。"

许其琛微微皱眉，然后笑了笑："好，那你帮我摆碗筷吧。"

不一会儿宋沅言便下了楼："今日这么多好吃的，正好我饿了。"

许其琛不动声色地走到他的面前："少爷今日少吃些荤腥，等会儿要坐车，当心积食。"

宋沅言抬头看了许其琛一眼，两个人交换了一下眼神，宋沅言又开口："我都说了我饿得厉害，等会儿的事等会儿再说吧。"

许其琛点了点头，默默退开。

宋家太太饭前打了一通电话，许其琛在一旁听了一会儿，才听出来是打给何家太太的。

"就是嘛，我也是这么说，两个小孩的事就让他们自己去处理好了，交交朋友也是可以的嘛……对……是吗？第一支舞？哎呀，小言这孩子还不好意思，昨日回来还不肯说。那挺好，我们小言也很喜欢她，这两个孩子都是接受的西式教育，有共同话题……”

宋太太的语气十分殷勤：“行，那我下午就在家等着你，你可得早点过来，我牌局都凑好了啊。好，再见。”

一家子除了宋沅风，都到齐了，不过他缺席的事也只有大姐问了一声，其他人毫不关心。

吃饭的时候，宋太太又在饭桌上说了何小姐的事。宋沅言一副不太愿意听的样子，默不作声地吃着肉，一顿饭吃得磨磨蹭蹭。等到撤盘子的时候，都快到和斯蒂文先生约定好的时间了，宋沅言喝了口茶，瘫在沙发上。

宋太太一边戴着珍珠耳环，一边催促道：“快走啊，斯蒂文先生就要到了。”

宋沅言“嗯”了一声，站起来。

这时，管家却急匆匆地跑了进来：“太太，小方他拉肚子，这一时半会儿怕是开不了车了。”

宋太太咒了一嘴：“倒霉催的。”

说来也是凑巧，管家刚进来，宋沅风也回家了。他把大衣往门口丫头的手上一放，淡淡地问道：“沅言的司机病了？”

管家弓着腰：“是，大少爷。”

“用我的车吧。”宋沅风朝外面挥了挥手，他的司机小跑着过来，“我刚从码头那边回来，正好，你现在送小少爷出门。”

宋沅言笑着应了一声：“谢谢大哥。”正要穿衣服，没来由地干呕了一声。

许其琛立刻端着茶上前：“小少爷，没事吧。”

宋沅言苦着一张脸，接过茶喝了一口，然后不住地拍着自己的胸口：“母亲，我想吐。”

宋太太瞪了他一眼：“中午跟个饿死鬼似的吃了那么多，全是荤的，这会儿不恶心才怪。”

看着宋沅言一副快要吐了的样子，宋太太又心疼又想骂人：“这还怎么坐车，一进去闻着汽油味非得吐出来不可。老李，去叫辆黄包车。”说完又对许其琛道：“跟着小少爷。”

“是。”许其琛颔首。

“吃个橘子压一压，看你下次还吃这么多肉。”宋太太塞给宋沅言一个橘子，“身体本来就不好，还一天天的不当回事，快去吧。”

宋沅言“嗯”了一声，快步走出去，到宋沅风身边时露出一个笑容：“大哥，午饭厨房给你留了，羊蝎子火锅，很好吃的。”

宋沅风微微一笑：“好。你快去吧，路上小心。”

许其琛跟着宋沅言上了黄包车，宋沅言将橘子放到许其琛的手上：“给我剥一个。”

黄包车一晃一晃的，许其琛剥开了橘子，将黄澄澄的橘子瓣放进嘴里，然后把橘子皮塞到宋沅言手上。

“哎？我要吃橘子的。”

许其琛笑得开心极了：“恶心的话，闻一闻橘子皮最管用了。”

到了百货公司，宋沅言在门口和公司的几个员工碰了头。许其琛不方便跟着，于是在百货公司对面的一家咖啡馆坐着等他。

许其琛隔着玻璃橱窗看着宋沅言进入百货公司，松了口气，点了一杯咖啡，喝了一小口，苦得皱紧了眉头。于是他打开桌上的方糖罐子，夹了两颗丢进去，搅了搅，又抿了一小口，还是苦。

他正要再放两颗，就听见一个熟悉的声音：“想不到孙先生如此嗜甜。”

许其琛抬了抬头：“何小姐，好巧。”

何小姐倒是十分直接：“不巧，这是我二哥开的咖啡馆，我常在这里。”

许其琛点了点头，又夹了一颗方糖，却被何小姐制止了：“吃太多糖对身体不好。”

许其琛放下手，对着何小姐微微一笑：“多谢关心。”

“孙先生今日也是来看书的吗？”

“不，我只是在等我家少爷，他就在马路对面的百货公司里。”

何小姐摘下了皮手套，开门见山道：“孙先生颇有见地，屈身为家仆实在是可惜了。先生应当也有自己的理想和抱负吧？难道准备就这样一辈子跟着宋小少爷鞍前马后，尽职尽忠？”

许其琛喝了一口咖啡，看了看窗外，不予回答。

何小姐靠在椅背上，脸上似有犹豫，沉默了一会儿才开口。

“孙先生，我喜欢您，这一点我想无须赘述了。您是个聪明人，想必也看出来了。”她的手指捏着银色的咖啡匙，轻轻搅动，“所以……我托人调查了您的身世背景。”

许其琛的眼神中透出一丝错愕。

“我知道这不是什么正大光明的做法。但我想和您在一起，就必须清楚所有的事，才能更好地谋划。”

“何小姐，你这样做……”

“您先听我说完，您的本家非常复杂，相信您也知道，谢家大少的时日不多了。”

她的手顿了顿，咖啡匙和杯壁发出一声脆响：“您如果跟我结婚，我们可以去国外，过真正自由的生活。您不必为人犬马，也不必囿于家族纷争之中。”

何小姐的情绪有些激动，许其琛静静地看着他，沉默了一会儿才开口，声音镇定平稳：“何小姐，多谢你的厚爱。”

他看见何小姐的手抖了抖，又继续道：“你筹谋了这样多，但恕我斗胆，可能要拒绝你。我知道这听起来很荒唐，但我现在还有更重要的事要做，无暇儿女私情。”

许其琛像是想到了什么，笑了一下。

何小姐的手僵住了。她愣怔地看着许其琛，这一瞬间才忽然发现，这是相遇以来，她看到许其琛露出的唯一一个发自内心的笑容。

没有丝毫的伪装。

少爷今天装病了吗？下

何小姐坐在椅子上，半天没有说话。她也说不清是为什么，从小到大，很少会出现脱离自己掌控以外的时刻，可面前这个冷淡自持的人，好像根本就不受自己的控制。

何小姐不经意间抬头看了一眼对面的人，他下意识地侧着脸，望着人来人往的百货公司门口，眼睛里似有期待。

“我走了，孙先生。”何小姐从椅子上站起来，“这家咖啡馆的司康很好吃，你可以尝一尝。”

许其琛也站了起来。

“不必行礼。”何小姐浅笑着，“我在国外是学医的，明天我的诊所就要开张了，就在这家咖啡馆的楼上。先生若是身体不适，大可以来找我。我相信先生对女医生一定不会有偏见。”

许其琛也笑了笑：“谢谢你。”

听到这句话，何小姐愣了愣，露出一个真诚的笑容：“都是朋友，谢什么。”

看着何小姐离开，许其琛又坐回到椅子上。

方才那一番对话，意味着自己的身世已经不是一个秘密。何小姐查得到，那么刘家母子也快了。谢家的独子快不行了，谢老爷应当也已经做好了准备。

那么宋沅风呢？他的局几乎只是设在宋家本家，目的也很明显，就是从宋沅言手中夺得家产，他似乎没有杀死孙霖的动机。

不对。许其琛看了看自己的右腿。

如果宋沅风认为孙霖知道当年那场车祸是他所为呢？一旦孙霖回到本家，成为谢家的继承人，就有了为当年的事报仇的资本。

许其琛现在确定不了宋沅风的想法，这个思路还没办法确定。但是只要他还在宋家一天，这些人应该还没有办法正大光明地除掉他。

等许其琛吃掉两块司康、一小块奶油蛋糕还有一杯咖啡，眼看着天都快黑了，宋沅言终于从百货公司走出来。

许其琛推开咖啡馆的大门，隔着一条不宽不窄的马路看着宋沅言。

目送斯蒂文先生上车离开的宋沅言一抬头，就看到了站在路灯下面的许其琛，小跑着过了马路：“冷吗？你站了多久？”

许其琛摇摇头：“我刚从咖啡馆出来，不冷。”

“怪不得身上一股咖啡的香味。”宋沅言笑着揽住许其琛的肩膀，“今日母亲在家里和那些太太打牌，回去了定是要被她们拉去调侃一番的，想想便头疼……”

许其琛听着宋沅言的抱怨，冷不丁开口：“方才我见了何小姐。”

宋沅言原本还要继续念叨，听到这句话，微顿：“你找她做什么？！”

许其琛看他一副疑惑的样子，觉得好笑极了：“只是凑巧遇到罢了。”

也不知道是为什么，许其琛现在越来越喜欢捉弄他，于是一本正经地继续道：“何小姐让我跟她结婚。”

宋沅言拽着许其琛拐进一个没人的死胡同：“她跟你求婚？”

许其琛抿着嘴唇，生怕自己笑出来。

“你怎么说的，你倒是告诉我啊。”宋沅言的手抓着许其琛的肩膀，“你该不会同意了吧？是，她家世好，长得也不错，可……”

“少爷，”许其琛终于开口，“我觉得她挺不错的。”

宋沅言一脸的不敢相信，眼看着宋沅言的咳疾就要发作，许其琛这才收起了玩笑。

“我跟她说了，我是不会走的。”

宋沅言背靠在对面的墙壁上：“我迟早有一天会死在你手里。”

许其琛笑着站到宋沅言的身边，蹲了下来，坐在地上，被他整得没脾气的宋沅言也跟着坐了下来。

方方正正的胡同口像是一个小小的窗子，放着外头车水马龙的剪影。

“放心，我不会让你死得太早。”明明是听起来很恶毒的话，却被许其琛说得异常柔和。他静静地望着天空，沉下来的夜色让细碎的星光浮上来，“我们会活很久。”

“活到什么时候？”

“起码要活到更好的时代到来。”

宋沅言笑了笑：“好啊。”

等他们回到宋公馆的时候，正好和宋太太迎了个照面。

“这么晚才回来，快过来。”宋太太朝宋沅言招着手，“这位是何太太。”

宋沅言熟练地露出笑脸：“何太太好。”

“哦哟，这就是小言啊，可真是一表人才，比我家那几个儿子都好看。”何太太笑得很开心，耳垂上的翠玉晃个不停。

“真是抬举他了。”宋太太一脸自豪地抓着宋沅言的手，正要多说几句，何太太忽然开了口。

“这位是……”

她的视线忽然转到了宋沅言身后的许其琛身上：“奇怪了，也不知是我看错了还是怎么的，这小伙子倒像是我家雁茵素描上的人物，也是这样一身长衫……”

雁茵？难不成就是何小姐？

宋太太愣了一下，脸色变了变，却还是强撑着笑脸解释道：“这是我家小言的贴身仆人，阿霖啊，还不向何太太行礼。”

何太太听到“仆人”二字，脸上露出一丝惊异：“哦，原来是这样……”

许其琛非常识相地行完礼：“太太，管家交代的账本我还没有算完，我先下去了。”

宋太太点了点头。

许其琛立刻离开了前厅，心中暗觉不好。原以为何小姐这边开诚布公地谈完，算是可以放一放了，没想到竟从何太太这边露了马脚，一心想促成这桩婚事的宋太太还不得把他当眼中钉肉中刺吗？

许其琛叹了口气。

奇怪的是，之后的数天，宋太太都当不知道这件事似的，可许其琛却不敢放松警惕。

某天吃晚餐时，宋家老爷说起了安平区新建的百货公司工程。宋沅言不吭声，但最后宋老爷还是把这个担子放在了宋沅言的身上：“你明天一早就过去，监督那些人。”

宋沅言切了一块牛排放进嘴里：“大哥一个人就可以了，我去委实不必要，只会添乱。”

宋太太在桌子底下踢了踢宋沅言，他这才答应了。

见这事定了下来，宋太太放下刀叉，开口道：“前些时日，妇女慈善会的会长搞了个捐款活动，在城东头租下一间教堂，想办所慈善小学。这不马上到年关了，可以收留些流落街头的小孩子。”

“这是好事啊。”宋沅言接过话茬，“母亲就该多做些慈善，比打牌好多了。”

“别插嘴。”宋太太说着，又咳嗽了一声，“现在地方是弄起来了，可就是缺人手，尤其是国文教师。我瞧着我们府里阿霖就挺好，教教小孩绝对是够的，这活也不累。”

她稍稍侧了侧身子，看了一眼许其琛：“阿霖，你说呢？正好小少爷这些天忙得很，你也不用跟着他了。”

该来的还是来了，许其琛弓着身子点头：“太太决定就好。”

“我不！”宋沅言将盘子一推，“他走了我怎么办？”

宋老爷咳了一声：“难不成你要让阿霖一辈子当你的仆人？年纪也不小了，少爷脾气收一收。”

宋沅言即便心里一百个不乐意，听见宋老爷这样说了也没办法再发作。

宋太太对着许其琛倒是笑得和善：“我呢，知道你的腿脚不便，这份工作时间也不长，你就去顶一阵。等到那边不缺人了，你再回来。”

宋太太做事也体面，不像许其琛想的那样，直接板着面孔骂他，再把他轰出宋公馆，这已经是万幸了。至少他还可以腾出一两天时间，在这里不紧不慢地收拾自己的行李，想一想下一步对策。

许其琛拿了几件冬衣，又从柜子里翻出一个小行李箱，叠好了放进去，走到书柜边挑了几本自己还算喜欢的书放在衣服上。

好像也没什么可拿的了，许其琛一转身，看到架子上放着的手杖，取了下来。这才算是真正属于他的东西吧。可是太贵重了，带在身边如果被偷了怎么办？

他的手不自觉地摩挲着手杖上的花纹，发现与蓝宝石相对的反面似乎有不太一样的花纹。

许其琛正观察着，门忽然被推开，吓得他差点没拿稳手杖。他抬头一看，是宋沅言。

“你在收拾行李吗……”

许其琛将手杖放在桌子上，点了点头。

宋沅言发愁道：“何雁茵现下是我的头号公敌，就是因为她，才害得你要离家。”

许其琛笑个不停：“你还可以再幼稚一些。”

“你去了那里，要和一堆小孩子在一起，他们肯定会很喜欢你。”

“你怎么知道小孩子会喜欢我？”

宋沅言顿了顿：“我就是知道。我还知道，你一定很喜欢小孩子，这一去怕是会乐不思蜀了。”

“你倒是没说错，我是挺喜欢小孩子的。”许其琛接了话茬。

“你等着，”宋沅言一脸的郑重其事，“我会想办法把你接回来的。”

许其琛将行李箱拉链拉上：“好啊，你可不能食言。”

敲门声不合时宜地传来：“霖哥儿，车子备好了，准备出发去那个学堂了。”

许其琛连忙应了一声，对宋沅言道：“我要走了。”说着走到桌子边，拿了行李箱和手杖，轻声对宋沅言说，“你一会儿再出去吧。”随即他打开门，跟着站在门口等候的小丫头离开了。

司机开车把他送到了城东边的一间教堂，是一个住在江衢的外商七年前建的。可是教堂这种地方原本也就只有一些受过西洋教育的小姐公子才会来访，并且又地处偏僻，头两年还算热闹，渐渐也就无人问津了。后来那外商回了自己的国家，这间教堂就算是彻底被闲置了。

从外面看，确实建得挺漂亮，只是里面落了太多灰，看起来旧旧的。许其琛赶到的时候，里面有不少人，都是女孩子，有几个穿得很漂亮的小姐，想来应该是妇女协会的成员吧。

他敲了敲大门，里头的几个女孩子转过头来。

“我是宋太太派来的，暂时顶一下国文教师的职位。”

几个小姐交头接耳了一番，一个穿着长裙外搭小坎肩的小姐走过来。许其琛看了看她，心想她大概是个管事的。可奇怪的是，这个小姐看他的眼神却不太对。

她拨了拨自己如水的垂发，翻了翻手里的一个小本子："你就是孙霖？"

许其琛点了点头。

她绕着许其琛转了一圈，看得许其琛心里直发毛。

"你不记得我了？"

许其琛凝眉，仔仔细细地看了看她："在下……"

后头的几个女孩捂着嘴笑道："连林念之都不认识，宋家这是派了个什么人来。"

林念之。许其琛在心里默念了一下这个名字，又抬头看了看面前的小姐，看见她一副高傲的表情。

啊，这次没烫头发，差点就没认出来。

"没能认出林小姐，实在是失礼。"许其琛拱了拱手。

上次和林小姐见面闹得不欢而散，这次该不会找他麻烦吧？

林小姐哼了一声，紧了紧自己的小坎肩："怎么，你今日换了工作，你家少爷也不过来瞧瞧？"

"少爷忙着公司的事，一时抽不开身。"

"你倒是会替他开脱。"林小姐转了身，"妇女会的会长是我的母亲，我便是这里的负责人。你既然来了，就要好好担负起教员的职责，其余的我不会过问。"她说着停下来，回头看了一眼许其琛："明白了吗？"

许其琛没想到这个林小姐竟主动避开了之前那件事。

"明白。"

陆续又来了几个伙计，都是林念之请来的人，一群人帮着把教堂收拾干净，又添置了一些教具，这才勉强像个学堂的样子。

许其琛正帮忙给黑漆木板钉钉子当黑板用，忽然听到外头闹哄哄的。他放下手里的东西一看，原来是那些孩子来了。

几个姑娘出去迎了迎，这些孩子有大有小，最大的已经有十一二岁了，最小的也不过三四岁。正是隆冬腊月，他们一个个身上穿得很单薄，有好几个脚上的布鞋都磨破了，露出生了冻疮的脚趾。

许其琛看得心里怪难受的，林念之走到他身边："你去帮我把那个大箱子弄过来，我搬不动。"

许其琛"嗯"了一声，走过去把靠在墙角的大木箱搬过来打开，里头装了大大小小的棉袄棉裤。林念之将这些衣服拿出来："你们排好队，老师给你们发衣服。"

小孩子们看见新衣服，欢喜极了，一个个手舞足蹈。几个稍大的脸上似有抗拒之色，其中一个个头不小的男孩开口：“为什么要给我们衣服？”

林念之愣了一下，从来没想过这些孩子会问这样的问题。哪个小孩会不喜欢新衣服？

“是校服。”许其琛开口，“你们来了这儿是要念书的，穿校服就代表你们是学生了。”说完就拿出两件大些的衣服递给这个男孩，男孩犹豫了一下，还是接了过来，声如蚊蚋地说了声“谢谢”。

林念之连忙接过话：“没错。原本还有鞋子的，统一服制嘛，但先生不知道你们的尺码，等会儿我们量一量，先生再去请裁缝给你们做。”

分发完衣物，林念之便带着孩子们去了教堂后头。那里有两排平房，以前是个不小的卫生所，后来倒闭了，这两排房子也就没了人住，正好可以给孩子和老师当宿舍。

一切都打点妥当，林念之则领着许其琛去了第二排房子最里头的那间：“这里安静，孩子们都在前面那排。”

许其琛说了句“谢谢”，林念之又道：“不必谢我，方才你也替我解了围。”她拨了拨自己的头发，“我们这段时间也称得上是同僚，就别这么客套了。”

两个人正说着，忽然听到小孩子的哭声，连忙赶到前面。原来是太久没有睡在床上，孩子们开心过了头，其中一个五岁的小孩蹦着蹦着就从床上跌了下来，砸着脑袋了，流了不少血。

“摔着脑袋的事可大可小，一定要去看大夫。”

林念之当然知道，她小声说道：“可现在好多医院都不接收这些孩子，尤其是年关。”

许其琛把孩子抱起来：“我认识一位朋友，她应该会愿意帮这个忙。”

林念之一听，立刻跟在他后面，叫了辆黄包车前往他说的地方。

这个时候已经不早了，楼下的咖啡馆都已经关了门。许其琛站在咖啡馆门口看了看，才发现这旁边有一张小门，里头是一条窄窄的楼梯。他背着小孩上了二楼，看见了光亮。

“你确定这里有诊所吗？”林念之扶着小孩的背问道。

许其琛朝着光亮处走去，看见一张敞开的门，门上写着“何氏诊所”四个大字：“就是这里。”

许其琛背着小孩进去，门口前台的一个护士立刻喊道：“哎哎，我们这儿下班了。”

事态紧急，许其琛问道："何小……不，何医生在吗？"

"在倒是在，但是……"

许其琛没时间听她的后话，径直朝里屋走去，果真看见一个身穿白大褂，戴着大口罩的短发医生。对方见了他，也挺吃惊："孙先生，你怎么来了？"

"这里有个小孩子摔着脑袋了，流了血，不知道有没有脑震荡，你要是有空能不能帮我们看看？"

林念之也跟着进了里面，看见了穿着工作服的何医生。

何雁茵"嗯"了一声，立刻给小孩做检查，许其琛这才松了口气。两个人也没多说话，诊断室里静悄悄的，隔着口罩，何雁茵的声音模模糊糊，但是很温柔，低声安抚着孩子，给他清理后包扎，再询问一些事项。

检查处理完，何雁茵写了病历，撕下来递给许其琛："没事的，就是摔了一下，不太严重，最近尽量别跑别跳。"然后她从抽屉里拿出一些药给了许其琛，"这些拿回去，按照病历上写的给他吃，两个星期就会好的。"

许其琛连连说谢谢，抱着小孩就要起来。何雁茵这才注意到一旁的林念之："这位是……"

许其琛这才想起林念之也在："说来话长，总之我现在被安排到一所慈善小学教书，这位就是小学的总负责人，林念之小姐。"

何雁茵两只手插在兜里，简单地朝林念之点了点头，权当行礼了。

林念之的手不自觉地拧着裙子的布料，犹豫了一下："多谢医生。"

两个人带着孩子下了楼，许其琛想起身上还有颗糖，便给了孩子："你真乖，看病不哭不闹的，先生奖励你一颗糖。"

小孩接过糖，开心地趴在许其琛的背上。许其琛正想跟林念之说话，一偏头发现没人，又转过身子，见林念之站在咖啡馆下面仰头望着什么，于是喊了一声："林小姐。"

林念之应了一声，急忙跑了过来，跟在许其琛身边。

两个人走过一条街，才看见停着的空黄包车。许其琛正要上前去同那师傅说话，林念之却突然开口："孙先生。"

这还是她这天头一次这么正式地叫他，许其琛回过头："怎么了？"

"刚才那位何医生……是你的朋友吗？"

许其琛点了点头："姑且可以算是吧。她学医的，最近才回国，回来就开了这个诊所。幸好上次聊天提了这么一嘴，不然现在还真不知道怎么办才好。"许其琛说着说着，觉得有些奇怪，尤其是林念之的表情。

全然没了对着他时的那股子傲气，扭扭捏捏的，耳尖也是红扑扑的。她轻声开口：“我觉得他倒是挺好的，虽然看不清脸，不过很有气质。”

许其琛一瞬间就明白了，然后“扑哧”一下笑出声，越笑越厉害，把背上的小孩都给吓着了。

“你！你笑什么？”林念之又气又羞，“难不成你是觉得我配不上你的朋友！”

许其琛费了半天劲才克制住自己的笑，然后摇了摇头。

“不不不，配极了。”许其琛直起身子，“唯独有一点不太合适。”

林念之的一颗心被吊了起来：“什么？”

许其琛相当刻意地叹了口气：“何医生同你一样，是个豪门小姐。”

虽说到这间小教堂当国文教师是被强行安排的，但许其琛挺喜欢这个地方，或许是这个职业带给他一点重回舒适圈的安全感吧。不知道为什么，他好像天生就有吸引小孩子的体质，这里的孩子们最依赖的教书先生就是他了。

他每日教他们习字念书，倒也过得轻松。唯一担心的就是自己的身世问题，明知道这颗定时炸弹迟早会爆炸，但看不见倒计时，这才是最让他心慌的。

“你最近都没和你家少爷联系吗？”

蹲在地上的许其琛抬起头，看了看高高在上的林念之：“他近来很忙，想是顾不上我的。”

林念之也跟着蹲下来，拍了拍靠在许其琛身边正拿根树枝在泥地上写字的小丫头：“云妞，外面冷，你去房间里写，张大娘给你们带了红糖烧饼。”

小丫头开心地一拍屁股，“噔噔噔”跑回了小房子里。

许其琛皱了皱眉，眼神敏锐：“宋沅言是不是出什么事了？”

林念之“嗯”了一声：“我也是听人说的，宋沅言生了一场大病，好几日高烧不退，在医院里躺了好几天呢。”

原本拿着树枝在地上默写诗词的手顿了顿，过了一会儿才又开口：“现下出院了吗？”

“你真是冷静得可怕。”林念之侧目。

许其琛扔掉手中的树枝，拍了拍长衫上沾到的尘土，转身而去。

留下坐在原地的林念之，奇怪，这个人不是向来温和有礼的吗？

林念之想不通，也懒得想了，上完一堂外语课便要赶回去参加酒会。走之前她问了问许其琛：“要不要告个假？”

许其琛光顾着给小孩子看习作，头也没抬："告假做什么？"

林念之瞪了他一眼："探病啊，你不去吗？"

许其琛弯着腰，在习作上认真地画着圈："这些都是别字，等会儿要改掉，记住了吗？"

交代完他才看向林念之："不去。"

"奇了怪了，我也算是半个校长，还求着教员告假。"林念之的小姐脾气又上来了，"爱去不去吧，我操这份心做什么。"

许其琛看了她一眼，用十分淡定的语气说道："你喜欢的人没准也会去参加那个酒会，赶紧回去好好打扮一番吧。"

被他这么取笑，林念之的脸一下子就红了，说话也开始不利索起来："什么啊，我……我才没有喜欢的人。"

被他刺激到的林念之头也不回地走了，他继续把课上完，出来时才发现整个学校就只剩下他一个教员。

大家今日都有事吗？

许其琛正觉得奇怪，伙房负责做饭看孩子的大姐也换了衣服走出来，对着他笑眯眯地说道："孙先生今日不和家人团聚吗？"

"团聚？"许其琛一脸疑惑。

大姐瞧见他的表情后大笑道："先生定是看书看糊涂了，今日是腊八啊，我厨房里熬了好些腊八粥，孩子们一人一海碗还有剩余呢，孙先生也吃点再回家吧。"

许其琛笑了笑："多谢，我一会儿去吃。"

现代生活过习惯了，民国社会要照着农历过日子，一时间还真是有些不习惯，没想到今日竟然是腊八节。可惜的是，孙霖这样一个身世复杂的人设，逢年过节也算是某种程度上的无家可归了。

久违的 0901 忽然上线："许先生，您好。"

许其琛在心里回复："好久不见。"

0901："最近我一直在进行测试，所以没有时间与许先生您进行情感上的交流。"

许其琛："挺好的，我并不是非常期待这种交流。"

被挤对了的 0901 语气依旧是那副样子："许先生，有一个问题我一直非常疑惑，为什么您的小说里主角大部分都没有一个完整温馨的家庭背景呢？有的甚至不会提到家庭。"

外面实在是太冷了，许其琛走回到教堂，把门掩上，翻开桌子上的一本《圣经》。

“许先生，您这是拒绝回答我的问题吗？”

许其琛这才开口：“对他人隐私产生好奇，这种嗜好，我以为是人类的专利。”

0901 顿了顿：“好吧，抱歉许先生。”

许其琛低头翻看着《圣经》，看起来没受什么影响，可是心里装着回忆的黑匣子早就被打翻，里面那些尘封已久的记忆重新涌现。

他不喜欢节日，尤其是标榜着一家团聚这种温馨字眼的各种传统节日。

许其琛包含着低潮感情的思绪，在这本破旧《圣经》里稠密的字迹间游走，越飘越远。眼前色彩斑斓的彩色玻璃变成了再普通不过的家庭小窗，时间扭转回高二上学期的那个寒假。

他也是像现在这样，一个人呆呆地坐在窗边看书。客厅的电视机播放着没有人看的春晚，闹哄哄的，就好像真的有人在庆祝这个团圆的节日一样。

天色暗了下来，他想着是不是应该煮一点速冻水饺。刚走出卧室，他就想起小姨还要晚一点才能下班，便决定等她回来再吃。

许其琛回到空荡荡的房间，手机毫无征兆地响了起来。看着上面跳动的名字，许其琛并没有马上去接。

等到那个铃声戛然而止，他才意识到自己错过了来电，捧着手机，苦恼着要不要拨回去，却又害怕对方只是在滑动通信录时犯了个错误。

打过去说什么呢？

“新年好。”

“你也是，新年好。”

就是这样吧，这种让人浑身不舒服的客套话，还是别说了。许其琛将手机反扣在桌子上，眼睛回到了书页上。

铃声再度响起，吓了他一跳。

许其琛犹豫着将手机再度拿起，依旧是刚才那个名字。两次的话，应该不是打错了吧？他一咬牙，接通了电话。

“喂……”

电话那头很嘈杂，还有汽车鸣笛的声音，和他这里的死气沉沉截然不同。

“许其琛？你在家吗？”

他的声音好大，弄得许其琛耳朵痒痒的：“我在。”

“那什么……”对方咳嗽了几声，“我在你家楼下。”

“什么？”因为太过惊讶，以至于许其琛就这么脱口而出，“你……你怎么……”

“我没骗你，你家有人吗？能不能下来一趟？”

他的声音很清透。许其琛也不知道为什么，张口却异常困难。

“不能吗？你家有客人？”

“没有……”许其琛的喉结滚动了一下，“我家没有人，你等一下，我穿件外套就下去。”

他匆匆挂断电话，穿着棉拖鞋跑到客厅，拿了玄关衣架上挂着的一件白色长羽绒服套在身上，开门前照了照镜子，活像圆柱形的年糕。

实在是太冷了，许其琛一边下楼，一边将羽绒服后头的帽子扣在头上，再把拉链拉到了顶。不知道为什么，他心里总是在犹豫。

不会是恶作剧吧？

刚才为什么不问一句，他为什么要过来呢？

失策了，如果真的是恶作剧，也只能怪自己太笨。

许其琛这样想着，越来越不抱期待。没想到刚出了楼梯间，还真看见一个高高瘦瘦的身影，穿着红色羽绒服，站在一堆放烟花的小孩中间，看起来很有过年的气氛。

他背对着自己，许其琛走过去，轻轻咳嗽了一声。

“你下来了，”他转过身，手里捧着一个保温饭盒，“我给你拿了饺子。”

许其琛有些不解，望了他一眼。

对方拿手拽了拽自己头顶的毛线帽：“上次你不是给我吃了你的午饭吗？我想还你人情来着……不对，不能这么说……我就是想让你尝尝我家的，也不对……”

他越说越不清楚：“我的表达能力真的很差，反正你收下吧，虽然我知道你家应该也有，但是……但是……总之你还是尝尝吧。”

许其琛捧着饭盒，冰凉的手心一点点汲取着热度。他看着面前要走不走的人，终于开口说了第一句话：“你们家已经吃年夜饭了吗？”

“对啊。”他似乎总觉得自己的毛线帽不对劲，于是干脆扯下来，揉了揉头发，“五点多就在吃了，人特别多，什么七大姑八大姨都来了，好多亲戚我都不认识，现在正在家里打牌呢，我都没地方可待了。”

最后一句话的尾音里带了点委屈的意思。

许其琛低下了头，也不知道说什么好，只能轻声说了句“谢谢”。

“没事，不保证口味的……你一定要吃完啊！”他的手攥着那顶毛线帽子，“那我……”

“我回家了。”

“你要上去坐坐吗？”

两句话同时响起，声音都含含糊糊的，可对方却很快抓住了重点。

“真的可以吗？”他的表情收敛了些，望着一旁玩得开心的小孩，不太自然地搓着自己的手，“我好冷啊。”

“嗯。”许其琛转过身，捧着饭盒，一步一步走上台阶，慢慢地走完了平日每天都要走的三层楼。

许其琛在口袋里摸着钥匙打开门，弯腰给他拿了自己的拖鞋：“你穿我的拖鞋吧，我家只有两双拖鞋，你穿不下我小姨的。”

“那你呢？”

许其琛没说话，拿了一双厚厚的毛茸茸的地板袜套在脚上：“这个就可以了。”

“你家跟我想象中差不多。”

许其琛脱了外套，将空调的温度又调高了几度：“是吗？”

“嗯，和你的人一样。”说完他又解释了一番，“相处起来很舒服。”

许其琛还是没有说话，默默地给他倒了杯热水。

两个人坐在沙发上，看着一年不如一年的春晚。许其琛打开了那个小小的保温饭盒，看着里面的饺子，每一个都奇形怪状，几乎找不出一个漂亮的，也是够难得的了。

“你们家谁做饭？”

“我妈。”

“做饭好吃吗？”

“那当然。”对方笑得特别自豪，露出了两颗小虎牙。

许其琛低下头，看着面目全非的饺子，那这应该就不是他妈妈包的了。

许其琛的胃口不太好，可是现在却意外地很想吃饺子，于是拿了筷子，顺便也给了他一双。

对方举棋不定，每夹一个之前都要轻轻地戳一戳，就像卖西瓜的大爷似的，总要拍一拍才觉得是好瓜。许其琛觉得他很奇怪，却也没有多说什么，自己默默地吃着。

虽然看起来不怎么样，但味道还是不错的。

对方吃得很快，一口一个，都没仔细嚼，转眼盒子里就只剩下孤零零的一个。

他把盒子推到许其琛的面前，示意让他吃掉这一个。

许其琛看了他一眼，声音很低："我有点吃不下了……"

他费力地吞下口中的饺子，眉头挤得皱起来："别啊，就剩一个……多不好啊。"

许其琛叹了口气，夹起了那个鼓鼓囊囊的白胖饺子，咬了一口。

"嘎嘣"一声，好痛。

他将饺子吐在盒子里，用筷子拨了拨。

这是……一颗硬糖？

许其琛一脸惊奇地侧目看向投食者，对方笑得比刚刚看小品还要开心。

"恭喜你！你也太幸运了吧，吃到了我们家唯一一个糖心吉祥饺子！来年一定会很有福气。"

什么啊……许其琛嘴里还残留着这个幸运饺子诡异的味道。

听见外头有汽车的声音，许其琛站起来，抱着手中的《圣经》推开了门。如他所料，从黑色的汽车里下来一个人，穿着一件墨绿色大衣，看见他便远远地笑起来。

怎么有种说曹操曹操到的感觉？

又不是同一个人。许其琛退后一步，想要关上门。

"哎！"宋沅言急忙跑过来，一把抓住门板，手指差点被卡住，"你怎么一见我就要躲啊？"

许其琛用力拉着门把手。

宋沅言笑得十分讨好，硬生生挤了进来："怎么了？"

许其琛依旧不说话，见他挤了进来，便抱着书走了出去。

宋沅言就这样紧紧地跟在他的后面："你在这里过得好吗？我怎么瞧见你瘦了点，吃了腊八粥没有？"

许其琛默默走到了自己的住所，打开门，正想将他关在外面，却还是被他钻了空子，顺利地挤了进来。

"别气，气坏了身体怎么办。"

一听到这句话，许其琛便转身冷冷地看着他，盯得宋沅言浑身发毛。他终于开口："少爷从医院出来，还特地回家换了身衣裳？"

宋沅言愣了一下，低头看了看自己完完整整的衬衣、领带，还有大衣外套，摸了摸鼻子尖，心虚地发问："你怎么知道？"

许其琛从桌上拿了火柴，将炭盆点着：“一股子消毒水味。”

宋沅言这才明白许其琛为什么生气，他清了清哑了的嗓子，坐在许其琛的床上：“我明明告诉他们了，谁也不许说出去……”

许其琛站起来，一把揪起宋沅言的领子：“那你出去，不必来了。你就算是死在外面，也不必托人告诉我，省得我去祭拜。”

宋沅言一愣，抓住许其琛的手臂：“我不是故意瞒着你的。”

“烧成这样还来做什么？

“你下次再自己作出病来，就不要出现在我面前。”

明明身体就不好，还故意弄出病来。这么不爱惜自己，干脆死掉算了，正好自己也不用做任务了。

这样的想法从心里的那间小黑屋里一冒出来，许其琛就后悔了。

或许是因为许其琛身在教堂附近，对着这种类似祷告的内心独白多了一分敬畏。

算了，收回那句话，也用不着死。

不能死。让他就一直病着，怎么也好不了。

可他仔细一想，自己好像也捞不到什么好处。

算了算了，这句话也收回吧……别让他生病了。

自己可真是一个麻烦的祷告者。

“你在想什么呢？”宋沅言好像是看出了许其琛的走神，“这么入神。”

许其琛：“没什么，你老实交代，怎么病的？”

宋沅言笑了笑，露出两颗小虎牙：“就是……多洗了几次冷水澡什么的……”

许其琛走到桌子边坐下，翻开刚才没看完的《圣经》，轻声问了一句：“吃药了吗？”

“吃了才来的。”

书桌挨着床，宋沅言坐在床边，挪到许其琛的侧面，趴在桌子上看着许其琛：“母亲怕我再病出个好歹来，让我这次带你回去。”

“我不回去。”

宋沅言一把抓住许其琛的手臂：“那可不行，你得跟我回去，我费了这么大工夫，你……咳咳咳——”

他捂着嘴，咳个不停。

许其琛伸手过去，拍了拍他的背：“你可消停会儿吧。”

宋沅言稍稍憋住了咳嗽：“反正你不能待在这儿了。”

许其琛看到他为了找借口出来宁愿生一场大病，嘴上没说什么，却留他休息了一晚。

疲倦让许其琛很快陷入睡梦的密网。

梦里是无止境的黑白。黑色的天空，白色的人群，一眼望去，是看不到尽头的晦暗。

人与人之间牵着脆弱的丝线，风一吹便岌岌可危。他们说着他听不懂的语言，嘈杂，刺耳，模糊，让他只能选择沉默。

许其琛低头看看自己，身上发散出去的丝线所剩无几。没有了牵绊，还不如生活在一个盒子里吧。

就在许其琛即将完全封闭自己的那一瞬间，忽然看见左边身体延伸出一条细微的线，是隐隐约约的红色，就像鲜活的生命。

许其琛抬头，丝线的尽头处，是一个颀长的背影。

他转过身，声音拨开了所有交织成荆棘的嘈杂人语，笔直无误地送达许其琛的耳郭。

“同学，你怎么了？”

世界刹那间恢复原有的色彩，白色的校服衬衫，刚刚开走的绿色公交巴士，蓝得不真实的天空，还有他深黑色的瞳孔。

在这里停止，或许还可以称为美梦。可自己却在最后伸出手，将这条原本就足够脆弱的丝线给扯断了。

许其琛一瞬间惊醒，冷汗涔涔。

许其琛抬起头，看见宋沅言还在熟睡的脸。对方似乎被自己的动静惊醒了，许其琛看了一眼外面：“天都亮了，你还不回去吗？”

一开口，许其琛发现自己的嗓子哑得厉害。

“你不回去我就不回去。”

真够无赖的，许其琛忽然想起什么：“昨天是小方开车送你来的吗？”

宋沅言摇了摇头：“我给小方放了半天假，自己开车来的。”

许其琛这才松了口气，正想给自己倒杯水，却听见了敲门声。

“孙先生。”

不好，是林念之。

许其琛放下杯子，将被子一下子扯到宋沅言头上，试图将他藏起来。如果林念之不进来，应该看不到。

“孙先生，孙霖！该不会还在睡吧……”

许其琛理了理衣服，咳嗽了两声后打开门。

“你刚睡醒？这都几时了你知道吗？”

许其琛握拳抵在嘴边，假意咳嗽了几声：“抱歉，我有点感冒。”

声音都哑了，林念之一听，关切地问道：“没事吧，病得厉害吗？”见许其琛一直摆手，林念之调侃道，“也是奇了，宋沅言那厢病了这么些天，还不知道好没好，你隔着这么老远也病了，这难道就叫有难同当？”

许其琛想起昨日林念之要他告假的话来，于是在关门以前问了一句：“昨日说的话还算数吧？我今日就要告假，林先生替我顶几堂课吧。”

许其琛再不顾林念之的嚷嚷，关上了门。

两个人收拾了一阵，宋沅言便带着许其琛走到了教堂门口，拉开了车门，上了车。车子刚开出不远，宋沅言手握方向盘开口：“这一趟回去，我就要跟大哥摊牌了。”

许其琛一愣，侧目看向他：“你说什么？”

他没有想到，一向说话九曲十八弯的宋沅言竟然这样开诚布公地告诉自己他的打算。

宋沅言目视前方：“我知道，这么些年在宋家，他花了不少心思在我身上。念在兄弟情分上，我始终不愿意将这些事戳破。”他看了一眼许其琛，“当年那场车祸，我一直觉得对不住你，若不是我当年贪玩，同你换了衣服逃了学，当初撞伤的那个人就不会是你了。”

宋沅言的声音微微颤抖，许其琛没有多说话，只是将自己的手掌轻轻地放在膝盖上。

“这么些年，我每每看见你的腿，都恨不得使出最毒辣的手段同他作对，抢夺他的一切，让他身败名裂，悔恨终身。”说着，宋沅言自嘲地笑了笑，“可是我不敢，并不是因为我怕他，而是我不想变成同他一样的人。”

许其琛低头笑了笑：“所以你现在，是不想忍下去了吗？”

他想到了原本的结局，在孙霖被人毒害之后，宋沅言心灰意冷地离开了江衢，再也没有人找到他。

“嗯。”宋沅言深吸一口气，“我不想跟他争了，所有他想要的，都给他吧。我想要的都能自己挣来。

“斯蒂文先生之前向我发出了邀请，他非常认可我的能力，希望我能够去英国发展。我想了很久，觉得这是一个可行的办法。

“我想要脱离这个家庭，摆脱这么多年的束缚，真正地做我自己。

“你想去国外吗？可能一开始会吃些苦头，也过不了现在这样衣食无忧的生活，但是……”

他的声音萦绕在许其琛的耳边。

“你……不想去吗？”

宋沅言深吸一口气：“没关系的，我知道，这些都太仓促了……”

看到他失望的神情，许其琛下意识地道：“我去。”

宋沅言愣了一下，因为错愕，他一不小心踩了刹车，车子猛地停下：“你……你说的……是真的吗？”

许其琛再一次开口：“嗯。”

他看到宋沅言有些手足无措，一时间竟想不到合适的话。

许其琛就这样下了车，随他回到那个华丽无比的宋公馆。

“回来了？”他们还没踏进前厅的大门，宋太太的声音就传了出来。

宋沅言还有些奇怪，怎么今日母亲竟没有询问他夜不归宿的问题。

“阿霖也回来了？”宋太太站起来，“正好，快过来。”

许其琛走进来，看见一脸热络的宋太太，还有坐在一旁的宋老爷，这场景似乎过于隆重了。

直到他看见沙发上正襟危坐的另一个人。

“快，阿霖，见过谢老爷。”

计划永远赶不上变化，这果然是句真理。

许其琛不用想也知道自己躲不过这一遭了。刚才以为答应和宋沅言出国就能够顺顺利利地结束剧情，可即便已经离开了这里，凭着谢家的势力，最后的结果一样是被押回来，不可能这么简单就完成任务。

谢老爷从沙发上站起来，走近两步，手拄着拐杖，上下打量许其琛，苍老却坚毅的脸上露出些许说不清的情感。

“你……你就是孙霖？”

许其琛上前两步，微微低垂着头，一副十分顺从的模样：“是的，谢老爷。”

谢老爷点了点头：“嗯，眉眼同儒钧的确十分相像，只是这腿怎么……”

没等许其琛说话，一旁的宋太太便解释道：“前些年，阿霖在街上被一辆汽车撞了，做了手术，可还是……实在是可惜了，模样生得这样好。”

谢老爷握住许其琛的手：“无妨，无妨，人没事就好。”言语间另一只手也覆上来，轻轻地拍了拍，“孩子，这些年你受苦了。”

这样失散多年回归本家的深情戏码，本应该十分动容才是，可许其琛现在脑子飞快地转着，只是想着如何才能化险为夷，如何才能改变孙霖的结局，根本没有心思去陪着这些虚情假意的人做戏。

见许其琛不说话，宋太太出来打圆场，笑着对谢老爷说：“阿霖这孩子从小就十分文静，不喜说话，谢老爷莫要见怪。”

谢老爷却笑道：“不妨事，他爹便是如此，父子相像再正常不过了。”

这话倒是提醒了许其琛。说起来，不知道现下谢家大少是个什么情况，又是死是活。若是死了，当有讣告才是，没有一丁点消息，怕是还有一口气。

许其琛想着，这个谢老爷这么早便来了，比原剧情早了一个多月，应该是剧情变动的缘故。

难道说是上次宴会撞破刘家母子的事，让他们加大了毒害谢儒钧的剂量，加速了谢儒钧的死亡吗？

“今日便跟我回谢公馆吧，也该见一见你的父亲。”谢老爷的声音微微有些哽咽，“他这些年一直以为你也不在了，病了许久。”

这样的说法让许其琛觉得有些惺惺作态，可他也只是抬起头，平淡地应了一声。他站直身子，忍不住回头望了一眼宋沅言。

许其琛不知道应该怎么跟他解释，只觉得心里堵得慌。其实根本也不能解释吧，如果是孙霖，此刻也当是十分震惊，无所适从才对，哪里还能对宋沅言说些什么呢。

“母亲，我有些累，先上楼歇息了。”扔下这样一句话，宋沅言就离开了这个毫无温情可言的认亲现场。

宋太太的脸上有些尴尬：“这孩子……他自小和阿霖一同长大，跟亲兄弟没分别的。”说着干笑了两声，“许是舍不得了。”

谢老爷点点头：“这我是知道的，宋家也算是这孩子的半个本家，就算跟了我回去，还是可以时常走动的。”

听了这话，一直坐在沙发上没有吭声的宋家老爷也放下了手中的烟，沉声对许其琛说道：“阿霖，还不快叫一声祖父。”

许其琛此刻算是明白了，宋家这招玩的是借花献佛，借着他的关系在拉拢谢家。毕竟都是生意人，一直水火不容只能两败俱伤，倒不如借此机会结成商业联盟。

“我替你养了这么多年孩子，你谢家不会不卖我这个面子。”宋老爷打的就是这样的算盘。

许其琛扯了扯嘴角，露出一张称得上十分诚恳的笑脸：“祖父。”

谢家的作风比宋家更加夸张，在原文中，孙霖是在谢儒钧死后进的谢家，身上带有重孝，并不适宜大操大办，所以只是在报纸上刊登了一则公告，宣布其谢家嫡子的身份。

但现在剧情发生了变动，谢儒钧还没有死，他的回归更像是一种宣告。谢家内部的纷争恩怨早就成为外人眼中的谈资，城里也早已流传出“长江长，黄河宽，江衢谢家香火断”的童谣，连三四岁的小孩嘴里都能念叨上两句，这对谢家老爷来说无疑是一种耻辱。

因而这一次孙霖回归本家，注定是要大操大办，让整个江衢城都知晓了。

谢公馆从三日前便开始着手宴会的布置，许其琛在宋家待习惯了，根本受不了所有人围着他转的生活模式。

许其琛看着镜子里的自己，拿出宋沅言送给他的红木手杖，轻轻地抚摸着上面的纹路。

门口传来声响：“少爷，老爷说宾客都到了，请您下楼去。”

许其琛“嗯”了一声，将手杖握在手里，心里期盼过高，还是忍不住问了一句。

“对了，宋家来客人了吗？”

家仆应道：“宋家大少爷来了。”

许其琛：“那……小少爷呢？”

家仆想了想：“说是小少爷身子不好，就推了请柬，不知是不是真的。”

许其琛的脚步变得异常沉重，但他也能理解。如果自己是宋沅言，在做好一切准备以后发生这样的变故，大概也是不好受的吧。

许其琛的情绪一下子变得十分复杂。

他站在楼上，看着大厅里满满的宾客，笑都笑不出来，就这样走到谢老爷的身边，轻轻唤了一声“祖父”。

谢老爷笑着点点头，端起一杯酒向一众宾客介绍道：“感谢大家今日捧我谢某人的场，容我向大家介绍一下，这就是我失散多年的孙儿，谢霖，也是儒钧的独子。为了找到他，我煞费苦心。终于，皇天不负有心人啊，让我可怜的孙儿回到了谢家。”他握了握许其琛的手，“今日是我们谢家的好日子，也希望诸位玩得尽兴！”

说完这番客套话，谢老爷轻轻推了一把许其琛：“去，多结识一些朋友。”

许其琛“嗯”了一声，还没等他主动开口，便有许多公子哥上前，十分热情地同他打招呼。有某某企业的，也有某某银行的，他一时间有些应接不暇，只能不断地点头微笑。

除了刻意讨好，也免不了有一些闲言碎语——

“原来谢家那个私生子还活着呢。”

“什么私生子，人家现在可是堂堂正正的谢家嫡子。”

“我怎么觉得这人这么眼熟呢？好像在哪里见过似的。”

“能不眼熟吗？这一位就是从小养在宋家的那个，宋沅言的保命符……”

“哦……是他呀，怪不得……”

许其琛懒得理会这些人，远远地便瞧见了刘明德沮丧的那张脸。对方连一个虚情假意的笑脸都懒得给，手里的杯子都快捏碎了。

见许其琛看过来，刘明德便放下手里的酒杯，大摇大摆地走上前来：“哟，我当老爷子一天天寻的孙子会是谁呢。”他上下打量了一下许其琛，“啧啧啧——没想到竟然是宋沅言那个病秧子的保命符。你这厢来了谢家，就不怕那小子横死宋公馆？”

许其琛原本不想与刘明德发生任何冲突，他也是个平和的性格，可刘明德这番话几乎是触了他的逆鳞。他下意识地皱起眉：“表哥说笑了。其实祖父接我回家的当天，就有许多人知晓这个消息了。我当天一到家，便想着该向表哥问好来着。”

他露出一个温柔的笑容：“惦念兄长过于心切，我竟然忘了，表哥是不住在谢公馆的。”

刘明德听了这样一番话，脸上青一阵红一阵的，咬牙切齿离去。

见他如此，一向不争强好胜的许其琛心里也算是舒坦了许多。他转过身，就看见了宋家大少宋沅风。他远远地冲自己笑了笑，遥遥举了举手中的酒杯，并没有靠近交谈的意思。

许其琛也没有那个心思，只是远远地回了个笑容。老实说，这些人在他的眼里，都有可能是杀死他的凶手人选。

许其琛在人群中忽然瞧见一个熟悉的身影，这回倒是又烫了头发。

林念之穿着一身酒红色的洋装，在一群小姐里实在是扎眼。见许其琛也看见了她，她便走了过来，仍旧是微微扬着下巴的高傲神情，没多大改变。

“孙……哦不，谢先生。”林念之的表情有些复杂，长叹一口气，“真是世事难料啊，这才几天不见，你已经是谢家小少爷了。”

许其琛的脸上露出一个苦涩的笑容，正巧旁边经过一位侍从，他便从盘子里取了两杯香槟，递给林念之一杯：“我们去那边说吧。”

林念之点点头，两个人找了个僻静处：“你该不会一直不知道自己的身世吧？”还没等许其琛回答，林念之又自行开口，“我在说什么，你肯定不知道，不然怎么会放着好好的少爷日子不过，在宋家当这么多年的家仆呢。”

许其琛也不知是该笑还是该哭，只好淡淡地转移话题：“你今日是自己来的，还是被你父亲逼来的？”

林念之吐了吐舌头：“一半一半吧，我们好歹同僚一场，你这么大的喜事，我自然是要来看看的。不过你也算是说中了，我父亲听说前些日子我们还一起在慈善小学教书，觉得很有缘，如今你入了谢家，便要我同你多多来往了。”

林念之虽这样说着，眼睛却没在许其琛的身上，而是东瞄瞄西看看。

她喝了一小口酒，又从他们靠着的台面上取了一小块栗子糕放进嘴里，含混不清地调笑：“我可告诉你，今时不同往日，你现在是谢家的独苗，江衢多少名门闺秀盯着呢。”

许其琛不说话，林念之自觉这话说得不妥，沉默了一会儿，又拍了拍许其琛的肩膀：“哎，要不这样吧，你娶我，反正我也不喜欢你，这样不是很好吗？”

许其琛皱了皱眉，没说话。

“我觉得这个方法是可行的。”林念之还是没有放弃游说他的念头，“我总是要结婚的，与其等着被安排给一个自己一定不喜欢的人，倒不如主动出击，结婚后也各过各的，不是很自在？”

许其琛伸手戳了戳林念之的额头：“大小姐，婚姻没有你想的这么简单……”

许其琛还想继续数落她，脑子里忽然闪现出一个想法：总是要结婚的，与其等着被安排，不如主动出击。

“喂，你怎么了？”林念之在他面前挥了挥手，“发什么呆啊？”

许其琛回过神，没头没脑地对她说了句“谢谢”，一抬头，正巧看见了刚刚走进大厅的何雁茵，还有和她一同进来的，穿着一件黑色大衣的宋沅言。

隔着舞池里跃动的人影，许其琛远远地望着宋沅言。宋沅言也看向他。

许其琛看着他一步一步朝着自己走过来。

宋沅言在他面前站定：“好久不见。”

许其琛伸出手：“你不是推了请柬？我还以为你不来了。”

宋沅言看着他，声音很轻："我想了想，还是来了。"

"喀。"一旁看着的何小姐咳嗽了一声，终于开口，"许久不见，这一见我就该改口叫您谢先生了。"

许其琛无奈地摇了摇头："何小姐取笑了。"言罢看了一眼身边的林念之。

林念之拽着宋沅言的袖子开口："你今天这件大衣倒是挺好看的，是请了哪里的裁缝？"

宋沅言掰开她的手："这裁缝只做男装。"

"是吗？"林念之干笑几声，"哎呀……真是可惜……"

林念之说罢便要离开，却被何雁茵轻声叫住："念之。"

林念之脚步一顿，继而缓缓转过身："何医生有事吗？"

何雁茵走近一步，朝她伸出手。

"你方才吃了糕点吧。"何雁茵用拇指擦去她嘴角金黄的糕粉，笑得温柔极了，"现下没有了。"

林念之觉得丢人，一时间不知如何是好，竟一巴掌打在许其琛的胳膊上："你……你方才怎么不告诉我！"

许其琛无辜极了，揉了揉胳膊："我是真的没看见啊……"

一见林念之这样，宋沅言便道："你这个人，自己吃东西不仔细，还怪起别人来。"

何雁茵轻笑了一下，走过来大方地揽住低着头的林念之，语气里竟带了些许温柔："好了，都是我的不对，不该告诉你让你难堪。你还想吃点心吗？我们一起？"

林念之摇摇头："不吃了。"

何雁茵四处望了望，看着热闹的舞池："那……我们去跳舞？"

正巧，一个朝这边看了许久的公子哥走了过来，弯腰朝着何雁茵伸出一只手："何小姐，可愿与我共舞一曲？"

何雁茵说了一声"抱歉"，没有握那只手："我已经准备和林小姐一起了。"

那公子哥直起身子，笑道："两个女子如何跳舞？"

许其琛一听，暗自笑了一声。

何雁茵不屑地挑了挑眉："怎么，如今这世道，离了男人，竟连舞也不能跳了？"她说罢牵起林念之的手，方才那位公子哥碰了一鼻子灰，也只能悻悻地走开了。

被牵手的林念之看着何雁茵的侧脸。

“你不会跳男步吧？”

林念之立刻摇了摇头：“我只会女步……”

何雁茵温柔地笑了笑：“正好，我挺喜欢跳男步的。”

见她二人要走，许其琛想起些什么：“何小姐，等一等。”

何雁茵回过头：“怎么了？”

“明日，我想请何小姐吃顿饭。”许其琛说完，立刻又补了一句，“我有要事想请何小姐帮忙。”

何雁茵点点头，被林念之拽了去。

许其琛和何雁茵约在了他二哥开的咖啡馆。

和上次见面没什么大的不同，但许其琛明显能够感觉到，何雁茵已经完完全全放下了之前对他的感情。

其实他原本也清楚，只是因为初遇时的那番交谈，让这位心中渴望平权的女子得到了尊重，所以才会对自己心生好感，但这种好感实际上远不及男女之情。

就像林念之所说，总是要结婚的，倒不如找一个互相方便的。对何雁茵而言也是一样，总是要结婚的，倒不如找一个尊重自己的。

不过相较上一回，这一次两个人交谈的内容就要隐秘得多了。如果不是因为对方是何雁茵，许其琛万万不敢随便提出这种请求，毕竟不是每个女子都有她这样的胆识和气魄。

“你这一步走得很险。”

许其琛笑了笑：“如果有别的路可走，我自然是不愿意选择这种方法的。”

何雁茵点点头：“无论如何，我会尽力帮你。”

同何雁茵分别以后，许其琛回到谢公馆。他为了自己的计划，主动向谢老爷提出要侍奉自己的父亲。

这几天许其琛几乎日日在谢儒钧的房间里候着，虽说谢儒钧并不是孙霖的生父，但孙霖的悲剧也并非他一手造成，他也是其中的受害者，许其琛对他并没有太多负面的情感，反而有些怜悯。

谢儒钧的生命已经快要走到尽头，慢性毒药从里到外侵蚀了他的整个躯壳，他几乎说不出话来。

“霖少爷，药熬好了。”一个丫头站在门口，手里端着一碗中药。

许其琛偏头笑了笑：“好，搁在桌子上吧，我一会儿给父亲喂就行了。”

丫头点点头，满脸关切的表情："少爷也要注意身子啊。"

"好。"许其琛回了一个温柔的笑容，"出去的时候替我将门带上，父亲不喜欢吵闹，谢谢。"

房间里静下来，许其琛站起来走到桌边，从大衣口袋里拿出一个掌心大小的瓶子。他将那药倒了些在瓶子里，再塞好塞子，转而将剩下的药统统倒进窗台的盆栽里。

每一次许其琛坐在谢儒钧的床边，替他捏着已经麻痹的手掌，他都会静静地看着许其琛，嘴角微微扬起，混浊的双眼里却是一片湿润。

他什么话都说不出来，可是这一个眼神，却包含了千言万语。

久而久之，许其琛封存在心底最深处的某种情感似乎也被唤醒。他有些后悔，自己如果不逃避这个结局，早些进入谢家，谢儒钧的生命会不会还有挽救的机会？

可许其琛很清醒，他并不是什么救世主。

临近除夕，谢公馆上下忙成一团。为了锻炼许其琛，谢老爷安排他帮忙准备此次府里的除夕家宴，这对他来说也算是一个不小的挑战。

许其琛为人一向温和，对待谢家下人宽厚有礼。尤其是与那三不五时前来谢公馆颐指气使的刘明德相比，这让他在谢家众人心目中的地位得以抬高。

和许其琛相比，刘明德近来的日子就不好过了。原本仗着自己是谢家长女的独子，成日里在江衢城招摇过市，横行霸道。如今正儿八经的嫡孙子回来了，他这个外孙也一下失了宠，就连戏台的班主都不像往日那般巴结他了。这可把刘明德气坏了，整日里寻思着如何整治一下这个半路杀出来的私生子，可始终找不到合适的机会。

按照往年惯例，谢家的外戚宗亲在除夕的前一天便会早早地赶到谢公馆住下。许其琛一改往日以家世大小安排住所的旧习，以辈分大小为原则进行了重新分配，这一点激怒了向来在谢公馆嚣张跋扈的刘明德。

"谢霖那小子在哪儿？！"

家里的丫头吓得结巴了，半天说不出话，被刘明德一巴掌扇倒在地："哼，连句话都说不清！养着你们这帮废物有什么用！"

"霖少爷他在……在书房……"

刘明德啐了一口："真当自己是少爷了！"说着便气冲冲地来到书房，二话不说踹开了门，"谢霖！你给我说清楚！"

许其琛正同管家在书房里核对账簿，见此情形，连头也没抬一下，不予理会，继续说着账面上的问题。刘明德一看他这不把自己放在眼里的样子便更加窝火："老子哪回来谢家小住不是睡最好的客房，你如今把我安排到又小又偏的西院去是什么意思！还真把自己当谢家家主了？！"

许其琛放下手中的账簿，淡淡地道："表哥，此次分配住所一事我已向祖父禀报过了，他也十分赞同这样的方式。当然，如果表哥坚持认为是我从中作梗，我愿意与你交换住所，表哥今日便可搬去我的房间，如何？"

刘明德的表情更是难看，冲上来一把揪住许其琛的领子："跟你换？你以为你是什么东西！"

一旁的管家见此情形，赶忙上前拉住刘明德："表少爷，消消气……"

刘明德胳膊肘一拐，将那管家推倒在地："有你这个老奴什么事？起开！"

被他揪着领子的许其琛冷静地开口："刘管家，你先出去吧。"

管家从地上站起来，叹了口气后离开了书房。

刘明德却是个不肯轻易罢休的："你这个野种，今日本少爷不叫你吃些苦头，你就不知道自己几斤几两！"

许其琛忽然笑了笑，方才的恭顺温和消失得无影无踪："你说得对，我就是个野种。你的母亲是谢家长女，而我的娘不过是一个无名女工，生下我便撒手人寰了。我出生以来就给别人做家仆，替人挡煞续命，而你锦衣玉食，金贵无比。可那又如何呢？"

他的语气轻柔又诚恳，不知怎么的，反而营造出一种诡异的轻蔑感："表哥，你心里也清楚，我这个野种过不了多久就要继承谢家的家产了，而你惦记了二十年，终究是个外姓人，什么都捞不到。"

"你别忘了，这二十年里，你连谢公馆都住不进来，只能在你那个越来越破落的刘宅里待着，谁让你不是祖父嫡亲的孙子呢。"

刘明德见他这副样子，几乎要红了眼，一拳打在许其琛的脸上。

许其琛感觉齿根处一阵疼痛，血腥味弥漫，他却还是在笑。他推开刘明德，一副无所谓的样子往书房外走去："你打我有什么用，只要我还在这个家里，你就永远只是一个表少爷，我想让你住哪儿你就得住哪儿，我以后不许你踏足谢公馆，你也无计可施。"

许其琛拉开书房的门，最后几个字咬字很轻，就像是在说着体己的关心话。

刘明德彻底被他激怒，上前掐住他的脖子，将他抵在墙上，十根手指几乎要嵌进他脖颈间的皮肤里。

强烈的刺激感让许其琛几乎发不出声音，只能极力地朝门外移动。

刘明德此时已经不清醒，嘴里歇斯底里地喊着："我要杀了你这个野种！"

许其琛克服窒息带来的眩晕感，伸着手臂，推倒了书房门口摆着的两尺高的青玉花瓶。碎裂声乍起，二楼的几名家仆闻声而来。见到这种情景，立刻将刘明德拉开。许其琛这才脱险，背靠墙壁慢慢滑落，直至坐到地上。

所幸刘明德这么些年逛窑子几乎没消停，身子骨早就虚了，不然许其琛不死也得被他活生生掐去半条命。

许其琛倒在地上，一名家仆将他背到了楼下。在电话里听闻此事的谢老爷匆匆赶回了谢公馆。

"霖儿呢？"

站在门口的丫头见老爷如此生气，怯怯地道："霖少爷在房间里躺着，请的医生才走。"

谢老爷拄着拐杖上了楼，见到许其琛有气无力地躺在床上，脖子上的手指印还是红的，脾气一下子就上来了："这是怎么回事？"

管家这才开口："方才……我和霖少爷在书房里核对账本，表少爷忽然冲了进来，当时就揪住了霖少爷的领子。我在一旁劝和，但表少爷不理会，后来霖少爷就让我先出去，他同表少爷说。谁知道后来就……"

谢老爷的拐杖在地上重重地戳了几下："那他为什么要去书房？！"

管家解释道："表少爷不满意霖少爷分配的住所，不过霖少爷已经说了，可以跟他换房间住，可表少爷他就是……"

谢老爷一掌拍上床边的柜子："那个孽障呢？！"

几个家仆都不吭声，谢老爷的火气上来了，又问了一遍，这才有人怯怯地道："方才我见表少爷叫了司机出门了，说是要去戏园子解解气。"

"这个孽障……"

许其琛此时睁开眼，用胳膊肘撑着身子艰难地坐起来："祖父，您来了。"

谢老爷立刻坐到床边："你就不要说话了，那孽障下手这样狠，我看他是想要你的命！"

许其琛咳嗽了几声，摸着自己的脖子，声音微弱："表哥他只是一时糊涂，祖父莫要当真了。"

"一时糊涂？"谢老爷紧紧握着手里的拐杖，"他糊涂了一辈子！"

一旁的丫头忍不住了，开口道："老爷，霖少爷心性太好了，还替表少爷开脱，方才我们都看得真真的。表少爷一边掐着霖少爷的脖子，一边大喊着'我要杀了你这个野种'，那可是使足了劲，霖少爷当时站都站不起来了。"

许其琛瞄了一眼那个丫头，想起来之前她倒茶时不小心，泼了些茶水在刘明德的身上，是自己替她挡了挡，才免于被刘明德折磨。

"老爷，霖少爷在府里对每个人都和善极了，对表少爷也是忍让再三。可表少爷他私底下将霖少爷骂了不知多少回，什么难听的话都说尽了……"

"好了小玉，别说了。"许其琛咳了几声："祖父，这件事就这么算了吧，表哥只是气急了才会说出这样的话，绝不是有心而为。"

谢老爷脸色阴沉，过了好一会儿才开口："你这些天也辛苦了，好好休息一下。"说罢便驱散了屋里的仆人，让他睡下。

许其琛点点头，看着谢老爷离开房间，在被子里躺了一会儿，便坐起来，捂着脖子走到书桌边，拿起钢笔伏案写着什么。

到晚饭时，刘明德也没有回来。谢老爷的脸色一直很难看，谢公馆就这么大，这件事很快就传遍了府中上下，里亲外戚也都议论纷纷。若是不做出些惩罚，实在是难以服众，何况他本人原本也十分厌恶这个胡作非为的外孙。

到了凌晨，刘明德才一身酒气地回了谢公馆，又胡闹了一番。

许其琛在房间里都听见了动静，特意披了外衣出来，下楼扶了一把刘明德。刘明德喝得也不算太多，一看见扶自己的是许其琛，脾气又上来了，一挥手将他推开："你给我滚远点，狗东西。"

许其琛也不恼，几个丫头将他扶起来，他便回房休息了。

除夕当天，谢家一派喜气洋洋，上上下下被许其琛打点得十分妥当，谢家族亲皆对他夸赞不已。可刘明德却是另一番光景，一大早连衣服都没换，酒气熏天的便被叫去了谢老爷的房间。

"昨天的事是怎么回事！我看你是吃了熊心豹子胆，敢在谢公馆撒野了！"

刘明德一副吊儿郎当的模样："是那小子先冒犯我的！"

"你还敢狡辩！"谢老爷指着他的脸，"你怎么好意思？府里上上下下那么多双眼睛盯着，都知道你是如何针对霖儿的，你还有什么可狡辩的！"

"他那是收买人心！"

"住口！"谢老爷站起来，"你去给霖儿道歉，否则就给我滚出谢公馆！"

刘明德气恼不已，却又不敢在谢老爷面前发作，只得压着火气进了许其琛的房间。进去之后却发现他合眼睡着，只啐了口唾沫在地上，什么也没做便走了。

许其琛闭着眼，听他“砰”的一声关上门，才缓缓睁开双眼，掏出前些时谢儒钧给他的怀表，打开看了一眼，又躺了一会儿才从床上起来。

外面的鞭炮声响了又响，一大堆小孩子在谢公馆门口看着热闹，捡那燃完了的鞭炮头。谢老爷为了庆祝，还专程叫人请了舞狮队，在谢公馆门口舞了大半个时辰，锣鼓喧天，好不热闹。

谢老爷看了看时间，已经是下午五点多，晚宴就快开始了，便对管家说道：“霖少爷还在休息吗？去叫他准备准备，下来吧。”

“是，老爷。”

他方才交代完，便听人来报：“老爷，何小姐来了，说是有要事要同您说。”

“何小姐？何家的小女儿？”

家仆点头：“是的。”

“还不快请人进来。”

不多时，何雁茵便走进谢公馆：“谢老爷，新年好。”

“哟，雁茵来了。”谢老爷从沙发上站起来，走到何雁茵身边，“今日怎么不在本家过年？总不是来给我这个老头子拜年的吧。”

何雁茵笑了笑：“谢老爷这是拿话揶揄我了。”屋子里暖和，她脱下身上的斗篷，谢老爷见她手里拿着一份文件，笑道，“这是有什么事吗？”

“是谢霖托我办的一件事。”何雁茵望了望楼上，“不知道他现下在不在家？我想和他谈一谈。”

谢老爷点点头，谢霖同何雁茵来往他是非常赞同的，“在，方才我还叫下人……”

正在此时，方才上楼的那名家仆忽然从房间里跑出来，下楼的时候脚下虚浮，几乎是连滚带爬下来的，嘴里不断念叨着：“老爷、老爷，霖少爷他……”

谢老爷眉头一皱：“霖少爷怎么了？”

家仆吓得浑身哆嗦，看了一眼何雁茵，又看了一眼谢老爷，咽了口口水，指着楼上敞开门的那间房：“霖少爷他……他……好像断气了……”

谢老爷心里“咯噔”一下，何雁茵立刻上前扶住，厉声训斥道：“大过年的胡诌些什么！”

那家仆“扑通”一下跪倒在地：“老爷、何小姐，我怎么敢……”

谢老爷的手都开始颤抖，无论如何也不愿意相信：“不可能，这不可能。”

“谢老爷，您先不要急，我是医生，我跟您上去看个究竟。”何雁茵说完，又命刚才那个家仆将谢老爷扶住，跟着他们一同上了楼。

房间里没有别人，三个人一同走进去，许其琛一动不动地躺在床上，一点声音也没有，就像熟睡了一般。谢老爷一进门，便一连唤了好几声他的名字。

“霖儿、霖儿？”

谢老爷上前一摸，许其琛的手冰凉，又摸了摸脸，登时就站不住了，差点倒在地上，被何雁茵堪堪扶住：“谢老爷，让我来看看，说不定只是休克。”

何雁茵脱了手套，将手指伸到许其琛的鼻下探了探，果真没有鼻息了，随即又将其眼皮翻开查看一番。一旁的谢老爷还抱着一丝希望，心急如焚：“他怎么了？还有救吗？”

何雁茵叹了口气：“谢老爷，不瞒您说，他确实是没有呼吸了，我现在需要检查一下他的心跳。”说完她便将被子掀开，露出许其琛的上半身，贴耳于左胸，感觉到他左胸口袋里有什么，便顺手掏出来，然后再次俯身，细细倾听了一阵。

谢老爷也是经历过不少风浪的人，此刻虽是惊心动魄，却也还强撑着一口气。可他看见何雁茵的表情，心下已然明了，却又抱着一丝侥幸，仍旧不愿相信眼前的事实。

“去……去把赵医生请过来……”

何雁茵此时却忽然开口：“谢老爷，实不相瞒，我今日前来，正是跟您府上的赵医生有关，他现下恐怕已经被警署的人逮捕了。”

谢老爷不知晓其中的状况，震惊不已：“你说什么？”

何雁茵将手中的文件递给谢老爷：“其实这件事应该由谢霖告诉您的，是他发现他父亲每日的药物有问题，所以趁人不注意时，将一部分药物带给我，托我帮他检测，这正是我的检测结果。谢家大少的药物中的确含有慢性毒药，且每日的用量不多，很难察觉，但日积月累，对人体的损伤极其严重。”

她叹了口气：“谢霖起初只是疑惑，为什么他父亲治了这么久的病，身体却越来越差，所以请我帮忙查一下其中的缘由。”

谢老爷捏着检测结果的手不住地颤抖：“是谁？！究竟是谁？”

何雁茵展开了方才从许其琛上衣口袋里取出的纸，大致看了一眼后便交给了谢老爷：“谢老爷，这是方才从他口袋里取出来的，您看一下。”

谢老爷接过纸，是许其琛亲笔写下的信。谢老爷细细地看过内容，几乎昏厥过去——

祖父，孙儿犹豫再三，决定写下这封信。现在孙儿的处境十分艰难，因此不得不防。

日前在何小姐的聚会上，孙儿不慎听见姑母及表哥的对话，言语中似有提及父亲患病与家庭医生之事。但当时孙儿尚不知晓自己的身世，仅仅只是宋家家仆，并不敢肆意揣测声张。

如今回归本家，侍奉父亲，细想当日之事，深觉不妥，便求助于海外学医归来的何小姐，协助我调查父亲所用的药物。何小姐如今还未给我答复，我亦未曾告诉何小姐有关宴会当日之事，仅仅嘱托她替我验药。但表哥似乎已经知晓我就是当时撞破他二人谈话之人，多次威胁。孙儿恐真相不能得以大白，故书此信以防万一。若孙儿当真有何不测，但请祖父务必尽快联络何小姐，以查明事情真相!

霖儿敬上。

“来人哪！去把那个孽障给我捆了！关进柴房不许声张！”谢老爷急火攻心，猛地咳嗽了几声，何雁茵安抚了几句：“谢老爷，人死不能复生，请务必保重身子。”

“我千辛万苦寻回来的孙儿，没想到……没想到……”

见家仆匆匆离开房间，何雁茵犹豫了一阵，开口道：“谢老爷，我方才看过了，谢霖的死因是服用了安眠药，这亲笔信却并非他的遗书，想来必定不是自杀。不知最近谢霖是否患病受伤，需要服药？”

谢老爷皱起眉头：“霖儿昨日才受了伤，服了些镇痛化瘀的药。”他看了一眼桌子，“就是这些药。”

何雁茵查看了一下，摇了摇头：“不对，这些药都不会致死。”她看了一眼谢老爷，“我怀疑，谢霖的药被人偷偷换了。”

“谢老爷，谢霖的身子几乎全凉，想来已经死了有一段时间了。今日是除夕……谢公馆似乎来了不少族人，此事涉及家族内部争斗，实在不宜声张。”

“可霖儿……”

何雁茵又道：“除此之外，我相信谢老爷您心里也清楚，谢霖自出生起便是替人挡煞的。他的腿疾也是替宋小少爷挡了灾，他身上是有煞气的，如今又是枉死……”

做生意的人最讲究这些了，谢老爷这一生，独子福薄命浅，独孙又在回归本家之后横死，即便是再不相信这些的人也不能不害怕。

“那……你的意思是？”

“我们中国人讲究入土为安。谢老爷，今日正值更岁之际，若是不尽快将此事低调处理了，怕是来年一年都……”

何雁茵这番话，说得谢老爷心底发怵。

更何况，如今整个族亲的人都聚集在谢公馆，若是不尽快处理，恐怕人心惶惶，第二天便要传遍江衢，到时候哪里还有人敢光顾谢家的商铺。

“此事……的确需要尽快处理。”谢老爷站起来，走到门口，叫来几名家仆，吩咐了一番。转身回到房间，他看见何雁茵仍守在床边，艰难地开口，“雁茵……这件事……”

何雁茵的脸上难掩失落之情，但还是起身开口：“谢老爷，你放心，我同谢霖之前就认识，算得上朋友，如今他出了这样的事，我心痛无比，自然是不会声张。何况他十分信任我，我也终其所托，希望谢老爷务必惩治真凶，还他和沉疴多年的谢大少一个公道。”

言罢，何雁茵便告辞，离开了谢家，留下谢老爷一个人呆坐在房间里。

原以为这根独苗可以为他谢家延续香火，世事难料，自己的独子和孙儿竟都遭自家人所害。

外头的鞭炮声仍旧未停。

热闹非凡的除夕家宴摆了十数桌，竟无人发现几名家仆趁乱将自家少爷的尸首暗度陈仓，偷偷运到了十里外的谢家陵墓，用临时买来的楠木棺材草草埋了。

何雁茵那番话，在谢老爷的心中久久萦绕不去。

何雁茵回了一趟家，草草地吃了顿饭，电话铃声响起，她接了电话便要换衣服走人。

“大过年的，要去哪儿？”

“诊所里有点事，我必须去一趟。”何雁茵抱了抱母亲，说了几句话便离开了何公馆，开车前往林宅后门。

林念之已在冷风里等了许久，看见车灯照过来，便走近看了看，果真是何雁茵。

林念之急忙钻进车里：“总算来了，一切顺利吗？”

何雁茵点点头：“算是吧，我的亲信方才已经回复我了，说看见他们去了莫岭。”

“那我们可得快点了。”

两个人开车前往莫岭，到达的时候已经很晚了。山下停着一辆黑色轿车，两个人谨慎地看了看，发现对方下了车。

是宋沅言。

何雁茵下了车："你怎么这么快？"

"我猜到他们会埋在这儿，算好了时间便直接过来了。"宋沅言的神色十分焦急，"快些吧，已经过去快五个时辰了。"

何雁茵点点头，三个人上了莫岭。这一片不大的山头很早以前就被谢家给买下来，用作墓地。这么些年，这片山头里埋的骨头没有一百也有八十。

月黑风高，冬日光秃秃一片的树枝在瑟瑟寒风中撕扯，留下诡异的影子在地面晃动。这山头除了他们三个人，再没有别人的影子。林念之提着灯笼，幽幽的光照在地上，越发觉得此处阴森恐怖，令人不寒而栗。

林念之戴着帽子和围巾，还觉得身上冷得要命，紧紧地贴着何雁茵，浑身的鸡皮疙瘩直往外冒："雁……雁茵，我怎么觉得这么冷啊……"

何雁茵握着她的手："别害怕，你是接受过现代教育的人，要相信科学。"

宋沅言见她一副畏畏缩缩走不动路的样子，不禁有些着急："早知道你胆子这么小，就不该叫上你过来拖后腿。"

林念之虽怕得厉害，但更不愿意被宋沅言轻视："谁说我怕！本小姐才不会怕！"说着便松开何雁茵的胳膊，往前走了两步，还使劲跺了跺脚，呵着手故作轻松地蹦了蹦，暖暖身子，"本小姐就是冷而已，怎么样？冷还不行吗？"

宋沅言面无表情地看着她："行，当然行。大小姐，你看看脚下。"

林念之低头，竟还有果盘和香烛。

"你在人家坟头跟前蹦跶个什么劲？"

在莫岭转了几圈，宋沅言看见了一个没有墓碑的坟包，走过去摸了摸地上的土，是微微发湿的，应该就是这里了。

宋沅言抡起锄头，费了好久才将这个新填的坟掘开，露出棺材盖。

"这些伙计也太省事了，连钉子都没钉下去就跑了。"

何雁茵笑道："正好，也省了我们的事了。"

宋沅言虽然知道许其琛是假死，可打开棺材，感觉到他全身冰冷时，心里还是不可避免地有些难受。

何雁茵将手里提着的急救箱打开，立刻对许其琛进行了抢救。

林念之不敢看，不由自主地站到宋沅言的背后："他应该没事吧……我好害怕啊。"

宋沅言也怕，但他现在只能选择相信何雁茵。

何雁茵埋头趴在许其琛的胸膛前："心跳开始恢复了！"

林念之好奇地问道："之前他的心跳停止了吗？"

何雁茵摇头："并没有完全停止，只是非常微弱，仪器才能检测出来，所以才骗过了他们。我给他服用的是神经中枢抑制剂，之前在国外也有误服此类药物造成假死的案例，所以我才敢这么做。"

宋沅言伸手正要去探他的鼻息，他忽然呛了一下，咳嗽了几声，吓得林念之一屁股坐在地上："他……他……他醒了！"

"快了。"何雁茵探了探脉搏："宋沅言，你先把他背到车里，然后把这个棺材给埋了，这里温度太低了。"

几个人忙着把挖坟现场收拾了一番，这才离开了阴森的莫岭。

许其琛是在宋沅言的车里醒过来的。在昏死过去的这几个小时里，他感觉自己去到了另一个世界。

不是他书中的世界，而是曾经发生在他身上的现实。

耳边是还未消散的剧烈撞击声，比指甲划过黑板的声响还要刺耳一万倍。

他浑身是血地被人推进医院，痛感将他的听觉和视觉神经麻痹，周围的一切都是那么模糊。他隐约感觉自己全身无力地躺在冰凉的手术台上，无影灯的光肆无忌惮地穿透瞳孔，在脑海里留下一片深刻的白。

不是说好一起去旅游吗？为什么会在这里？

"妈，我今天想坐前面，看得清楚一些。"

"好啊，系好安全带。"

为什么会在这里……

发生了什么？

"你的父母都在这场车祸中身亡了。"

"你算幸运，没有坐在后座，安全气囊起了作用。"

为什么只有我一个人活下来？

"醒醒！"

一个熟悉的声音响起。

许其琛猛然睁开眼睛，眼前是宋沅言的脸，他在轻轻地拍着自己的后背："太好了，你终于醒了。刚才你像是梦魇一样，迷迷糊糊说着奇怪的话。"

许其琛不住地喘着气，愣怔了一会儿，呆呆地开口问道："我死了多久？"

“什么死不死的？你怎么一醒来就说这些？”宋沅言皱着眉头。

许其琛抿着嘴唇笑了笑，没有说话。

“你好好休息一下，我得继续开车了，我们要赶在卯时前到达码头。”

许其琛点点头，随即又问：“何小姐呢？”

宋沅言重新启动了车子：“她带着林念之回去了，她们是趁乱偷溜出来的，不赶紧回去就该惹人怀疑了。原本母亲是要来送我的，我说今日有约，不在家过夜，时间又早，她便没来了。”

许其琛应了一声，想起自己服药前安排下来的事：“你打听了谢家的消息吗？”

“谢家现下什么消息都没有，想必都被谢老爷给挡下了，能处理的也都秘密处理了。”

听着宋沅言说的话，许其琛倒觉得这是自然：“这么多年我在江衢的名声一向是跟煞气挂钩的，他虽面上假装不在意，可心里总是存疑的。何况我只是一个私生子，若不是为了传承血脉，他也是瞧不上我的。”

许其琛说着笑了笑：“如今我横死了，他更是害怕这煞气会断了谢家的财脉。我猜，短期内他绝不会将我的死讯透露出去，甚至会寻个留洋之类的借口，把我的失踪给搪塞过去。”

宋沅言调侃道：“你的心思倒是细。”

“我也是被逼无奈啊。”刚恢复一些的许其琛身子乏力，只能懒懒地靠在座椅上，说话的声音也小了许多。

他忽然听见一个熟悉的声音。

0901：“许先生，您为何选择将自己的死嫁祸在刘明德的头上？”

在心里回复 0901 倒是不费力气，许其琛解释：“既然原剧情没有给出一个明确的凶手人选，那么谁都有这种可能。与其被动地猜测谁是凶手，然后自我保护，倒不如金蝉脱壳，选一个最容易打倒的反派，让他替我的死背锅。”

“再者，刘明德母子原本就杀了人，谢儒钧的死是他们一手造成的，让他偿命一点也不冤枉。虽说宋沅风也不是什么好人，但是我记得他的命不长，在宋沅言出国后没几年就病逝了，也用不着我冒险去对付他了。”

0901 表示了自己的赞同，就又下线了。感觉最近它还挺忙的样子。

许其琛觉得很困，便歪着脑袋睡了一觉。醒来的时候虽然天还没亮，但已经到达了目的地。两个人裹着围巾，戴着帽子，拿着为数不多的行李上了船。

大年初一，船上的人并不算多，就连以往一日三班的邮轮今日也只剩下清晨的一班。冬日的风混合着海水的气味，吹在眼皮上，凉凉的，有些刺痛。

海上起了缥缈的晨雾，将他们二人裹在其中。宋沅言想让许其琛好好休息一下，他却不肯。

"我想站在甲板上看一看日出。"

两个人就这样并肩站着，看着深蓝色的天空渐渐泛白，如同水彩画一样的颜色渐染。不知这样默默看了多久，期待中的那轮红日才在遥远的海平面出现，光芒刺透雾霭。

趴在栏杆上的许其琛偏过头，将捂住半张脸的围巾稍稍扯下来一些，对着还望着海面的宋沅言说了一声。

"新年快乐。"

宋沅言看向他，见许其琛又把脸埋进堆叠的围巾里，说道："生日快乐。"

"嗯？"许其琛发出一声疑问的鼻音，愣了一下。

宋沅言笑着趴在栏杆上："你可是死而复生啊，以后我们就在这一天过生日吧。"

"嗯。"许其琛瞄了他一眼，又把头低下去，看着浪花四溅的海面。

朝阳饱满的光线在宋沅言的脸上肆意流动，照得他的笑容明朗万分。

"好饿，"许其琛伸了个懒腰，"想吃东西。"

"想吃什么？我们下去餐厅看一看？"

许其琛语气随意又轻快地吐出两个字："饺子。"

说完他看向宋沅言，对方把双手插进兜里，脸上似乎没有太多不自然的表情，只是自言自语道："不知道有没有呢，去看看吧。"

旅途遥远，到了英国，许其琛和宋沅言租下了一栋两层楼的小房子。房东是个满头卷发，看起来十分和善的阿姨，对亚洲人的长相实在是分辨不清，还以为二人是兄弟。

"来了这里，可就没有人伺候你了。"许其琛收拾房间也不忘打趣锦衣玉食的小少爷。

宋沅言可不吃这一套，趁许其琛不注意拿走他手里的扫帚："你还说呢，外人都知道我是少爷，可我什么时候让你伺候过我？反而是我，又是送吃的又是送衣服，真不知道谁才是少爷。"

许其琛顺势倒在沙发上，伸腿踢了踢宋沅言的小腿骨："原来你有这么多怨言啊，这个名字可真没取错。”

“你现在是越发牙尖嘴利了。”

许其琛边笑边说：“我再牙尖嘴利，也没有你的牙尖。”

在英国生活对许其琛来说不算特别难，最难的应该就是假装成完全听不懂英文的样子。

正巧有一天，是一个天气很好的周末，房东太太敲开了家门。

许其琛当时正在洗苹果，听见有人敲门，喊了宋沅言一声，可他在楼上似乎没有听见。于是许其琛甩了甩手上的水，打开了门。

房东太太手里抱着一只雪白的波斯猫，一见到许其琛便开口解释，说她最近得出一趟远门，想托他们帮忙照顾一下自己的猫。许其琛听得清楚明白，可一想自己的设定是没有学过外语的，于是装出一副尴尬的样子，跑去楼上将宋沅言给拉下来，和房东太太对话。

许其琛回到厨房，将那个洗了一半的苹果在水龙头下面又冲了冲，然后才走到客厅，盘腿坐在沙发上听着两个人的对话。

“麻烦你们了，这只猫叫安娜，还算听话，只要给它足够的粮食和水，一切它都可以自己解决的。”

宋沅言笑着将猫咪接过来：“不客气，我们会替您好好照顾它的。”

房东太太瞄了一眼沙发上的许其琛，笑着说道：“你弟弟真可爱，不知道他喜不喜欢猫？”

宋沅言笑了笑：“他自己就像猫。”

许其琛明明听得一清二楚，还得装什么都听不懂的样子，咬了一口苹果。

那只雪白的波斯猫从宋沅言的怀里轻快地跳下来，踱着步子来到许其琛的脚边。

“看来安娜很喜欢你弟弟呢。”房东太太笑眯眯地道。

许其琛用脚趾碰了碰安娜的耳朵，痒痒的。

送走了房东太太，宋沅言按照对方所说的准备好猫粮和猫砂，走到沙发边，将那只猫抱到放有猫粮的小盆子旁，摸着它的脑袋：“以后就在这里吃饭，知道了吗？”

他的声音很温柔，许其琛趴在沙发上看书，一下子栽在书上，发出巨大的声响。宋沅言回头：“怎么了？”

“你刚刚跟房东太太说什么了？”

宋沅言笑着说：“没什么啊，她告诉我怎样养猫。”

许其琛偏过头，眼睛望着他和那只猫：“还有呢？”

宋沅言脸不红心不跳：“没有了。”

许其琛“哦”了一声，心里觉得很吃亏，明明知道他在撒谎，却没办法揭穿他的谎言，这种感觉真是煎熬。

吃饭的时候宋沅言忽然说：“我教你英文吧，你看在这边生活，不会英文总是不方便的。”

许其琛的两只脚勾着，上下晃了晃：“好呀。”

晚饭过后，宋沅言煮了一壶热热的红茶。许其琛裹着毯子坐在阳台的小桌子前，夕阳斜斜地洒在阳台上，把盆栽里的花花草草照得饱满而绮丽。

安娜趴在许其琛伸直的脚上，软软的肚皮贴着他凉凉的脚背，暖和又舒服。

“从哪里学起呢？”宋沅言递给他一杯红茶，“就从简单的对话开始学吧。”

许其琛喝了一小口，浓郁的茶香涌进肺腑：“好啊。我会说你好，还有再见，这两句可以不教。”

宋沅言低着头，嘴角含笑：“那今天就学自我介绍吧。”

许其琛放下杯子，非常配合地说好，然后还装出一副真的什么都不懂的样子，看着宋沅言写下一行行英文，然后逐字逐句地教他念。

安娜醒了又睡，睡了又醒，好几个来回。宋沅言已经教了他足足十句话，都是一些必要的日常用语。

许其琛的心里涌起一种恶作剧得逞的愉快感，脚趾轻轻蹭着安娜肚皮上的毛。

“就学这些吧，今天。”

许其琛点点头，睡够了的安娜有些饿了，慢悠悠地走回去进食。许其琛装模作样地捏着那张纸默念起来，宋沅言则是将自己椅子背上的毯子扯了盖在他的脚上。

月亮逼退了不愿离开的太阳，携着星光爬上了墨蓝色的天幕。

许其琛伸了个懒腰，收回自己已经快要麻掉的腿，仰着脖子凝视天空：“时间怎么可以过得这么快，一转眼星星都出来了。”

宋沅言合上了自己面前的书，笑着感慨：“时间本来就是幻觉。”

许其琛听到这句话，觉得很有意思，大概是文字工作者的职业病。他蹬了蹬宋沅言的膝盖："为什么这么说？"

宋沅言用手撑着下巴："这句话不是我说的，是一位有名的科学家说的。"

许其琛点点头，双手交叠，下巴抵在手背上，眼睛望着宋沅言，一副虚心受教的模样。

宋沅言想了想，解释道："不用说整个宇宙了，就是在这个阳台，也存在两个完全不同的时空。"他的眼睛轻轻瞟了一眼许其琛的脸，"你现在所感受到的，和我所感受到的，是两个不同的时空。因为我们有着完全不同的时间知觉。"

许其琛若有所思地点点头："是因为观察的方式不同吗？"他想起苏轼的文章，"'自其变者而观之，则天地曾不能以一瞬。自其不变者而观之，则物与我皆无尽也'。"

"有这方面的原因，其实这个理论解释起来挺复杂的。"宋沅言的手指碰了碰钢笔，趁它快要滚落桌面的时候将它接住，"不过除了物理学上的原因，还和一些大脑神经之类的东西脱不开关系，我刚刚看的那本书就是讲人体生物学的。"

许其琛伸出一只手，将刚才宋沅言看的那本书拿起来，翻了翻，全是英文，然后装出一脸困惑的样子将它放了回去。

"时间从某种程度上来说，是大脑的一种感知和估量。"

宋沅言也趴在桌子上："我们的脑子里会分泌一种名字叫多巴胺的物质，有人研究过，这种物质会影响我们对于时间的判断，就像一只看不见的手。

"多巴胺很少的时候，时间就被拉长，感觉起来就会很缓慢。

"相反，多巴胺如果很多，时间就流逝得很快了。

"你知道人在什么时候会大量分泌多巴胺吗？"

许其琛摇了摇头："什么时候？"

宋沅言端起盘子，许其琛拿起一小块巧克力甜点，欣然张开嘴，一口吞掉。

"吃巧克力的时候。

"多巴胺会给我们带来愉悦感，这也是为什么在我们眼里，快乐的时光总是特别短暂。多巴胺操控了我们的大脑，我们的大脑又不客观地测量了时间。"宋沅言拿起那支钢笔下意识地转起来，旋转的钢笔在他修长的手指上划出漂亮的弧度。

这一幕让许其琛觉得很熟悉，差一点走了神。面前的这个人，似乎和记忆里那个穿着校服衬衫的身影渐渐重合。

他忽然又想起他们刚才对于时间的讨论，没来由地涌上一阵失落感。

“时间要是永远不会结束就好了。”

不想结束，不想终止。

番外 谁都没有变

许其琛近期忙得晕头转向，刚写完《逃出生天》第二季最后一期的剧本，又被临时叫去帮大学时期的导师进行古文献编纂工作，手头上几个马甲出版和改编的活也一件不落，最忙的时候只能在飞机上睡会儿觉。

“飞机开始降落，请各位旅客……”

“起来了。”夏知许用一只手挠他的痒痒，“起来喝点水。”

在夏知许的多番努力之下，许其琛终于清醒，做好了下飞机的准备。

他作为“解西亚”的马甲写的一篇小说改编成的动漫很快就要开播，又正好赶上动漫平台的周年庆，出品方和平台特意邀请他参加宣传活动，包括漫展签售和线上直播。

夏知许的公司最近完成一个大的游戏项目，好不容易能心安理得给自己放个假，偏偏赶上许其琛最忙碌的时候，索性也是无事，许其琛出差的城市又是西南地区出了名的旅游城市，于是他也打着“第一贴身助理”的名号跟着来了。

一下飞机，制作方就派了个叫小小的年轻女生来接他们。小小热情过了头，一举一动仿佛还有自我克制的意思，一看就知道是许其琛的粉丝。只是许其琛的性子比较冷淡，遇到陌生人的时候都显得过分安静，只有夏知许知道他是没睡醒。

“你要是想找他要签名，开口直说就完事。”夏知许调笑道。

“真的吗？”小小很激动地从副驾驶座扭头看向他们，不过后面的话倒是让夏知许很吃惊。

“那我可以要你们两个的签名吗？”

两人对视一眼，一直在发蒙的许其琛终于笑出来。

小小有些摸不清：“那个，我的意思是，因为你们一起上《逃出狼人镇》的节目，我很喜欢……”

“可以的，”许其琛说，“我们一起签。”

因为夏知许临时决定要来，许其琛又太忙，忘记提醒主办方自己会多带一个人，以至于他们只订了一间商务大床套间。赶上旅游旺季，酒店房源紧张，小小一再表示自己可以再争取另一套，但两人相当好说话，尤其是夏知许。

“一间就一间吧，我们之前上高中，学校组织的春游远足，我们还一起挤在那种特别小的帐篷里。”夏知许拿手比画，“睡不开，我一晚上都缩着。”

许其琛像是抓住了重点：“你那天早上起来说你睡得很好。”

夏知许被抓住把柄，只能讨好地冲许其琛笑：“那我不能说睡不好吧……”

——不这样说，你肯定会把帐篷让给我。

在他们的坚持下，酒店房间没有变化。两人收拾了一下行李，工作行程从抵达第二天才正式开始，趁着下午没事，两人在酒店里补了两小时觉，醒来后已经天黑。

夏知许是非常典型的理工男思维，去到任何一个地方都会提前根据需求制订计划，收集攻略，以尽可能高的效率去游玩，和他出门，许其琛就可以完全放松，不需要思考太多解决方法，最优路径已经被夏知许找到。

“这家店的冒鸭血据说非常好吃。”夏知许和他进了间小店。

“可是你吃不了。”许其琛说。

夏知许完全没有把自己可不可以吃这一点放在心上，还在向他介绍：“这家店的评分有 4.87 分，很高的，这边的菜应该很合你的口味。”

许其琛笑着说：“好。”

店面很小，他们一起坐下，点了一些当地特色小吃，基本都是辣的，在许其琛的强烈要求下，才多点了夏知许可以吃的老妈蹄花和红糖冰粉。

两个人工作都很忙，一个看似擅长社交实则厌恶社交，一个完全可以活在自己的世界。所以但凡有点空闲时间，他们都是宅在家里，看书打游戏，深夜的时候，肚子饿了也会一起下楼，走到旧街区的夜市那里，点上些夜宵。

所以恍惚间，许其琛感觉他们现在好像就在家，只是下楼吃点东西。

“好辣。”说好只尝一点的夏知许被冒鸭血辣得直流汗，只能大口吃冰粉。

许其琛起身，回来的时候推过来一瓶冰牛奶。

“解辣。”

夏知许还以为自己回到了十五岁，第一次和许其琛一起吃饭的画面就在眼前。谁都没有变。

第二天的签售活动持续了整个白天，上午是现场访谈，下午则是排了长龙的签售。巧的是签售场地的斜对面正好有个二次元女仆主题的咖啡厅，周围的动漫宅男都忙着和店里的漂亮小姐姐合影拍视频。

只有夏知许一个人，穿了一身黑，戴着棒球帽，点了一杯冰拿铁把椅子搬到正对隔壁舞台，什么都不做，像个私家侦探一样盯着斜对面。

大概是因为颜值的优越性，咖啡厅里的“女仆”甚至主动上前服务，都被夏知许笑着拒绝。

“没事，你忙，我就在这儿歇歇。”夏知许仰头问，“你们不会赶我走吧？我喝完了可以一直点。”说着他指了指前台橱柜的甜点，“那些也可以，十五分钟上一份甜点就行。”

“啊……”女仆服务生也只好笑，“我明白了。”

其实服务生根本不明白这个帅哥客人来这里的意义。

之前网络上已经有很多人开始怀疑许其琛和“解西亚”是同一个人，许其琛对此并不十分在意，但一直合作的编辑建议他还是保持两者独立，对创作反馈更好，他也照做了，来参加签售活动一直戴着口罩和帽子。

来的读者比想象中还要多，自从他摆脱 BE 狂魔的名号，丰富小说里的感情线之后，读者群体更加庞大。

“听说我们西亚老师晚上还会有一场直播是吗？那现在可以透露一下直播的具体内容吗？大家都很期待。”

主持人在对面提问，许其琛拿着话筒，简单说了些场面话，他实在不擅长应对这种场面，宣传的时候还不小心说错了自己的书名。

夏知许远远看着，差点碰翻女仆小姐姐刚上上来的提拉米苏。

“抱歉抱歉。”夏知许的注意力从斜对面的会场转到身边，接过对方端来的蛋糕，桌子已经被摆满，他试图腾出一些空位放新的。

女仆服务生有些好奇：“帅哥，你蛋糕都上了一桌子了，怎么都不吃啊，不会浪费吗？”

“不会浪费的。”夏知许又朝许其琛那头望去，“我到时候打包，这些他一个人就能全吃完。”说完他仰着脸笑了笑，唇边露出的小虎牙很可爱。

活动持续到下午六点，许其琛默默签名，直到编辑和主办方宣布活动结束，他才站起来，和大家告别。

“那大家记得收看晚上的直播哦，”主持人笑道，“说不定会有什么惊喜公布呢。”

“对，会有抽奖活动的。”许其琛也应和。在读者朋友的呼声里，他从舞台上下来，离开场地。没想到他刚出会场，就看见了拎了好多个甜品盒，站在车边的夏知许。

夏知许的帽檐压得很低。

“辛苦啦。”夏知许远远地说。

许其琛有些惊讶：“你怎么买了这么多？”

“啊，这个……”夏知许有些不好意思，“闲得没事就买了点，吃不完，一会儿回酒店吃。”

小小远远跑过来，招呼着他们上车，帮夏知许分担了一部分蛋糕。

直播的时间定在晚上八点，时间紧张，他们很快回到之前的酒店，在酒店的餐厅简单吃了顿饭，又在直播主办方的催促下回到房间。

直播的设备小小已经提前布置好，由于直播本身用的是“解西亚”的个人账号，主办方也认为不安排其他主播对读者而言更加友好，所以连线直播的方式，让许其琛单独在酒店直播。

“这是所有的流程和一些资料，您先看一下。”还没说完，小小忽然捂住肚子，表情十分痛苦。

许其琛放下手里的东西扶住她：“你怎么了？哪里不舒服？”

“胃疼……”小小坐下来，“没事，一会儿应该就好了。”

看她的脸色苍白，额头上都渗出薄汗，许其琛怎么看都觉得不放心，和夏知许一起把她送回自己的房间休息，并订购了送药上门服务。

“你放心，我也不是第一次直播了，我可以做好的，有什么我会联系你。”

宽慰完小小，他们回到房间。

夏知许忙出一身汗，直接进了浴室。许其琛换了件衣服坐下来，给连线那头的工作人员打电话，同时阅读预先备好的流程和宣传文稿。

“我们这次的直播其实很简单的，就是为动漫开播造势。”工作人员解释说，“一会儿我们的开场白结束，抽一波奖之后，就由您宣布开播日期，并且会有一个终极版 PV(音乐发行时所制作的同步宣传影像）播放出来，在这个播放的间隙呢，我们就需要您发一条宣传微博，文案我已经发到您微信了。”

许其琛检查了一下手机，点了点头：“收到了，中途看 PV 的时间发微博，我知道了。”

“好的，时间应该也不会很长，等到开播的事宣传结束之后，您就可以休息了，后面的直播就交给我们吧。”

“嗯，辛苦了。”

直播开始，许其琛依旧戴着口罩，一直跟着工作人员的流程走，介绍动漫制作团队的时候，也侧着头听得认认真真，十分乖巧。

“哈哈哈，西业太太真的被安排得明明白白。”

“好乖啊，像学生听讲一样，好可爱！”

“不知道为什么觉得西亚看起来很帅的样子，虽然戴着口罩，而且莫名有点脸熟。”

“脸熟的加一。”

“后面的那个桌子上好多盒子啊，看起来像是蛋糕盒。”

“好，那么下面我们就有请西亚老师喊停，我们截图抽奖！”

弹幕一下子刷得飞快，许其琛在工作人员的带领下抽了奖，又宣布动漫开播的时间，被安排得明明白白。PV 播出，弹幕又一次炸开。

工作人员提示他发微博。

许其琛点头，拿出手机，这算是他最后一个任务，做完之后就可以结束了。

就在这时，浴室的门打开，夏知许推门出来，带着一身热气，十分懒散地擦着头发朝这边走过来，见许其琛低头看手机，还以为他的工作已经结束了。

“这么快就完事了吗？”他走过去，坐到许其琛的旁边，还看了一眼电脑，挑了挑眉，“直播有意思吗？”

许其琛整个人都要石化了，猛地抬起头，怔了两秒，然后双手一推，把夏知许一把推出画面外。

但还是太晚了，弹幕已经完全炸开。

“唉！”夏知许被他生生推到地上，丈二和尚摸不着头脑，看到许其琛收回手，手指紧张地抓着椅子扶手，面对笔记本想说什么又一时说不出口的样子，忽然就猜到了什么。

他无声地发出了一声“天啊”。

许其琛没有理他，强装镇定，仿佛什么都没有发生，但其实心里慌得要命。

无论如何，先完成工作，再发宣传微博。

许其琛打开微博的时候手都在抖，也不知怎么的网有些卡，好不容易出来了，许其琛想都没想，直接把之前就复制好的文案粘贴好，赶在PV播放结束之前，迅速而悲壮地点击了发送。

好了，结束了。

工作群的信息不断闪出，一个接着一个。许其琛深吸了一口气，打开群编辑消息，准备道歉。

解西亚：“很抱歉，我这边出了一点直播故障，刚刚的宣传微博已经发了，真的非常抱歉，我可以承担责任赔偿的。”

夏知许生怕自己再坏事，小心翼翼地从画面外挪到电脑后头。没想到下一刻就听见“咚”的一声，一抬头，就看见掉到地板上的手机，以及比刚才更加生无可恋的许其琛的脸。

“怎么了？”夏知许对着他做口型，“没事吧。”

许其琛吸了口气，毫无灵魂地对着镜头说出最后的结束语：“谢谢大家的支持，我们下次再见。”他“啪”的一声合上笔记本，夏知许飞快地赶过去。

“没事吧，刚刚他们看到我了吗？”

“看到了，”许其琛把脸埋在两只手掌里，“这还不是最糟糕的。”

“那是什么？”夏知许替他把掉到地上的手机捡起来，只是随便一瞥，看见屏幕上正好是他的微博主页，发送了那条之前和制作组约定好的宣传微博。

“这不是挺好吗？”夏知许把手机递给他，“发出去了。你的评论来得好快，一下子就这么多了。”

许其琛依旧没有抬头：“你再仔细看一下。”

夏知许有些狐疑地拿回手机，仔仔细细看了两遍。

“天，你怎么没切号？”

这条本应该是由“解西亚”微博账号发出的动漫宣传博，最后是从许其琛的大号发出的。

夏知许看了看评论区，满满的感叹号和问号几乎都要冲破屏幕，贴到他的脸上。

“双厨狂喜！！！”

“所以西亚真的就是许编啊……这是什么世纪脱马甲！”

“许编你！你居然有个写网文的马甲？！”

夏知许大概翻了翻，感受到了许其琛此时社会性死亡的绝望，他试探地问道：“要不……删掉？”

许其琛知道自己这样鸵鸟下去不是个办法，起码要对制作组的人负责，他振作精神，拿回手机，正准备给负责人打电话，没想到对方的电话已经打过来。

许其琛怀着忐忑的心情，接通了电话。没想到的是，对方竟然没有非常生气，甚至有一点高兴。

“对不起，我现在就删除那条微博。”

“不不不，你可以不删，说明一下也可以。”对方的语气有些激动，“我们实时跟进了一下反馈，发现大家对于您暴露马甲的事都非常惊讶，现在网络上已经有非常高的热度，估计是会上热搜的。嗯，怎么跟您说呢，这种热度和宣传效果，比我们单纯直播大多了。”

真是完全没想到的展开，引发出完全没想到的效果。

他决定放弃挣扎，坐在桌子前把夏知许买的一大堆蛋糕全拆开，一个接一个吃掉，缓解自己的紧张感。

不出所料，三次元的编剧作家身份和二次元的网络作者身份联系在一起，引发跨界讨论，再加上意外出镜的夏知许和他们之间的互动，别说动漫开播，就连《逃出生天》和《逃出狼人镇》也因为连锁反应备受关注。

看着许其琛一口接一口吃蛋糕，夏知许悄悄拿出手机，登录微博，没想到话题已经蔓延到自己的微博底下，令他头大。

“虎牙宝！什么情况？！”

（未完待续）

图书在版编目（CIP）数据

旧雨重落 / 稚楚著．　— 武汉 ：长江出版社，
2022.7
ISBN 978-7-5492-8393-4

Ⅰ．①旧… Ⅱ．①稚… Ⅲ．①长篇小说－中国－当代
Ⅳ．① I247.5

中国版本图书馆 CIP 数据核字（2022）第 107668 号

旧雨重落 / 稚楚 著

出　版	长江出版社 （武汉市解放大道 1863 号）
出版统筹	曾英姿
选题策划	黄　欢
市场发行	长江出版社发行部
网　址	http://www.cjpress.com.cn
责任编辑	江　南
印　刷	湖南天闻新华印务有限公司
版　次	2022 年 7 月第 1 版
印　次	2024 年 6 月第 3 次印刷
开　本	700mm×980mm　1/16
印　张	21
字　数	377 千字
书　号	ISBN 978-7-5492-8393-4
定　价	52.80 元

魅丽文化 花火工作室

上架建议：青春畅销

ISBN 978-7-5492-8393-4

定价：52.80元